विरक्त

AF528712

अमलेन्दु तिवारी

राजपाल

स्थापित 1912
100 वर्षों की
श्रेष्ठ प्रकाशन परम्परा
राजपाल

ISBN : 9789389373172
प्रथम संस्करण : 2020 © अमलेन्दु तिवारी
VIRAKT (Novel) by Amlendu Tewari

राजपाल एण्ड सन्ज़
1590, मदरसा रोड, कश्मीरी गेट, दिल्ली–110006
फोन : 011–23869812, 23865483, 23867791
e-mail : sales@rajpalpublishing.com
www.rajpalpublishing.com
www.facebook.com/rajpalandsons

बाबूजी की बेहद धुँधली स्मृतियों को समर्पित

पुनरपि जननं पुनरपि मरणं
पुनरपि जननीजठरे शयनम्।
इह संसारे बहुदुस्तारे
कृपयाऽपारे पाहि मुरारे

—आदि शंकराचार्य

1

"ईश्वर ने मनुष्य को अनेक शक्तियाँ दी हैं लेकिन जो सबसे बड़ी शक्ति दी है वह है दुःख सहने की शक्ति। इसी शक्ति के कारण मनुष्य को भयानक से भयानक असह्य दर्द भी कुछ समय बाद सहनीय हो जाता है।"

साहित्या की मौत के बाद वह महीनों गहरे आत्मिक संकट से गुज़रा है। उसकी जीवन जीने की इच्छा हर दिन कमज़ोर पड़ती गयी है। एक गहरी विरक्ति ने उसे जकड़ लिया है। महीनों उसने न भर पेट खाया है न ही वो नींद भर सोया है। महीनों उसने अपने चेहरे तक को आईने में नहीं देखा है।

अगर माँ के जीवन का प्रश्न न होता तो वो सब कुछ छोड़-छाड़ कर कहीं चला गया होता।

और फिर उसके बचपन के दोस्त असीम ने भी तो उसे ऐसा करने से रोक दिया था। असीम के कहने पर ही उसने मुंबई जाने से पहले कुछ रोज़ पुणे आकर इस ओशो इंटरनेशनल कम्यून में रहने का निश्चय किया था। असीम के अनुसार यह ज़रूरी था एक बदलाव के लिए। उसकी दिनोंदिन नकारात्मक होती प्रवृत्ति को सकारात्मक दिशा देने के लिए।

दो हफ़्ते गुज़र चुके हैं।

महाराष्ट्र की शैक्षणिक-सांस्कृतिक राजधानी पुणे स्थित ओशो इंटरनेशनल कम्यून में आज उसकी आखिरी सुबह है। वह बाशो तालाब के किनारे बैठा प्रकृति की पल-पल बदलती छटा देख रहा है। आसमान स्याह नीले से आसमानी और अब धीरे-धीरे सफ़ेद हो रहा है। पिछले पंद्रह दिनों से वह वर्क एज़ मेडिटेशन प्रोग्राम का हिस्सा रहा है जो कल ख़त्म हो चुका है।

इस क्षण वह सोच रहा है कि हम मनुष्यों का यह जीवन कितने गहरे विरोधाभास लिए हुए है। कभी-कभी हमारे जीवन के कितने दिन, हफ़्ते, महीने कभी-कभी तो साल भी बिना कुछ अच्छा नया देखे, सोचे, किये बगैर गुज़र जाते हैं और कभी-कभी हमारे पास देखने, सोचने और करने को इतना कुछ होता है कि अधिकांश चीज़ें किये बिना ही छूट जाती हैं। शायद ऐसा ही कुछ उसके साथ हुआ है। कम्यून में ध्यान के एक से बढ़कर एक प्रयोग, एक बेहद समृद्ध लाइब्रेरी, सौ से भी अधिक देशों से आये संन्यासियों से घुलनेमिलने का मौका और सीखने करने को कितना कुछ था। इतना कुछ कि वह कुछ विशेष कर ही नहीं पाया।

सिवाय सुबह-शाम थोड़ा ध्यान लगाने, वाज़ से थोड़ी बहुत स्विमिंग सीख पाने (वाज़ कम्यून में मेडिटेटिव स्विमिंग का इंस्ट्रक्टर और एक बेहद अच्छा इन्सान है) और स्वामी चैतन्य कीर्ति से अपने भीतर बैठे मनोविकारों, कुंठाओं और अपराधबोध के विषय में कभी-कभार बातचीत कर पाने के।

उसे याद आ रहा है कि पहले दिन पिरामिड हॉल से बाहर निकलते समय एक जर्मन संन्यासी ने उससे मुस्कुराकर कहा था, "यहाँ हँसो, रोओ, चीखो, चिल्लाओ, जो मर्ज़ी आये करो, कोई तुम्हें पागल नहीं समझेगा।" वाकई पृथ्वी पर एक असाधारण जगह ही है ओशो का यह कम्यून। जहाँ उसे दो हफ़्ते रहने का सौभाग्य मिला। कम्यून की साधारण से साधारण चीज़ भी कितनी अद्भुत थी। बाँस के लम्बे-लम्बे पेड़ों से आती सूरज की रौशनी, पानी में तैरते उजले हंस, नाचते मोर, हँसते-मुस्कुराते संन्यासी। सब कुछ स्वप्नवत लगता था।

पहले दो दिन ध्यान में गहरे उतरते ही विगत की तमाम अप्रिय घटनाएँ उसे विचलित करती रही थीं, जिनका स्मरण आते ही वो डर जाया करता था। कभी-कभी उसे लगता कि उसकी बहन साहित्या धीरे-धीरे एक गहरे अँधेरे में विलुप्त होती जा रही है और वह असमर्थ खड़ा उसे देख रहा है। उसके हाथ-पाँव सुन्न पड़ गए हैं। तब उसके चित्त की दशा देखकर एक रोज़ स्वामी जी ने कहा था, "मैं समझ सकता हूँ कि तुम किस मानसिक दशा से गुज़र रहे हो। तुम्हारे मन में कैसे ख़याल आ रहे हैं। ओशो कहते हैं कि मन में जो कुछ आता है उसे आने दो। उसे रोको मत। उसे सिर्फ़ ध्यानपूर्वक देखो। तुम अगर उसे रोकोगे तो उससे एक तनाव निर्मित होगा। जबकि अस्तित्व को समग्रता से देखना ही धीरे-धीरे चीज़ों को परिवर्तित करेगा।"

तीसरे-चौथे दिन ध्यान में लीन होते ही उसे अपने विगत जीवन की झलकियाँ मिलने लगी थीं। वो सब कुछ जिसे वो भूलता जा रहा था। उसका बचपन, बचपन की कुछ प्रिय स्मृतियाँ, पिताजी की स्मृतियाँ, बचपन के दोस्त, शिक्षक, माधोपुर बाँध, नेपाल का गेस्ट हाउस और न जाने क्या-क्या।

दसवाँ दिन आते-आते उसका मन स्थिर होने लगा था। सर के भीतर चलतीं तमाम ध्वनियाँ मंद पड़ने लगी थीं।

वह यहाँ जीवन जीने की इच्छाशक्ति फिर से पाने की तलाश में आया था। वह यहाँ ध्यान सीखने आया था। वह यहाँ अपने भीतर बैठे विकारों और अपराधबोध से छुटकारा पाने आया था। उसे समझ में नहीं आ रहा है कि यह दो घड़ी की शांति कितनी स्थायी होगी। कहीं यह सब मन द्वारा पैदा क्षणिक सम्मोहन तो नहीं है। वैसे दुःख से भरे इस संसार और मनुष्य के इस औचित्यहीन, अवसादमय जीवन में क्षणिक शांति के ऐसे कुछ पल भी कम महत्त्व नहीं रखते। खैर जो भी हो। वह कम्यून को अलविदा कर अपने दो नीले बैग लिए पुणे स्टेशन की ओर चल पड़ा है।

वह मुंबई जा रहा है। रोज़गार और एक नए जीवन के लिए।

आज जून का पहला रविवार है। लोग कह रहे हैं कि इस बार मानसून वक़्त से पहले

ही आ गया है। बारिश की हल्की फुहार पड़ने लगी है। हर तरफ़ एक सोंधी खुशबू फैल गयी है। पुणे स्टेशन पर खासी चहल-पहल है। पुणे-मुंबई डेक्कन क्वीन पटरी पर धीरे-धीरे सरकने लगी है।

2

''सब मन के खेल हैं। मन बड़ा खिलाड़ी है। यह मन ही हमें तपते सेहरा में पानी के चश्मे दिखाता रहता है।''

वह दक्षिण मुंबई के परेल इलाके में स्टेशन के नज़दीक स्थित एक बेहद पुरानी-सी बिल्डिंग के एक छोटे से फ़्लैट में रह रहा है। पैसों की कमी के कारण यह जगह उसे कुनाल के साथ शेयर करनी पड़ रही है। कुनाल आसनसोल का रहने वाला है और एक न्यूज़ चैनल में इंटर्नशिप कर रहा है। इसी वर्ष उसने मुंबई के सेंट ज़ेवियर्स कॉलेज ऑफ़ मास कम्युनिकेशन एंड जर्नलिज़्म से अपनी डिग्री पूरी की है। कुनाल अपने माँ-बाप की इकलौती संतान है, इस कारण उसे पैसों की कोई कमी नहीं रहती है। वह पूरी रात काम करता है और सुबह आकर सो जाता है और दिन चढ़ने के बाद ही उठता है। कुनाल को मुंबई में रहते तीन साल हो चुके हैं, इसलिए उसके इस छोटे से फ़्लैट में ज़रूरत की हर चीज़ है। टीवी, फ्रिज, कंप्यूटर, गैस चूल्हा, बर्तन, कपड़े रखने की अलमारी और एक आरामदायक सोफ़ा। कुनाल की गैरमौजूदगी में कभी-कभार वो इस सोफ़े पर सो जाता है। लेकिन आरामदायक होने के बावजूद भी उसे इस सोफ़े पर नींद नहीं आती है, क्योंकि यह सोफ़ा उसका नहीं कुनाल का है। उसके पास सिर्फ़ दो बैग हैं जिन्हें वो अपने शहर से लेकर आया था। जिनमें उसके कपड़े, मार्कशीट्स, शेविंग किट, कुछ डायरियाँ और कुछ किताबें पड़ी हैं।

इस फ़्लैट का किराया सात हज़ार रुपये है। हर महीने की एक तारीख को उसे साढ़े तीन हज़ार रुपये कुनाल को देने पड़ते हैं (बिजली का बिल छोड़कर)। उसने कुनाल से साफ़ कह दिया है कि वह बिजली का बिल देने में असमर्थ है क्योंकि वह बेरोज़गार है। जैसे ही उसे कोई ठीक-ठाक नौकरी मिल जाती है, वह इस खर्चे में भी अपनी साझेदारी सुनिश्चित कर लेगा। साढ़े तीन हज़ार का यह किराया उस पर भारी ज़रूर पड़ रहा है लेकिन वह इस इलाके में कई कारणों से रह रहा है। सबसे पहला कारण है कि सिर्फ़ किराया भर देने से वह कुनाल के फ़्लैट की बाकी चीज़ें इस्तेमाल कर सकता है, जो फ़िलहाल उसके पास नहीं हैं। दूसरा कारण यह है कि मुंबई हाईकोर्ट, सिटी सिविल कोर्ट, ऑल इंडिया रेडियो, प्राइवेट एफ़.एम. चैनलों के ऑफ़िस और कई एडवरटाइज़िंग एजेंसियाँ (भविष्य में उसके काम करने के विकल्प) यहीं पास में हैं। तीसरा कारण यह है कि मुंबई की अधिकांश रेज़िडेंशियल सोसाइटियाँ एक अकेले बैचलर को किराये पर घर नहीं देतीं। (इस घर का एग्रीमेंट कुनाल के पिता के नाम पर है, जो महीने-दो महीने में यहाँ का चक्कर लगाते रहते हैं)। उसे यहाँ तब तक रहना होगा जब तक उसे कोई ठीक-ठाक नौकरी न मिल जाये और वह माँ को साथ रहने के लिए न बुला ले।

नौकरी।

लेकिन वह यहाँ नौकरी करने थोड़े ही आया है। वो तो यहाँ राइटर बनने आया है। लेकिन क्या वो राइटर है भी या यह सिर्फ़ उसकी सोच है। उसने अब तक कुछ खास लिखा भी नहीं है और वह अपने लिखे को लेकर बेहद शंकित भी है। वैसे भी लेखक होना कोई करियर डिसीज़न नहीं है जैसे डॉक्टर, इंजीनियर या सिविल सर्वेंट बनना। लेखक होना हमें चुनता है ना कि हम लेखक होना। अगर ऐसा न होता तो दुनिया का हर आदमी लेखक या कवि बन जाता। राइटर बनने के लिए उसे लिखना होगा, कुछ भी—प्रोज़, पोएट्री, नॉवेल, सीरियल, फ़िल्में। लेकिन हर चीज़ का एक व्यावहारिक पक्ष भी होता है, जैसे कला में सिर्फ़ कला नहीं वाणिज्य भी मिला होता है। उसकी तत्कालीन स्थिति का व्यावहारिक पक्ष यह है कि अगर उसके खर्चों की रफ़्तार यूँ ही रही तो बिना कमाए इस शहर में रहने का उसका यह आखिरी महीना होगा। उसके साथ लाये आधे से अधिक पैसे खत्म हो चुके हैं।

उसने आज सुबह-सुबह एक प्लान बनाया है जिसके अनुसार यह महीना ख़त्म होते- होते वह एक नौकरी पकड़ लेगा (किस प्रकार की नौकरी इस विषय में उसने अभी बिलकुल नहीं सोचा है) और साथ में राइटिंग भी शुरू कर देगा। वह कम-से-कम में अपना गुज़ारा चलाएगा और खूब पैसे बचाएगा। जब वह ठीक-ठाक पैसे बचा लेगा तब वह नौकरी छोड़ देगा और अपनी बचत पर गुज़ारा करेगा। उसे ऐसा तब तक करना होगा जब तक उसे कोई बड़ा ब्रेक न मिल जाये। यह मुश्किल ज़रूर होगा पर नामुमकिन नहीं। उसके लिए मुश्किल सिर्फ़ इतनी-सी है कि वह ऐसे दोहरे जीवन के लिए तैयार नहीं है। लेकिन अपने जीवन के अधिकांश काम उसने मजबूरीवश किये हैं, सो वह मन मारकर नौकरी भी कर लेगा।

उसने पढ़ा है कि दुनिया के तमाम सफल लेखकों ने अपने लेखकीय जीवन के आरम्भ में ऐसा ही दोहरा जीवन जिया है। उसने सुना है कि बीसवीं सदी के मशहूर कवि टी.एस. इलियट एक पब्लिकेशन हाउस में काम करने के पहले लंदन के लॉयड्स बैंक के फ़ॉरेन ट्रांज़ैक्शन विभाग में क्लर्क थे। ऑथर कानन डॉयल बतौर सर्जन, डिकेंस बतौर फ़ैक्ट्री वर्कर और उसके पसंदीदा कवि रोबर्ट फ्रॉस्ट बतौर शिक्षक काम कर चुके थे। काफ्का एक इंश्योरेंस कंपनी के लिए काम करता था। पीटर कैरी और रश्दी ने लेखन के पहले सालों एडवरटाइज़िंग की दुनिया के लिए काम किया है। यानी दूसरे काम करने से राइटर बनने की सम्भावना ख़त्म नहीं हो जाती। ज़रूरत है तो अपने भीतर के राइटर को ज़िंदा रखने की। लेकिन ऐसे दोहरे जीवन का अर्थ दुगनी मेहनत भी है। क्या वह इतनी मेहनत कर पायेगा? क्यों नहीं। इतना सोचने भर से उसे इतना अच्छा महसूस हुआ है कि थका न होने के बावजूद वह वापस सो गया है।

सुबह के साढ़े दस बजे हैं।

3

"आत्महत्या कायरता नहीं है उसके लिए अदम्य साहस चाहिए। सिर्फ़ अदम्य साहस ही नहीं बल्कि एक अदम्य दु:साहस।"

जिस बिल्डिंग में वह रह रहा है। वह कम-से-कम पच्चीस-तीस वर्ष पुरानी मालूम पड़ती है। क्रैक पड़ी, सीलन भरी दीवारों की बदसूरती शब्दों में बयान नहीं की जा सकती है। सारा दिन एक अजीब-सी मनहूसियत छायी रहती है। परेल स्टेशन इतना नज़दीक है कि रात होते-होते ट्रेनों की आवाज़ उसके फ़्लैट में साफ़ सुनाई देने लगती है। उसके बेडरूम की खिड़की से परेल स्टेशन का एक कोना भी दिखाई पड़ता है।

वह साहित्या की असमय मौत के दु:ख से उबरने की कोशिश ही कर रहा है कि तभी घटी एक दुर्घटना ने उसे एक बार फिर गहरे दु:ख से भर दिया है।

आज शाम ही उसे पता चला कि बीती रात उसके अज़ीज़ दोस्त व्योम ने डिप्रेशन की हालत में नींद की गोलियाँ निगल कर आत्महत्या कर ली। उसे अपने सुने पर यकीन नहीं हुआ। व्योम ऐसा कैसे कर सकता था ? उसे तुरंत जाना होगा। उसे व्योम के परिवार के इस दु:ख में शामिल होना होगा। व्योम की माँ कितनी अकेली होगी। उसने तुरंत अपने कपड़े और दूसरी ज़रूरी चीज़ें बैग में रखनी शुरू कर दी हैं और पर्स में ज़रूरत के पैसे रख लिए हैं। लोकमान्य तिलक टर्मिनस से पौने ग्यारह बजे रात की ट्रेन है।

वह तेज़ क़दमों से परेल स्टेशन की ओर बढ़ रहा है। तभी उसके भीतर कुछ हुआ है। कुछ अजीब-सा। एक अजीब-सी उदासीनता ने उसे जकड़ लिया है। न जाने क्यों वह स्टेशन के ब्रिज पर न चढ़कर अपने फ़्लैट पर वापस लौट आया है। वापस आकर उसने कुनाल के पर्सनल कंप्यूटर से व्योम का आखिरी ईमेल दर्जनों बार पढ़ा है।

Dear friend,

I hope you are fine. I missed you so much today. You were right. Sudipta did not elope with Lalit. it was my cynicism which destroyed my relationship. When we broke up she was very upset. She went to Calcutta for a month. For a change, I did not search for her. She waited for me for months. After getting no response from me she decided to marry a boy her parents had selected for her. I do not know what made me stop from calling her? From reaching out to her. Perhaps my ego. Anyway she is happily married now and I still love her. I still plan to give a copy of Mirage to her. But what is the point. Its all over now. Nothing can be done now.

I went to Madhopur dam today. I am thankful to you for showing such a wonderful place to me. I went quite early. I wanted to see the rising Sun. I do not know what has happened to me that even the rising Sun was looking so ordinary to me. I am devoid of hope. I have got into the habit of thinking too much. I want to share a strange feeling with you. It seems I am returning to my beginning and I can not go far from here. I now have to conclude.

Stay in touch,

Yours

Vyom Parashar

हफ़्ते भर पहले लिखे इस ईमेल से व्योम की मनोदशा और उसके आत्महत्या के इरादे की झलक साफ़ मिल रही है।

उसके बाद वह सो गया है और भूख के कारण रात दो बजे करीब उसकी नींद टूट गयी है। बाहर बारिश हो रही है। वह छाता लेकर फ़्लैट से नीचे आ गया है।

परेल स्टेशन के पास ही मुंडू नाम का एक लड़का साइकिल पर पूरी रात चाय बेचता है। वह जानता है कि मुंडू सिर्फ़ चाय नहीं अपनी रात की नींद और सपने भी बेच रहा है।

मुंडू दक्षिण भारत से है लेकिन उसके बात करने के लहज़े का दक्षिण भारतीयपन धीरे-धीरे खोता जा रहा है।

वह अब मुम्बइया बोलने लगा है। "क्या साहेब चाय पियेगा एकदम कड़क, पानी कम?" मुंडू और वो कभीकभार बातचीत कर लेते हैं। मुंडू अक्सर उसे अपने भविष्य की योजनाओं के बारे में बताता है कि कैसे उसके मामा ने चाय बेचते-बेचते, इडली-डोसे की गाड़ी लगाते-लगाते माटुंगा में एक छोटा-सा होटल खोल लिया और अब ठीक-ठाक कमा लेता है। वैसे ही मुंडू का सपना भी एक होटल खोलने का है।

"तो फिर वह अपने मामा के पास क्यों काम नहीं करता है?" उसने मुंडू से पूछा है। "साहेब क्या बोलेगा, चार बरस हुआ, माँ का तबियत खराब था, मामा से पैसा माँगा, मामा ने गाली दिया लेकिन पैसा नहीं दिया। मामा अच्छा था साब, मामी हरामी है उसने मामा को बिगाड़ा। वो दिन से मैं बोला तेरा पैसा को मैं हाथ भी नहीं लगाएगा।"

मुंडू जैसे खुद्दार दुनिया में कम ही होते हैं। उसे विश्वास है कि एक रोज़ मुंडू मुंबई में ज़रूर अपना होटल खोलेगा।

मुंडू से बात करके उसके दिल का अवसाद थोड़ा कम ज़रूर हुआ है। बारिश एक बार फिर तेज़ हो गयी है। वह भीगता हुआ अपने फ़्लैट पर वापस लौट आया है।

4

"जैसे गुज़रते वक़्त के साथ इंसान का चेहरा बदलता रहता है वैसे ही इन तमाम सालों में मुंबई का चेहरा भी बदला है। लेकिन समंदर अब भी वैसे ही हैं।"

आज अगस्त की तीन तारीख है। कुनाल की माँ की तबियत ख़राब है इसलिए वह आसनसोल गया है। व्योम की मौत के सदमे से दबा वह पिछले चार दिनों से फ़्लैट से बाहर नहीं निकला है। आज उसे किराया देना ही होगा वर्ना एस्टेट एजेंट दोशी ब्रदर्स कुनाल को फ़ोन करना शुरू कर देंगे जो कि वह नहीं चाहता है। पिछले तीन घंटों से वह नीचे जाने की कोशिश में लगा है। लेकिन उसके उठ कर कपड़े पहनने भर में बारिश तेज़ हो जाती है और वो फिर सोफ़े पर आकर लेट जाता है। सोफ़े पर पड़े-पड़े वह पिछले दो-चार दिनों की *टाइम्स ऑफ़ इंडिया* की हेडलाइंस देख रहा है।

A heavy rain lashes Mumbai.

Torrential rain disrupts Mumbai.

Trains and flights delay in Mumbai due to heavy rains.

Mumbai warned of stormy weather, people are advised to stay at home.

इतनी बारिश उसने जीवन में कभी नहीं देखी है। लेकिन गंभीर से गंभीर चेतावनी भी इस शहर के लोगों को उनके घरों से निकलकर काम-धंधे पर जाने से नहीं रोक पाती। यही है 'स्पिरिट ऑफ़ मुंबई'। रात-दिन चलते रहने का जज़्बा। बिना रुके बिना थके।

बारिश एक बार फिर कम हो गयी है। हल्की बूँदाबाँदी और ज़ोर की हवा चलने लगी है। वह जेब में फ़्लैट का किराया रखकर फ़्लैट में ताला लगाकर नीचे खुली सड़क पर आ गया है। सड़क का मंज़र देखते ही बन रहा है। हर ओर खासी चहल-पहल है। जैसे वही अकेला भीगी बिल्ली की तरह बारिश से डरा घर में दुबका हो और दुनिया मौसम का आनंद उठाते हुए अपने काम-धंधे में लगी हो। उसे ग्लानि हो रही है कि बारिश का बहाना करके उसने मुंबई में अपना पूरा एक महीना ख़राब कर लिया है जिसकी कोई भरपाई नहीं हो सकती है। यहीं सब सोचता हुआ वह दोशी एस्टेट एजेंट के ऑफ़िस में पहुँच गया है। यह ऑफ़िस भावेश और जिग्नेश नाम के दो गुजराती भाई चलाते हैं। उसके इस फ़्लैट का मालिक कौन है और कहाँ रहता है वह नहीं जानता। किराया दोशी भाइयों को ही देना होता है जो फ़्लैट के मालिक तक पहुँच जाता है।

वो अपनी गीली चप्पल उतार कर दुकाननुमा ऑफ़िस के भीतर आ गया है। ऑफ़िस में एक मेज़ रखी है और उसके एक ओर एक और दूसरी ओर तीन कुर्सियाँ रखी हैं। मेज़ पर एक पुराना फ़ोन पड़ा है। दीवार पर गणेश जी की फ़ोटो लगी है। कोने में एक छोटे से स्टूल पर वाटर कूलर रखा है।

"एक दो दिन आ नहीं पाया, बारिश थी, सॉरी," वह भावेश से कह रहा है।

"चलता है सेठ, वांदा नई, चाय पियेगा?" भावेश उसके दिए रुपये गिन रहा है।

"नहीं कुछ काम है, फिर कभी," उसने उठकर अपनी चप्पल पहन ली है।

वह चलते-चलते लोअर परेल स्टेशन के फुट ओवरब्रिज पर आ गया है। यहाँ से वह दूर तक साफ़ देख सकता है। सपनों का शहर मुंबई उसकी आँखों के सामने है। चलता -फिरता हँसता-बोलता जीवंत।

इस शहर की भी एक कहानी है। इसके संघर्ष और बलिदान की कहानी। इस शहर ने देश की आज़ादी का संघर्ष बड़े करीब से देखा है। उसने सुना है कि चौपाटी के समुंदर के करीब इसकी सुनहरी रेत में तिलक का क्रिया-कर्म करने के बाद गाँधी जी ने यहीं के सागर के जल को हाथ में लेकर कसम खायी थी कि चाहे कुछ भी हो जाये लेकिन वो देश को पूर्ण स्वराज्य दिलवाकर तिलक के स्वप्न को ज़रूर पूरा करेंगे।

आज़ादी के संघर्ष के अलावा इस शहर ने सांप्रदायिक दंगों की आग, बाढ़, बम के धमाके, आतंकवादी हमले, ट्रेन ब्लास्ट और न जाने क्या-क्या देखा है।

मुंबई जिसे सात द्वीपों का शहर कहते हैं। ये सात द्वीप हैं कुलाबा, मालाबार हिल्स, वर्ली, मजगाँव, परेल, माहिम और सायन। मुंबई बतौर शहर इतना पुराना है कि पाषाण काल में इस शहर के अवशेष मिले हैं। मुंबई मुख्यत: किसानों और मछुआरों का शहर रहा है। तीसरी शताब्दी में ये द्वीपसमूह मौर्य साम्राज्य का भाग बने, जब पूरे भारत में बौद्ध सम्राट अशोक महान का शासन था। बाद में हिन्दू सिल्हारा वंश के राजाओं ने यहाँ सन् 1343 तक राज किया, जब तक कि गुजरात के मुस्लिम शासकों ने उन पर अधिकार नहीं कर लिया। सन् 1534 के आस-पास पुर्तगालियों ने गुजरात के शासक से यह द्वीप हथिया लिया। कहते हैं कि इस शहर का यह बॉम्बे नाम पुर्तगालियों का ही दिया है, ''बाम, मतलब—अच्छी और बे, मतलब—खाड़ी।'' 17वीं और 18वीं शताब्दी में यह शहर व्यापार और वाणिज्य का केंद्र बना। बीच में याकूत खान के बाद कुछ वर्षों तक यहाँ मराठा शासकों का राज रहा। बाद में ईस्ट इंडिया कंपनी के शासनकाल में यह शहर चार्ल्स द्वितीय को कैथरीन से विवाह करने पर दहेज के रूप में दे दिया गया था। अंतत: 1869 में स्वेज़ नहर खुल जाने से मुंबई अरब सागर का सबसे बड़ा पत्तन बना और धीरे-धीरे इस शहर ने भारत की आर्थिक राजधानी का दर्जा ले लिया।

उसने सुना है कि किसी वक़्त इसी इलाके में सौ से भी अधिक कॉटन मिलें हुआ करती थीं। कभी इसी जगह पर सायरन बजते ही मिल मज़दूर तेज़ चाल से मिलों की ओर भागते थे। उन्नीसवीं सदी के मध्य तक भारत ब्रिटेन को कॉटन का निर्यात किया करता था और बदले में बने हुए सूती कपड़े यानी टेक्सटाइल आयात करता था। नि:संदेह बने हुए टेक्सटाइल की कीमत बेहद ज़्यादा थी जिस कारण देश का पैसा बाहर जा रहा था। बाद में टेक्सटाइल की इसी बढ़ती माँग के कारण कुछ सम्पन्न भारतीयों ने यहीं कॉटन की मिलें खोलनी शुरू कीं और धीरे-धीरे न सिर्फ़ यहाँ के स्थानीय निवासी बल्कि देश के सुदूर हिस्सों से लोग काम की तलाश में मुंबई आने लगे। उस वक़्त तक आवागमन के अधिक साधन न होने के कारण इन मिल मज़दूरों ने यहीं आस-पास अपनी बस्तियाँ बनाकर रहना शुरू कर दिया। यहीं लाल बाग़, गिरगाँव और परेल इलाकों में। गिरगाँव यानी विलेज ऑफ़ मिल्स। धीरे-धीरे मुंबई बंदरगाहों के शहर से कॉटन मिलों वाला शहर बन गया। इन्हीं टेक्सटाइल

मिलों से गुजरात-मालवा के किसानों से लेकर कोंकण, पश्चिम महाराष्ट्र, उत्तर प्रदेश, बिहार आदि के मज़दूरों का पेट पलने लगा। शायद दिन-रात चलने वाली इन्हीं मिलों के कारण इस शहर को 'सिटी दैट नेवर स्लीप्स' जैसे अद्‌भुत शहर का दर्जा मिला होगा। एक ऐसा शहर जो औरतों के लिए सुरक्षित था। जहाँ मेहनत-मज़दूरी करने वाले हर जात-मजहब के लोग अमन-चैन से रह सकते थे।

लेकिन तभी इस शहर को न जाने किसकी नज़र लग गयी। सन् 1982 में 2 लाख से अधिक मज़दूर दत्ता सामंत के नेतृत्व में बॉम्बे मिल ओनर एसोसिएशन के विरुद्ध लम्बी हड़ताल पर चले गए। माँगें थीं बोनस और बढ़ती महँगाई के हिसाब से दैनिक मज़दूरी में इज़ाफ़ा। उस वक़्त एक आदमी को दिन के दस घंटे काम करने के 35 और औरतों को सिर्फ़ 17 रुपये मिलते थे। एक सामान्य जीवन स्तर बनाये रखने के लिए ये पैसे बेहद कम थे। वहीं इन मिलों का मुनाफ़ा कई सौ गुना बढ़ गया था। इस मुनाफ़े को मिल मालिक अपनी अय्याशी और पूँजी के केन्द्रीयकरण के लिए खर्च कर रहे थे। शायद उन गरीब मिल मज़दूरों का यह संघर्ष सिर्फ़ उनकी मज़दूरी या बोनस के लिए नहीं था, बल्कि यह संघर्ष देश में फैल रहे पूँजीवाद के खिलाफ़ एक लम्बे संघर्ष की शुरुआत थी। कहते हैं कि यह दुनिया की सबसे बड़ी हड़ताल थी। सरकार और मिल मालिक एक तरफ़ और बेचारे ग़रीब मज़दूर एक तरफ़। हड़ताल लम्बी चली। लम्बी चली हड़ताल के बाद मिल मालिकों ने मशीनरी की ख़राबी, इमारत की खराबी, पैसा न होने का बहाना बनाकर इन कीमती जगहों को रिहायशी इमारतें बनाने के लिए बेच दिया। बॉम्बे सेंट्रल की नवजीवन मिल की आधी जगह में नवजीवन सोसाइटी बन गयी। मिलें बंद हो गयीं और लाखों मज़दूर परिवार सड़क पर आ गए। मिलों के बंद होने से इस शहर के स्वर्ण युग का अंत हो गया।

कॉटन की मिलों की जगह अब बड़ी-बड़ी बहुमंज़िला इमारतों और बड़े-बड़े शॉपिंग कॉम्प्लेक्सों ने ले ली है। यहीं पास में फीनिक्स, पैलेडियम मॉल और आय.टी.सी. ग्रैंड सेंट्रल होटल हैं। उससे दूर खड़ी दिख रही है बंद पड़ी मिल की एक ठंडी चिमनी, चुपचाप खड़ी। वक़्त को गुज़रता देखती हुई।

इन तमाम सालों में इस शहर में बहुत कुछ बदला और सन् 1995 में शिवसेना की माँग पर बॉम्बे का नाम बदलकर मुंबई रख दिया गया।

5

"मुंबई की बारिश मानव मन के अवसाद को और बढ़ा देती है।"

शाम का अँधेरा घिरने लगा है। एक बार फिर तेज़ बारिश के आसार हैं। वह दूध और ब्रेड का पैकेट लेकर ऊपर फ़्लैट में आ गया है। उसके इस फ़्लोर के बाकी फ़्लैट हमेशा बंद रहते हैं। सिर्फ़ सामने का एक फ़्लैट दिन भर खुला रहता है जिसमें एक वृद्ध महाराष्ट्रियन कुलकर्णी दम्पति रहते हैं। दम्पति बेहद धार्मिक हैं। वो रोज़ सुबह-शाम उन्हें पूजा-आरती करते देखता है। कुलकर्णी दम्पति की एकलौती बेटी शादीशुदा है और दादर

के प्रभादेवी इलाके में रहती है। अक्सर छुट्टी के दिन वह उन्हें मिलने आती-जाती रहती है।

कुलकर्णी अक्सर उसे उस दौर की मुंबई के बारे में बताते हैं जब टैक्सी का मीटर छह आने से शुरू होता था और बस की टिकट सिर्फ़ तीन नए पैसे की मिला करती थी। जब शेवरलेट और हिलमैन जैसी गाड़ियाँ मुंबई की बिना ट्रैफ़िक वाली सड़कों पर तेज़ रफ़्तार में घूमती थीं। जब शहर का अधिकांश मध्यम वर्ग मिलजुलकर चालों में रहा करता था। जब मुंबई की पुलिस लंदन के स्कॉट्लैंडयार्ड के बाद विश्व भर में दूसरे नंबर की सबसे तेज़-तर्रार पुलिस मानी जाती थी।

मिस्टर कुलकर्णी अपने दरवाज़े पर अगरबत्ती लगा रहे हैं। ''बड़े दिन बाद दिखे। आओ चाय पियो,'' एकनाथ कुलकर्णी उसे भीतर आने का आग्रह कर रहे हैं। वह चप्पल उतार कर भीतर आ गया है। उनकी पत्नी रसोई में कुछ बना रही हैं। रेडियो पर मराठी गीतों का कार्यक्रम 'साँझधारा' चल रहा है। उसके बैठते ही मिसेज़ कुलकर्णी ने लाकर उसे चाय दे दी है।

''हमारी सोसाइटी में बैचलर छोकरा लोग अलाउड नहीं हैं, मालोम नहीं तुम्हारे ओनर ने कुनाल को फ़्लैट कैसे दे दिया?'' एकनाथ कुलकर्णी उससे पूछ रहे हैं।

वह चुप है। ''वो छोकरी आजकल नहीं आता है?'' एकनाथ कुलकर्णी जी का इशारा कुनाल की गर्लफ्रेंड रितु की तरफ़ है। कुनाल कभी-कभार सूनी दोपहर में, देर रात को अपनी गर्लफ्रेंड रितु को चुपके से घर पर बुला लेता है। फिर दोनों कमरा बंद करके हमबिस्तर हो जाते हैं। कुनाल ने उससे कहा है कि यदि सोसाइटी में कोई उससे रितु के बारे में पूछे तो उसे कहना है कि वह उसके दूर के रिश्ते की बहन है, कज़िन।

''जी कौन उसकी कज़िन?'' वह जानबूझकर अनजान बनने की कोशिश कर रहा है। ''कज़िन!'' एकनाथ कुलकर्णी का लहज़ा व्यंग्यात्मक हो गया है।

''क्या हमको मालूम नहीं है कि कुनाल का लफड़ा है, उसका चक्कर चल रहा है। क्या बोलेगा ज़माना ही ख़राब है।''

उसने चाय पी ली है और कुलकर्णी दम्पति को धन्यवाद देकर वह अपने फ़्लैट में वापस आ गया है। अचानक उसे ज़ोर की कँपकँपी लग रही है। उसने उठ कर पंखा बंद कर दिया है। शायद उसे बुखार चढ़ रहा है।

अगले कई दिन मुंबई ने उसके आत्मबल और धैर्य की परीक्षा है। वो बचपन से ही शारीरिक रूप से कमज़ोर रहा है और थोड़ा सा बीमार होते ही उसे लगता है कि वो मर जायेगा। बचपन में जॉन्डिस और चेचक होने पर उसने मान लिया था कि वह अब नहीं बचेगा। लेकिन वह ठीक हो गया था। वह शायद ऐसे ही मर जाने के लिए नहीं पैदा हुआ है।

ख़ैर वो दो रोज़ से बुखार से तप रहा है। पल-पल होती मुंबई की बारिश उसे अकेला और कमज़ोर बना रही है।

बुखार दिन में कम होता है और रात होते-होते वापस चढ़ जाता है। केमिस्ट के यहाँ से लायी बुखार की कई गोलियाँ खाने के बाद भी उसे बिलकुल आराम नहीं हुआ है। आज

उसे खूब कमज़ोरी भी लग रही है। उसे रह-रह कर माँ की याद आ रही है जो उसे और कमज़ोर बना रही है। काश आज वो यहाँ उसकी देखभाल करने के लिए होती। इस क्षण मौत का डरावना-सा ख़याल उसे सता रहा है। वो कुछ भी सोचता है लेकिन उसकी सोच मौत पर आकर रुक जाती है। जिस बात का उसे ज़्यादा डर है वह है एक अनजान नए शहर में अकेले मरने का।

यूँ तो इस शहर में उसकी बहन ज्योत्स्ना भी रहती है लेकिन उसे मालूम नहीं है कि वो यहाँ रह रहा है।

अगर वह आज रात मर गया तो...कुनाल तो उसके घर का पता भी नहीं जानता है। फिर वह उसकी मौत का समाचार उसके घर कैसे पहुँचायेगा ? उसने कुछ सोचकर कंप्यूटर के प्रिंटर से एक सफ़ेद कागज़ निकाल लिया है। कागज़ पर उसने कुनाल को चिट्ठी लिख दी है।

प्रिय कुनाल,

मैं पिछले दो दिन से बुखार से पीड़ित हूँ। मैं बेहद कमज़ोर हूँ और अकेला पड़ गया हूँ। मुझे लगता नहीं है कि मैं बचूँगा। अगर मुझे कुछ हो गया तो मेरे मरने की खबर मेरी बहन और माँ को दे देना। नीचे उनका पता लिखा है।

...

तुम्हारा रूममेट

उसने चिट्ठी कंप्यूटर टेबल पर रख दी है। अब उसका मन निश्चिंत है। बाहर बारिश एक बार फिर तेज़ हो गयी है।

वक़्त काटने के लिए वह हेमिंग्वे की *ओल्ड मैन एंड द सी* के पन्ने पलट रहा है। किताब के पन्ने हल्के पीले पड़ गए हैं। उसे सेकंड हैंड किताबों से हमेशा लगाव रहा है। पिछले महीने ही उसने चर्चगेट के फ़ाउंटेन चौराहे से लगभग एक दर्जन किताबें खरीदी थीं। (उस रोज़ उसने जेब में पड़े सारे रुपये किताबें खरीदने में खर्च कर दिए थे, आखिर में उसकी जेब में परेल तक का किराया यानी सिर्फ़ 7 रुपए बचे थे)।

हेमिंग्वे का यह छोटा-सा लघु उपन्यास बीसवीं सदी की महान साहित्यिक उपलब्धि माना जाता है।

उसने सुना है कि वर्षों पूर्व 1961 में एक सुबह हेमिंग्वे ने खुद को अपनी डबल बैरल वाली गन से शूट कर लिया था। हेमिंग्वे के साथ वाकई में क्या हुआ था यह कोई नहीं जानता है। कुछ लोगों का यह मत भी है कि उसकी मौत एक दुर्घटना थी जो उसकी डबल बैरल की गन को साफ़ करते समय हुई थी। हेमिंग्वे की मौत खुदकुशी या दुर्घटना जो भी थी इस बारे में लोगों की राय भिन्न हो सकती है लेकिन यह एक सत्य है कि हेमिंग्वे अपने जीवन के अंतिम दिनों में गहरी शारीरिक और मानसिक पीड़ा से गुज़र रहा था। उसकी मौत की प्रमुख वजहों में एक तरह का मैनिक डिप्रेशन, शराब पर उसकी अत्यधिक निर्भरता, हिला देने वाली चंद गहरी दिमागी चोटें थीं।

साहित्य का नोबेल पुरस्कार मिलने के बाद हेमिंग्वे कुछ विशेष लिख नहीं पाया। वह सोच रहा है कि क्या अधिकांश लोग सफलता के शीर्ष पर पहुँच कर अपनी रचनात्मक क्षमता खो देते हैं। क्या कला अभाव और दुःख से जन्म लेती है? वह भी तो बचपन से अभाव देख रहा है, वह दुखी भी है। तब क्या वह कलाकार बनने की योग्यता रखता है। नहीं। सिर्फ़ अभाव और दुःख से कला का जन्म नहीं होता। कोई और चीज़ भी होती होगी। न जाने क्या? यह सब सोचते-सोचते उसने आँखें बंद कर ली हैं। खिड़की से ठंडी हवा आ रही है लेकिन इस क्षण उठकर खिड़की बंद करने की ताकत उसमें बिलकुल नहीं है। उसने पूरे शरीर को चादर से ढँक लिया है और स्ट्रीट लाइट की रौशनी में बारिश का तेज़ होना देख रहा है।

6

''मुंबई अन्य शहरों से कहीं ज़्यादा मानवीय है। अगर ऐसा न होता तो उस रोज़ वो टायफ़ाइड से चल बसा होता।''

सुबह सात बजे पानी आने के वक़्त उसकी आँख खुल गयी है। उसके शरीर के पसीने से सूती चादर भीग गयी है। उसने उठकर फ़्लैट का मेनडोर खोल दिया है और बाथरूम में आकर पानी की टंकी भरने का नॉब घुमा दिया है। वह सोफ़े पर विचारहीन-सा बैठा है। बुखार और कमज़ोरी ने उसे तोड़ दिया है। वह चाय पीना चाहता है लेकिन चाय बनाने की रत्ती भर भी सामर्थ्य उसमें नहीं है। इस क्षण उसके दिमाग में एक विचार चल रहा है कि कल रात वह मरा नहीं। शायद मौत ने तरस खाकर उसे बख्श दिया है। वह टंकी भर कर कुलकर्णी जी के फ़्लैट में आ गया है।

''अंकल एक कप चाय मिलेगी?'' उसके होंठ अब भी काँप रहे हैं। मिसेज़ कुलकर्णी ने फ़ौरन उसका माथा छुआ है, ''अरे देवा खूब ताप आहे, बैठो-बैठो मैं चाय बनाती हूँ।'' मिस्टर कुलकर्णी भी उसका कमज़ोर शरीर देखकर परेशान हो गए हैं।'' मुझे बोलना माँगता था, मैं डॉक्टर के इधर लेके जाता था। अपनी सोसाइटी में एक नर्स भी है, रुको मैं देखता हूँ।'' यह कहकर मिस्टर कुलकर्णी ने बगल के फ़्लैट की घंटी दबा दी है।

कई बार घंटी दबाने पर सफ़ेद मैक्सी पहने एक साँवली-सी लड़की ने दरवाज़ा खोल दिया है। उसके बाल बिखरे हैं। ऐसा लगता है जैसे वह अभी सो कर उठी हो। ''सॉरी नाईट ड्यूटी करके आयी क्या? देखो ज़रा इस लड़के को बुखार है, थोड़ा हेल्प करो।'' मिस्टर कुलकर्णी ने लड़की को अपने फ़्लैट के भीतर बुला लिया है।

यूँ तो उसे इस फ़्लैट में रहते क़रीब दो महीने और कुछ दिन हो गए हैं लेकिन इस लड़की को उसने आज तक नहीं देखा। शायद मुंबई के बारे में उसने ठीक ही सुना था कि इस शहर में अक्सर लोग यह तक नहीं जानते कि उनके पड़ोस में कौन रहता है। ऐसा शायद उनकी बेहद व्यस्त दिनचर्या और काम पर जाने के अलग-अलग समय के कारण होता होगा।

वह चाय पीने लगा है। लड़की अपने कमरे से फ़र्स्ट ऐड बॉक्स लेने चली गयी है। वापस आकर उसने हाथ से झटक कर थर्मामीटर उसके मुँह में लगा दिया है। फिर वह

उसे निकालकर बुखार नाप रही है। बुखार 103 डिग्री है। उसने उसे खाने के लिए बुख़ार की एक गोली दी है। उसने बिस्किट खाकर चाय से ही दवा खा ली है। तब तक बगल के फ़्लैट में रहने वाले मिस्टर भावसर भी आ गए हैं। "जय श्री कृष्णा, किसकी तबियत ख़राब है?" वो उसकी तरफ़ देख रहे हैं, "अच्छा तुम्हारी, भाई बारिश का महीना है, मलेरिया या टायफ़ाइड भी हो सकता है।" देखते-देखते इस अजनबी शहर में अचानक उसके कितने शुभचिंतक जमा हो गए हैं और ये किसी भी हालत में उसे मरने नहीं देंगे। अगर वो चाहे तब भी नहीं।

"अगर शाम तक बुखार नहीं उतरा तो अपने इधर लेके जाऊँगी। वहाँ अच्छे डॉक्टर हैं। शायद ब्लड टेस्ट भी करना पड़ेगा। एनीवे शाम को देखते हैं, लेट मे स्लीप नाउ।" लड़की कह रही है। मिस्टर भावसर नीचे चले गए हैं। लड़की ने वापस अपना दरवाज़ा बंद कर लिया है। वह दो घड़ी के लिए मिस्टर कुलकर्णी के पास बैठ गया है और लड़की के बारे में पूछ रहा है। कुलकर्णी जी ने उसे बताया है कि लड़की का नाम मायरा है। वह ब्रीच कैंडी अस्पताल में नर्स है और इस फ़्लैट में अकेली रहती है।

7

"मुंबई की बारिश अवसाद तो बढ़ाती है लेकिन फिर यहीं बारिश हमारे ज़ख्मों को धो कर उन पर मरहम भी लगाती है।"

सुबह के आठ बज गए हैं। वह सोफ़े पर लेटा है। तभी उसके दरवाज़े पर धीमी दस्तक हुई है। सामने मायरा खड़ी है, हाथ में एक छोटी कटोरी लिए, "थोड़ा उपमा बनाया था ब्रेकफ़ास्ट के लिए, खा लो।" उसने चुपचाप वह कटोरी ले ली है और दरवाज़ा बंद कर लिया है। ऐसे क्षणों में अक्सर वह सामने वाले को धन्यवाद देना भूल जाता है। उसने मन बहलाने के लिए टीवी पर फ़ैशन टीवी चैनल लगा दिया है। टॉप फ़ोटोशूट प्रोग्राम चल रहा है। इन दिनों फ़ैशन टीवी देखना उसका पसंदीदा शगल बन गया है। वह पलक झपकाए बिना घंटों सुन्दर फ़ैशन मॉडलों को देखता रहता है। हर मॉडल उसे स्वर्ग से उतरी अप्सरा सी लगती है।

दोपहर होते-होते उसने खिचड़ी बना ली है और बिना मन के खा भी ली है। शाम को उसके दरवाज़े पर फिर से धीमी दस्तक हुई है। उसने दरवाज़ा खोल दिया है। सामने मायरा खड़ी है, "मेरी शिफ़्ट है, तैयार नहीं हुए। मुझे हॉस्पिटल जाना है," उसने क्रीम कलर का टॉप और काली जीन्स पहनी है। उसने हल्का मेकअप भी किया है। "नहीं मैं यहीं आस-पास किसी डॉक्टर को दिखा लूँगा, आप परेशान मत हो," वह कह रहा है। "इसमें परेशानी क्या है, उधर बड़े डॉक्टर हैं, तुम्हारी बीमारी बढ़ गयी तो?" वह प्रश्नवाचक नज़रों से उसकी ओर देख रही है। वो एक नर्स है और बीमारियों के बारे में उसका तजुर्बा उससे कहीं ज़्यादा है। इसलिए उसे ज़िद नहीं करनी चाहिए और उसकी बात मान लेनी चाहिए। "ओके, आप दो मिनट बैठो मैं कपड़े बदल कर आता हूँ।" वह

फ़ौरन बाथरूम में घुस गया है और मुँह-हाथ धोकर साफ़ कमीज़ और जीन्स पहनकर तैयार हो गया है। उसने अपने पर्स में दो सौ रुपये भी रख लिए हैं। वह मायरा के साथ सीढ़ियों से उतर कर नीचे आ गया है।

शाम के पाँच बज रहे हैं। बारिश थमी हुई है। वह बस स्टॉप की तरफ़ बढ़ रहे हैं। सामने से एक भरी हुई बस आ रही है। ''इसमें चढ़ जाओ,'' मायरा उससे कह रही है। बस की भीड़ देखते ही वह डर गया है। ''इसमें काफ़ी भीड़ है, कोई दूसरी बस पकड़ते हैं, कोई खाली वाली,'' वह कह रहा है। ''इस वक़्त हर बस भरी हुई ही आती है, इसमें ही जाना पड़ेगा, चलो हिम्मत करके चढ़ जाओ,'' वह अपने आप को तैयार कर रही है। वो भी हिम्मत करके उसके पीछे-पीछे बस में चढ़ गया है। उसे आश्चर्य हो रहा है कि वो न सिर्फ़ सही-सलामत बस में चढ़ गया है बल्कि बस के पिछले कोने में मायरा के साथ आराम से खड़ा भी हो गया है। मुंबई की सबसे असाधारण बात है 'एडजस्टमेंट'। दूसरों के लिए जगह बनाते, एडजस्ट करते ऐसे लोग दुनिया में शायद ही कहीं और मिलें। शायद इसीलिए दो करोड़ से भी ज़्यादा की आबादी वाला यह शहर सबको अपना लेता है। मायरा ने दो टिकट ले लिए हैं। उन्होंने रास्ते में कोई बात नहीं की है। वह सिर्फ़ बस से चढ़ते-उतरते लोगों को देख रहा है। बारिश एक बार फिर शुरू हो गयी है। उनका स्टॉप नज़दीक आ रहा है। मायरा ने बस से उतरकर फुर्ती से अपनी छतरी खोल ली है। ''कम अंडर अम्ब्रेला,'' वह कह रही है। ''नो इट्स ओके, आप भीग जाओगी, आपका अस्पताल कहाँ है?'' वह अचानक काँपने-सा लगा है। ''कम अंडर दिस, तुम्हें बुखार है, मरना है क्या?'' मायरा का गुस्सा देखकर वह उसकी छतरी में आ गया है। दोनों आधे भीग रहे हैं। शुक्र है अस्पताल नज़दीक है। दोनों तेज़ कदमों से ब्रीच कैंडी अस्पताल की ओर बढ़ रहे हैं।

अस्पताल बेहद बड़ा है। इतना बड़ा अस्पताल उसने जीवन में आज तक नहीं देखा। हर तरफ़ हँसते-मुस्कुराते चेहरे। डॉक्टर, नर्सें, वॉर्डब्वॉयज़, सिक्योरिटी। शाम की रौशनी में जगमगाता अस्पताल किसी पाँच सितारा होटल की तरह लग रहा है। मायरा ने उसे रिसेप्शन के पास के काउच पर बैठा दिया है और खुद भीतर चली गयी है। थोड़ी देर बाद वह नर्स के कपड़ों में भीतर से आई है। सफ़ेद स्कर्ट, ब्लाउज़, जूते-मोज़े। उसने खुले बालों का जूड़ा बना लिया है। वो इन कपड़ों में उसे पहचान ही नहीं पा रहा है। ''डॉक्टर मवानी का अपॉइंटमेंट फ़िक्स कर दिया है। वो थोड़ी देर में आएँगे तब तक तुम यहीं बैठो।'' वह एक बार फिर भीतर चली गयी है। ठीक साढ़े सात बजे मायरा ने उसे डॉक्टर मवानी के कमरे में भेज दिया है। डॉक्टर ने ऊपरी जाँच में टायफ़ाइड की आशंका व्यक्त की है लेकिन कन्फ़र्मेशन खून की जाँच के बाद ही होगा। परचे पर दवाएँ लिख दी गयी हैं। अब वह अस्पताल के दूसरे हिस्से में टेस्ट के लिए आ गया है। मायरा को सब जानते हैं इसलिए उसे कहीं नंबर लगाने या इंतज़ार करने की ज़रूरत नहीं पड़ी है। जाँच के लिए उसके ब्लड का नमूना ले लिया गया है। ''मेरी शिफ़्ट शुरू होने वाली है। रिपोर्ट कल शाम तक मिलेगी। तुम घर निकल जाओ, जाते हुए दवाएँ लेते जाना, तुम्हें छतरी दे दूँ?।''

''नहीं बारिश रुक गयी है, मैं निकल जाऊँगा,'' यह कहकर वह जाने के लिए मुड़

गया है, अचानक उसे याद आ रहा है कि वह एक बार फिर मायरा को थैंक्स कहना भूल गया। कल सुबह वह उसे ज़रूर थैंक्स कहेगा। वह टहलता हुआ बस स्टॉप की तरफ़ बढ़ रहा है। इस वक़्त उसके दिमाग में सिर्फ़ मायरा चल रही है। इंसानियत, दया और मातृत्व से भरी।

8

''जब हर दिन रविवार की तरह हो जाये और रविवार हर दिन की तरह तब हमें समझ जाना चाहिए कि हमारा जीवन गलत पटरी पर जा रहा है।''

उसके खून की जाँच से पता चला है कि उसे टायफ़ाइड हो गया है। मियादी बुखार। बीमारी जानलेवा तो नहीं है। लेकिन हो भी सकती है। उसे कई तरह की गोलियाँ और कैप्सूल खाने को दिए गए हैं। उसे कई तरह की सावधानियाँ बरतने को भी कहा गया है। जैसे उसे पानी उबाल कर पीना है, बाहर का खाना नहीं खाना है, अपने आस-पास बेहद साफ़-सफ़ाई रखनी है वगैरह-वगैरह। बारिश हर दिन बढ़ रही है। वह कमज़ोर है, बीमार है, उदास है और बेहद अकेला भी है। इस वक़्त वह मायरा और कुलकर्णी दम्पति की दया पर आश्रित है। मिसेज़ कुलकर्णी हर शाम उसे चावल और पतली दाल (कभी-कभी कढ़ी) दे जाती हैं। वह खाना खाकर, प्लेट और कटोरी धोकर वापस कर देता है। वो उनसे कई बार कह चुका है कि वो उसके लिए तकलीफ़ मत उठायें, लेकिन हर बार मिसेज़ कुलकर्णी यही कहती हैं कि मेरी जगह अगर तुम होते तो तुम भी तो यही करते। मायरा नाईट ड्यूटी करने शाम छह बजे अस्पताल के लिए निकलती है और सुबह पाँच बजे घर लौट कर आती है। उस वक़्त वह सोया होता है। पूरी रात काम करके वह बेहद थक जाती है। वह उसे जगाना नहीं चाहता है। लेकिन वह मायरा से खूब बातें करना चाहता है, उसे अपने बारे में बताना चाहता है। लेकिन क्या एक अनजान लड़की के साथ इतना घुलनामिलना ठीक होगा, क्या बेहद कम बोलने वाली मायरा को यह सब ठीक लगेगा?

आज रविवार है। छुट्टी का दिन। वह सोच रहा है कि रविवार का दिन काम करने वाले, स्कूल में पढ़ने वाले बच्चों के लिए कितना खास होता है। रविवार के दिन लोग बिलकुल हड़बड़ी में नहीं होते हैं। सब सुकून से सोकर उठते हैं, अपनी पसंद का नाश्ता करते हैं और शाम को घूमने-फिरने जाते हैं। लोग मज़े से रविवार का दिन गुज़ारकर वापस अपने काम में लग जाते हैं और फिर से रविवार के आने का इंतज़ार करते हैं। उसे याद आ रहा है कि वो हर रविवार को अपना कमरा साफ़ किया करता था। अपनी पढ़ने की मेज़, अपनी बुकशेल्फ़, कपड़े रखने की अलमारी। दोपहर में वह अपने दो दर्जन गमलों में पानी डालता था। अपने साफ़-सुथरे कमरे को देखकर उसे कितना सुख मिलता था। रविवार तब रविवार हुआ करता था। और अब रविवार और दूसरे दिनों में कोई फर्क ही नहीं रह गया है। शायद उसका जीवन गलत पटरी पर जा रहा है।

9

"कभी-कभी उसे लगता है कि इस दुनिया में कोई अजनबी नहीं है और अजनबी से लगते ये लोग भी उसे खूब जानते हैं। बस शायद वो उनसे पहले कभी मिला नहीं है।"

सुबह के साढ़े आठ बज रहे हैं। उसने अपने फ़्लैट का मेनडोर खोल दिया है। मायरा अपना फ़्लैट लॉक करके कहीं निकल रही है। हफ़्ते भर की थकान और नींद उसकी आँखों और चेहरे से साफ़ दिखाई दे रही है। वो उसके बिना पूछे ही कह रही है, "चर्च जा रही हूँ संडे मॉस, आई विल प्रे फ़ॉर योर गुड हेल्थ, टेक केयर।" वो उसे सीढ़ियों से उतरता हुआ देख रहा है। कुछ देर बाद वो भी कुनाल को कॉल करने के लिए अपने फ़्लैट से नीचे उतर आया है। उसने पीसीओ से कुनाल को फ़ोन किया है। कुनाल की माँ की सेहत में ज़्यादा सुधार नहीं है, इसलिए शायद वह एक हफ़्ते और नहीं आ पायेगा। वह दूध और ब्रेड का पैकेट लेकर वापस अपने फ़्लैट में आ गया है। कमज़ोरी के बावजूद उसने हिम्मत करके टॉयलेट साफ़ किया है और बिस्तर की चादर बदल कर पूरे फ़्लैट में झाड़ू लगाई है। वक़्त काटने के लिए उसने जेम्स जॉयस की *यूलिसिस* उठा ली है। वह लगभग एक महीने से *यूलिसिस* पढ़ने की कोशिश कर रहा है लेकिन हर बार कुछ पेज पढ़ते ही बोरियत से उसे नींद आ जाती है। आज फिर वही हुआ है, सिर्फ़ दो पेज पढ़ते ही उसकी पलकें बंद होने लगी हैं। एक बजे के करीब उसकी आँख खुली है। उसे चाय की तलब लगी है। उसने चाय का पानी गैस पर रख दिया है। तभी उसे मायरा के फ़्लैट के खुलने की आवाज़ आ रही है। क्या उसे मायरा को चाय के लिए बुलाना चाहिए? बिना कुछ सोचे ही उसने चाय के पतीले में एक कप पानी और बढ़ा दिया है। मायरा उसके दरवाज़े पर खड़ी है "न्यूज़ पेपर चाहिए, मैं नहीं लेती हूँ। हॉस्पिटल में पढ़ने को मिल जाता है, वैसे भी घर में रद्दी जमा होती है।" उसने मायरा को आज का *टाइम्स ऑफ़ इंडिया* दे दिया है। "मैं चाय बना रहा था। आप पियेंगी?"

"श्योर, मैं कुछ खाने के लिए देखती हूँ, कम इन माय रूम," यह कहकर वह अपने फ़्लैट में चली गयी है। वह दो बड़े कपों में चाय लेकर मायरा के कमरे में आ गया है।

मायरा ने एक बड़े बोल में नमकीन और दूसरे में केले के चिप्स रख दिए हैं। वो पहली बार उसके कमरे में आया है। कमरा काफ़ी साफ़-सुथरा है। हॉलनुमा पहले कमरे में एक तरफ़ सोफ़ा रखा है और उसके सामने काँच की मेज़ रखी है। सामने टीवी स्टैंड पर टीवी और उसके नीचे म्यूज़िक सिस्टम रखा है। कोने में एक शू रैक पड़ा है। दीवार पर जीसस की फ़ोटो लगी है। हॉल की खिड़की से नीचे की सड़क साफ़ दिख रही है। पहली बार वो उसे नज़दीक से देख रहा है। मायरा बेहद पतली और लम्बी है। उसका रंग साँवला और आँखें भूरी हैं। लेकिन उसके चेहरे पर एक अजीब-सी उदासी है। जिसे वो आज बड़ी शिद्दत से महसूस कर पा रहा है, "अब कैसी है तबियत?" वो उससे पूछ रही है।

"बैटर, थैंक्स फ़ॉर ऑल योर हैल्प" वो कह रहा है। "डोंट बी फ़ॉर्मल," उसने

चिप्स का कटोरा उसकी ओर बढ़ा दिया है।

दोनों दो घड़ी खामोश बैठे हैं। फिर उसने चुप्पी तोड़ दी है।

"संडे को आप क्या करती हैं?"

"संडे हम्म, कोलाबा चर्च जाती हूँ, अक्सर लंच बाहर ही कर लेती हूँ। फिर आकर सो जाती हूँ। शाम को उठ कर घर ठीक करती हूँ। घर की छोटी-मोटी चीज़ें ले आती हूँ,शाम को थोड़ा टीवी देख लिया और खा-पी के जल्दी सो जाती हूँ।" दोनों की चाय ख़त्म हो चुकी है। वह जान गया है कि यह मायरा के आराम करने का वक़्त है और उसे कोई हक़ नहीं है कि वह उसकी दोपहर खराब करे। "अच्छा मैं चलता हूँ, आप आराम कीजिए।" वह चाय के कप लेकर अपने फ़्लैट पर आ गया है। न जाने क्यों उसे लग रहा है कि वो मायरा को पहले से जानता है। अचानक अँधेरा घिर आया है और एक बार फिर से ज़ोर की बारिश शुरू हो गयी है। वह कम्बल ओढ़कर दरी पर लेट गया है और काँच की स्लाइड पर पड़ती पानी की बौछार देख रहा है।

10

"अगर आप एक महान इंसान नहीं हैं तो कोई आप की कहानी नहीं कहेगा,
यह काम आप को खुद ही करना पड़ेगा।"

रात के ग्यारह बजे हैं। वह दीवार पर चलती घड़ी की टिक-टिक सुन रहा है। एक हफ़्ता और गुज़र गया है। बुखार थोड़ा कम ज़रूर हुआ है लेकिन कमज़ोरी पहले से कहीं ज़्यादा बढ़ गयी है। उसे सिगरेट की तलब लगी है। उसने कुनाल की मेज़ की दराज़ में से निकालकर सिगरेट जला ली है।

पुणे कम्यून में ध्यान में गहरे उतरने पर उसे अपनी गुज़री ज़िन्दगी की एक झलक मिलने लगी थी। कुछ धुँधली अस्पष्ट यादें और कुछ बेहद स्पष्ट सिनेमा के परदे पर चलते चित्रों की तरह। भली-बुरी, कड़वी-मीठी वो तमाम यादें जिनसे वो हमेशा बचने की कोशिश करता रहा था। जिन्हें उधेड़ने की बजाय वो उन्हें सी कर छुपाता रहा था। उसकी अपनी दास्ताँ। फिर एक रोज़ अपनी उसी कहानी को पन्नों पर उतारने का ख़याल दिल में घर कर गया। एक लम्बी कहानी या एक संक्षिप्त उपन्यास। वो उपन्यास जिसे लिखना तो वो अब तक शुरू नहीं कर पाया है लेकिन उसकी रूपरेखा उसने ज़रूर तय कर ली है।

उपन्यास प्रेज़ेंट टेंस थर्ड परसन में होगा। जैसे वह खुद अपना जीवन देख रहा हो और अपनी कहानी कह रहा हो।

बचपन।

वह अपने उपन्यास की शुरुआत अपने बचपन से करेगा। यूँ तो उसके बेहद साधारण से बचपन के विषय में लिखने लायक कुछ भी ख़ास नहीं है। लेकिन वह जानता है कि कहानियाँ सिर्फ़ असाधारण घटनाओं से ही नहीं बनती हैं।

लेकिन इस क्षण अपने बचपन का स्मरण करते ही उसका दिल एक अजीब से अँधेरे में डूबने लगा है। इस गहराते अँधेरे में उसे उसके बचपन का कोई सुराग नहीं मिल रहा है। इस घड़ी उसके पास कोई कड़ी, कोई सूत्र नहीं है।

उस वक़्त के खुद के बारे में जानने के लिए। वह यह सोचकर हैरान है कि उसके बचपन की एकाध फ़ोटोग्राफ़्स उसकी ड्राइंग बुक, फ़ाउंटेन पेन से पहली बार लिखी उसकी हैंडराइटिंग, उसके रिज़ल्ट कार्ड, उसकी पहली लिखी अंग्रेज़ी कविता 'ओह माय लिटिल फ़्लावर', निबंध प्रतियोगिता में जीती *पंचतंत्र* की किताब वगैरह न जाने कहाँ पड़ी होंगी। शायद उसके कमरे में। वह शंकित है कि कहीं ये चीज़ें गुम तो नहीं हो गयी हैं। यदि ऐसा हुआ तो यह उसके जीवन की सबसे बड़ी क्षति होगी।

इस घड़ी उसके पास सिर्फ़ स्मृतियाँ हैं और इस वक़्त जो कुछ भी उसे याद आ रहा है, उससे कहीं ज़्यादा वह भूल चुका है।

वो अपने कमरे की खिड़की से आसमान देख रहा है। अगस्त महीने का आसमान। अनंत तक फैले आसमान में अनगिनत छोटे-छोटे तारे टिमटिमा रहे हैं। स्मृतियों के छोटे-छोटे जलते-बुझते ज्योतिपुँजों की तरह। स्मृतियाँ। सब कुछ बीत जाने पर आखिर वही तो बचती हैं। सैकड़ों, हज़ारों, लाखों, करोड़ों स्मृतियाँ। इस विराट संसार में मिलती, बिछुड़ती, टकराती, डूबती, तैरती, उभरती स्मृतियाँ। कभी सिनेमा के परदे पर चलते चित्रों की तरह रंगीन, स्पष्ट, सजीव और कभी कैमरे की निगेटिव फ़िल्म की तरह काली, धुँधली और अस्पष्ट। और कहते हैं कि कुछ भी तब तक ख़त्म नहीं होता जब तक कि वह हमारी स्मृतियों में सुरक्षित है। आज न जाने क्यों उसे असीम की याद आने लगी है। दो महीनों में उसने असीम को एक भी चिट्ठी नहीं लिखी।

बिना एक भी क्षण गंवाए वह असीम को चिट्ठी लिखने बैठ गया है।

प्रिय दादा,

7 अगस्त, 2004

आशा करता हूँ तुम ठीक होगे। इतने दिन चिट्ठी न लिखने के लिए माफ़ी चाहता हूँ। यहाँ दिन-रात बारिश होती रहती है। दो-तीन हफ़्ते पहले मुझे टायफ़ाइड हो गया था। बुख़ार उतरता ही नहीं था। मेरा रूम पार्टनर कुनाल अपने घर आसनसोल चला गया था। मेरी हिम्मत टूट गयी थी और मौत का डर सताने लगा था। मेरे ठीक सामने के फ़्लैट में एक वृद्ध महाराष्ट्रियन दम्पति रहते हैं और बगल के फ़्लैट में मायरा नाम की एक एंग्लो इंडियन लड़की रहती है। मायरा ब्रीच कैंडी अस्पताल में नर्स है। भला हो इन पड़ोसियों का जिन्होंने मुझे मरने से बचाया। बारिश और टायफ़ाइड के कारण चीज़ें काफ़ी डिले हो गयी हैं।

ख़ैर...

कुछ दिनों पहले से एक नॉवेल लिखने की इच्छा दिल में बैठ गयी है, जानता हूँ तुम्हें अजीब लगेगा। मैं मेरी अपनी ही कहानी लिखना चाहता हूँ। हर काम की तरह इस काम

में भी मैं तुम्हारी मदद चाहूँगा।

दादा तुम तो जानते ही हो कि मैं बचपन से अपने लिखे को लेकर कितना शंकित और असंतुष्ट रहा हूँ। दरअसल मैं वैसा लिख नहीं पाता जैसा सोचता हूँ। तुमने तो कितना पढ़ा है दादा। मैं चाहूँगा कि तुम मुझे प्रेरणा दो। मुझे बताओ कि एक अच्छे उपन्यास में क्या-क्या गुण होने चाहिए?

एक बार सब ठीक हो जाये तब तुम्हें मुंबई बुलाऊँगा। दोनों खूब घूमेंगे। वक़्त निकालकर घर चले जाना। माँ अकेली है।

तुम्हारे जवाब के इंतज़ार में।

तुम्हारा छोटा भाई

7 अगस्त 2004

मुंबई से।

चिट्ठी लिखकर उसने दो-तीन बार पढ़ी है और लिफ़ाफ़े में डाल कर टीवी के ऊपर रख दी है। कल सुबह वह उसे पोस्ट कर देगा। उसके बाद उसने लिखना शुरू कर दिया है और घंटों लिखता रहा है। तब तक जब तक कि उसकी आँखें गहरी नींद से झपकने नहीं लगी हैं। सुबह पाँच बजे के करीब वह सो गया है।

11

''इस विराट संसार में बिना माँ-बाप के रहना सबसे बड़ा अभिशाप है।''

चंद मुलाकातों में ही वह मायरा के बारे में काफ़ी कुछ जान गया है। मायरा उम्र में उससे आठ साल बड़ी है। मायरा का पूरा नाम मायरा जोसफ साइमन है। वह एंग्लो इंडियन मूल की है। एंग्लो इंडियन यानी ऐसे लोग जो मिक्स्ड ब्रिटिश और इंडियन परेंटेज के हैं। जिन्हें यूरेशियन भी कहा जाता है। मायरा मूलत: केरल के कोल्लम ज़िले की रहने वाली है। उसके दादा साइमन ब्रिटिश मूल के थे और भारत में ईसाइयत और अंग्रेज़ी शिक्षा के प्रचार-प्रसार के लिए आये थे। ब्रिटिश जो भारत में मुख्यत: व्यापार करने आये थे। धीरे-धीरे यहाँ राज करने की सोचने लगे। धीरे-धीरे भारतीय उपमहाद्वीप एक ब्रिटिश कॉलोनी बन गया। भारत में ब्रिटिश महिलाओं की कम संख्या होने के कारण ब्रिटिश सरकार ने अंग्रेज़ों को भारत की महिलाओं से शादी करने के लिए प्रोत्साहित किया। शायद यह ब्रिटेन के भारत में लम्बे समय तक राज करने की रणनीति का एक अहम हिस्सा था। मायरा बताती है कि उस वक़्त ऐसे जोड़े को संतान होने पर पंद्रह चाँदी के सिक्के दिए जाते थे। मायरा की दादी जाति की ब्राह्मण थी, जिन्होंने धर्म परिवर्तन कर लिया था जो आगे चलकर माउंट कारमेल गर्ल्स स्कूल में शिक्षिका हुईं।

फिर देश के आज़ाद होने के बाद ज़्यादातर एंग्लो इंडियन ब्रिटेन, ऑस्ट्रेलिया, कनाडा जैसे देशों में चले गए। जबकि कुछ एंग्लो इंडियंस ने यहीं पर रहने का निश्चय किया। ऐसा

उनके भारत की ज़मीन के साथ गहरे जुड़ाव के कारण हुआ होगा। शायद ऐसा ही कुछ मायरा के परिवार के साथ भी था। मायरा के पिता ने ब्रिटिश आर्मी ज्वाइन करने का निर्णय ठुकरा दिया और परिवार सहित बॉम्बे आ गए। वे यहीं बॉम्बे पोर्ट ट्रस्ट में काम करते थे और माँ बॉम्बे पोर्ट ट्रस्ट हॉस्पिटल में नर्स थी। मायरा का बचपन वडाला में बीता। जब मायरा के माँ-बाप उसे और उसकी बड़ी बहन मार्था को उसकी आंटी ग्लोरिया के पास छोड़कर एक शादी में सम्मिलित होने केरल जा रहे थे। तभी 8 जुलाई 1988 को भारतीय रेल इतिहास की सबसे बड़ी दुर्घटना घटी जब बैंगलोर-त्रिवेंद्रम एक्सप्रेस पेरुमान पुल तोड़ कर अष्टमुदि नदी में जा गिरी। दुर्घटना में मायरा के माँ-बाप समेत सौ से भी अधिक लोग मारे गए। इतनी बड़ी दुर्घटना का कारण आज भी अज्ञात है। कुछ लोगों का मानना था कि ऐसा एक बवंडर के कारण हुआ जबकि कुछ लोगों का मानना था कि ट्रेन की स्पीड काफ़ी ज़्यादा थी और पुल की मरम्मत का काम चल रहा था।

मायरा और मार्था अनाथ हो गयीं। माँ-बाप की मौत के बाद दोनों बहनों का पालन-पोषण उनकी अविवाहित आंटी ग्लोरिया ने किया जो पिछले वर्ष ही अस्थमा की लम्बी बीमारी के कारण चल बसीं। मार्था क्राइस्ट चर्च स्कूल वडाला में टीचर है और वडाला में ही अपने परिवार के साथ रहती है। परिवार में उसका पति एल्वियो, एक बेहद प्यारा-सा बेटा एनोश है। मायरा ब्रीच कैंडी अस्पताल में सर्जिकल नर्स है।

उसने भी मायरा को अपने बारे में सब कुछ बता दिया है कि वह कहाँ का रहने वाला है। उसके घर में कौन-कौन है और वह मुंबई में क्या करने आया है वगैरह-वगैरह। उसे मायरा की कई चीज़ें अच्छी लगने लगी हैं। जैसे कभी-कभार किसी बात पर उसका मुँह पर हाथ रखकर 'ओह जीसस!' कहना। हमेशा नींद से भरी उसकी आँखें। उसके हाथों से आती सेनेटाइज़र की महक। उसके बायें हाथ की कलाई पर गुदा क्रॉस का छोटा-सा चिन्ह। लेकिन जो बात उसे मायरा में सब से अच्छी लगती है वो है उसका संतुलित बर्ताव। उसने उसे न तो कभी अत्यधिक खुश होते हुए देखा है ना ही अत्यधिक दुखी। लेकिन वह जानता है कि वह अकेली है, उससे भी कहीं ज़्यादा।

मायरा और कुलकर्णी दम्पति की देख-रेख से उसकी तबीतय में थोड़ा सुधार हुआ है।

वह जानता है कि एक रोज़ कुनाल वापस आ जायेगा और तब मायरा असहज हो जाएगी। तब वह भी इतनी बेफ़िक्री से मायरा के साथ समय नहीं बिता पायेगा। न जाने क्यों वह चाहने लगा है कि कुनाल जल्दी वापस न आये।

अब वह हर दिन बस रविवार के आने का इंतज़ार करता है।

12

"एक सच्चा धार्मिक व्यक्ति या तो सभी धर्मों में विश्वास कर सकता है या फिर किसी भी धर्म में नहीं। यह कैसे संभव है कि कोई राम या कृष्ण को चाहे लेकिन पैगम्बर मोहम्मद और जीसस को नहीं।"

एक बार फिर रविवार आ गया है। अब तक उसका बुखार भी पूरी तरह से उतर चुका है। सुबह के साढ़े आठ बज रहे हैं। वह अपने फ़्लैट का मेनडोर खोलकर अखबार पढ़ रहा है। दरअसल वह मायरा के अपने फ़्लैट से निकलने का इंतज़ार कर रहा है। नौ बजते-बजते मायरा अपने फ़्लैट से बाहर निकल आयी है। उसने आसमानी रंग का टॉप और गहरे नीले रंग की जीन्स पहनी है।

''चर्च चलोगे? मैंने जीसस को कहा था कि एक बार तुम ठीक हो जाओ तुम्हें साथ लेके आऊँगी, आई नो कि तुम इसमें ज़्यादा बिलीव नहीं करते हो, स्टिल?'' वह उसकी तरफ़ देख रही है।

''ज़रूर, मरने से बचा हूँ, जीसस का धन्यवाद ज़रूर अदा करना चाहिए एंड इट्स ऑलवेज़ नॉट ए मैटर ऑफ़ बिलीफ़,'' यह कहकर वह चेंज करने भीतर चला गया है।

वह मायरा के साथ टैक्सी पकड़ कर अफ़ग़ान चर्च आ गया है।

दक्षिण मुंबई के कोलाबा क्षेत्र के नेवी नगर में स्थित यह चर्च अफ़गान युद्ध में मारे गए सैनिकों की स्मृति में ब्रिटिशों द्वारा 1938 में बनवायी गयी थी। हर तरफ़ भीड़-भाड़ और शोरगुल वाले इस शहर में यह चर्च एक शांत द्वीप की तरह है। वह जीवन में पहली बार किसी चर्च को भीतर से देख रहा है।

विश्व के तमाम चर्चों की तरह यह चर्च भी स्थापत्य और कलाकारी का एक बेहतरीन नमूना है। चर्च का आंतरिक हिस्सा बेहद ख़ूबसूरत है। रंगीन काँच की खिड़कियाँ देखते ही बनती हैं। मायरा ने प्रार्थना करनी शुरू कर दी है और वह जीसस की मूर्ति को देखकर उनके बारे में सोच रहा है, 'जीसस जिन्हें प्यार से यीशु कहते हैं, मानवता के इतिहास के सबसे महत्त्वपूर्ण व्यक्तित्व हुए हैं। यीशु जो मानवता के लिए सलीब पर चढ़ गए और जो दो हज़ार से भी अधिक सालों से निरंतर लोगों की आस्था का केंद्र बने हुए हैं। इस दुनिया पर कितने ही लोगों ने अपना प्रभाव छोड़ा लेकिन नाजरथ के बढ़ई के बेटे की तरह नहीं। क्या वे भगवान थे? कौन जाने? वैसे उन्होंने खुद ही कहा था कि मैं जगत का प्रकाश हूँ।' जीसस न जाने क्यों उसे अपने राम और कृष्ण की तरह ही लग रहे हैं। मायरा ने उसके सामने *बाइबिल* रख दी है और उसे आँखें मूँद कर यीशु का ध्यान करने का इशारा कर रही है। उसने *बाइबिल* खोल ली है, *बाइबिल* के उस पन्ने पर उसकी अब तक कि पढ़ी सबसे सुन्दर बात लिखी है।

"Judge not and ye not be judged, condemn not and ye shall not be condemned, forgive and ye shall be forgiven "

मायरा इस चर्च से जुड़ी अपने बचपन की यादों के बारे में बात कर रही है। बचपन में वो अपने माता-पिता, बहन मार्था और आंटी के साथ इसी चर्च में संडे मास के लिए आया करती थी। दोनों बहनें यहीं घास में खेला करती थीं। चर्च से निकल कर वो डॉक पर मछलियाँ खरीदने जाया करते थे। उसे और मार्था को टूना फ़िश बहुत पसंद थी।

चर्च से निकल कर उसे एक अजीब-सी शांति मिल रही है। वहाँ से निकल कर वो

ससून डॉक आ गए हैं, जहाँ से मायरा ने फ़िश खरीदी हैं। फिर वे कोलाबा मार्केट घूमते हुए गोकूल नाम के होटल में आ गए हैं। मायरा ने अपने लिए फ़िश करी और राइस और उसने अपने लिए एग करी और राइस ऑर्डर कर दिया है। लम्बे बुखार के बाद उसे खाने में स्वाद नहीं आ रहा है। फिर भी भुने मसाले वाली ग्रेवी की खुशबू उसे अच्छी लग रही है। खाना खाकर वो घंटा भर कोलाबा मार्केट घूमते रहे हैं। मायरा ने कॉज़वे से छोटी-मोटी चीज़ें खरीदी हैं। नेल पेंट्स, परफ़्यूम, हल्का-सा कढ़ाई किया झोला वगैरह। फुटपाथ पर पुरानी किताबें मिल रही हैं।

इस दुनिया में एक ही चीज़ बची है जिससे उसका आकर्षण ख़त्म नहीं हुआ है, वो हैं किताबें। अच्छी-बुरी, नयी-पुरानी, हिन्दी-अंग्रेज़ी या किसी भी भाषा की किताबें। उन्हें देखने भर से उसे कितना सुख मिलता है। टॉलस्टॉय, दोस्तोयवस्की, फिट्जिरॉल्ड की क्लासिक से लेकर मुंबई टूर गाइड और खाना बनाने की रेसिपी तक की सैकड़ों किताबें फुटपाथ पर बेतरतीब पड़ी हुई हैं।

''यू वांट टू बाय ऐनी बुक?'' मायरा उससे पूछ रही है।

''नो डोंट वांट टू गो इवन एनी क्लोज़र टू दैट प्लेस, आई विल एन्ड अप बाइंग टिल द लास्ट पेनी आई हैव, वैसे भी मेरे पास पैसे नहीं हैं,'' वो हँसकर कह रहा है।

''मैं दे देती हूँ इसमें क्या बड़ी बात है, यू नो दीज़ बुक्स आर रियली चीप,'' मायरा उसकी ओर देख रही है।

''नहीं वैसे भी अब यहीं रहना है, जब पैसे आएँगे तब ले लूँगा,'' उसने आगे बढ़ने के लिए मायरा को अपना हाथ दे दिया है। मायरा ने भी बिना कुछ सोचे अपना हाथ उसके हाथ में दे दिया है।

वहाँ से निकलकर वो इरोस टॉकीज़ के पास आ गए हैं। तीन बजने में बस कुछ मिनट ही बाकी हैं। इरोस टॉकीज़ में फ़िल्म चल रही है 'वीर ज़ारा।' जब से वो मुंबई आया है उसने एक भी फ़िल्म नहीं देखी है। और 'वीर ज़ारा' तो उसके पसंदीदा निर्देशक यश जी की फ़िल्म है। वह मायरा से फ़िल्म देखने का आग्रह कर रहा है। मायरा उससे कह रही है ''आई डोंट वाच मूवीज़, आई गेट बोर, बट विद यू इट्स ओके।'' उसने झट से स्टाल की दो टिकटें खरीद ली हैं। टॉकीज़ पूरा भरा हुआ है, बड़ी मुश्किल से वो अपनी सीट ढूँढ कर बैठ गए हैं। यश जी की आवाज़ दिल से होकर सीधी रूह में उतर रही है।

एक दिन जब सवेरे-सवेरे, सुरमयी से अँधेरे की चादर हटा के
एक परबत के तकिये से, सूरज ने सर जो उठाया, तो देखा
दिल की वादी में चाहत का मौसम है
और यादों की डालियों पर
अनगिनत बीते लम्हों की कलियाँ महकने लगी हैं।

वो बिना पलक झपकाए फ़िल्म देख रहा है। यह है एक असरदार फ़िल्म का प्रभाव, जिसको देखते-देखते इंसान उसी दुनिया में चला जाता है। फ़िल्म ख़त्म होने के बाद भी

उसकी यादें जीवन भर ज़िंदा रहती हैं। फ़िल्म ख़त्म करके वो मरीन लाइन्स पर आकर बैठ गए हैं। मुंबई में उसके बिताये दो महीनों में आज का यह दिन सबसे अच्छा दिन है। अरब सागर में हाई टाइड है। वह मायरा के साथ लहरों का उठना-गिरना देख रहा है। जहाँ तक नज़र जाती है जगमगाती क्वीन नेक्लेस दिख रही है। उसने अपना हाथ एक बार फिर मायरा के हाथ पर रख दिया है। दोनों बड़ी देर तक यूँही बैठे रहे हैं।

मायरा का स्पर्श उसके हृदय को तरंगित कर गया है। उसके दिल में पंखुड़ी की यादें फिर से ताज़ा हो गयी हैं। उसे याद आ रहा है कि एक रोज़ दिसंबर की ठण्ड में निर्जन पड़े रेलवे स्टेडियम में पंखुड़ी उससे बात करते-करते उसकी गोद में ही सो गयी थी और वह ठंडी पड़ती उसकी उँगलियों से देर तक खेलता रहा था।

उस रोज़ उसने घड़ी नहीं पहनी थी और वक़्त बताने के लिए दूर-दूर तक कोई नहीं था।

जब गहराती धुँध के कारण स्टेडियम की दीवार तक दिखना बंद हो गयी थी तब उसने उसे उठा कर कहा था, ''बहुत देर हो गयी है। चलो अब घर चलें, इतनी देर-देर तक घूमती हो कोई डाँटता नहीं है तुम्हें?'' तब पंखुड़ी ने कहा था ''इतनी ख़ूबसूरत शाम के लिए थोड़ी डाँट खा भी ली तो चलता है, वैसे मुझे कोई डाँटता नहीं है, सब प्यार करते हैं सिर्फ़ आपको छोड़कर।'' उस रात घर लौटकर उसने बड़ी ख़ूबसूरत-सी नज़्म लिखी थी—

ऐसे ही तमाम रात कटी
सर्द मौसम में लिपटे हुए बैठे रहे हम
चाँदनी रात की सरगोशियाँ सुनते रहे हम
आग की लौ हमें मोम-सा पिघलाती रही
ऐसे ही तमाम रात कटी
काँपते हाथों से हम ख्वाबे जहाँ बुनते रहे
दिल की धड़कन की नमनाक सदा सुनते रहे
ज़र्द पत्तों को हवा प्यार से सहलाती रही
ऐसे ही तमाम रात कटी
कब की जागी हुई रातों को बुलाया हमने
थपकियाँ दे के उन्हें खूब सुलाया हमने
एक नफ़स आती रही एक नफ़स जाती रही
ऐसे ही तमाम रात कटी

13

''कामातुरता का ज्वार दो पल में हमें इंसान से जानवर बना देता है।''

रात के आठ बज गए हैं। वो अपने-अपने फ़्लैट में चले गए हैं। उसने कपड़े बदलकर चाय चढ़ा दी है। साढ़े आठ बजे चाय लेकर वो मायरा के फ़्लैट में आ गया है। मायरा नहा कर आयी है। उसके गीले बालों से पानी चू रहा है।

"व्हाट शुड आई कुक?" वो उसकी ओर देख रही है।

"व्हाट बेस्ट यू कैन कुक?" वो मुस्कुरा रहा है।

"नथिंग, आई एम ए हॉरिबल कुक। आई विल हैव मिक्स्ड वेजिटेबल सूप। तुम्हारे लिए कुछ बना दूँ?"

"नहीं बस सूप काफ़ी है," वह उसके पीछे-पीछे उसकी किचन में आ गया है। किचन बेहद साफ़-सुथरी है। मायरा ने पानी उबलने को रख दिया है। वह धीरे-धीरे सब्ज़ियाँ काट रही है। बीन्स, कैबेज, कैरेट। मायरा ने उबलती सब्ज़ियों में नींबू, कॉर्नफ़्लोर और अदरक के बारीक़ टुकड़े मिला दिए हैं। थोड़ी देर में सूप तैयार हो गया है। बाहर बारिश फिर तेज़ हो गयी है। मायरा ने म्यूज़िक सिस्टम में धीमी आवाज़ में गाना लगा दिया है। धुन सुनते ही हमेशा की तरह वो गाना पहचान गया है और बोल पड़ा है "फ्रैंक सिनात्रा 'स्ट्रेंजर्स इन द नाईट'।"

"राइट, तुम सुनते हो इंग्लिश गाने?"

"मेरे दोस्त एडवर्ड को अंग्रेज़ी गाने बहुत पसंद थे, वही सुनाता था फ्रैंक सिनात्रा, फिल कॉलिन्स, विटनी ह्यूस्टन।"

फिर मायरा उसे अपना पारिवारिक एल्बम दिखा रही है। अपने माँ-बाप की शादी की फ़ोटो। उसके बचपन की फ़ोटो। उसकी बहन मार्था की शादी की फ़ोटो।

"आप बिलकुल अपनी माँ जैसी लगती हैं," वह कह रहा है।

आगे मायरा उसे अपने काम के बारे में बता रही है कि एक सर्जिकल नर्स को क्या-क्या करना पड़ता है।

"आपने नर्स होना ही क्यों चुना?"

"बिकॉज़ माय मदर वाज़ ए नर्स, लोग उन्हें जानते थे और मेरे पास मेडिकल पढ़ने के पैसे भी नहीं थे।" कहते-कहते वो उदास हो गयी है।

आगे मायरा ने उसे अपने पेशे से जुड़ी कई बातें बताई हैं, जिनसे वो अब तक अनजान था।

मायरा डॉक्टर बनना चाहती थी, लेकिन पैसे और संरक्षक के अभाव के कारण सिर्फ़ नर्स बनकर रह गयी।

मायरा आगे उसे बता रही है कि हमारे इस देश में नर्सों की स्थिति बेहद खराब है। ऐसी लड़कियों की संख्या बहुत कम है जो अपनी मर्ज़ी से नर्स बनना चाहती हों। और नर्सों की इस ख़राब स्थिति का मुख्य कारण है समाज का उनके प्रति नज़रिया। न जाने क्यों डॉक्टर, मरीज़, वार्ड ब्वॉयज़ यहाँ तक कि मरीज़ और उनके रिश्तेदार तक उन्हें गन्दी नज़रों से देखते हैं, जैसे वो बिकाऊ हों। भारत में नर्सों की न सिर्फ़ तनख्वाह बेहद कम है बल्कि उन्हें घरेलू नौकरों से ज़्यादा महत्त्व नहीं दिया जाता है। इस पेशे में बहुसंख्यक लड़कियाँ केरल प्रान्त के ग़रीब या निम्न मध्यम वर्गीय परिवारों की हैं। हालांकि वर्ल्ड हेल्थ आर्गनाइज़ेशन (WHO) ने 1970 में नर्सिंग को एक पेशे का दर्जा दे दिया है फिर भी हमारे देश में नर्सों

की स्थिति लगातार दयनीय बनी हुई है।

यह सब जानकर उसके हृदय में मायरा के प्रति करुणा के साथ-साथ प्रेम भी पनपने लगा है। ''बट आई एम हैप्पी ऐज़ ए नर्स,'' यह कहते-कहते मायरा की आँखों में आँसू का एक क़तरा आ गया है। थोड़ी देर के लिए दोनों चुप हो गए।

मायरा उठकर अपनी खिड़की के पास खड़ी हो गयी है। बाहर तेज़ हवा चल रही है। कुछ देर बाद वह भी आकर मायरा के बगल में खड़ा हो गया है। बारिश के छोटे-छोटे छींटे हवा से उड़कर उन तक आ रहे हैं। उसके हाथ मायरा की कमर में आ गए हैं। उसने अपने होंठ मायरा के होंठों पर रख दिए हैं। उसके शरीर में एक अजीब-सी सिहरन दौड़ गयी है। उसे अपने पैरों के नीचे का फ़र्श बेहद ठंडा लगने लगा है और उसके भीतर कुछ जलने लगा है। उफनता हुआ। कुछ गर्म-सा, बाहर आने को बेचैन। मायरा के उभार पत्थर की तरह सख्त हो गए हैं और उसके होंठों से आग निकल रही है। अचानक मायरा ने उसे खुद से अलग कर दिया है। उसे कुछ समझ में नहीं आ रहा है। मायरा कह रही है, ''आई वांट ए सीरियस रिलेशनशिप, आई वांट कमिटमेंट, कैन यू गिव मी ?'' उसे समझ में नहीं आ रहा है कि इस क्षण वो मायरा की इस बात का क्या जवाब दे। वह अपने फ़्लैट में वापस चला आया है। वह पंखुड़ी के साथ की गलती दुहराने से बच गया है।

14

''युद्ध, अशांति और पेट की भूख इंसान को अपनी जड़ों से मीलों दूर ला पटकती है।''

कुछ दिनों पहले नुक्कड़ की दुकान से सिगरेट खरीदते-खरीदते उसकी जान-पहचान एक टैक्सी चलाने वाले से हो गयी है। टैक्सीवाले का नाम इस्लाम है। इस्लाम का पूरा नाम इस्लाम मुहम्मद है, जो सुल्तानपुर के गाँव अलदमु नूरपूर के रहने वाले हैं। उनकी उम्र के बारे में कह पाना मुश्किल है। इस्लाम की बातचीत का अवधी लहज़ा उसे बड़ा अपना सा लगता है। अब अक्सर पान की इस दुकान पर उसका सामना इस्लाम से हो जाता है और उसके सिगरेट मुँह से लगते ही इस्लाम अपने लाइटर से उसकी सिगरेट जला देते हैं। चंद मुलाकातों में इस्लाम उसके लिए इस्लाम भाई बन गए हैं और 'पैसे मैं दूँगा, भाई आप मुझसे छोटे हैं' जैसा अपनत्व पनप गया है। भायखला में इस्लाम की खोली है, जिसमें वो अपने भतीजे नज़ीब के साथ रहते हैं। नज़ीब फ़ारस रोड पर स्थित लल्लन शू मैन्युफ़ैक्चरिंग कंपनी में काम करता है।

एक रोज़ इस्लाम भाई अपनी बावन साल की ज़िन्दगी की कहानी बड़े मुख़्तसर अंदाज़ में सुना देते हैं, ''बाप हमारे पतंग-मांजे की दुकान चलाते थे। हम दो भाई और तीन बहन थे। सबसे बड़ा मैं था। मैं पाँचवीं तक ही पढ़ पाया, कसूर अब्बा का था जो चाहते थे कि मैं दुकान पर भी बैठूँ और पढ़ाई भी कर लूँ, तो धीरे-धीरे पढ़ाई छूटती गयी और एक रोज़ दुकान भी बंद हो गयी। एक रोज़ अब्बा को लकवा मार गया और कोई सूरत न देखकर मैं

बम्बई चला आया। सन् 88 में। सोचा, 'कुछ साल कमा लूँ, बहनों की शादी-वादी कर दूँ।' हमारे गाँव के चचा थे, उनसे टैक्सी चलाना सीखा। बड़ी मेहनत की भाई अब क्या कहूँ, टैक्सी में सोता था, संडास-पेशाब, नहाना-धोना सब खुले में। एक वक़्त खाता था कभी-कभार दो वक़्त भी खा लेता था। फिर बहनों की शादी की। अब्बा का इलाज शुरू कराया।'' इस्लाम भाई सिगरेट का आखिरी लम्बा कश मारकर उसे पैरों से रगड़कर बुझा देते हैं, कहते-कहते उनका लहज़ा संजीदा हो जाता है, ''अब क्या कहूँ भाई, सब ठीक ही चल रहा था कि सन् 93 वाले दंगों में हिन्दू भाई लोगों ने मेरी टैक्सी जला दी। क्योंकि टैक्सी के पीछे 786 लिखा था। अब टैक्सी मेरी तो थी नहीं, चार साल लगे नुकसान की भरपाई करने में।''

जिन हिन्दुओं ने इस्लाम भाई की टैक्सी जला दी उनके लिए भी वो भाई जैसा शब्द इस्तेमाल कर रहे थे जो खासे अचरज की बात थी। आगे इस्लाम भाई ने कहा, ''अब ये दंगे तो नेता लोग करवाते हैं, नाम देते हैं मज़हब का। सच कहूँ भाई मेरे तो सारे दोस्त हिन्दू हैं, एकाधे मोहम्डन हैं।''

''आपकी शादी,'' वह भी अपनी सिगरेट का आखिरी कश लेकर पूछता है।

''बीवी है, एक लड़का भी है, अब्बा तो गुज़र गए, अम्मा हैं, ज़ईफ़ हैं, सो सब गाँव में ही हैं उनकी देखभाल करने के लिए। यहाँ छोटी-सी खोली में सबको रख भी तो नहीं सकते हैं। बीवी कहती है कि गाँव आ जाओ लेकिन...'' कहते-कहते इस्लाम भाई रुक जाते हैं, आँसुओं से भर रही आँखें बस डबडबाने ही वाली हैं। बातचीत का विषय फ़ौरन बदल जाता है।

''अब तो प्राइवेट गाड़ियाँ इतनी चलने लगी हैं कि टैक्सी को कोई पूछता नहीं है, लम्बा भाड़ा तो मिलता ही नहीं है। अब देखें कब तक गुज़ारा होता है इस शहर में। बम्बई घूमे हैं कि नहीं। एक रोज़ चलिए घुमा दें, एलीफैंटा, गेटवे, हाजीअली, अमिताभ बच्चन का घर।''

''कुछ खास नहीं घूमे हैं इस्लाम भाई, एक रोज़ ज़रूर बैठेंगे आपकी टैक्सी में।''

बातचीत कर इस्लाम भाई रुख़्सत हो जाते हैं, वह टैक्सी के पीछे चिपके पोस्टर को देखता रह जाता है, जिसमें आँसू बहाती एक औरत आती ट्रेन का इंतज़ार कर रही है, पोस्टर पर लिखा है, 'घर कब आओगे।'

शायद इस्लाम भाई की बीवी भी उनके सुल्तानपुर लौटने का इंतज़ार कर रही हो। ऐसा लौटना कि फिर कभी वापस जाना ही न हो।

15

''जीवन अक्सर हमें भावुकता छोड़ कर सच देखने पर मजबूर कर देता है।''

सुबह दरवाज़े पर हुई दस्तक़ से उसकी नींद टूट गयी है। यह दस्तक वह खूब पहचानता है। कुनाल वापस आ गया है।

''कैसी है माँ की तबियत?'' वो कुनाल से पूछ रहा है।

“अब ठीक है,” कुनाल अपना सूटकेस खाली करके सीधा बाथरूम में घुस गया है।

उसने गैस पर चाय चढ़ा दी है।

“तुम्हारी तबियत कैसी है?” कुनाल तौलिये से सर पोंछते हुए उससे पूछ रहा है।

“टायफ़ाइड हो गया था, अब ठीक है, बस थोड़ी कमज़ोरी है,” उसने चाय छानकर कुनाल को दे दी है।

कुनाल मिठाई का एक पैकेट फ्रिज में रख रहा है। “मिठाई है माँ ने भेजी है, खा लेना।”

सुबह के ग्यारह बजने को हैं, अचानक दरवाज़े पर फिर दस्तक हुई है। कुनाल ने दरवाज़ा खोल दिया है। सामने उसकी गर्लफ्रेंड रितु खड़ी है। “ओह कुनाल, आई मिस्ड यू सो मच, हाउ इज़ योर मदर, आय मीन आंटी?”

“अब ठीक हैं,” यह कहकर कुनाल ने रितु को भीतर बुलाकर दरवाज़ा बंद कर लिया है। भीतर आते ही रितु ने हमेशा की तरह यहाँ-वहाँ घूमना शुरू कर दिया है। “घर कितना गन्दा पड़ा है, टॉयलेट पीला पड़ गया है, टायफ़ाइड के जर्म्स यहीं से पैदा होते हैं, लेट मे क्लीन। इसे भी तो टायफ़ाइड हो गया था ना,” रितु के हीनता से उसकी ओर देख रही है। उसे रितु के बर्ताव पर गुस्सा आ रहा है। उसे मालूम नहीं कि वो कैसी बीमारी से बचा है। अपने पैरों पर चलकर बाथरूम तक जाने की शक्ति नहीं रह गयी थी उसमें।

उसे लगता है कि वह कुनाल के साथ अधिक समय नहीं रह पायेगा। उसे किसी के साथ चीज़ें शेयर करना बहुत बुरा लगता है। वैसे भी उसे माँ को मुंबई लेकर आना है। लेकिन उसके पहले उसे एक नौकरी चाहिए। इस क्षण रितु और कुनाल की मौजूदगी में उसका दम घुट रहा है।

शायद कुनाल भी यहीं चाहता है कि वो उसे और रितु को अकेला छोड़कर कुछ घंटों के लिए कहीं चला जाये। वो कपड़े बदलकर नीचे आ गया है। उसने सिगरेट जला ली है और पैदल ही स्टेशन की ओर बढ़ रहा है। उसने चर्चगेट की ट्रेन ले ली है। स्टेशन से बाहर निकल कर पूछते-पूछते वो मुंबई हाई कोर्ट गया है। हाई कोर्ट से लगी एक बिल्डिंग के दूसरे माले पर बार काउन्सिल का ऑफ़िस है। लंच ऑवर है। अधिकांश कर्मचारी अपनी डेस्क पर नहीं हैं, और कुछ अपनी जगह पर ही बैठ कर अपना टिफिन खा रहे हैं। वो एक कर्मचारी से एनरोलमेंट की प्रक्रिया के बारे में पूछ रहा है। कर्मचारी ने उसे एक कागज़ दे दिया है। जिस पर एनरोलमेंट की प्रकिया लिखी है। एनरोलमेंट के लिए उसे एक फ़ॉर्म भरना होगा और दो डिमांड ड्राफ़्ट बनवाने होंगे। एक बार काउन्सिल ऑफ़ महाराष्ट्र एंड गोवा के लिए और दूसरा बार काउन्सिल ऑफ़ इंडिया के लिए। इसके अलावा उसे ग्रेजुएशन, एल.एल.बी. मार्कशीट और अपने बर्थ सर्टिफ़िकेट के साथ कोर्ट यूनिफ़ार्म में एक फ़ोटो भी लगानी होगी। इसके बाद उसकी डिग्री वेरिफ़ाई होने उसकी यूनिवर्सिटी में भेजी जाएगी। इसके अलावा एनरोलमेंट के लिए दो एडवोकेटों का रिकमेंडेशन भी लगेगा। वहाँ से निकलकर वो बार काउन्सिल लाइब्रेरी में आ गया है। लाइब्रेरी काफ़ी बड़ी है। लोग शांति से बैठे पढ़ रहे हैं।

वहाँ से निकलकर वो ओवल मैदान घूमता हुआ गवर्नमेंट लॉ कॉलेज आ गया है। उसने सुना था कि कई लीगल फ़र्म्स सीधे कॉलेज से ही लॉ ग्रेजुएट्स को नौकरी पर रख लेती हैं। बतौर लीगल अप्रेंटिस या जूनियर लॉयर्स के तौर पर। कॉलेज के नोटिस बोर्ड पर दर्जनों लीगल फ़र्म्स के जॉब ऑफ़र के बारे में लिखा है। लेकिन ध्यान से पढ़ने पर उसे पता चला है कि उनमें से अधिकांश जून, जुलाई महीने के ऑफ़र्स हैं जो अब तक भर चुके होंगे। उसे मालूम है कि एनरोलमेंट की प्रक्रिया में उसे कम-से-कम महीना भर और लग जायेगा।

इस वक़्त उसके सामने कई चुनौतियाँ हैं। सबसे पहली चुनौती है माँ का ऑपरेशन, दूसरी चुनौती है किराये पर फ़्लैट लेकर माँ को साथ रखने का इंतज़ाम करना, फिर बार काउन्सिल में एनरोलमेंट, एक सेल फ़ोन लेना और एक बैंक अकाउंट खोलना। उसके पास रुपये शायद दस हज़ार से कुछ कम ही बचे हैं।

उसे तुरंत कुछ काम चाहिए। उसका दिल डूबने लगा है। वह परेल आ गया है और परेल के फ़ुट ओवरब्रिज पर खड़ा मुंबई शहर को देख रहा है। यूँ तो सारा शहर ही रौशनी में डूबा है। लेकिन न जाने क्यों हवा में एक अजीब-सा भारीपन है। इस क्षण उसे ऐसा लग रहा है कि उसी की तरह हर इंसान अपनी नाकामियों और अपने अधूरे सपनों का बोझ लिए धीरे-धीरे अपने ठिकानों की तरफ़ बढ़ रहा है। मुंबई में आज उसका एक और दिन बीत गया है।

16

''भय और ग्लानि में भय को चुनना सही होता है क्योंकि भय तो बस कुछ समय ही रहता है लेकिन ग्लानि आजीवन पीछा नहीं छोड़ती है।''

30 अगस्त की रात जब बारिश एक बार फिर थमने का नाम नहीं ले रही है, तब लिखते-लिखते रात के दो बजे क़रीब उसे चाय की तलब लगी है। दिन में कई मर्तबा चाय बनाने के कारण दूध ख़त्म हो चुका है। अचानक उसके दिमाग़ में मुंडू का ख़याल आया है। पिछले क़रीब दो हफ़्तों से मुंडू से नहीं मिला है। अगले चार दिनों में वह परेल छोड़ देगा और न जाने फिर उससे कब मिल पाए।

यह सोचकर वह तुरंत छाता उठाकर मुंडू की चाय पीने निकल पड़ा है। तेज़ हवा से उसका छाता सँभल नहीं रहा है। छाता होने के बावजूद मिनट भर में वह सर से पाँव तक भीग गया है। स्ट्रीट लाइट की रोशनी में दूर खड़े मुंडू को देखकर उसे संतोष हो रहा है कि इतनी बारिश में उसका नीचे उतरना व्यर्थ नहीं हुआ। साथ ही साथ उसे मुंडू की उसके काम के प्रति गंभीरता के बारे में सोच कर अचरज भी हो रहा है। वैसे रोज़ कमाने और खाने वाले लोगों के पास इसके अलावा दूसरा चारा भी क्या है।

''क्या साब किधर था इतने दिन भूल गया मेरे को लगा?''

''अरे नहीं मुंडू ऐसी बात नहीं है, तुम कैसे हो?'' वह मुंडू से पूछ रहा है।

''बारिश के कारण धंधे का वाट लग गया है साब, कुछ कमाई नहीं है, सोचता हूँ चाय का धंधा छोड़के बार में वेटर बन जाऊँ, पगार तो वक़्त पे मिलेगा कम-से-कम, टिप ऊपर से।'' शायद मुंबई की इस बेरहम बारिश ने मुंडू के फ़ौलादी हौसले पस्त कर दिए हैं।

''कुछ पैसे-वैसे चाहिए तो दे दूँ,'' वह मुंडू से पूछ रहा है।

''अभी नहीं साब जभी लगेगा तब बोलेगा मैं आपसे,'' मुंडू शर्माकर नीचे देखने लगा है।

''कुछ दिन में मैं यहाँ से चला जाऊँगा,'' उसने चाय पीकर कप मुंडू को दे दिया है।

''किधर गाँव, अपने मुलुक!'' मुंडू का चेहरा उतर गया है। तभी स्टेशन की सीढ़ियों के नज़दीक से कुछ अजीब-सी आवाज़ें आ रही हैं। बारिश के कारण वो ठीक से सुन नहीं पा रहा है। शायद दो लोग किसी औरत से ज़बरदस्ती कर रहे हैं।

वो आगे बढ़ना ही चाह रहा है कि मुंडू उससे कहता है, ''साब रोज़ का है, उधर मत देखो।''

अचानक उसी औरत की चीख उसके कानों में पड़ी है। वह तेज़ कदमों से उस ओर चल पड़ा है। नज़दीक पहुँचने पर वो देख रहा है कि एक ख़ूबसूरत-सी लड़की दो आदमियों के बीच में फँसी है। उसके कपड़ों से वो बार में काम करने वाली लड़की लग रही है। दोनों आदमियों ने शराब पी रखी है। उसे नज़दीक खड़ा देख कर भी उन्हें कोई फ़र्क़ नहीं पड़ा है।

''तेरे को पच्चीस बार बोला कि मैंने एडवांस ले लिया, पैसा खर्चा हो गया। इसके साथ बैठ जा सुबह मैं खुद टैक्सी से भेज देगा, मगज मत फिरा फिरोजा।''

दाढ़ी वाला आदमी लड़की की कलाई मरोड़े जा रहा है।

''बोला न मेरी बेटी को बुखार है, मेरे को नहीं बैठने का है, मंजू के साथ बैठा दे इसको,'' लड़की हाथ छुड़ाने की कोशिश कर रही है।

''मैंने तेरे लिए एडवांस दिया, मंजू जूनी हो गयी है, मंजू का डेढ़ हज़ार देगा, मैं एड़ा है क्या?'' दूसरे आदमी ने लड़की के चेहरे को अपने हाथों से मसल दिया है।

ना जाने उसके भीतर से कौन बोल रहा है, ''उसे जाने दो, उसकी बच्ची बीमार है।'' उसकी आवाज़ काँप रही है।

''तू कौन है साले, चलती में मत चढ़, निकल इधर से।'' वह उत्तर प्रदेश का है और दख़ल देना उसके स्वभाव में है।

दाढ़ी वाले के इतना कहते ही उसने पूरी ताकत से उसे झापड़ मार दिया है। लड़की की कलाई आज़ाद हो गयी है। लड़की दो कदम पीछे हो गयी है। तभी उसकी पीठ पर दूसरे आदमी ने ज़ोर का मुक्का मार दिया है, वो लड़खड़ा गया है, उसके हाथ से छाता छूट गया है। उसे कुछ समझ में नहीं आ रहा है। लड़की ब्रिज की ओर भाग रही है। उसने तुरंत छाता उठाकर दाढ़ी वाले के मुँह पर खींच मारा है।

"तू इसको देख मैं फ़िरोज़ा को देखता हूँ। फ़िरोज़ा नहीं मिली तो एडवांस वापस लूँगा हनीफ़।" यह कहकर आदमी लड़की के पीछे ब्रिज की ओर भागा है। तब तक उसमें और दाढ़ी वाले आदमी में ज़ोर की हाथापाई शुरू हो गयी है। बाइक पर आते दो लड़कों ने उन्हें लड़ता देख कर बाइक वापस मोड़ ली है। उसके हाथ पर दाढ़ी वाले ने अपने नाख़ून गड़ा दिए हैं। वह उसे लगातार गालियाँ दिए जा रहा है। तभी मुंडू ने आकर हनीफ़ के आगे हाथ जोड़ लिया है। "जाने दो भाई, नया लगता है, इसको मालूम नहीं होगा।" उसके होंठों से खून बह रहा है और सर तेज़ी से घूम रहा है।

"देखेंगा मैं तेरे को," यह कहकर हनीफ़ भी ब्रिज की ओर भाग गया है। कोई एक्सप्रेस ट्रेन परेल स्टेशन से गुज़र रही है। मुंडू उसके बगल में आकर बैठ गया है। "क्यों खाली-पीली मारामारी किया साहब, हनीफ़ राज अन्ना के लिए काम करता है, भड़वा है वो। बार में नाचने वाली लड़की लोंग का दलाली करता है।"

उसके पास मुंडू के सवाल का कोई जवाब नहीं है कि उसने बिना जाने-बूझ इन अजनबी लोगों से हाथापाई क्यों की? उसने बचपन से आज तक कभी इस तरह की गाली-गलौज, मारपीट नहीं की थी। क्या सिर्फ़ उस लड़की के लिए जो अपने ग्राहक को रुसवा कर बुखार में पड़ी अपनी बच्ची के पास जाना चाहती थी या फिर कोई बहुत पुराना गुस्से का लावा उसके भीतर छुपा था। सहसा उसे याद आता है कि कुछ साल पहले जब उसकी बहन ज्योत्स्ना डॉक्टर सहगल के क्लिनिक में काम करती थी तब ऐसे ही किसी लड़के ने उसे बिकाऊ समझ कर उससे ज़बरदस्ती करनी चाही थी, बेचारी ज्योत्स्ना डर कर हफ़्ते भर घर से बाहर नहीं निकली थी। तब अपने घर के चक्कर लगाता देख वो उस लड़के को मार डालना चाहता था।

यह कम नहीं कि उसने आज इन दोनों को ज़िंदा छोड़ दिया है।

अगले चार दिन वो मौत के डर के साये में जिया है। वह अपने फ़्लैट से नीचे नहीं उतरा है। क्या पता हनीफ़ और राज अन्ना के लोग घात लगाए उसका इंतज़ार कर रहे हों? आखिर ये उनका धंधा है और वो जानता है कि मुंबई का मतलब ही है धंधा, बिज़नेस।

17

"एक कहानी उसके लेखक की दुनिया को अच्छा या बुरा बताने की कोशिश नहीं बल्कि अच्छी या बुरी जैसी भी ये दुनिया है उसमें महज़ गहरे झाँकने की कोशिश है।"

दो हफ़्ते के भीतर ही असीम की चिट्ठी आ गयी है।

प्रिय अनुज,

मैं यहाँ ठीक-ठाक हूँ। तुम्हारी टायफ़ाइड वाली खबर ने मुझे चिंता में डाल दिया है। अपना ख़याल रखो। जानकर अच्छा लगा कि तुम्हारे पड़ोसियों ने तुम्हारा ख़याल रखा।

वर्ना जिस शहर में लोगों के पास खुद के लिए वक़्त नहीं है वहाँ किसी अजनबी के प्रति इतनी इंसानियत वाक़ई बड़ी बात है। कभी-कभी मुझे लगता है कि जैसे हम होते हैं वैसे ही लोग हमें मिल जाते हैं।

तुम्हारे उपन्यास लिखने के निर्णय से मैं काफ़ी खुश हूँ और चाहूँगा कि तुम उसे जल्द शुरू करो। मुझे बड़ा अजीब लगा जब तुमने मुझसे प्रेरणा की उम्मीद की। मैं खुद को इस योग्य नहीं मानता हूँ।

फिर भी तुम्हें उपन्यास लेखन के विषय में कुछ ज़रूर बताना चाहूँगा।

Nietzsche - before speaking of art , one must try to create a work of art.

मेरी ज़िन्दगी के बारे में थोड़ी-बहुत जो समझ है वह अधिकांशतः उन उपन्यासों और फ़िल्मों की देन है, जिन्हें मैंने बड़े चाव से पढ़ा और देखा है। फिर चाहे वो शेक्सपियर, गेटे, टॉलस्टॉय हों या प्रेमचंद। मैंने जीवन को हमेशा इनके नज़रिये से ही देखा है।

मेरे हिसाब से एक बेहतरीन उपन्यास में निम्नलिखित गुण होते हैं।

1. एक बेहतरीन उपन्यास वह है जिसे पढ़ते समय पेज-दर-पेज एक-एक दृश्य हमारी आँखों के सामने खिंचने लगता है यानी शब्द विज़ुअल्स में तब्दील होने लगते हैं। जैसे टॉलस्टॉय की *अन्ना कैरेनिना* पढ़ते वक़्त सेंट पीटर्सबर्ग की ट्रेन में बैठे व्रोंस्की के बारे में सोचती अन्ना का विज़ुअल हमारी आँखों के सामने चलने लगता है।
2. दूसरी बात एक बेहतरीन उपन्यास वह है जिसे पढ़ते समय हम सोचने पर मजबूर हो जाते हैं कि इसका कितना हिस्सा वास्तविक और कितना हिस्सा लेखक की कल्पना की उपज है। जैसे कॉनन डॉयल का *शरलॉक होम्स*।
3. एक बेहतरीन उपन्यास वह है जिसे पढ़ते समय हम उसके किरदारों और उनके साथ घट रही घटनाओं को मॉरली जज करने लगते हैं, जब उन किरदारों का दुःख-सुख हमारा दुःख और सुख बन जाता है।

   तुम्हें याद होगा कि टॉलस्टॉय की *अन्ना कैरेनिना* पढ़ते वक़्त मैं किस कदर अन्ना के प्रेम में पड़ गया था और अन्ना की खुदकुशी ने मुझे महीनों दुःख में डुबोये रखा था। सच कहूँ तो ट्रेन के डिब्बों के बीच गिरकर मरती अन्ना का चित्र आज भी कभी-कभी आँखों के सामने खिंच जाता है, यह ताकत है टॉलस्टॉय की असरदार लेखनी की।

   और क्या मादाम बॉवेरी की एक छोटे से शहर तोस्ते छोड़कर पेरिस जाने की अदम्य इच्छा उन तमाम औरतों की इच्छा नहीं होती जो छोटे शहरों में घुट-घुट कर जी रही होती हैं। फ्लाबेयर लिखता है, 'पेरिस! समुद्र के असीम फैलाव की तरह ईमा की आँखों के आगे झिलमिलाता रहता।'

   ईमा इस दुनिया के बारे में जितना ज़्यादा सोचती, उतनी ही अपनी आस-पास की दुनिया से दूर होती चली जाती थी। अपने आस-पास का माहौल, गाँव का उकताहट

भरा जीवन, मध्यमवर्गीय मूर्खताएँ और एक सतही अस्तित्व से जुड़ी सीमायें ईमा को एक अपवाद की तरह प्रतीत होतीं, अपनी खुशियों और चाहतों की दुनिया से दूर की चीज़।

यहाँ एक बात और ध्यान देने की है कि उपन्यास लेखक कि दुनिया को अच्छा या बुरा बताने की कोशिश नहीं है, बल्कि अच्छी या बुरी जैसी भी ये दुनिया है महज़ उसमें गहरे झाँकने की कोशिश है।

4. एक बेहतरीन उपन्यास वह है जिसे पढ़ते-पढ़ते हम उस मुअम्मे को ढूँढने लगते हैं जिसके कारण वह उपन्यास लिखा जाता है। मुअम्मा यानी प्रोजेक्टर का वह छिद्र जहाँ से फ़िल्म निकलती है। मुअम्मा सतह से काफ़ी दूर होता है, लेकिन एक पाठक या दर्शक एक कृति में शुरू से अंत तक उसे ही ढूँढता रहता है।

5. और आखिर में एक बेहतरीन उपन्यास वह है जिसका असर वक़्त बीतने के साथ खत्म नहीं होता। जिसकी एक यूनिवर्सल अपील होती है। जिससे विश्व में कहीं भी बैठा पाठक जुड़ जाता है। जैसे—

अन्ना कैरनिना और मादाम बॉवेरी।

आशा करता हूँ कि मेरी इन बातों से तुम्हें थोड़ी प्रेरणा ज़रूर मिलेगी।

चिट्ठी का जवाब देना।

तुम्हारा

असीम

असीम की चिट्ठी उसने कई बार पढ़ी है, इस चिट्ठी ने उसे काफ़ी गहरे प्रेरित किया है।

18

"दुनिया की कोई भी जगह हो, पढ़ाने की कला हमें भूखे मरने से बचा लेती है।"

आज महीनों बाद वह 7 बजे सुबह ही सो कर उठ गया है। कुनाल बैडरूम में सो रहा है। उसने मेनडोर खोल दिया है। कुलकर्णी जी के फ़्लैट से 'संत तुलसीदास' फ़िल्म के भजन की आवाज़ आ रही है। पंडित भीमसेन जोशी की भक्तिरस से सराबोर आवाज़ समूची सुबह को भक्तिमय कर रही है।

एक ऐसी आवाज़ जो किसी नास्तिक को भी आस्तिक बना दे। चन्दन की धूप की खुशबू कमरे तक आ रही है।

राम प्रभु आधार जगत के
राम प्रभु आधार जगत के
राम जीवनाधार

राम एक आदर्श हमारे
वंदन करूँ हज़ार
श्री राम श्री राम
श्री राम श्री राम

वह चाय पी रहा है। *टाइम्स ऑफ़ इंडिया* का क्लासिफ़ाइड पेज छोटी-बड़ी तमाम नौकरियों के विज्ञापनों से भरा पड़ा है। तभी उसकी नज़र ट्यूशन सर्विस दिलाने वाले एक ऐड पर रुक गयी है। ट्यूशन्स।

कितने साल उसने ट्यूशनों पर गुज़ारा किया है। तब क्या मुफ़लिसी के इस वक़्त में उसे एकाध ट्यूशन्स नहीं पकड़ लेने चाहिए? इसमें हर्ज़ ही क्या है। पढ़ना उसे कितना अच्छा लगता है। उसने सुना है कि मुंबई जैसे शहर में ट्यूशन्स के ठीक-ठाक पैसे मिल जाते हैं। उसका दोस्त उज्ज्वल भी अपनी इंजीनियरिंग की पढ़ाई के दौरान ट्यूशन्स पर ही गुज़ारा करता था। उसने फ़ौरन तीन-चार ट्यूशन सर्विसेज़ के नंबर एक साफ़ कागज़ पर लिख लिए हैं। सुबह के दस बजे के बाद वो उन्हें पी.सी.ओ. से जाकर फ़ोन करेगा। उसने फ्रिज से निकालकर कुनाल की लायी मिठाई खा ली है और अपना नॉवेल लेकर बैठ गया है। वह पहले से लिखे पन्नों को री-राइट कर रहा है। नौ बजे करीब उसने चाय बनायी है और फिर लिखने बैठ गया है।

सवा दस बजे के क़रीब नीचे उतर कर उसने पी.सी.ओ. से ट्यूशन सर्विस का फ़ोन मिला दिया है। फ़ोन सतीश नाम के एक लड़के ने उठाया है। वह उसे अपनी क़्वालीफ़िकेशन और तजुर्बे के बारे में बता रहा है। यह जानते ही कि उसने लॉ किया है सतीश की आवाज़ में उत्साह आ गया है। ''आपने लॉ किया है ना। मैं आपको लॉ का एक अच्छा ट्यूशन देता हूँ। लिखो-लिखो एड्रेस लिखो, लड़का लॉ फ़र्स्ट ईयर में है। फ़ैमिली अच्छी है।''

देव आशीष कोपरेटिव हाउसिंग सोसाइटी, अहिंसा मार्ग, 15 रोड खार वेस्ट।''

''फ़ीस?'' उसके मुँह से निकल गया है।

''फ़ीस आपके ऊपर है। लेने वाले टू फ़िफ़्टी-थ्री फ़िफ़्टी पर ऑवर का लेते हैं। पहले जाओ देखो बात करो। लेडी का नाम सुजाता कृष्णन है। तो मैं बोल दूँ कि आप आज शाम से चालू कर रहे हो। हाँ मेरा कमीशन मालूम है ना?''

''नहीं,'' वो कटती हुई कॉल को सिक्का डाल कर आगे बढ़ा रहा है।

''फ़र्स्ट मंथ की फ़ीस का फ़िफ़्टी परसेंट मेरा, दूसरे महीने से पूरा पैसा आपका। आपको जमेगा ना?'' सतीश उससे पूछ रहा है।

''ठीक है मैं आज शाम ही चला जाऊँगा। थैंक यू,'' यह कहते ही फ़ोन कट गया है।

शाम को पाँच बजे वो मिसेज़ स्मृति कृष्णन के घर आ गया है। घर ग्राउंड फ़्लोर पर है। उसने बेल बजा दी है। मिसेज़ कृष्णन ने दरवाज़ा खोला है। पहनावे से वो एकदम शुद्ध साउथ इंडियन औरत लग रही हैं। साँवला रंग, भरा हुआ शरीर, कांजीवरम की भारी

साड़ी, माथे पर बड़ी-सी मरून बिंदी। बालों में गजरा और हाथों में सोने के दो मोटे कड़े।

''आइये-आइये, प्लीज़ कम इन, मुझे लगा कि आप अधेड़ होंगे, पर आप तो काफ़ी जवान हैं।''

वो मुस्कुरा दिया है। वह जानता है कि यहाँ उसे उतना ही बोलना है जितना ज़रूरी है।

''विवेक नहा रहा है, आप किधर रहता है?''

''जी परेल।''

आगे मिसेज़ कृष्णन उसे बता रही हैं कि आठ साल पहले दिल की बीमारी से विवेक के पिता गुज़र गए। चार साल पहले मिसेज़ कृष्णन ने दूसरी शादी कर ली। दूसरी शादी से उन्हें एक बेटा प्रणव है। तभी उसकी नज़र छोटी साइकिल पर घूमते प्रणव पर पड़ी है। जो उसे देखकर शरमा कर परदे के पीछे छुप गया है। आगे मिसेज़ कृष्णन उसे बता रही हैं कि वो *एस.एस.आई.* नाम के एक न्यूज़ पेपर के लिए काम करती हैं जो स्मॉल स्केल इंडस्ट्रीज़ से जुड़ी खबरें प्रकाशित करता है। मिसेज़ कृष्णन चाहती हैं कि विवेक लॉ कर ले लेकिन उस पर सिंगर बनने का भूत सवार है। विवेक यूँ तो इतना बुरा नहीं गाता है लेकिन इतना अच्छा भी नहीं गाता है कि सिंगर बन पाए। इन दिनों वो उनसे एल्बम बनाने के लिए पैसे माँग रहा है। तब तक विवेक आ गया है।

मिसेज़ कृष्णन हँस कर कह रही हैं कि मेरे पास इसके एल्बम के लिए पैसे कहाँ हैं। मैं खुद अपने माँ-बाप के घर में रहती हूँ। बाय द वे डू यू हैव इंट्रेस्ट इन म्यूज़िक?

''नहीं, कुछ खास नहीं,'' वह जानबूझकर कह रहा है। जबकि म्यूजिक में उसे अच्छा-खासा इंट्रेस्ट है।

''वैसे मेरा विवेक बहुत अच्छा लड़का है, ए बिट शाय टाइप, नो गर्लफ्रेंड। कोई गलत आदत नहीं है,'' मिसेज़ कृष्णन प्यार से विवेक के गीले बालों में हाथ फेर के कह रही हैं।

''हाय सर, म्यूज़िक इज़ माय गर्लफ्रेंड एंड आई डोंट वांट टू हैव टू गर्लफ्रेंड्स।'' विवेक पूरी गर्मजोशी से अपना हाथ उससे मिला कर कह रहा है।

''आप विवेक से बात करो, मैं कुछ खाने के लिए भेजती हूँ।'' यह कहकर मिसेज़ कृष्णन किचन में चली गयी हैं। विवेक के नाना-नानी धीमी आवाज़ में तमिल में कुछ बात कर रहे हैं।

''सर आई कैन नॉट बिलीव दैट यू आर ऐ लॉयर, यू एक्चुअली लुक लाइक एन आर्टिस्ट,'' जैसे एक हीरे की परख सिर्फ़ एक सच्चे जौहरी को होती है वैसे ही एक कलाकार दूसरे कलाकार को देखते ही पहचान जाता है।

''आय लव म्यूज़िक, आय डिड नॉट से इन फ्रंट ऑफ़ योर मदर एंड आई वुड लव टू लिसेन टू योर कम्पोज़िशन्स,'' वो मुस्कुरा रहा है। ''तब तक तुम मुझे अपनी किताबें दिखा दो।'' मिसेज़ कृष्णन उसके लिए कॉफ़ी और आलू के चिप्स से भरा बोल लेकर आ

गयी हैं। वो विवेक की किताबें देख रहा है। कॉन्ट्रैक्ट, कंस्टीटूशन, फ़ैमिली लॉ और लॉ ऑफ़ टॉर्ट्स जिसे पढ़ाने में उसे कोई खास दिक़्क़त नहीं होगी।

"मैं तुम्हें हफ़्ते में तीन दिन पढ़ाऊँगा, मंडे, वेनेस्डे और सैटरडे। मैं शाम को छह बजे करीब आऊँगा। होप यू आर ओके?" वो विवेक से पूछ रहा है।

विवेक तैयार है, वो कॉफ़ी पीकर कल शाम आने का वादा कर विवेक के साथ बाहर निकल आया है। बाहर ठंडी हवा चल रही है। हर बार की तरह उसने इस बार भी अपनी फ़ीस के बारे में नहीं पूछा है। इस वक़्त जो भी मिले वह उसके लिए ज़्यादा ही होगा। लेकिन विवेक उसे अच्छा लगा है, स्टूडेंट से ज़्यादा एक दोस्त। एक एस्पायरिंग सिंगर।

19

"महीनों बाहर रहने के बाद घर वापस लौटने का ख़याल भर हमारी तकलीफ़ों को कई गुना कम कर देता है। हर इंसान एक दिन अपनी मिट्टी, अपने वतन लौट जाना चाहता है।"

मुंबई में उसके अगले दो महीने काफ़ी महत्त्वपूर्ण रहे हैं। उसने बार काउन्सिल की सदस्यता ले ली है। विवेक के अलावा उसे रौशनी नाम की एक सिंधी लड़की को अंग्रेज़ी सिखाने का मौका मिल गया है। रौशनी की शादी हाल ही में हुई है। उसका पति कनाडा में आईटी इंजीनियर है। छह महीनों के भीतर रौशनी को डिपेंडेंट वीज़ा के लिए आवेदन करना है। इस कारण उसके ससुरालवाले चाहते हैं कि वो अंग्रेज़ी और एडवांस देश में रहने के तौर-तरीके जल्द सीख ले। रौशनी को अंग्रेज़ी सिखाना उसे बहुत भारी पड़ रहा है। खानदानी सिंधी रौशनी अपनी मातृभाषा के प्रभाव से ऊपर नहीं आ पा रही है। हर वीकेंड पर जब उसका पति रंजीत चेनानी उसे फ़ोन करता है तो रौशनी की अंग्रेज़ी सुनकर झुँझला कर सिंधी में बात करने लगता है। पिछले महीने भर में रौशनी ने उससे जितनी अंग्रेज़ी नहीं सीखी उससे कहीं ज़्यादा सिंधी वो उससे सीख चुका है। रौशनी के परिवार ने उसे पूरे छह महीने की फ़ीस पंद्रह हज़ार रुपये एक साथ दे दी है। इसके अलावा उसे कुनाल के दोस्त आशीष के कारण नेशनल जियोग्राफ़िक चैनल बायोग्राफ़ी सीरीज़ के ट्रांसलेशन का काम भी मिल गया है। वह इस काम को लेकर बहुत उत्साहित है। यह सीरीज़ गाँधी, गैलेलिओ, एन.फ्रेंक, कोलंबस जैसी महान हस्तियों के जीवन की आत्मकथा है। उसने नवी मुंबई के वाशी इलाके में किराये का घर भी ले लिया है, जिसकी चाभी उसे एक अक्टूबर को ही मिलेगी। घर का किराया चार हज़ार रुपये है, बिजली और पानी का बिल उसे अलग से देना होगा। इलाका साफ़-सुथरा और बेहद शांत है। सोसाइटी का नाम सुदर्शन कोपरेटिव हाउसिंग सोसाइटी है। जिसके अधिकांश घरों में मध्यमवर्गीय परिवार रहते हैं। उसकी बहन ज्योत्स्ना का फ़्लैट भी यहीं पास में है। थोड़ी ही दूर पर एक मन्दिर और बच्चों के खेलने का एक बड़ा-सा हरा-भरा पार्क है। हाईवे और बस डिपो भी नज़दीक हैं। वह सोच रहा है कि माँ को यह जगह ज़रूर पसंद आएगी। कुल मिलाकर सब कुछ ठीक है सिवाय दो दिक्कतों के। पहली यह कि फ़्लैट तीसरे माले

पर है जिस पर चढ़ने में माँ को खासी मुश्किल होगी और दूसरा वाशी से मुंबई काफ़ी दूर है। आना-जाना उसे भारी पड़ेगा। लेकिन उसके पास फ़िलहाल दूसरा कोई विकल्प नहीं है। उसने कुनाल को अपने इस निर्णय के बारे में बता दिया है। माँ के साथ आकर रहने के ख़याल से इस क्षण वह काफ़ी खुश है। उसने नवम्बर की पंद्रह तारीख को अपने शहर जाने का टिकट भी करा लिया है।

20

''कभी-कभी लोग उतने बुरे भी नहीं होते जितना हम उन्हें समझने लगते हैं।''

आज पहली अक्टूबर है। वो परेल छोड़कर नवी मुंबई जा रहा है। उसने अपनी सारी चीज़ें, अपने दो नीले बैगों में भर दी हैं और किताबें कार्टन बॉक्स में। किसी भी जगह पर कुछ समय रहने से इंसान को एक अजीब-सा जुड़ाव एक अजीब-सा अपनापन हो जाता है। इन बीते चार महीनों में उसे परेल के इस फ़्लैट, उसके पड़ोसियों से यहाँ आस-पास फैली दुनिया से कुछ ऐसा ही लगाव हो गया है।

वो मिस्टर एंड मिसेज़ कुलकर्णी से विदा लेने उनके फ़्लैट में आ गया है।

''जी मैं आज वाशी जा रहा हूँ,'' वह फ़्लैट के बाहर चप्पल उतारते हुए कह रहा है।

''क्यों?'' एकनाथ सदाशिव कुलकर्णी अचरज से पूछ रहे हैं।

''जी माँ का एक ऑपरेशन कराना है। उन्हें यहाँ तो साथ नहीं रख सकता, इसलिए भाड़े पर एक फ़्लैट ले लिया है, आप लोगों का बड़ा एहसान रहा,'' यह कहकर उसने उनके पैर छुए हैं।

''अच्छा-अच्छा लेकिन हमसे मिलने तो आओगे ना?'' मिसेज़ कुलकर्णी की आँखों में आँसू आ गए हैं।

''क्यों नहीं आऊँगा। अबकी बार अपनी माँ को साथ लेकर आऊँगा। आप लोग अपना ख़याल रखियेगा,'' वह उनके फ़्लैट से बाहर आ गया है।

वहाँ से वह मायरा के फ़्लैट पर आ गया है। वह जानता है कि यह वक़्त उसके सोने का है। इस वक़्त उसे उठाना ठीक नहीं लग रहा है, लेकिन वह उससे बिना मिले कैसे जा सकता है? मायरा का कितना एहसान है उस पर। उसने मायरा के फ़्लैट की घंटी बजा दी है। हमेशा की तरह नींद से अलसायी अपनी सूजी आँखें और बिखरे बाल लिए मायरा उसके सामने खड़ी है।

''आई एम लीविंग टुडे, गोइंग टू वाशी,'' वो कह रहा है। न तो मायरा ने ना ही उसने सोचा था कि वो इतनी जल्दी इतने नज़दीक आकर एकाएक इतने दूर चले जायेंगे। शायद मायरा ने इस कहानी का अंत ऐसे नहीं सोचा होगा और वो भी तो अपनी मन:स्थिति के कारण किसी तरह का कमिटमेन्ट नहीं करना चाहता था।

''थैंक्स मायरा फ़ॉर ऑल योर लव एंड केयर, आई एम गोइंग टू मिस यू,'' यह कहकर उसने अपना हाथ आगे बढ़ा दिया है।

''मी टू, टेक केयर,'' यह कहकर मायरा ने बिना उससे हाथ मिलाये अनमने मन से दरवाज़ा बंद कर लिया है। शायद उसे उसका यूँ जाना अच्छा नहीं लगा है।

वह अपने फ़्लैट में वापस आ गया है। कुनाल ने उसके फ़ेयरवेल के लिए बिरयानी मँगाई है। कुनाल उसके जाने से खुश नहीं है लेकिन वो दुखी हो ऐसा भी नहीं है।

दोनों फ़र्श पर साथ बैठकर बिरयानी खा रहे हैं जो बेहद लज़ीज़ है।

''मैं इस महीने का किराया दो महीने बाद ही दे पाऊँगा, मैंने उस फ़्लैट का डिपॉज़िट दे दिया है,'' वह कुनाल से कह रहा है।

''चलेगा, कुछ पेजेज़ पढ़े थे, कुछ लिख रहे थे क्या?'' कुनाल पूछ रहा है।

''नॉवेल लिख रहा हूँ,'' वो पानी पीते हुए कह रहा है।

''नॉवेल मुझे लगा फ़िल्म की स्क्रिप्ट,'' कुनाल कह रहा है।

वो निकलने को तैयार है। उसने अपने दोनों बैग ले लिए हैं। कुनाल ने उसकी किताबों से भरा कार्टन लिया है। वह बालकनी से नीचे देख रहा है। टैक्सी खड़ी है। बालकनी में रखे जैस्मिन के पौधे में एक छोटा-सा सफ़ेद फूल निकल आया है। वह अपने फ़्लैट में भी जैस्मिन लगाएगा। वह मन-ही-मन इस फ़्लैट को अलविदा कह रहा है। नीचे इस्लाम भाई अपनी टैक्सी में बैठे उसका इंतज़ार कर रहे हैं। गणेशोत्सव आने वाला है। त्यौहार की तैयारियाँ शुरू हो गयी हैं। वह सामान रखकर उनके बगल की सीट पर बैठ गया है। इस्लाम भाई की टैक्सी चल पड़ी है।

टैक्सी में लगे पुराने म्यूज़िक सिस्टम में मुहम्मद अज़ीज़ की भली आवाज़ में सूफ़ी क़व्वाली बजनी शुरू हो गयी है।

''किरपा करो महाराज़ मोइनुद्दीन, ख़्वाजा ग़रीब नवाज़।''

न जाने क्यों आज इस्लाम भाई चुप हैं। टैक्सी बढ़ती जा रही है और परेल पीछे छूटता जा रहा है।

21

''जीवन में अक्सर हमें वैसे ही लोग मिल जाते हैं जैसे कि हम होते हैं।''

दोपहर के दो बजे हैं। अक्टूबर की धूप खिली है। वह वाशी स्थित सुदर्शन कोपरेटिव हाउसिंग सोसाइटी में रहने के लिए आ गया है। कुछ ही दिनों के बाद वह माँ को लेने शहर जायेगा। तब तक उसे इस फ़्लैट में अकेले रहना होगा। फ़्लैट, बिल्डिंग की तीसरी और आखिरी मंज़िल पर है। पड़ोस के दो परिवार महाराष्ट्रियन हैं और एक परिवार शायद

गुजराती मूल का है। पति का उपनाम देसाई है लेकिन पत्नी ईसाई है जिसका नाम डायना है। डायना के दो लड़के हैं जिनकी उम्र 16 से 18 साल के बीच की लगती है। बड़े लड़के का नाम मोहनीश और छोटे का नाम रजनीश है।

पहली नज़र में परेल के पड़ोसियों की तरह उसे यहाँ के पड़ोसी भी भले ही लगे हैं। इन पाँच महीनों में पहली बार उसे पूरी तरह अकेले रहने का मौका मिला है। नवी मुंबई की ऊँची-ऊँची इमारतें, खुली सड़कें और चारों तरफ़ फैली हरियाली उसकी सोच को विस्तार दे रही है।

सुदर्शन कोपरेटिव हाउसिंग सोसाइटी तीन-तीन मंज़िल की चार अलग-अलग इमारतों से बनी एक सोसाइटी है। इमारत दस से पंद्रह वर्ष पुरानी मालूम पड़ती है जिसके बीचोबीच बच्चों के खेलने का एक पार्क है। इमारतों के पिछले हिस्से में गाड़ियाँ खड़ी करने की खुली पार्किंग है। सोसाइटी के दो गेट हैं एक मेनगेट जो मुख्य सड़क पर खुलता है, दूसरा पीछे की तरफ़ जहाँ दर्जनों बड़े-बड़े पंक्तिबद्ध मकान हैं जिन्हें यहाँ रॉ हाउस कहते हैं। मुख्य सड़क पर ही ज़रूरत के सामानों की दो-चार दुकानों के अलावा दवा की एक दुकान और वाइन शॉप भी है। उसने सुना है कि यहाँ से बस थोड़ी ही दूर पर नवी मुंबई का सबसे बड़ा ए.पी.एम.सी. फ्रूट्स एंड वेजिटेबल मार्किट है। हाईवे के उस पार वाशी रेलवे स्टेशन और नवी मुंबई का सबसे बड़ा मॉल सेंटर वन है।

फ़्लैट में कुल मिलाकर दो कमरे हैं। पहला हॉलनुमा एक बड़ा कमरा फिर उससे लगा किचन, टॉयलेट और बाथरूम और आखिर में एक छोटा-सा बेड रूम। बेड रूम से लगी छोटी-सी बालकनी। बालकनी से दिखते दो नारियल के पेड़ एक-दूसरे पर ऐसे झुके जैसे एक दूसरे को छूने की कोशिश कर रहे हों। उसने बैग से बिछाने की चद्दर निकाल ली है और उसे फ़र्श पर डालकर लेट गया है।

ठंडी हवा के कारण उसकी आँख लग गयी है। बाहर अँधेरा हो चुका है। शाम के सात बज चुके हैं। रजनीश और मोहनीश के झगड़े से उसकी आँख खुल गयी है। उसने फ़्लैट का दरवाज़ा खोल दिया है। दोनों भाई छोटे बच्चों की तरह लड़ रहे हैं।

"वाई डिड यू हिट मी?"

"वाई डिड यू बैंग्ड द डोर व्हेन यू न्यू आई वाज़ इनसाइड?"

"दिस इज़ जस्ट नॉट योर रूम, दिस इज़ माइन आल्सो।"

"आई नो व्हाट यू डू वेन यू लॉक द रूम फ्रॉम इनसाइड।"

"यू शट अप एंड माइंड योर जॉब।"

"यू माइंड योर जॉब।"

उसे उनके बचपने पर हँसी आ रही है। वह उनके कमरे में आकर बैठ गया है। "प्लीज़ बी क्वाइट यू बोथ, नॉट लुक गुड इन्फ्रन्ट ऑफ़ अदर्स, ही इज़ आवर न्यू नेबर।" उनकी माँ डायना शर्मिंदगी छुपाने के लिए कह रही है।

उसे देखते ही दोनों भाई चुप हो गए हैं। उसने दोनों भाइयों से हाथ मिलाया है।

डायना ने उसे चाय दे दी है। उसने उन्हें अपने बारे में बता दिया है और यह भी कि दो हफ़्ते में वह अपनी माँ को लेकर आने वाला है।

''मैं यहाँ नया हूँ, नीचे जा रहा था, सोचा देख लूँ आस-पास क्या-क्या है। तुममें से कोई आना चाहता है मेरे साथ?'' वह उनसे पूछ रहा है।

उसके पूछते ही दोनों भाई थोड़ी देर पहले हुए अपने झगड़े को भूलकर दरवाज़े पर रखी अपनी चप्पल पहनकर उसके साथ चलने को तैयार हो गए हैं। ''वी नो ऑल प्लेसेस हियर, डोंट वरी वी विल गाइड यू।''

वह उनके साथ नीचे उतर आया है। बाहर शाम की चहल-पहल है।

''डू यू स्मोक?'' रजनीश उससे पूछ रहा है।

''यस आई डू,'' रजनीश के चेहरे पर शरारती मुस्कान उभर आयी है।

''सो लेट्स स्मोक बट डोंट टेल दिस टू आवर मदर,'' मोहनीश कह रहा है।

''डोंट वरी सीक्रेट्स विल बी केप्ट सीक्रेट,'' उसने जेब से निकालकर सिगरेट उनकी ओर बढ़ा दी है।

उसके बाद लगभग एक घंटे तक दोनों भाई उसे आस-पास की जगहें दिखाते रहे हैं। कहाँ क्या मिलता है, कौन-सा दुकानदार लूटता है, कौन-से बैंक का एटीएम कहाँ है, हाईवे पर पहुँचने का शॉर्टकट किधर से है, वगैरह-वगैरह।

साढ़े आठ बजते-बजते तीनों फ़्लैट पर वापस लौट आये हैं।

वह चप्पल उतार कर भीतर जा ही रहा है कि डायना उससे कह रही है, ''योर डिनर इज़ विद अस टुडे।''

''मैं नहा कर आता हूँ,'' उसने भी बेतक्कलुफ़ होकर जवाब दिया है।

22

''इंसान के हाथों से ही सब कुछ होता है। साज़ में छुपे गीत इन्हीं हाथों से पैदा होते हैं और जीवन का अंत करने वाले हथियार भी।''

अगले दिन वह अपनी बहन ज्योत्स्ना से मिलने गया है। ज्योत्स्ना के पति एक एक्सपोर्ट फ़र्म में काम करते हैं जिसका ऑफ़िस अँधेरी इलाके में स्थित स्पेशल इकनोमिक ज़ोन के भीतर है। ज्योत्स्ना उसके मुंबई आने के निर्णय से खुश है। ज्योत्स्ना का बेटा हिमांशु पाँच साल का हो गया है। उसने ज्योत्स्ना से माँ के ऑपरेशन की बात की और उसका सहयोग माँगा है। दोनों घंटों एक-दूसरे से बात करते रहे हैं। दिन का खाना खाकर, हिमांशु से मिलकर वह अपने फ़्लैट पर वापस लौट आया है। रास्ते भर वह माँ के ऑपरेशन के विषय

में सोचता रहा है। न जाने ऑपरेशन में कितने रुपये लगें लेकिन कम-से-कम पच्चीस-तीस हज़ार रुपयों का इंतज़ाम करना ही होगा। अब बस उसे एक नौकरी चाहिए। उसे एडवर्ड से बात करनी होगी। एडवर्ड ने कहा था कि उसकी फ़र्म का काम हर बड़े शहर में फैला है। शायद मुंबई में भी उसकी फ़र्म का कोई लिंक निकल आये।

आने वाले दो हफ़्ते घर में ज़रूरत की छोटी-मोटी चीज़ों का इंतज़ाम करते निकल गए हैं। वह दिन भर सोता है। शाम को विवेक और रौशनी को पढ़ाने जाता है और रात भर बैठकर लिखता रहता है। नॉवेल आधे से अधिक पूरा हो चुका। लिखना कितनी तकलीफ़देह प्रक्रिया है यह उसे आज समझ में आ रहा है। ज़हन में चलती चीज़ों को कोरे काग़ज़ पर उतारना दुनिया का सबसे मुश्किल काम है। वह जल्द-से-जल्द अपना नॉवेल पूरा कर इस दर्द से छुटकारा पाना चाहता है। शायद अगले दो-तीन महीनों में वो उसे पूरा कर पायेगा। उसकी पहली रचना। किताब के कवर पर अपना नाम छपा देखकर उसे कितनी ख़ुशी होगी। अचानक उसका ध्यान फ़ाउंटेन पेन पकड़े उसके दाएँ हाथ पर चला गया है। सामने जेम्स जॉयस की *यूलिसिस* पड़ी है, जिसे पढ़ने की तमाम कोशिशों के बावजूद वह उसे पढ़ नहीं पाया है। उसने कहीं पढ़ा था कि एक बार पेरिस की एक पार्टी में जॉयस को एक ख़ूबसूरत महिला मिली जिसने कहा कि वह *यूलिसिस* लिखने वाले महान लेखक के हाथ से हाथ मिलाना चाहती है तब जॉयस ने ज़ोर से हँसकर अपना दायाँ हाथ हवा में उठा कर कहा था, ''इस हाथ ने दूसरे और भी कई काम किये हैं मैडम!''

उसके इसी हाथ से उसने पहली बार ब्रश पकड़कर अपने दाँत साफ़ किये थे, इसी हाथ से उसने पहली बार अपने जूते के फीते बाँधे थे, इसी हाथ से उसने पहली बार खाने का कौर उठाकर अपने मुँह में डाला था, इसी हाथ से उसने अपनी पहली कविता 'ओह माय लिटिल फ़्लावर' लिखी थी, इसी हाथ से उसने पहली बार अपनी दाढ़ी बनायी थी, इसी हाथ से उसने अपने पिता के चेहरे को छुआ था, इसी हाथ से उसने असीम से पहली बार हाथ मिलाया था, इसी हाथ से उसने पंखुड़ी की उँगलियों को छुआ था, इन्हीं हाथों से उसने पंखुड़ी की लिखी चिट्ठियाँ और ग्रीटिंग कार्ड्स जलाये थे और इन्हीं हाथों से कुछ रोज़ पहले उसने एक औरत के साथ ज़ोर ज़बरदस्ती करते दो लोगों को मारा था।

इन हाथों के बगैर न अमन मुमकिन है न कोई जंग, न नफ़रत, न मुहब्बत। यहीं हाथ कलमों, तलवारों, मशीनों, औज़ारों से दुनिया बनाते भी हैं और मिटाते भी हैं।

वह सोच रहा है कि इन्हीं हाथों से अभी और न जाने क्या-क्या होना बाकी है।

उसे सालों पहले पढ़ी जॉन कीट्स की कविता 'दिस लिविंग हैंड' याद आ गयी है।

This living hand, now warm and capable
Of earnest grasping, would, if it were cold
And in the icy silence of the tomb,
So haunt thy days and chill thy dreaming nights
That thou would wish thine own heart dry of blood

So in my veins red life might stream again,
And thou be conscience-calmed–see here it is –
I hold it towards you.

23

"संघर्ष और त्याग मुंबई का स्वभाव है। जिसके बिना कुछ भी पाने की आशा करना खुली आँखों से स्वप्न देखने जैसा है।"

मर्लिन मोंटेरिओ मुंबई में उसके दोस्त एडवर्ड की लीगल फ़र्म का काम देखती है। फ़ोर्ट इलाके में स्थित अमेरिकन फ़्लावर शॉप के बगल वाली गली में उसका छोटा-सा ऑफ़िस है। एडवर्ड के कहने पर वह उससे मिलने आया है। मर्लिन उदार दिल है। मर्लिन ने न सिर्फ़ उसे एकाध लीगल फ़र्म्स के रेफ़रेन्स दिए हैं बल्कि शुरुआती लीगल प्रोफ़ेशन से जुड़ी चुनौतियों से भी अवगत कराया है। अव्वल तो इन लीगल फ़र्मों में जॉब आसानी से नहीं मिलती और अगर मिल भी जाये तो एक जूनियर लॉयर को हर दिन बारह से पंद्रह घंटे काम करना पड़ता है। फ़र्म उन्हें पाँच-छह हज़ार रुपयों से ज़्यादा नहीं देती। इस प्रोफ़ेशन के साथ कुछ और करने की तो वो सोच भी नहीं सकता। वह जानता है कि मर्लिन यह सब सिर्फ़ उसे डराने के लिए नहीं कह रही है। भरी जवानी में उसके पके रूखे बाल उसका सूखा मुरझाया चेहरा, आँख पर लगा मोटे ग्लास का चश्मा इस बात के गवाह हैं। कल एक सॉलिसिटर फ़र्म में उसका इंटरव्यू है।

वैसे पेशा कोई भी हो। मुंबई का मूलभूत स्वभाव ही संघर्ष है। यह शहर पहले आपको भगाता है फिर आपको तोड़ता-मरोड़ता और निचोड़ता है लेकिन अगर आप पीठ दिखाकर नहीं भागे तो आपको ऐसा इनाम देता है जैसा कोई दूसरा शहर नहीं देता और वह तो बचपन से संघर्ष करता आया है। इस खेल में नया कुछ भी नहीं। मर्लिन से ढेरों ज्ञान लेकर वह चर्चगेट स्टेशन की ओर चल पड़ा है। चर्चगेट स्टेशन के बेसमेंट में स्थित दुकान से उसने एक सफ़ेद शर्ट और एक सस्ती टाई खरीदी है। वह रण में उतरने को तैयार है। इस वक़्त उसे कुल मिलाकर एक ही चिंता है कि इंटरव्यू में उससे पूछा क्या जाएगा? रिवीज़न करने के लिए न तो उसके पास वक़्त है न ही लॉ की किताबें।

सुबह के साढ़े नौ बजे हैं। वो अम्बालाल दोषी मार्ग पर स्थित एक बेहद पुरानी-सी बिल्डिंग राजा बहादुर मेंशन के सामने खड़ा है। विनोद मिस्त्री एंड कंपनी ए लीगल एंड सॉलिसिटर फ़र्म। यहीं नाम है इस फ़र्म का जहाँ वह इंटरव्यू देने आया है। सड़क बेहद व्यस्त है। यहीं आस-पास सिटी सिविल कोर्ट, बॉम्बे हाईकोर्ट, मुंबई यूनिवर्सिटी और बॉम्बे स्टॉक एक्सचेंज की बिल्डिंग्स हैं। वह फ़र्म का पता पूछते हुए पहली मंज़िल पर आ गया।

वह फ़र्म के ऑफ़िस में दाख़िल हो गया है। बाहर एक बड़ा-सा रिसेप्शन है जिसके सामने बैठने के लिए सोफ़े लगे हैं। भीतर दो बड़े चैम्बर हैं।

"जी मैं जॉब के लिए आया था," रिसेप्शनिस्ट उसे देख रही है।

''वैकेंसी तो नहीं है, किसने भेजा है आपको?'' वह उसे घूर रही है।

''जी मर्लिन ने। मर्लिन मोंटेरिओ, वो मुझे जानती हैं,'' वह अपनी टाई ठीक कर रहा है जो उसने शायद जीवन में पहली बार पहनी है। टाई में उसका दम घुट रहा है। ज़िंदगी में तमाम चीज़ें दूर से ही अच्छी लगती हैं। उसे याद आ रहा है कि बचपन में इंग्लिश मीडियम में पढ़ने वाले लड़कों को टाई पहने देखकर उसे कितनी जलन होती थी। हिन्दी मीडियम वाले उसके दोस्त टाई को कंठ लंगोट कहते थे।

''सर से चेक करना होगा, वैसे सर तो बहुत बिज़ी हैं। आज बाहरगाँव भी जा रहे हैं।'' उसने अपने रिसेप्शन के दराज़ में पड़ा छोटा-सा आइना निकालकर उसमें अपना मुँह देखकर फ़ौरन उसे वापस रख दिया है।

''जी अगर एक बार आप सर से पूछ लेतीं,'' यह कहकर उसने अपना बायोडाटा उसके सामने रख दिया है। उसने सुना है कि बड़े लोग कभी फ़ुर्सत में नहीं रहते इसलिए अड़कर उनसे मिलने की कोशिश करनी चाहिए। वह सोफ़े पर बैठ गया है। रिसेप्शनिस्ट उसका बायोडाटा लेकर भीतर चली गयी है। दीवार घड़ी की सूई दस बजा रही है। तभी भीतर से दो एडवोकेट बात करते हुए बाहर निकले हैं शायद वो कोर्ट जा रहे हैं। थोड़ी देर में एक छोटा लड़का चाय लेकर आ गया।

उसकी चाय ख़त्म होते ही उसे भीतर बुला लिया गया है। विनोद मिस्त्री ठिगनी कद काठी के, गोरे से संजीदा किस्म के इंसान हैं।

''आज स्टेट्स जा रहा हूँ बेटी के पास, हफ़्ते भर बाद लौटूँगा,'' वह फ़ोन पर किसी से बात कर रहे हैं और सामने पड़े कागज़ों को देखकर जल्दी-जल्दी उन पर दस्तखत कर रहे हैं।

''सिट, न्यू इन मुंबई?'' वह उसका बायोडाटा देख रहे हैं।

''जी।''

''सी आई डोंट हैव एनी रेकव्यारमेंट स्टिल, कहाँ रहते हो?''

''जी वाशी,'' वह कह रहा है।

''वेरी फ़ार, सुबह-सुबह कैसे आओगे? यू नो द मॉर्निंग रश।''

''यस आई नो बट आई विल मैनेज।''

''ओके टेल मी इफ़ रेजिस्ट्रेशन ऑफ़ मैरिज इज़ रिक्वायर्ड फ़ॉर डाइवोर्स?

''आई डोंट थिंक सो इट इज़ रिक्वायर्ड।'' उसके कहते ही उन्हें ज़ोर की हँसी आ गयी है।

''लॉ इज़ नॉट व्हाट यू थिंक, इदर इट इज़ और इट इज़ नॉट,'' व्हाट आर द एसेंशियल ऑफ़ ए कॉन्ट्रैक्ट?''

''ऑफ़र, एक्सेप्टेन्स, ए सब्जेक्ट,'' उसके सब्जेक्ट कहते ही उन्होंने उसकी बात

काट दी है।

"नॉट सब्जेक्ट बट कन्सीडरेशन मनी और ए थिंग।"

"यस," वह नर्वस हो गया है।

"कार लोन इज़ ए फ़ॉर्म ऑफ़ मॉर्गेज, प्लेड्ज और हाइपोथीकेशन?"

"हाइपोथीकेशन।"

"ओके। आई एम कीपिंग यू। आई विल गिव यू सिक्स थाउज़ेंड इन द बिगनिंग एंड ट्रेन पास ऑफ़ फ़र्स्ट क्लास।"

उसके चेहरे पर मुस्कान आ गयी है।

"बट यू हैव टु वर्क हार्ड टू मेक ए स्पेस हियर, कम टुमॉरो एट नाइन शार्प। जोशी विल मेक यू अंडरस्टैंड योर जॉब," उसे यक़ीन नहीं हो रहा है कि उसे जॉब मिल गयी है। वह चैम्बर से बाहर निकल आया है।

"हो गया, आई एम सेल्क्टेड," वो रिसेप्शनिस्ट से कह रहा है।

"हमारे सर बहुत अच्छे हैं जल्दी किसी को न नहीं बोलते हैं।"

वह खुली सड़क पर आ गया है। धूप गायब है। आसमान में बदल छाए हैं। वह मर्लिन का धन्यवाद देने उसके ऑफ़िस की ओर चल पड़ा है।

24

"मन कहता है धीरे-धीरे सब ठीक हो जायेगा और अगर नहीं भी हुआ तो धीरे-धीरे झेलने की आदत पड़ जाएगी।"

अगले दिन सात पचास की लोकल लेकर गिरता-पड़ता धक्के खाता वो वीटी स्टेशन पहुँच गया है। उसकी सफ़ेद शर्ट पसीने से तर-बतर हो गयी है। पॉलिश किये उसके जूते बेहद गंदे हो गए हैं और ट्रेन से उतरने पर वह पा रहा है कि उसकी पैंट की जेब का कोना धक्का-मुक्की में फ़ट गया है। ऐसा लग रहा है कि वो कोई जंग लड़कर आया हो। न जाने क्यों उसे लग रहा है कि वीटी स्टेशन उसकी दशा पर हँस रहा है और कह रहा है, "वेलकम टू मुंबई। आज तुम भी करोड़ों की आबादी वाले इस शहर की भीड़ का हिस्सा हो गए, डरो मत जल्द ही तुम इसके तौर-तरीकों को सीख लोगे।" स्टेशन से निकलने भर में दस मिनट लग गए हैं। साढ़े नौ बज चुके हैं। उसे ज़ोर की भूख लगी है लेकिन उसके पास कुछ खाने का वक़्त नहीं है। वह वड़ा-पाव लेकर खाते हुए भाग रहा है और सोच रहा है कि इतनी भीड़-भाड़ में वह रोज़ वक़्त पर कैसे आ पायेगा? ऑफ़िस पहुँचते-पहुँचते लगभग दस बज गए हैं। भीतर दाखिल होते ही जोशी जी उससे हाथ मिलाकर कह रहे हैं "देर हो गई? भाई वक़्त पर आओ। सर को लेट कमिंग पसंद नहीं है। अच्छा है आज वो

हैं नहीं वर्ना खाली फ़ोकट डाँट पड़ जाती आपको।''

''जी ज़रूर, आज पहला दिन था इसलिए।'' वो मन-ही-मन सोच रहा है कि कल से उसे और जल्दी निकलना होगा।

जोशी जी ने सबसे पहले स्टाफ़ से उसका परिचय करवाया है। रिसेप्शनिस्ट का नाम उर्वी शिंदे है, जिससे वो पहले ही मिल चुका है। इसके अलावा सीनियर एडवोकेट सुनील दोषी, एडवोकेट जितेश मिस्त्री, दो जूनियर संतोष यादव और कार्तिक कपाड़िया के अलावा स्टेनोग्राफ़र शैलेन्द्र और दौड़-भाग करने के लिए मंगेश नाम का एक लड़का है। ऑफ़िस में भीतर दो बड़े कमरे हैं जिसमें एक से जुड़ी एक लाइब्रेरीनुमा जगह है। एक कमरे में विनोद मिस्त्री अकेले बैठते हैं। और दूसरे कमरे में बाकी का स्टाफ़।

जोशी उसे बता रहे हैं, ''वैसे तो हमारी फ़र्म हर तरह के मामले लेती है लेकिन मेनली हम चाइल्ड एडेप्शन, कोऑपरेटिव हाउसिंग सोसाइटी और मोटर एक्सीडेंट क्लेम से जुड़े मामले ही लेते हैं। जोशी जी ने उसे हिन्दू एडॉप्शन एंड मैंटेनस एक्ट 1956 और गार्डियन एंड वार्ड्स एक्ट 1890 पढ़ने को दे दिया है।

''एडेप्शन का एक केस है। थोड़ी तैयारी कर लो। सर को आने पे तुम्हारी हेल्प लगेगी।'' वो उसे केस की फ़ाइल दे रहे हैं, जिस पर योगेश मनसुख भाई छेड़ा लिखा है। थोड़ी देर में चाय आ गयी है। थोड़ी देर में ही वह जूनियरों कार्तिक और संतोष के साथ घुलमिल गया है। जोशी जी कोर्ट चले गये हैं।

फिर हँसी-मज़ाक शुरू हो गया है। कार्तिक उससे पूछ रहा है, ''आपका कोट कहाँ है सर जी?''

''सिलने दिया है,'' वह मुस्कुरा के कह रहा है।

''भाई बिना काले कोट के वक़ील वैसा ही है जैसा बिना खाकी वर्दी के पुलिसवाला,'' संतोष कह रहा है।

''विनोद जी कैसे आदमी हैं?'' वह पूछ रहा है।

''सर आदमी तो बहुत अच्छे हैं लेकिन गुस्सा जल्दी हो जाते हैं, हाई बीपी है। इसलिए भाई जब सर गुस्से में हों तो उनसे बहस न करना, नहीं तो वो मोटी सीआरपीसी वाली क़िताब फेंक के मारते हैं,'' संतोष कह रहा है।

''ऐ उसको अभी से डराओ मत, सर बहुत अच्छे हैं,'' उर्वी कह रही है।

बाकी का दिन वह हिन्दू एडॉप्शन एंड मैंटेनस एक्ट पढ़ता रहा है। दो बजे उसने सबके साथ लंच किया। पहला दिन होने के कारण आज उसे जल्दी बख्श दिया गया है। शाम के छह बजते-बजते वो ऑफ़िस से निकल गया है। उसे फ़र्स्ट क्लास का पास खरीदने के लिए चार सौ रुपये भी दे दिए गए हैं। उसने स्टेशन पहुँच कर लोकल का पास निकाल लिया है। जाते वक़्त उसे लोकल में बैठने की जगह भी मिल गयी है।

ट्रेन रफ़्तार से बढ़ती जा रही है और एक भीख माँगने वाली लड़की अपनी फटी हुई आवाज़ में ज़ोर-ज़ोर से गाए जा रही है, "आ आ आ, रब जो चाहे वही होना है। आदमी एक खिलौना है," वह ट्रेन की खिड़की से मुंबई शहर देख रहा है।

25

"अच्छा या बुरा जो कुछ भी इस क्षण है वह फिर कभी नहीं होगा।"

अगला महीना व्यस्तताओं से भरा रहा है। पूरा महीना नयी नौकरी में काम सीखते, विवेक और रौशनी को ट्यूशंस देते, उसकी अधूरी नॉवेल पूरी करने की नाकामयाब कोशिश करते और माँ की सहूलियत की चीज़ें जुटाने में निकल गया है। बड़ी मुश्किल से उसे हफ़्ते भर की छुट्टी मिल पायी है।

वो पूरे पाँच महीने बाद अपने शहर वापस लौटा है। यूँ तो पाँच महीने का वक़्त कुछ ज़्यादा नहीं होता है लेकिन न जाने क्यों उसे उसका यह शहर कुछ बदला-बदला सा लग रहा है। हर तरफ़ एक अजनबीयत-सी छायी है जिसे शब्दों में व्यक्त कर पाना मुश्किल है। वो भी तो इन पाँच महीनों में काफ़ी बदल गया है।

उसके पास कुल मिलाकर तीन-चार दिन ही हैं। इन्हीं तीन-चार दिनों में उसे सबसे मिलना-जुलना है और अपनी चीज़ें मुंबई भेजने का इन्तज़ाम करना है। वह नहा-धोकर नाश्ता करके सीधा असीम के घर आ गया है। असीम नीचे दुकान पर ही बैठा है। असीम उसे देखकर इतना खुश हुआ है कि उसे गले से लगाकर रो पड़ा है। उसने असीम के लिए लायी चीज़ें उसे दे दी हैं। एक दर्जन अंग्रेज़ी नॉवेल्स जिन्हें वो हमेशा से पढ़ना चाहता था, मरून रंग की डेनिम शर्ट और कोल्हापुरी चप्पल। असीम ने सिगरेट का पैकेट उसकी ओर बढ़ा दिया है। दोनों ने सिगरेट जला ली है। वो असीम को मुंबई के जीवन के बारे में बता रहा है कि वो किन जगहों पर रहा और किन-किन जगहों पर घूमा। वो असीम से कह रहा है कि मुंबई के बारे में कितनी भ्रांतियाँ हैं कि वहाँ के लोग स्वार्थी और आत्मकेंद्रित होते हैं जबकि सच यह है कि मुंबईकरों के दिल में इंसानियत उतनी ही भरी है जितना कि उसके समुद्र में पानी। हर इंसान दूसरे की मदद करने को सदैव तत्पर रहता है वो भी बदले में बिना कुछ पाने की अपेक्षा के।

उसने असीम को परेल में रात में चाय बेचने वाले लड़के मुंड्रू, मायरा और कुलकर्णी दम्पति के बारे में भी बता दिया है। दोनों यूँ ही बात करते-करते असीम की मोटरसाइकिल पर माधोपुर बाँध तक आ गए हैं। माधोपुर बाँध यानी दुनिया में उनकी सबसे पसंदीदा जगह। जहाँ उन्होंने बचपन से लेकर आज तक कितना सुखद समय बिताया है। उसे ख़ुशी है कि कम-से-कम यहाँ कुछ नहीं बदला है।

माधव की झोपड़ी, माधव की नाव, चारों तरफ़ फैले घने पेड़, बहते पानी की आवाज़। दोनों वहीं बैठे-बैठे घंटों बात करते रहे हैं। वो माधोपुर बाँध से लौट रहा है और रास्ते में व्योम का घर पड़ा है, गेट पर एक बड़ा-सा ताला लगा है। बरामदे में धूल पटी है, व्योम के

पिता का स्कूटर गैलरी में पड़ा है। वह सोच रहा है कि न जाने व्योम की माँ कहाँ होंगी? शायद उसके बड़े भाई के घर विशाखापट्नम।

लौटते-लौटते शाम हो गयी है। असीम के नौकर शंकर ने उसकी पसंद की चीज़ें बनायी हैं। परांठे, सेव टमाटर की सब्ज़ी, लहसुन-पुदीने की चटनी और खीर। इतना सारा खाना वह महीनों बाद खा रहा है। खा-पीकर कुछ देर और बात करके दोनों चौराहे तक आ गए हैं। असीम से गले मिलकर वह घर की ओर चल पड़ा है।

रात के नौ बज रहे हैं। माँ हमेशा की तरह बरामदे में खड़ी उसका इंतज़ार कर रही है। न जाने क्यों इस क्षण उसे माँ बेहद अकेली लग रही है। "दस बज गए, इतनी देर कहाँ रह गए थे?" माँ के स्वर में वही पुरानी चिंता है। "अभी तो नौ ही बजे हैं," खाना खा लिया है।" वह जूते उतार रहा है।

"मुम्बई में कब सोते थे, रात-रात भर जागते होगे?" उसे माँ की उसी चिरपरिचित चिंता पर हँसी आ रही है। "वहाँ सोने का कोई वक़्त नहीं होता है, जब नींद आयी तब सो गए।" वह माँ के बेहद क़रीब आकर बैठ गया है।

"खाना कहाँ खाते थे?"

"कभी खुद कुछ बनाकर, कभी-कभार होटल में।"

"क्या बनाते थे?"

"कुछ भी। खिचड़ी, चावल, सब्ज़ी, दलिया," वह लेट गया है।

"रोटी नहीं खाते थे," उसे माँ के भोलेपन पर हँसी आ रही है।

"रोटी ले आता था होटल से कभी-कभी, अब तुम बम्बई चल रही हो तुम्हारे हाथ की रोटी भी मिल जाएगी रोज़ खाने को," वह माँ की गोद में लेट गया है। माँ धीरे-धीरे उसका माथा सहला रही है। थोड़ी देर में ही उसे नींद आने लगी है। माँ उसके बगल में सो गयी है। उसने अपनत्व से अपना हाथ माँ के शरीर पर रख दिया है। उसे गहरी नींद आ गयी है। रात के साढ़े तीन बजे के क़रीब प्यास से उसकी नींद टूट गयी है।

वह पानी पीकर कमरे में टहलने लगा है। उसे भीतर कुछ अजीब-सा लग रहा है, कुछ रिक्त-सा।

रात के इस पहर उसे न जाने क्या सूझी है कि वह सो रही माँ को अकेला छोड़कर घर के मुख्य हिस्से में आ गया है। घर का मध्य भाग। यह घर का वह भाग है जहाँ बीच में आँगन एक ओर रसोई और दूसरी ओर पिताजी का कमरा है। आँगन में चाँदनी छिटकी है। आँगन के बीचोबीच लगी तुलसी सूख गयी है। कोने में एक पतंग गिरी है। पतंग का मांजा सूखे फ़र्श से गीली नाली तक लसरा रहा है। वह दो घड़ी के लिए आँगन में बैठ गया है। नल से बूँद-बूँद पानी टपक रहा है। वह सोच रहा है, 'इस घर को बने चालीस से भी अधिक वर्ष हो गए। इन चालीस वर्षों में कितना कुछ बदला, किन्तु यह विशालकाय तिमंज़िला घर

साक्षी रहा पिताजी की दो शादियों का, दोनों शादियों से हुए नौ बच्चों के जन्म का, पिताजी के जाने के बाद सूनी हुई माँ की ज़िंदगी का, साहित्या की मौत का। आज यह घर सूना है, लेकिन एक वक़्त था कि यही घर इसके सदस्यों, रिश्तेदारों और मेहमानों से भरा रहता था। इस घर की दीवारों पर कितनी कहानियाँ लिखी हैं। इसके चुप से खड़े दरवाज़े अपने ऊपर कितने हाथों की अदृश्य छाप समेटे हैं। इसकी धूल-मिट्टी और गर्द भरी हवा में कितने मौसमों की खुशबू बसी है।'

उसके मनोकोष में एक सुगबुगाहट-सी हो रही है और इस नितांत सन्नाटे में वह अपने सर के भीतर चलती आवाज़ों को साफ़ सुन पा रहा है। बच्चों के हँसने की आवाज़, पिताजी की रोबीली आवाज़, माँ की दबी हुई आवाज़ कुछ गाती हुई, बाबा की गंभीर आवाज़, नौकरों-चाकरों की आवाज़ें। आवाज़ें बढ़ती जाती हैं। वह डर सा गया है।

उनसे बचने के लिए वो पिताजी की स्टडी में आ गया है। कमरा महीनों से बंद रहने के कारण बेहद अव्यवस्थित है। हर तरफ़ धूल है, दीवारों में दम घोटने वाली सीलन है। कमरे की छत पर मकड़ी के जाले लगे पड़े हैं।

पिताजी की मौत के इतने अरसे बाद भी माँ ने पिताजी की तमाम चीज़ें बतौर याद सँभाल कर रखी हैं। पिताजी की स्टडी टेबल, आरामकुर्सी, दीवान, दीवार पर लकड़ी के फ्रेम में मढ़ी डिग्रियाँ, चाँदी का पीकदान, किताबों से भरी बुक शेल्फ़, छड़ियाँ, चश्मे, दर्जनों पेन, खड़ाऊं, स्फटिक की माला, ऊनी गाउन और बहुत कुछ। फ़ेहरिस्त लम्बी है। हमारी चीज़ों की उम्र हमसे भी ज़्यादा होती है। वो तब भी रहती हैं जब हम नहीं होते।

दुनिया के चंद भावनात्मक मुश्किल कामों में से एक है किसी गुज़र गए इंसान की चीज़ें देखना। चीज़ें उनके इस्तेमाल करने वाले के इंतज़ार में आजीवन पड़ी रहती हैं। आज पिताजी की ये तमाम चीज़ें उसे किसी रहस्यमय बेज़ुबान भूतों की तरह लग रही हैं। उसे घूरती हुईं।

उसने पिताजी के कपड़ों से भरी अलमारी खोल ली है। एक अजीब-सी तीखी गंध नाक से होकर सीधी उसकी आत्मा में प्रवेश कर रही है। शेरवानियाँ, काला कोट, शॉल, धोतियाँ और कुर्ते। अचानक उसे लग रहा है कि पिताजी उसे दूर खड़े होकर देख रहे हैं और जानना चाह रहे हैं कि रात के इस पहर वह अकारण उनकी चीज़ों से छेड़छाड़ क्यों कर रहा है? वो डरकर पिताजी की आरामकुर्सी पर बैठ गया है। वक़्त फिर एक मोड़ पर आकर रुक-सा गया है।

वह दीवार पर लटकी घड़ी की रुकी हुई सूई को देख रहा है। घड़ी में चार बजने को हैं, अजीब इत्तेफ़ाक़ है, चार बजे के करीब ही पिताजी ने अपनी देह छोड़ी थी। उसने पिताजी की किताबों की अलमारी खोल कर उनकी पर्सनल डायरियाँ निकाल ली हैं। वह वर्षों बाद उन्हें देख रहा है। तीस वर्ष से भी अधिक पुरानी डायरियों के अधिकांश पन्ने पीले पड़ गए हैं। कई पन्ने तो डायरी से निकल कर आगे-पीछे हो गए हैं। वह पन्नों को व्यवस्थित कर रहा है। पिताजी के जीवन की तमाम बातें उनकी अपनी ही लिखावट में इन्हीं डायरियों में बंद हैं। संख्या में एक दर्जन के करीब इन डायरियों में घर के बच्चों के जन्म की तारीख,

उस वक़्त की ग्रह-नक्षत्र दशा से लेकर इस विशालकाय घर के बनने में लगे ईंट, रोड़े और सीमेंट की बोरियों तक का हिसाब है। दो-तीन डायरियों में मुवक्किलों के नाम-पते और उनके केस के ब्योरे हैं, बाकी डायरियों में जीवन में हुई तमाम महत्त्वपूर्ण घटनाओं का वर्णन कालक्रम के अनुसार है। कुछ डायरियों के बीच में तमाम पुरानी चिट्ठियाँ और पोस्टकार्ड भी दबे पड़े हैं। बाबा की पिताजी को लिखी चिट्ठियाँ, पिताजी के जवाब, मित्रों से मिली चिट्ठियाँ, पिताजी के ज्येष्ठ सुपुत्र की कानपुर मेडिकल कॉलेज से लिखी चिट्ठियाँ इसके अलावा कहीं-कहीं रेल और बस के सफ़र के पुराने टिकट और कुछ पुरानी तस्वीरें भी पड़ी हैं। कुछ एक पन्नों पर अंग्रेज़ी और हिन्दी के सैकड़ों अच्छे उद्धरण लिखे हुए हैं।

मसलन—

Paskal—" All the unhappiness of a man stems from one thing, that he is incapable of staying quietly in his room. "

गोस्वामी तुलसीदास—मो सम कौन कुटिल खल कामी

मीर—सिरहाने मीर के आहिस्ता बोलो

अभी वो रोते-रोते सो गया है।

Raman Maharshi - Who am I? not the body because its decaying, not the brain that will decay with body then who am I?

महात्मा गाँधी—संतोष पूर्ण प्रयास से मिलता है न कि फल प्राप्ति से, पूर्ण प्रयास ही पूर्ण विजय है।

वह एक डायरी के सीलन लगे मुड़े-तुड़े पन्नों को पलट रहा है। तभी उसकी नज़र एक पन्ने पर आकर रुक गयी है।

पिताजी की डायरी से—

3 अप्रैल 1987 सायं 7 बजे

"अच्छा या बुरा जो कुछ भी इस क्षण है वह फिर कभी नहीं होगा।"

यूँ तो पिताजी को गुज़रे सत्रह वर्ष बीत चुके हैं किन्तु न जाने क्यों आज इस घड़ी उसे पिताजी बेहद याद आ रहे हैं। उसके हृदय के भीतर कहीं कुछ रिसने लगा है। आज बरसों बाद वह अपने मृत पिता को याद कर रो रहा है। यह रोना उसकी आत्मा पर एक कर्ज़ था जिसे वह आज चुका रहा है। यूँ तो उसके रोने में न ही आवाज़ है, न ही उसकी आँखों में आँसू ही हैं। फिर भी वह जानता है कि वह रो रहा है। पिताजी की डायरी के पन्ने पलटते-पलटते धीरे-धीरे अनकों रूप, रंग, ध्वनियाँ, आकृतियाँ और स्मृतियाँ एक सतह पर आकर मूर्त रूप ले रही हैं। वह अपनी चेतना पर पड़ी वक़्त की धूल, मिट्टी और राख झाड़ रहा है। एक बेहद पुराना ज़ख्म फिर हरा हुआ जाता है, उसकी ज़िन्दगी के कई महत्त्वपूर्ण सवाल मन-मस्तिष्क में एक बार फिर घूमने लगे हैं, उसके हाथ से पिताजी की फ़ाउंटेन पेन उठती

ही नहीं है, अँधेरा हर पल और सघन हुआ जाता है। वह इसी अँधेरे में डूब रहा है। धीरे-धीरे पिताजी की कथा जन्म ले रही है। हर कथा एक विशेष देश और काल में स्थित होती है सो वह इस कथा की पृष्ठभूमि, कालक्रम और पात्रों के विषय में सोच रहा है। उसके दिमाग में कुछ चित्र उभर रहे हैं। इस कथा का अधिकांश हिस्सा उसके जन्म के पहले ही घट चुका था, इसलिए यह कथा वह कतई वैसे नहीं कह पायेगा जैसे कि यह हुई होगी इसलिए यह कथा वह वैसे कहेगा जैसे कि वह जानता है।

समतल मरुस्थल और खाइयाँ

आज से लगभग पच्चासी वर्ष पहले, परतंत्र भारत, काल 1932 के करीब, पर्वतराज हिमालय की तराई में राप्ति-रोहिणी के संगम पर बसा एक छोटा-सा शहर, शहर से 12-15 मील की दूरी पर एक बेहद छोटा-सा गाँव। मात्र दस-बीस घरों का। अधिकांश घर ब्राह्मणों के हैं, शेष अहीरों और कुछ नीची जातियों के।

अतीत, आह! और अतीत के प्रति उसकी यह आसक्ति, काश वह वो यह सब कुछ अपनी आँखों से होता हुआ देख पाता। वह सोचते-सोचते एक मीठी नींद के प्रभाव में आ गया है। नींद में वह एक स्वप्न देख रहा है, एक कच्चा घर है, उसके बाहर बँधी सुन्दर गाय अपने नवजात बछड़े को प्रेम से चाट रही है। गोबर, गौमूत्र की सोंधी खुशबू वातावरण में फैली है। घर के सायबान में आम के दो बड़े पेड़ हैं, पेड़ की छाँव में एक मसहरी पड़ी है, जिस पर उसके बाबा सुख से लेटे अपने छोटे से घर को निहार रहे हैं, भीतर लीपा हुआ आँगन है, आँगन के बगल में रसोई है, रसोई से धुआँ उठ रहा है, शायद दादी कुछ पका रही हैं और इस घर के चार बच्चे अपनी-अपनी दुनिया में खोये पड़े हैं। गाँव से कुछ फ़ासले पर मलाव नाम की एक समृद्ध एस्टेट है। एक बेहद बड़े भूभाग में फैली हुई।

सैकड़ों छोटे-बड़े गाँव, खेत-खलिहान, ताल-पोखर, बाग-बगीचे इसी एस्टेट के अधीन हैं। इसी एस्टेट में बड़े बाबू लोगों की क़िलेनुमा कोठी है 'श्री भवन'। जहाँ उसके बाबा काम करते हैं। कहानी अब परदे पर चलती फ़िल्म की तरह धीरे-धीरे आगे बढ़ती जा रही है और वह उसे कलमबद्ध कर रहा है।

प्राचीन भारत में भूमि सार्वजनिक सम्पत्ति मानी जाती थी, जिस पर कोई आधिपत्य नहीं जता सकता था, जिसका क्रय-विक्रय नहीं किया जा सकता था, लेकिन मध्यकाल के आते ही जैसे-जैसे केंद्रीय सत्ता शिथिल पड़ती गयी, प्रजा अपनी जान-माल की रक्षा में असमर्थ होती गयी, इस कारण प्रजा को एक मध्यवर्ती वर्ग का सहारा लेना पड़ा, आगे चलकर यही मध्यवर्ती वर्ग सामंत, जागीरदार या ज़मींदार कहलाया। एस्टेट वाले बाबू लोग भी ज़मींदार थे और बाबा उनके मुलाज़िम। बाबा का काम था एस्टेट का कामकाज देखना। मुख्यत: खेतीबाड़ी। अनाज का उत्पादन, उसका रख-रखाव, उसकी बिक्री से हुई आमदनी का हिसाब-किताब रखना। बाबा यूँ तो कम पढ़े-लिखे थे, लेकिन हिसाब-किताब में तेज़, दुनियादारी की गहरी समझ रखने वाले तरक्की पसंद इंसान थे। बाबा का व्यक्तित्व एक ग्रामीण का होते हुए भी आकर्षक था। लंबा पतला शरीर, गोरा रंग, चौड़ा माथा, तन पर

पतली सूती धोती के ऊपर रेशमी कुरता। सर पर पगड़ी, कंधे पर अंगोछा और हाथ में सदा रहने वाला छोटा-सा चमड़े का बैग। बैग में ज़रूरी कागज़-पत्र। पंडित जी के नाम से मशहूर बाबा पर एस्टेट वाले बाबू लोगों की बड़ी कृपा थी। कारण था उनकी ईमानदारी। बाबा इतनी बड़ी एस्टेट का काम-काज देखते लेकिन मजाल कि अनाज की एक बोरी इधर से उधर हो जाये। हज़ारों रुपयों का हिसाब ज़बान पर रहता। उस दौर में सच्ची स्वामिभक्ति प्रचलित थी जो आज ढूँढे नहीं मिलती। जीवन भी तब बड़ा सीधा-सादा था। अधिक का लोभ न था और ईश्वर का दिया कुछ कम भी न था। परिवार न तो अधिक धनी था न अधिक निर्धन। भोग-विलास की चीज़ें न थीं लेकिन ज़रूरत की हर चीज़ थी। खाने-पीने की कुछ कमी न थी। कुल छह प्राणियों का परिवार था। बाबा, दादी, तीन पुत्र और एक पुत्री। दादी निरक्षर थी लेकिन लोक बुद्धि और ज्ञान की उनमें कमी न थी। दादी एक पतिपरायण महिला थी। जिनके लिए सब कुछ उनका पति और बच्चे ही थे। दादी श्रीहरि यानी विष्णु भगवान की सच्ची उपासिका थी। भगवान विष्णु जी पर अपार अडिग आस्था के पीछे दादी का बड़ा भोला तर्क था, दादी कहती, "ब्रह्मा जी तो दुनिया बनाई के छोड़ दिए और शिव जी ओके मिटावत हैं लेकिन जग के पालनहार त हमार विष्णु जी ही हवे। त भये न उ सबसे ऊपर।" दादी दिन में कई बार विष्णु मन्त्र दोहराती।

शान्ताकारं भुजंगशयनं पद्मनाभं सुरेशम्।
विश्वाधारं गगनसदृशं मेघ वर्णं शुभाङ्गम्।।
लक्ष्मीकान्तं कमलनयनं योगिभिर्ध्यानिगम्यम्।
वन्दे विष्णुं भवभयहरं सर्वलोकैकनाथम्।।

वहीं बाबा दिन में कई बार अपना पसंदीदा भजन सस्वर गाते—

हे प्रभु! आनंद दाता!! ज्ञान हमको दीजिये।
शीघ्र सारे दुर्गुणों को दूर हमसे कीजिये॥
हे प्रभु...
लीजिये हमको शरण में हम सदाचारी बनें।
ब्रह्मचारी धर्मरक्षक वीर व्रतधारी बनें॥
योगविद्या ब्रह्मविद्या हो अधिक प्यारी हमें।
ब्रह्मनिष्ठा प्राप्त करके सर्वहितकारी बनें॥
हे प्रभु...

बच्चों में सबसे बड़े बेटे थे श्रीराम चाचा, फिर एक बेटी रमावती फिर परशुराम चाचा और सबसे छोटे पिता जी। परिवार गाँव में ही रहा करता था जो शहर से लगभग 15 मील की दूरी पर था। उस वक़्त गाँव और शहर के बीच की यह दूरी काफ़ी अधिक लगती थी। कारण यह था कि आज की तरह यातायात के साधन नहीं थे। साधन थे तो बस ताँगे, इक्के, बैलगाड़ियाँ। एकाध बसें भी चला करती थीं। तब गाँव वास्तविक अर्थों में गाँव हुआ करते थे और शहर शहर। शहर में स्कूल, कॉलेज, कचहरी, लाइब्रेरी, स्टेशन आदि हुआ करते थे और गाँवों में प्राथमिक पाठशाला, खेत मेड़, बाग-बगीचे, कुएँ वगैरह।

सभी बच्चों की प्रारंभिक शिक्षा गाँव में ही हुई। प्रथम शिक्षक बाबा ही हुए जिन्होंने बच्चों को अक्षर ज्ञान कराया और अपनी जाति, धर्म, मूल आदि के विषय में बताया। बाबा कहते, "हम पृथ्वी पर रहते हैं। पृथ्वी सौरमंडल का इकलौता ग्रह है जहाँ जीवन है, पृथ्वी के अधिकांश हिस्से में जल है। लगभग तीन चौथाई भाग में। मात्र एक चौथाई भाग में स्थल है। ब्रह्मा, विष्णु, महेश हमारे आराध्य देव हैं। ब्रह्मा सृष्टि के सर्जक, विष्णु इसके पालक और शिव अर्थात् महेश इसके संहारक हैं। ब्रह्मा जी के चार मुख हैं, जो चार दिशाओं में देखते हैं। ब्रह्मा को स्वयंभू अर्थात् स्वयं जन्म लेने वाला और चार वेदों का निर्माता भी कहा जाता है। हमारे पवित्र ग्रन्थ *वेद* ब्रह्मा जी के मुँह से निकले हैं। ज्ञान, विद्या, कला और संगीत की देवी सरस्वती ब्रह्मा की पत्नी हैं। यह जगत ब्रह्मा जी ने बनाया है, मनु महाराज ने *मनुस्मृति* में कहा है कि ब्रह्मा जी के मुख, बाहु, उर और पाद से ब्राह्मणों, क्षत्रियों, वैश्यों और शूद्रों की रचना हुई है। हम उच्च कुल ब्राह्मण हैं, सरयूपारी। हमारा गोत्र भार्गव है। भृगु ऋषि के पुत्र हुए जमदग्नि और जमदग्नि के पुत्र हुए भार्गव, इन्हीं से भार्गव गोत्रीय ब्राह्मणों की उत्पत्ति हुई है। ब्राह्मण होना हमारा सौभाग्य है। सिर्फ़ जाति से ब्राह्मण होना अर्थहीन है, ब्राह्मण होने के लिए तप, श्रुति और जाति तीनों आवश्यक हैं। हमारे देश का इतिहास हज़ारों वर्ष पुराना है। यहाँ एक से बढ़कर एक दिव्यपुरुष, महापुरुष पैदा हुए हैं। ईश्वर ने स्वयं यहाँ अवतार लिया है।" शेष कसर पाठशाला के मास्टर माता प्रसाद पूरी कर देते। माता प्रसाद बच्चों को और कुछ पढ़ाएँ या न पढ़ाएँ, प्रतिदिन इतना ज़रूर बताते, "बच्चों, भारत प्राचीनकाल में सबसे सम्पन्न, सबसे विद्वान देश था। हम विश्व की सबसे पुरानी सभ्यता और संस्कृति हैं। प्राचीन समय में भारत में दूध, दही, घी की नदियाँ बहती थीं। सोना-चाँदी इतना था कि कोई पूछता न था। लेकिन धीरे-धीरे यहाँ के राजा और प्रजा विलासी और आलसी हो गए। समाज में अनेक प्रकार की कुप्रथाएँ आ गयीं जैसे पर्दा प्रथा, जात-पात, छुआछूत वगैरह। हम भारतीय छोटी-छोटी बातों पर आपस में लड़ने लगे। इससे देश दुर्बल हो गया। इसका फ़ायदा पहले मुसलमान आक्रमणकारियों ने और फिर इन गोरों ने उठाया। आज ये गोरे हमारे देश का अन्न-धन लूटकर विदेश ले जा रहे हैं। इस कारण हम भारतीय दरिद्र हो गए हैं। बच्चों, हमें गाँधी जी के बताये मार्ग पर चलकर देश को पूर्ण स्वराज्य दिलवाना है। इन गोरों को इस देश से भगाना है।

वंदे मातरम्!

भारत माता की जय!"

तब शिक्षा व्यक्तित्व और चरित्र निर्माण के साथ देश प्रेम भी सिखाती थी। आज़ादी के आंदोलन की लहर थी। साधारण जनता न तो किसी एक्ट या कमीशन के विषय में जानती थी न ही इस बारे में कि आज़ादी अभी और कितनी दूर है। जनता तो सिर्फ़ इतना जानती थी कि अधर्मी अंग्रेज़ हमारे देश पर राज कर रहे हैं और गाँधी जी उनके विरुद्ध लड़ाई लड़ रहे हैं। गाँधी जी एक संत हैं, एक अवतार जिनका जन्म भारत माता को आज़ाद कराने के लिए ही हुआ है। हमें उनके बताये मार्ग पर ही चलना है जो सत्य और अहिंसा का मार्ग है।

बाबा का जीवन बड़ा मर्यादित और दिनचर्या बेहद सयंमित थी। प्रतिदिन भोर में

उठना, बारहों मास ठंडे पानी से स्नान, थोड़ा जलपान कर अकेले खेतों में निकल जाना, वापस लौटकर भोजन करना और पैदल चलकर एस्टेट के ऑफ़िस जाना, दिन भर दौड़-धूप करना, शाम को लौटकर बच्चों के साथ वक़्त गुज़ारना और रात को थोड़ा चिंतन-मनन स्वाध्याय कर जल्दी सो जाना।

उस दौर में संचार के अधिक साधन न थे, थे तो बस अख़बार और रेडियो, वो भी अधिकांश लोगों को उपलब्ध न हो पाते। खबरें पहले शहर में फैलतीं फिर गाँव तक आतीं फिर घर तक आतीं। बाबा कभी-कभार एस्टेट के ऑफ़िस से कोई हिन्दी या अंग्रेज़ी का अख़बार उठा लाते। शाम को बच्चों को खबरें सुनाई जातीं। गाँधी जी को फिर जेल हो गयी। नेताजी ने आज़ाद हिन्द फ़ौज बना ली है। ब्रिटेन ने जर्मनी के खिलाफ़ दूसरा विश्व युद्ध छेड़ दिया है। उस वक़्त तक एक आम धारणा बन चुकी थी कि यदि दूसरे विश्व युद्ध में अंग्रेज़ हार गए तो देश जल्द स्वतंत्र हो जायेगा। बाबा भी अक्सर कहते कि इस देश में अब इन गोरों का अंत निकट है। गाँधी जी की लाठी के आगे ये कहाँ टिकने वाले हैं। आज़ादी तब तक उच्च वर्ग की ही चर्चा का विषय थी लेकिन धीरे-धीरे समस्त राष्ट्र चाहे वह खेतिहर मज़दूर, किसान हो या विद्यार्थी वर्ग, इस आंदोलन से जुड़ने लगा था। गाँधी जी चाहते भी यही थे, आज़ादी के इस आंदोलन को जनआंदोलन बनाना। तभी इसकी सफलता संभव थी, देश के लाखों बच्चों की तरह पिता जी भी आज़ाद देश में जीने की तमन्ना लिए बड़े हो रहे थे।

भाई-बहनों में सबसे ज्येष्ठ श्रीराम यानी बड़े चाचा कुशाग्र बुद्धि तो थे, लेकिन स्वभाव से गंभीर, अंतर्मुखी, खुद में ही डूबे रहने वाले थे। वहीं परशुराम चाचा चालाक और बड़बोले क़िस्म के थे। और पिताजी...पिताजी कोमल चित्त, हँसमुख और साफ़ दिल, शरीर से दुर्बल और स्वभाव से बेहद कोमल थे। ज़रा-सा बुखार भी होता तो दादी से कहते, ''माँ लगता है अब नहीं बचूँगा।'' जल्दी हिम्मत हार जाने की यह कमज़ोरी आखिर तक बनी रही। पिताजी के लिए जीवन कच्ची नींद के मीठे सपने की तरह था। जहाँ छल, कपट, लालच के लिए कोई स्थान न था। मन सदा ऐसी चीज़ों में रमता जो बिना किसी कारण या अर्थ की होतीं। जैसे बाग़ में तितलियों के पीछे भागना, उन्हें बोतल में बंद करना और फिर तरस खाकर उन्हें उड़ा देना। एकांत में बैठकर पक्षियों का वार्तालाप सुनकर समझने की कोशिश करना। गाँव की सूनी अनजान जगहों ताल, पोखरों पर अकेले घूमना। पढ़ना, कल्पना करना और काव्य सृजन। ये वो वक़्त था जब किताबें दुर्लभ हुआ करती थीं। देश में न तो अधिक प्रिंटिंग प्रेस थे न अधिक पुस्तकालय। फिर भी बाबा जहाँ कहीं भी जाते अपने छोटे सुपुत्र के लिए किताबें ज़रूर खरीद कर लाते। पिताजी उन्हें टीन के एक बक्से में सँभालकर रखते। किताबें भी हर तरह कीं। *रामायण, महाभारत,* महापुरुषों की जीवनियाँ, *चंद्रकांता, भूतनाथ की कथा,* जिन्न और परियों की कथाएँ वगैरह। बाबा अपने छोटे पुत्र को इन रंग-बिरंगी किताबों में आँखें गड़ाए देख कर भावविभोर हो जाते।

तब लड़कियों को अधिक पढ़ाने का चलन न था। बेटी रमावती की प्राथमिक शिक्षा की औपचारिकता पूरी हो चुकी थी। सो बाबा का पूरा ध्यान अब लड़कों पर था। श्रीराम चाचा मेधावी थे इसलिए बाबा अपने ज्येष्ठ सुपुत्र के प्रति निश्चिंत थे, परशुराम चाचा पढ़ाई

में बेहद कमज़ोर थे। परीक्षा नज़दीक आते ही परशुराम चाचा का मन भय में डूब जाता और वह प्रतिदिन माँ सरस्वती को लड्डू, बताशे और फल-फूल चढ़ाने लगते, यह सोचकर कि माँ सरस्वती शायद उनका कल्याण कर दे, तब अनपढ़ दादी अपने लड़के के भोलेपन को देख कर कहती, ''ऐ बेटा परसु, इ सरस्वती हईन, इनका साधे के पड़त है बच्चा, इ लछमी नाइ है कि तोहरे चढ़ावे से खुश हो जईहे।''

खैर आठवीं कक्षा में दो बार फ़ेल होने के बाद परशुराम चाचा का ध्यान पढ़ाई से पूरी तरह से हट गया। पढ़ने के नाम से उन्हें अरुचि हो गयी। बाबा को परशुराम चाचा के आगे न पढ़ने का दु:ख तो था लेकिन दादी के तर्क पर कि कोई खेतीबाड़ी देखने के लिए भी तो चाहिए, उन्हें आगे पढ़ने को बाध्य नहीं किया गया। अब बाबा की सारी उम्मीदें उनके बाकी दो पुत्रों पर टिकी थीं। श्रीराम चाचा और पिताजी शहर पढ़ने जाने लगे। इस बीच बहुत कुछ हुआ। 9 अगस्त 1942 को गाँधी जी ने भारत छोड़ो आंदोलन शुरू किया जो पराधीनता के ताबूत की आखिरी कील साबित हुआ। नेताजी ने आज़ाद हिन्द फ़ौज बनायी। जिस दौरान कांग्रेस के बड़े नेता जेल में थे उसी समय जिन्ना तथा मुस्लिम लीग के उनके साथी अपना प्रभाव क्षेत्र फैलाने में लगे थे। इन्हीं सालों में मुस्लिम लीग को पंजाब और सिंध में अपनी पहचान बनाने का मौका मिला जहाँ अभी तक उसका कोई खास वजूद नहीं था। सन् 1945 में ब्रिटेन में लेबर पार्टी की सरकार बनी। यह सरकार भारतीय स्वतंत्रता के पक्ष में थी। उसी समय वायसराय लॉर्ड वावेल ने कांग्रेस और मुस्लिम लीग के प्रतिनिधियों के बीच कई बैठकों का आयोजन किया। 1946 की शुरुआत में प्रांतीय विधान मंडलों के लिए नए सिरे से चुनाव कराए गए। सामान्य श्रेणी में कांग्रेस को भारी सफलता मिली। मुसलमानों के लिए आरक्षित सीटों पर मुस्लिम लीग को भारी बहुमत प्राप्त हुआ। राजनीतिक ध्रुवीकरण पूरा हो चुका था। 1946 की गर्मियों में कैबिनेट मिशन भारत आया। इस मिशन ने कांग्रेस और मुस्लिम लीग को एक ऐसी संघीय व्यवस्था पर राज़ी करने का प्रयास किया जिसमें भारत के भीतर विभिन्न प्रांतों को सीमित स्वायत्तता दी जा सकती थी। कैबिनेट मिशन का यह प्रयास भी विफल रहा। वार्ता टूट जाने के बाद जिन्ना ने पाकिस्तान की स्थापना के लिए लीग की माँग के समर्थन में एक प्रत्यक्ष कार्यवाही दिवस का आह्वान किया। इसके लिए 16 अगस्त 1946 का दिन तय किया गया था। उसी दिन कलकत्ता में खूनी संघर्ष शुरू हो गया। यह हिंसा कलकत्ता से शुरू होकर ग्रामीण बंगाल, बिहार और संयुक्त प्रांत पंजाब तक फैल गई। कुछ स्थानों पर मुसलमानों को तो कुछ अन्य स्थानों पर हिन्दुओं को निशाना बनाया गया। फ़रवरी 1947 में वावेल की जगह लॉर्ड माउंटबेटन को वायसराय नियुक्त किया गया। उन्होंने वार्ताओं के एक अंतिम दौर का आह्वान किया। जब सुलह के लिए उनका यह प्रयास भी विफल हो गया तो उन्होंने ऐलान कर दिया कि ब्रिटिश भारत को स्वतंत्रता दे दी जाएगी लेकिन उसका विभाजन भी होगा। देश विभाजन की आग में जल गया, गोरों ने जाते-जाते इस देश के टुकड़े कर दिए...आखिरकार भारतीयों की दासता की ज़ंजीरें टूटीं। देश आज़ाद हुआ। अगस्त 1947 को आज़ादी की पूर्व संध्या पर देश के लाखों नागरिकों की तरह पिताजी ने भी सपरिवार रेडियो पर नेहरू जी की ऐतिहासिक स्पीच 'इंडिया'स, ट्रायस्ट विद डेस्टिनी' सुनी। रोम-रोम हर्षित हो गया। पूरे गाँव को सजाया गया। गाँव की प्राथमिक पाठशाला के

चबूतरे पर तिरंगा लहराया। इस देश के हज़ारों वर्षों के इतिहास में ऐसी सुबह न कभी आयी थी और न ही कभी दुबारा आएगी।

आज़ादी के बाद के कुछ सालों में कुछ महत्त्वपूर्ण घटनायें घटीं। 30 जनवरी 1948 को किसी सिरफिरे नाथू राम गोडसे ने गाँधी जी को देश के विभाजन के लिए ज़िम्मेदार ठहराया और गोली मार दी। देश को आज़ाद कराने का इससे बड़ा पुरस्कार उन्हें दिया भी क्या जा सकता था। देश के करोड़ों घरों में दोनों पहर भोजन न बना। देश के दु:ख की कोई सीमा न थी। देश ने आखिर अपना राष्ट्रपिता खो दिया था। अगले वर्ष बड़ी बुआ रमावती का विवाह चंपारण के एक सम्पन्न परिवार में कर दिया गया। उसी साल श्रीराम चाचा ने प्रथम श्रेणी में बी.ए. पूरा किया और पिताजी ने प्रथम श्रेणी में इंटरमीडिएट किया। बाबा की छाती गर्व से फूल गयी। ग्रामीण समाज में बाबा का बड़ा यश हुआ। बाबा ने चाचा को पुरस्कार में नयी साइकिल खरीद कर दी। बाबा आरम्भ से ही उच्च शिक्षा के पक्ष में थे। बाबा का मानना था कि शिक्षा सिर्फ़ इसलिए नहीं है कि कुछ कमाने योग्य बना दे बल्कि शिक्षा सोचने की क्षमता उत्पन्न करने के लिए है। उच्च शिक्षा सामाजिक प्रतिष्ठा का पर्याय भी है। देश में अंग्रेज़ों के आने से शिक्षा का उद्देश्य महज़ नौकरी पाना ही रह गया था। बाबा का मत था कि अब वापस विद्यार्थियों को वही स्वर्णिम युग लाना चाहिए जहाँ शिक्षा का उद्देश्य स्वावलंबन, विचारशीलता, अच्छा नागरिक बनाने की प्रक्रिया और देश प्रेम हो।

आज़ादी के बाद एक और महत्त्वपूर्ण बदलाव आया वह था ज़मींदारी उन्मूलन कानून बनाना और उसे उत्तर प्रदेश, मध्य प्रदेश, बिहार और आसाम जैसे बड़े राज्यों में लागू भी कर देना, इस प्रकार जिस ज़मींदारी प्रथा का उदय हमारे देश में अंग्रेज़ों के आगमन से हुआ था उसका अंत भी उनके शासन के समाप्त होते ही हो गया। इस प्रथा की समाप्ति पर किसी ने तनिक भी शोक प्रकट नहीं किया, क्योंकि इसका विनाश होते ही पुराने सिद्धांत की, जिसके अनुसार भूमि का स्वामी कृषक होता था, की पुनरावृत्ति हुई। किन्तु अपनी ज़मीन जागीर और सामाजिक प्रतिष्ठा में कमी आने से ज़मींदार काफ़ी क्रोधित थे। ज़मींदारों ने ज़मींदारी उन्मूलन कानून की वैधता का विरोध किया लेकिन सरकार अपने निर्णय पर अटल रही। देश में जहाँ एक नए युग का सूत्रपात हो रहा था वहीं देश आर्थिक पिछड़ेपन, सामाजिक विषमता और जातिवाद जैसी समस्याओं से भी जूझ रहा था...पचास के दशक का आरम्भ था। इंटरमीडिएट के इम्तहान खत्म होने के बाद भी पिताजी प्रतिदिन शहर आते और दिन भर शहर की डिस्ट्रिक्ट लाइब्रेरी में बैठे रहते जब तक कि वो बंद न हो जाती। उन दिनों शहर की डिस्ट्रिक्ट लाइब्रेरी उतनी समृद्ध न थी और पढ़ने लायक जो कुछ महत्त्वपूर्ण था वह पढ़ा जा चुका था। खूब पढ़ना नई जिज्ञासाओं को जन्म देता और अनेकों प्रश्न भी खड़े करता। ऐसे प्रश्न जिनका उत्तर बाबा के पास न होता, जिनका उत्तर सिर्फ़ एक सच्चा गुरु ही दे सकता था। बाबा को अपने प्रिय पुत्र की इन्हीं जिज्ञासाओं के कारण एक गुरु की आवश्यकता महसूस हुई, गुरु वह नहीं जिसकी पहुँच सिर्फ़ पाठ्यक्रम तक ही सीमित हो बल्कि वह जो पाठ्यक्रम के परे भी कुछ बता सके। अंततः पिताजी के आग्रह पर बाबा ने ऐसे ही एक गुरु की खोजबीन शुरू कर दी। अप्रैल की गर्मियाँ थीं। शहर के अधिकांश शिक्षक गर्मियों की छुट्टियों के कारण अपने गाँव या कहीं घूमने-फिरने चले गए थे। कुछ

थे भी लेकिन वो बाबा की नज़र में योग्य न थे।

खोजते–खोजते हफ़्ते भर के भीतर बाबा की मुलाकात जनार्दन मास्टर से हुई। जनार्दन मास्टर यानी मास्टर जनार्दन बनर्जी। जनार्दन मोशाय यहीं शहर के तुलसीदास इंटर कॉलेज में अध्यापक थे।

अंग्रेज़ी का प्रचार–प्रसार शायद बंगाल में सबसे अधिक हुआ और अंग्रेज़ी शासन के विस्तार के कारण ये बंगाली देश के विभिन्न भागों में भेजे गए थे। न सिर्फ़ सरकारी काम–काज देखने के लिए बल्कि पढ़ाने के लिए भी। लेकिन मास्टर मोशाय के यहाँ आने का कारण कुछ और ही था। कारण था बंगाल में पड़ा अकाल जिसने लाखों लोगों को बेघर किया और बंगाल छोड़ने पर मजबूर कर दिया था। अकाल में माता–पिता की अकस्मात् दर्दनाक मृत्यु और दो छोटी बहनों की ज़िम्मेदारी सर पर आ जाने के कारण जनार्दन मास्टर अपनी जड़ों से बहुत दूर यहाँ आ गए थे। जनार्दन मास्टर परिस्थितियों के शिकार थे। उन्होंने मास्टरी कर अपनी दो छोटी बहनों का विवाह किया और चालीस वर्ष की उम्र में खुद शादी की। ऐसी त्याग की मिसालें दुनिया में अधिक न होंगी। जनार्दन मास्टर का उर्दू, अंग्रेज़ी और हिन्दी पर एकसमान अधिकार था। मास्टर मोशाय संस्कृत बहुत न जानते लेकिन संस्कृत में रुचि होने के कारण स्वाध्याय से धीरे–धीरे उन्होंने संस्कृत पर भी ठीक–ठाक अधिकार कर लिया था। मास्टर मोशाय प्रेमी जीव थे, साँवला रंग, मझोला कद, काली बड़ी आँखें। पैरों में चूड़ीदार पाजामा और शरीर पर छोटा कढ़ाई किया बंगाली कुर्ता। मीलों पैदल चलने, खूब पढ़ने और मीठा खाने के शौक़ीन। कहते हैं कि जैसे एक सच्चा शिष्य एक सच्चे गुरु की तलाश में रहता है वैसे ही एक सच्चा गुरु भी एक सच्चे शिष्य की तलाश में रहता है और इस छोटे से शहर में जनार्दन मास्टर की जानकारी को परखने–पहचानने वाले थे ही कितने? उस दौर में अधिकांश लोगों का मानना था कि बंगाली आधे पागल होते हैं और जादू–टोना करते हैं। इनसे दूर ही रहना चाहिए। बाबा के आग्रह पर मोशाय मास्टर पिताजी को पढ़ाने को तैयार हो गए। बाबा अगले दिन पिताजी को लेकर मास्टर मोशाय के घर पहुँचे। बाबा ने उनका अभिवादन किया और पिताजी का परिचय कराया। ''मोशाय यह मेरा सबसे छोटा पुत्र है। आपसे कुछ सीखना चाहता है।'' पिताजी ने मास्टर साहब को सादर प्रणाम किया। जनार्दन मास्टर ने एक दृष्टि में पिता जी का मूल्यांकन कर लिया। उन्होंने नम्रता से हाथ जोड़कर बाबा से कहा—पंडित जी आपका पुत्र जिज्ञासु मालूम पड़ता है। वैसे मैं किस योग्य हूँ लेकिन फिर भी मैं थोड़ा–बहुत जो कुछ भी जानता हूँ उसके साथ अवश्य बाटूँगा। अगले दिन से पिताजी के जीवन का एक नया सफ़र शुरू हुआ, हर रोज़ पिताजी कोई सवारी पकड़ कर सुबह–सुबह जनार्दन मास्टर के यहाँ आ जाते और मास्टर मोशाय के साथ ही नाश्ता करते। फिर शुरू होता पढ़ने–पढ़ाने का सिलसिला। अंग्रेज़ी की अच्छी कविताएँ, संस्कृत की महान रचनाएँ, उर्दू अदब, बातचीत का दायरा इतना बड़ा होता कि इसमें सब कुछ आ जाता।

मास्टर मोशाय के पसंदीदा विषय थे, टैगोर का काव्य, बंगाल की महानता, आज़ादी के बाद देश के सम्मुख चुनौतियाँ, बंगाल का अकाल वगैरह–वगैरह। दोपहर की जलती लू

में कच्चे मकान में पानी का छिड़काव होता और फिर किसी विषय पर रोचक वार्तालाप शुरू हो जाता। जो तब तक चलता जब तक मोशाय की पत्नी लोपा खाने के लिए आवाज़ न देती। धीरे-धीरे गुरु-शिष्य सम्बन्ध ने कब मित्रता की शक्ल ले ली पता ही न चला। गुरु जीवन का अस्त होता है और विद्यार्थी होता है जीवन का उदय। जनार्दन मोशाय। पिताजी पर अपना समस्त ज्ञान उड़ेल देना चाहते थे। कभी-कभार पिता जी मोशाय को अपनी लिखी कोई कविता सुनाते। जिसे जनार्दन मोशाय रुचि लेकर सुनते और अच्छी लिखी होने पर उनका उत्साहवर्धन भी करते।

जिस काव्य पर सबसे अधिक बात होती वो था *गीत गोविन्द*। इस पर बात करते जनार्दन मास्टर का मन न भरता। मोशाय कहते कि जयदेव का *गीत गोविन्द* भारत के सर्जनात्मक इतिहास की एक महत्त्वपूर्ण घटना है। *गीत गोविन्द* एक नाट्य प्रबंध है, एक ओपेरा। मध्य युग की चित्रकला, मध्य युग की कविताएँ, मध्य युग का अभिनय और इन सबके केंद्र में अगर एक ग्रन्थ है तो वो है *गीत गोविन्द*। *गीत गोविन्द* की सबसे बड़ी विशेषता यही है कि वह बहुत ही सीधे शब्दो में लय की वर्तुलता और रूपायमानता की संभावनाओं की ऐसी सघन अभिव्यक्ति है जो चिरकाल तक नवीन रहेगी। आवश्यकता है उसे ठीक उसके चौखटे में रखकर देखने की। भारतीय विश्वदृष्टि के आलोक में देखने की और आध्यात्म संसार को इन्द्रियगोचर संसार से अविलग देखने की। *गीत गोविन्द* का आरम्भ होता है वर्षा के मंगल गीत से और अंत होता है वासंती रसवृष्टि से भीगकर जब सब एकमेव हो जाते हैं। तब निर्णय करना कठिन हो जाता है कि किसका रंग अधिक गहरा है और सब रात अनुताप और प्रतीक्षा में चले जाते। *गीत गोविन्द* कुल मिलाकर ढाई दिन का आख्यान है, दूसरा दिन मनाने और कोपने से शुरू होता है, दूसरी रात में जाकर संपूर्ण भाव से मिलना संभव होता है। तीसरे दिन का आरम्भ एक नयी रचना की तैयारी से होता है। राधा की कृष्णमय रचना और यहीं पर यह ग्रन्थ समाप्त हो जाता है। मोशाय कहते कि श्रृंगार का परमतत्व वह है जिसमें कोई अभिलाषा न रहे सिवाय प्रिय से मिलने की अभिलाषा के। तुम्हें आश्चर्य होगा कि एक ऐसी अवस्था भी आती है जब प्रिय की प्राप्ति की भी चिंता नहीं रह जाती है, अभिलाषा मात्र रह जाती है, इसे ही महाभाव कहा गया है। इसे ही श्रृंगार का परम तत्व कहा गया है, *गीत गोविन्द* में श्रीकृष्ण उत्सव रचते हैं, यह उत्सव सारे उत्सवों से अलग है, क्योंकि इसमें विभिन्न मनोवृत्तियाँ एक हो गयी हैं, एक ही की ओर अभिमुख हो गयी हैं, ऐसे परमतत्व के साकार हैं श्रीकृष्ण। इसमें कुल बारह सर्ग हैं। प्रत्येक सर्ग में कम-से-कम एक और अधिक-से-अधिक चार अष्टपदियाँ हैं। गेता और अभिनेता के साथ-साथ चलने के क्रम में भाषा बहुत ही सरल और पारदर्शी हो गयी है, पहला सर्ग है समोर दामोदर इसमें चार अष्टपदियाँ हैं, पहली अष्टपदी दशावतार वंदना है, तीसरी-चौथी अष्टपदियों में श्रीकृष्ण रास का वर्णन है, इसमें राधा अनुपस्थित है। रास का वर्णन ईर्ष्या के माध्यम से राधा के भीतर अभिलाषा जगाता है...इस ग्रन्थ का उद्देश्य था एक नई तरह की राधा रचने का...श्रीकृष्ण के हाथों रचने का। दिन खत्म हो जाते, दीया-बाती का वक़्त हो जाता, बातें ख़त्म न होतीं। दूसरी कृति जो मोशाय को पसंद थी वो थी *अभिज्ञान शाकुंतलम्*। मोशाय कहते कि क्या शकुंतला जैसी नायिका दूसरी हो सकती है? कदापि नहीं। काव्येषु नाटकं रम्यम तत्र रम्या शकुंतला। कालिदास की

अलंकारयुक्त मधुर भाषा और उनकी उपमाएँ बेमिसाल हैं। राजा दुष्यंत शकुंतला की तारीफ़ में कहते हैं, ''वह ऐसा फूल है जिसे किसी ने नहीं सूँघा है,वह ऐसा नवपल्लव है जिस पर किसी के नख की खरोंच नहीं लगी है। वह ऐसा रत्न है जिसमें अभी छेद नहीं किया गया है, वह ऐसा मधु है जिसका स्वाद किसी ने नहीं चखा है। किन्तु सबसे सुन्दर प्रसंग है जब शकुंतला कण्व ऋषि से विनती करती है, ''जब इस मृगी को प्रसव हो तो मुझे उसकी सूचना अवश्य भिजवाना। मुझे उत्कंठा रहेगी।'' मास्टर मोशाय की आँखें छलछला जातीं। जिसे मृगी के प्रसव की इतनी चिंता है,जिसे उसके समाचार से इतनी प्रसन्नता की आशा है, वह स्वयं जंगल में अपने बच्चे को जन्म देती है। जिसके पुत्र के जन्म का समाचार कोई कहीं नहीं पहुँचाता। नाटक का यहीं ट्रीटमेंट कालिदास को वाल्मीकि और व्यास के समकक्ष पहुँचा देता है। पिताजी को जो बात मास्टर मोशाय के बारे में सबसे दिलचस्प लगती, वह थी एक ही पल में उनका भावुक होना और अगले पल खिलखिला कर हँस देना। मोशाय मीर का शे'र बंगाली लहज़े में कहते...

उल्टी हो गयीं सब तद्बीरें कुछ न दावा ने काम किया...
देखा इस बीमारी-ए-दिल ने आखिर काम तमाम किया।

(मास्टर मोशाय दवा को दावा कहते थे।)

एक रोज़ वेदों-पुराणों की बात चली और बातों-बातों में काशी का ज़िक्र आ गया। काशी का ज़िक्र आते ही मोशाय जैसे खो गए। मास्टर मोशाय ने अपनी काली बड़ी आँखें फैला कर कहा, ''जानते हो बंगाल के बाद काशी हम बंगालियों का सेकंड होम कहलाता है। चाहता था काशी जाकर पढ़ना लेकिन जा न सका। काश, मैं वहाँ जा पाता। वहाँ पढ़ पाता। कुछ जानते हो काशी के बारे में?'' पिताजी ने कहा, ''कुछ विशेष नहीं। बस इतना ही कि काशी बहुत पुराना नगर है। वहाँ गंगा है। बाबा विश्वनाथ का मन्दिर है। बहुत पुराना।'' मोशाय कहते कि बस इतना क्षुद्र ज्ञान है काशी के बारे में, बेटा दुनिया में कोई दूसरा ऐसा नगर नहीं है जो काशी से बढ़कर प्राचीनता, निरंतरता और आदर का प्रतीक हो। तीन से भी अधिक सहस्राब्दियों से इसका महत्त्व ज्यों का त्यों बना है। कहते हैं काशी इज़ फ़ेमस फ़ॉर लर्निंग एंड बर्निंग। हमारे देश के हर प्रान्त के ही नहीं बल्कि बड़ी संख्या में विदेशी विद्यार्थी भी वहाँ आकर रहते हैं। ज्ञान अर्जित करते हैं। ऐसी मान्यता रही है कि 'काश्यम मरणं स्वर्गम्।'...काशी में मारने (मोशाय मरने को मारना कहते) से स्वर्ग प्राप्त होता है...जनार्दन मास्टर के रोचक वर्णन से पिता जी की आँखों के सामने काशी का एक चित्र खिंच जाता। कल-कल बहती गंगा, सैकड़ों घाट, मन्दिर। अभी होली के अवसर पर मास्टर मोशाय सपत्नी काशी गए थे। वे कहते कि काशी उत्सव मनाना भी जानती है और निपट एकांत में लीन होना भी। काशी उतनी ही राग-रंग में डूबी है जितनी विरागी है। इतना विरोधाभास कहीं देखने को न मिलेगा। काशी कलावन्तों का शहर है, पंडितों का शहर है। मास्टर मोशाय हँस कर कहते कि काशी मूर्खों और महंतों का भी शहर है। हो भी क्यों ना बाबा विश्वनाथ खुद इतने विरोधाभास लिए हैं। एक तरफ़ वह निहंग है पर ईश्वर भी हैं। उन्हें अबीर, गुलाल लगा दो तो भी ठीक, चिता भस्म लगा दो तो भी ठीक। वह भांग भी

पी सकते हैं और पंचामृत भी। तपसी हैं पर कलाओं के निधान भी हैं। एक रोज़ मोशाय ने भावुक होकर पिताजी से कहा, "तुम काशी चले जाना। वहीं पढ़ना समझे कि नहीं। पिताजी के भीतर भी काशी जाकर पढ़ने की इच्छा दिनोंदिन बलवती होती जाती थी, सिर्फ़ संकोच था कि बाबा को अपनी इस इच्छा के विषय में कैसे अवगत कराएँ, कैसे कहें? एक रोज़ पिताजी ने मास्टर मोशाय से कहा कि वे बाबा से उन्हें काशी भेजने की बात चलायें।

गर्मी की छुट्टियाँ खत्म होने को थीं। एक रोज़ बाबा जनार्दन मास्टर को उनकी फ़ीस देने आये। आग्रह करने पर भी मास्टर मोशाय ने फ़ीस न ली। तब बाबा ने साग्रह कुर्ते के लिए सिल्क का कपड़ा, एक डिब्बा मिठाई और चावल की एक बोरी दी। यह कहते हुए कि बिना गुरु दक्षिणा के विद्या फलती नहीं है और ये तो उन्हें स्वीकार करना ही पड़ेगा। जाते-जाते जनार्दन मास्टर ने बाबा से कहा, "पंडित जी अपने पुत्र को पढ़ने काशी भेज दें यहाँ पढ़कर क्या करेगा? इसकी प्रतिभा वहीं निखरेगी और यदि यह आगे बढ़ा तो नाम तो आप का ही होगा।"

अक्सर अभिभावक चाहते हैं कि जो वो न कर सके, उनके बच्चे करें। बात बाबा के हृदय में उतर गयी। गाँव लौटते वक़्त रास्ते भर बाबा पिताजी से पूछते रहे। "अकेले रह लोगे। तुम तो बड़े सुकुवार हो अकेले सब कुछ कर पाओगे। अगर बीमार पड़ गए तो?" पिता जी हर बात का सकारात्मक उत्तर देते। "जी रह लूँगा, जी कर लूँगा," पिताजी के सकारात्मक उत्तरों से बाबा थोड़े आश्वस्त हुए लेकिन माँ होने के नाते दादी से भी इस विषय में पूछना ज़रूरी समझा गया। अपनी प्रिय संतान को खुद से दूर भेजने का ख़याल दादी को उदास कर गया, लेकिन प्रश्न आखिर लड़के के उज्ज्वल भविष्य का था।

सो दादी ने अपना हृदय मज़बूत किया। आँचल मुँह में दबा कर आँखों में आँसू भरकर दादी ने कहा, "जाओ बेटा पढ़ो-लिखो चार जिल्ला में नाम हो।" पिता जी का हृदय भी द्रवित हो गया। आँखों से अश्रुधार बह निकली। पिताजी ने दादी के हाथ पर अपना हाथ रखकर कहा, "माँ काशी कौन-सा दूर है, छुट्टियों में आ जाऊँगा। यदि रोईं तो कहीं नहीं जाऊँगा? कहे देता हूँ।" दादी ने हमेशा की तरह हँसकर पिताजी का गाल दबा दिया। पिताजी की ख़ुशी का ठिकाना नहीं था। काशी जाने का संशय मिट चुका था। आखिरकार पिताजी महीनों से देखे जाने वाले स्वप्न को जीने जा रहे थे।

उसी समय एक रोज़ पंडा बाबा घर पर आये। पंडा बाबा परिवार के धार्मिक गुरु थे। इस देश के कई सम्पन्न परिवार उनके जजमान थे। घर के सभी धार्मिक कार्य मुंडन, जनेऊ, शादी-विवाह उन्हीं की देख-रेख में होते थे। पंडा बाबा वर्ष भर घूमते रहते, काशी, मथुरा, वृन्दावन और अक्सर हिमालय पर। वर्ष में एक बार गर्मियों में पंडा बाबा अपने जजमानों के घर आते और अपने साथ बोतल में भर कर गंगा जल और प्रसाद लाते। तब पूरा परिवार एक साथ बैठकर सबकी शांति और समृद्धि के लिए संकल्प करता। पंडा बाबा का वास्तविक नाम त्रिलोचन शास्त्री था। वे एक असाधारण जीव थे। तन पर सफ़ेद धोती और छोटा सफ़ेद कुरता, पैरों में खड़ाऊँ। अपूर्व शांति से युक्त सदा मंद-मंद मुस्कुराता चेहरा। औरतों की तरह पतली-सी लंबी नाक, छोटी-छोटी-सी भूरी आँखें। दया और आत्मज्ञान पंडा बाबा के चेहरे

पर इतना स्पष्ट झलकता, लगता कि वे सांसारिक मोह माया से कोसों दूर हों।

पंडा बाबा के अनुज कामाख्या रंजन शास्त्री काशी के संपूर्णानंद संस्कृत विद्यालय में ज्योतिष के शिक्षक थे। बाबा ने पंडा बाबा से कहा कि वो पिताजी को काशी उच्च शिक्षा के लिए भेजना चाहते हैं। पंडा बाबा ने कहा कि तो इसमें समस्या क्या है? यह तो बड़े हर्ष की बात है, 'विद्यानाम सदनम् काशी'। काशी तो आदिकाल से ही विद्या का केंद्र रहा है। पंडा बाबा ने पिता जी का हाथ देख कर कहा कि उनकी विद्या रेखा बड़ी अच्छी है और काशी जाना अवश्य फलित होगा। पंडा बाबा ने अपने भाई कामाख्या शास्त्री को स्वयं पत्र लिखकर विश्वविद्यालय में प्रवेश आदि से सम्बन्धित जानकारी देने को कहा। अब तो काशी जाने का रास्ता पिताजी के लिए और भी आसान हो गया था। पंडा बाबा अगले रोज़ चले गए। कुछ ही दिनों के भीतर कामाख्या शास्त्री जी का पत्र आ गया, जिसमें प्रवेश की प्रक्रिया, फ़ीस, छात्रावास आदि के विषय में वृहद जानकारी थी। कामाख्या शास्त्री जी ने चिट्ठी में लिखा था कि 'जून का तीसरा हफ़्ता चल रहा है, अब और विलंब न करें। सपुत्र तत्काल काशी आ जायें।'

शास्त्री जी की चिट्ठी मिलते ही पिताजी को काशी भेजने की तैयारियाँ शुरू हो गयीं। लोहे के दो मज़बूत संदूकों का इंतज़ाम किया गया। कुछ नए कपड़े-लत्ते सिलवाए गए। ज़रूरत की और दूसरी चीज़ें जैसे साबुन, तेल, मंजन, कंघा आदि ख़रीदा गया और शुभ मुहूर्त देख कर दो-चार महीने का राशन-पानी, आटा-चावल, दाल, गुड़, घर का बना देसी घी लेकर पिताजी ने काशी के लिए प्रस्थान किया। बाबा साथ गए।

काशी पहुँचकर पिता जी ने पाया कि काशी, मास्टर मोशाय के वर्णन से भी कहीं अधिक आकर्षक है। इस आकर्षण के तीन मुख्य कारण थे। पहला काशी का एक प्राचीन तीर्थ स्थल होना, दूसरा काशी का विद्या केंद्र होना और तीसरा यहाँ सबके लिए जीविका के सुगम साधनों का होना। भाग्य ने साथ दिया। इंटरमीडिएट के अच्छे प्राप्तांकों के कारण पिताजी को बिना अधिक संघर्ष किये काशी हिन्दू विश्वविद्यालय के बी.ए. पाठ्यक्रम में प्रवेश मिल गया। रहने का ठौर बना बिड़ला छात्रावास। पिताजी काशी हिन्दू विश्वविद्यालय की महत्ता का वर्णन और गुणगान मास्टर मोशाय के मुँह से अनेकों बार सुन चुके थे, एक सामान्य परिवार के लड़के के लिए यहाँ पढ़ना ऑक्सफ़ोर्ड केम्ब्रिज में पढ़ने से कुछ कम न था। पतितपावनी गंगा के पश्चिम तट पर स्थित 1300 एकड़ भूमिक्षेत्र में फैले अर्धचंद्राकार आकृति में यह विश्वविद्यालय अपने आकर्षक वास्तुकला वाले स्मारक, विशाल परिसर, हरे-भरे मैदानों, पेड़ों से आच्छादित महामना की कल्पनाशीलता और दूरदर्शिता का प्रतीक था। 1915 में महामना ने राष्ट्रीय संस्कार रोपित करने के लिए इस विश्वविद्यालय की स्थापना की थी। विश्वविद्यालय की स्थापना के पीछे भारत की सनातन सहिष्णु संस्कृति, नैतिकता, धार्मिक मर्यादाएँ, अनुशासन, कार्य के प्रति निष्ठा, दान, भिक्षा, विश्व बंधुत्व, सबको सुखी और निरामय रखने का भाव था। विश्वविद्यालय नालंदा विश्वविद्यालय की तर्ज पर आवासीय सुविधाएँ लिए था जहाँ देश-विदेश, दूर-दराज से आये विद्यार्थी न सिर्फ़ पढ़ सकें बल्कि रह भी सकें। काशी हिन्दू विश्वविद्यालय महज़ एक विश्वविद्यालय न था, यह थी महामना की

बगिया। एक ऐसी बगिया जहाँ के हरित समृद्ध पेड़ों पर एक से बढ़कर एक विद्यार्थी पुष्प के समान सुरभित होते। इसी विश्वविद्यालय से हरिवंश राय बच्चन, राम राज पंत, जानकी बल्लभ पटनायक और बाबू जगजीवन राम जैसी बड़ी हस्तियों ने उच्च शिक्षा पायी थी।

प्रवेश मिलने के बाद बाबा पिताजी को लेकर काशी विश्वनाथ गए और माँ गंगा की पूजा की, शाम को पिता-पुत्र गोदौलिया बाज़ार गए। बाज़ार से पिताजी ने विषय की किताबों, नोटबुक के अलावा एक डायरी भी खरीदी, शायद यह सोचकर कि यहाँ बातचीत करने को कोई न होगा तब शायद डायरी लिखकर ही अपनी भावना को व्यक्त करना उपयुक्त होगा। काशी में पड़ी यह आदत जीवनपर्यन्त चलती रही। पिताजी आजीवन डायरी लिखते रहे। अच्छा, बुरा, घटित और वो भी जो कभी घटित ही नहीं हुआ। दो दर्जन से भी अधिक डायरियाँ पिताजी के अंत:करण का दर्पण हैं। दो-चार रोज़ रहकर बाबा गाँव लौट गए। जाने के पहले बाबा ने पिताजी को तमाम निर्देश दिए—खाना पीना वक़्त पर कर लेना, मित्रता सोच-समझ कर करना, पत्र लिखना, शास्त्री जी यहाँ एकमात्र परिचित हैं उनसे मेलजोल बनाये रखना वगैरह-वगैरह। बाबा के जाने के बाद पिताजी ने एक अजीब-सी स्वतंत्रता अनुभव की, जो बड़ी सुखद थी। छात्रावास के कुछ नियमों को छोड़ कर अब जीवन पर किसी तरह की रोक-टोक न थी। यानी सब कुछ अपने विवेक पर। छात्रावास में पहली रात गुज़ारकर पिता जी भोर में उठकर तुलसी घाट की ओर चल दिए। सुबह के चार बजे काशी जगती मिली, जगती भी ऐसी जैसे कभी सोई ही न हो। पिताजी को मास्टर मोशाय का कहा याद आया, 'काशी हर वक़्त जगती रहती है। यहाँ कुछ भी कभी नहीं रुकता। न आगमन न प्रस्थान। न जीवन न दाह संस्कार। काशी में जोगी, जती, कला-प्रेमी सब हर वक़्त जागते रहते हैं।' पिता जी गलियों-गलियों होकर पैदल चलते जाते। सुना था कि काशी की छोटी-बड़ी सभी गलियाँ गंगा पर जाकर खत्म होती हैं। मनुष्य के जीवन की तरह जो आखिरकार मरघट पर पहुँच कर अपनी जीवन यात्रा पूरी करता है।

बारिश का मौसम था, एक अजीब-सा गीलापन लिए। जैसे बारिश किसी वक़्त भी आ सकती हो। मेघमय आकाश। धीरे-धीरे रंग बदलता, सुबह का वक़्त मद्धिम प्रकाश लिए। सब कुछ इतना रहस्यमय जैसे होकर भी न होने का एहसास छोड़ जाये। पिताजी घंटों अपनी डायरी-कलम लिए घाट की सीढ़ियों पर बैठे रहे। धीरे-धीरे आकाश से बादल छंटने लगे। प्रकृति पल-पल अपना रूप अपनी छटा बदलती दिखाई पड़ी। परम्पराओं से भी पुरानी काशी की भोर एक उत्सव मनाती धीरे-धीरे प्रकट हो रही थी। एक ऐसी सुबह, जिस पर मनुष्य अपना सब कुछ न्योछावर कर दे। वही सुबह जिसने मानस कवि तुलसीदास और ग़ालिब जैसे शायर को अपने मोह पाश में कैद कर रखा था। पिताजी की डायरी से—

7 जुलाई 1951, समय-भोर

मैं तुलसी घाट की सीढ़ियों पर बैठा हूँ...मेरे सामने सूर्योदय हो रहा है। सूर्य की किरणें पास के मन्दिर के शिखर पर पड़ रही हैं। गंगा का जल सूर्य की सुनहरी किरणों से दीप्तिमान है। आकाश में पक्षी झुण्ड बनाकर उड़ रहे हैं। मन्दिर से आरती का स्वर आ रहा है। ऐसी पवित्र अद्‌भुत सुबह मैंने कभी नहीं देखी है। यह सब मैं मेरे अंतरतम में समा लेना चाहता हूँ।

हे सूर्य देवता तुम्हें प्रणाम
हे पतितपावनी जीवनदायनी माँ गंगे तुम्हें मेरा प्रणाम
चारों दिशाए तुम्हें मेरा प्रणाम।

अब प्रतिदिन पिताजी सुबह तुलसीघाट गंगा स्नान के लिए निकल जाते। आरम्भ से ही पिताजी को साधु-संतों का बड़ा चस्का था, उनकी सादगी पिताजी को सदैव आकर्षित करती रही थी, गाँव में भी किसी जोगी-संन्यासी के दरवाज़े पर आने पर पिताजी ही सर्वाधिक उत्सुकता दिखाते, उन्हें छुप-छुप कर देखने में बड़ा आनंद आता, जैसे वे खाते, गाते वगैरह और काशी तो थी ही साधु-संतों, फ़कीरों, बनजारों की नगरी। जहाँ देखो वहीं ये लोग दिख जाते थे, संसार से विलग खुद में आनन्दित।

सुबह नियमित गंगा स्नान के लिए जाने से पिताजी का परिचय कुछ साधु-संतों से हो गया। इन्हीं साधु-संतों में पिताजी के सर्वाधिक क़रीबी थे बैरागी बाबा। बैरागी बाबा तुलसीघाट के समीप ही एक मन्दिर में रहते। बैरागी बाबा का कंठ जितना सुरीला था, चित्त उतना ही शांत, उन्हें स्नान करते समय गाते देखने मात्र से ही जी प्रसन्न हो जाता। पिता जी बाबा से धीरे-धीरे खुलने लगे, अब दोनों में खूब बातें होतीं, और अब हर-हर गंगे कहते दोनों के स्वर अक्सर मिल जाते।

घाट से नहा कर पिताजी नाश्ता करने निकल जाते।

नाश्ता-पानी होता कामता स्वीट्स पर, जिसे शंकर बाबू चलाते। शंकर बाबू यहीं नज़दीक के एक गाँव पांडेपुर के रहने वाले थे और यह दुकान उन्होंने विद्यार्थियों की सेवा के लिए ही खोली थी। विद्यार्थी का शरीर स्वस्थ रहेगा तभी तो विद्यार्थी पढ़ेगा। जैसा अन्न वैसा मन और जैसा मन वैसा जीवन। खूब खाओ और खूब पढ़ो वाला ज़माना था। शंकर बाबू बड़े दिलचस्प आदमी थे न सिर्फ़ स्वभाव से बल्कि देखने से भी।। गोल-मटोल शरीर, बाहर निकली तोंद, कंधे से पेट तक लटकता लंबा जनेऊ, हनुमान भक्त, माथे पर नारंगी टीका। दिन में सैकड़ों बार हनुमान चालीस पढ़ने वाले। कामता स्वीट्स के नज़दीक पहुँचते ही खाने-पीने की चीज़ों की सोंधी खुशबू नाक में भर जाती।

ऐसी खुशबू जो नींद से अलसाये इंसान को भी जगा दे। कचौरी,जलेबी, चूड़ा मटर, खजूर के गुड़ के रसगुल्ले, ताज़ी दही। शंकर बाबू जितने प्रेम से ये चीज़ें बनाते या बनवाते उतने ही भाव से खिलाते भी। विद्यार्थी पैसे देते तो ठीक न देते तो भी ठीक। शंकर बाबू कभी पैसे नहीं माँगते बस कह देते, "बचवा धान पिसान, दूध, दही सब घर का है, कोई मोल थोड़े खरीदे हैं। जब पैसे होवे तो दे दिहा।" अक्सर विद्यार्थी घर से मनीऑर्डर,पैसे वगैरह आने पर ही उन्हें पैसे देते। खा-पी कर लौटते सात बज जाते, फिर थोड़ा स्वाध्याय होता। दिन में क्लासेज़ चलतीं और शाम को छात्रावास के किसी कमरे या किसी पार्क में मित्रों, शिक्षकों के साथ समसामयिक विषयों पर चर्चा, साहित्य चर्चा, वाद-विवाद या काव्य पाठ आदि होता।

शुरुआती दिनों में अक्सर गाँव की याद आती। मेस में खाने के वक़्त दादी के हाथ

का बना खाना याद आता। बाबा का वात्सल्य याद आते ही मन भीग जाता। बचपन में बाबा पिताजी को विद्यार्थी के पाँच लक्षण बताते, "काकचेष्टा, वको ध्यानम, श्वाननिद्रा, अल्पाहारी, गृहत्यागी विद्यार्थी पंच लक्षणम्..." बाबा कहते कि गृहत्यागी ही असली विद्यार्थी होता है, प्राचीन समय में राजे-महाराजे तक अपने लड़कों को पढ़ने गुरुकुल भेज दिया करते थे। ताकि घर के आरामतलब माहौल से दूर लड़के कठोर वातावरण और परिस्थिति में रहकर स्वावलम्बी बनें। पिताजी जानते थे कि यही परीक्षा की घड़ी है।

इस बीच विश्वविद्यालय और छात्रावास में कई मित्र बन गए। बाबा के निर्देश के बावजूद कि मित्रता सोच-समझ कर करना। पिताजी जानते कि मित्रता कोई व्यापार नहीं है जो सोच-समझ कर किया जाये। मित्रता तो बस हो जाती है प्रेम की तरह। यूँ तो विश्वविद्यालय और छात्रावास में कई मित्र बने पर सबसे करीबी मित्र हुए बाबू रमाकांत झा, बाबू आशुतोष मुखर्जी और बाबू जगदीश सिंह। रमाकांत बाबू बिहार के गया ज़िले के रहने वाले थे। पिता किसान थे...ग्रामीण स्तर पर परिवार सम्पन्न था। रमाकांत बाबू बेहद विनम्र, सुलझे हुए, हँसमुख प्रकृति के थे। आशुतोष बाबू कुलीन बंगाली ब्राह्मण, पिता यूनियन बैंक कलकत्ता में उच्च पद पर कार्यरत थे, आशुतोष बाबू बेहद संकोची, शर्मीले किस्म के इंसान थे। एक सम्पन्न परिवार का होने तथा कॉन्वेंट से शिक्षा पाए आशुतोष बाबू को घमंड छू भी न गया था। अंग्रेज़ी अंग्रेज़ों की तरह बोलते, उनकी अंग्रेज़ी काव्य पर अच्छी पकड़ थी। अक्सर मित्रों को शेक्सपियर, बायरन, कीट्स और मिल्टन की कविताएँ सुनाते। मित्रों में सबसे चुलबुले और सबसे ज़िंदादिल थे जगदीश बाबू। शरीर से सुन्दर और हृदय के कोमल, ऐसा भाग्यशाली जिसने जीवन में संघर्ष कभी जाना ही न हो। जिसे सब कुछ सहज ही प्राप्त हो गया हो। नेपाल के नज़दीक शोहरतगढ़ के किसान राजा के पुत्र। करोड़पति पिता की इकलौती संतान। पिता कुछ न करते सिर्फ़ अपनी ज़मीन-जायदाद खेतीबाड़ी ही देखते, जो सरकार को देने के बाद भी काफ़ी बच गयी थी। और जब इतना धन हो तो कोई खर्च करने वाला भी चाहिए। सो जगदीश बाबू खुले हाथ से खर्च करते। पान, सिगरेट, इत्र, फुलेल के शौक़ीन व्यसनी प्रकृति के लेकिन स्वार्थ जिसे छू भी न गया हो। वचन के पक्के श्रीनेत ठाकुर। अक्सर ज़रूरतमंद विद्यार्थियों की मदद करते। पैसा देकर भूल जाते। और यदि कोई लौटाने आता तो कहते, "अमा यार जाओ हिसाब मत दिया करो, हमारे बाप ने हमसे कभी हिसाब माँगा है जो तुम हमें हिसाब दे रहे हो।" शिव भक्त जगदीश बाबू बचपन से ही हर शिवरात्रि पशुपति नाथ के दर्शन करने जाते। उस वक़्त के नेपाल के धन्नासेठ धरमदास साहू, जगदीश बाबू के परिवार के बेहद करीबी थे।

चारों मित्रों की मित्रता जितनी गहरी होती गयी, घर की कमी उतनी कम खलने लगी। महीने में एकाध बार बाबा का पत्र आ जाता और पिताजी तत्काल उसका उत्तर देकर औपचारिकता से निवृत्त हो जाते। धीरे-धीरे शामें गहराने लगीं। नयी मित्रता जीवन में रस घोलने लगी।

पिताजी की शामें या भारत कला भवन में पढ़ कर बीततीं या मित्रों के साथ घूम फिर कर। शुरुआती महीनों में काशी का विशेष आकर्षण रहा। सो चारों मित्र सुबह-शाम

यहाँ-वहाँ घूमते, कुछ ही महीनों में चारों मित्र काशी से खासे परिचित हो गए। घाट, मन्दिर, पार्कों, गलियों, मुहल्लों, खाने-पीने की दुकानों समेत सब कुछ छान मारा। काशी ने उन्हें अपने मोहपाश में कुछ यूँ कैद किया कि चारों मित्र वर्ष भर अपने शहर अपने गाँव तक न गए। काशी के विषय में एक प्रसिद्ध कहावत थी कि 'काशी का अद्‌भुत व्यवहार, सात वार और नौ त्यौहार।' यानी आये दिन कोई-न-कोई व्रत, मेला, त्यौहार। ऐसे प्रेममय वातावरण को छोड़कर कोई कहीं और कैसे जा सकता था।

काशी का पहला मेला रथयात्रा माना जाता था। रथयात्रा के पश्चात् काशी में मेलों की बाढ़-सी आ जाती थी, यह मेले आषाढ़ से लेकर भादो तक चलते। फिर आती नाग पंचमी, काशी की गलियाँ 'नाग देवता के दर्शन कर लो' की आवाज़ से गूँजने लगतीं, दोपहर तक आखाड़ों में दंगल चालू रहता, अनंत चतुर्दशी के बाद मुहल्लों की रामलीला शुरू हो जाती, चेत गंज की नक्कटैया और नाटी इमली का भरत मिलाप देखकर लोग मंत्रमुग्ध हो जाते, फिर लगते दशहरे के मेले, कलकत्ता के बाद शायद भारत भर में काशी का दशहरे का मेला ही सर्वाधिक दर्शनीय होता होगा, फिर आती दीपावली, असंख्य दीयों से सजी काशी स्वर्ग-सी प्रतीत होती, फिर होली पर, काशी अबीर-गुलाल से सराबोर हो जाती, होली के पश्चात् पहले मंगलवार को बुढ़वा मंगल का त्यौहार मनाया जाता। यह वर्ष के आखिरी मंगल के पूर्व का मंगल होता है। मंगल का अभिप्राय मंगल कामना से है, इसलिए काशी में इस उत्सव को मंगलवार को पूर्ण माना जाता। 'बुढ़वा मंगल' पर्व के बाद काशी में नृत्य, संगीत, कवि सम्मेलन एवं महामूर्ख सम्मेलन आदि चलते। लोग बड़े उत्साह से इन सभी सम्मेलनों में जाते। उस दिन बड़ी-बड़ी नावें सजाई जातीं और लोग गंगा नदी में नौका विहार भी करते और साथ ही गंगाजी की पूजा भी।

एक रोज़ जगदीश बाबू ने सिनेमा देखने की योजना बनाई। जगदीश बाबू को छोड़कर बाकी तीनों मित्रों ने जीवन में कभी सिनेमा न देखा था। सभी तैयार थे सिर्फ़ आशुतोष बाबू को छोड़ कर, आशुतोष बाबू का मत था कि सिनेमा अच्छी चीज़ नहीं है, सिनेमा देखने से पढ़ाई में मन नहीं लगता। दरअसल आशुतोष बाबू के दूर के रिश्ते के एक भाई कलकत्ता में सिनेमा के असर से पढ़ाई-लिखाई छोड़कर किसी ड्रामा कंपनी में शामिल हो गए थे, इस कारण उन्हें सिनेमा न देखने की सख्त ताकीद मिली थी, लेकिन जगदीश बाबू कहाँ मानने वाले थे, आख़िरकार उन्होंने आशुतोष बाबू को अपनी कसम खिला कर और दोस्ती का वास्ता देकर राज़ी कर लिया।

जगदीश बाबू ने 'चकबस्त' का शे'र मारा और कहा—अमा यार आशू,

मज़ा है अहदे जवानी में सर पटकने का
लहू में फिर फिर ये रवानी रहे न रहे

चारों मित्र सजधज कर सिगरा के साजन टॉकीज़ में सिनेमा देखने पहुँचे। फ़िल्म थी 'बैजू बावरा'। मित्र मंडली को फ़िल्म इतनी पसंद आई कि महीने भर में तीन बार देख डाली और आशुतोष बाबू महीनों, 'तू गंगा की मौज मैं...' गुनगुनाते रहे।

घर को लिखी जाने वाली चिट्ठियों में अब मित्रों का भी उल्लेख होता सो परिजन अपने लड़कों के अतिरिक्त उनके मित्रों की कुशलक्षेम भी पूछते रहते। सबके घरों से खाने-पीने की चीज़ें आतीं। रमा बाबू के घर से सत्तू आता तो जगदीश बाबू की छावनी से फल और मेवे। आशुतोष बाबू के पिता जब भी आते अपने पुत्र और उसके मित्रों के लिए ढेर सारी बंगाली मिठाइयाँ लाते, सन्देश, चमचम और बंगाली रसगुल्ले। पिताजी को ये बंगाली मिठाइयाँ इतनी पसंद आतीं कि पिताजी आशुतोष बाबू के पिता के आने की बाट जोहते रहते। ये स्वादिष्ट मिठाइयाँ खाकर पिताजी के हृदय के भीतर एक रोज़ बंगाल जाने की इच्छा घर कर गयी थी, पिताजी आशुतोष बाबू से कहते—

''आशू बाबू, जिस जगह की मिठाइयाँ इतनी स्वादिष्ट हैं उस जगह के लोग निस्संदेह उतने ही मीठे, शिष्ट और प्रेमी होंगे, आप जल्दी से विवाह करें तो हम सब मित्र कलकत्ता चलेंगे,'' भविष्य में न जाने क्या लिखा था, लेकिन आशुतोष बाबू ने उसी क्षण अपने विवाह पर मित्रों को कलकत्ता आने और घूमने की दावत दे डाली थी।

धीरे-धीरे पिताजी मण्डली जमाने की कला में पारंगत होते गए। एक रोज़ मित्र मण्डली में हास-परिहास चल रहा था। एक-दूसरे की टाँग खींची जा रही थी। तभी रमाकांत बाबू ने मित्रों से कहा—बंधुओ ये जो हमारे मित्र हैं। ये लिखते भी हैं। संकोची हैं इसलिए अपना लिखा किसी को दिखाते नहीं हैं। आज इन्हें अपना लिखा कुछ सुनाना पड़ेगा। अब तक पिताजी स्वान्त:सुखाय लिखते थे और अपने लिखे को लेकर शंकित भी थे। यह पहला मौका था, लोगों के बीच अपनी लिखी चीज़ सुनाने का, पिताजी न-न करते रहे, लेकिन मित्रों ने ज़िद पकड़ ली। जगदीश बाबू ने कहा, ''अमा यार पंडत तुम तो ऐसे शरमा रहे हो जैसे नयी दुल्हन अपना घूँघट उठाने में शर्माती है। सुना भी दो यार तुम्हें दोस्ती का वास्ता।'' मित्रों के अनुरोध पर पिताजी ने शाम के धुँधलके में एक चैत्र गीत सुनाया—

चैत्र के फिर आ गए हैं,
उत्पाती उजले पीले दिन।
दरवाज़े उत्सुक, खिड़कियां चुप-चुप
अगवानी के घोड़ों से ये रेतीले दिन।
नस-नस में बिजली छू जाये।
भांग पिए ये अजब नशीले दिन।
गुलमोहरी बांध कर साफ़ा
हँसे हठीले दिन।
खलिहानों में टिके हुए हैं
सजग सजीले दिन।
बसवारी में भरे कुलाँचे
ये रपटीले दिन।
शादी गवन जनेऊ समेटे
कितने ये शर्मीले दिन।

बिन ब्याहे इक लड़की के दिल से
कितने ये दर्दीले दिन।

मित्र वाह-वाह कह उठे। पिताजी एक बार खुले तो बस खुलते चले गए। एक के बाद एक दर्जनों कविताएँ और गीत सुनाते गए। इन कविताओं में साहित्यिक गहराई भले न हो लेकिन ताज़गी और एक युवा कलम का नौसिखियापन ज़रूर था। इसी वर्ष प्रथम आम चुनाव हुए और नेहरू जी देश के पहले निर्वाचित प्रधानमंत्री चुने गए। चुनावों के बाद ज़मींदारों का प्रतिरोध पूरी तरह तोड़ा जा चुका था। ज़मींदारी ख़त्म हुई और एस्टेट वाले बाबू लोग सिर्फ़ बड़े बाबू होकर रह गए थे। ज़मींदारी खत्म होते वक़्त एस्टेट वाले बाबू लोगों ने बाबा को थोड़ी-बहुत ज़मीन वगैरह देने की बात की लेकिन स्वाभिमानी बाबा ने अपनी मासिक पेंशन के सिवा और कुछ स्वीकार नहीं किया। इसी वर्ष श्रीराम चाचा प्रथम श्रेणी में परास्नातक हुए और डिग्री कॉलेज के मैनेजिंग ट्रस्टी होने के कारण बड़े बाबू के कहने पर उन्हें हिन्दी विभाग में अध्यापक की नौकरी मिल गयी। मास्टरी मिलते ही एक कमाऊ सुशिक्षित वर के लिए रिश्ते आने लगे। बाबा ने जल्द-से-जल्द श्रीराम चाचा का विवाह कर अपनी एक ज़िम्मेदारी से निवृत्त हो जाने का फ़ैसला किया, सो आने वाले रिश्तों पर गौर किया जाने लगा।

इधर विश्वविद्यालय में पढ़ाई के ज़ोर पकड़ते ही दशहरे की छुट्टियाँ आ गयीं। मित्रों ने तय किया कि इस बार कोई छुट्टियों में अपने घर नहीं जायेगा। सभी मित्र यहीं रहेंगे और साथ जाकर राम नगर की रामलीला देखेंगे। राम नगर यानी काशी नरेश का पैतृक आवास। काशी के समीप की एक छोटी-सी तहसील। राम नगर में दुनिया की सबसे बड़ी रामलीला का आयोजन होता। महीने भर पूरा राम नगर राममय हो जाता। सुबह पूजा-प्रसाद का कार्यक्रम चलता। दिन भर रामलीला की तैयारियाँ चलतीं। रामलीला के पात्र अपनी-अपनी पंक्तियाँ रटते। पूर्वाभ्यास करते। शाम होने पर पहले महाराज की सवारी निकलती। जिसके पीछे भजन-कीर्तन करते नाचते गाते भक्तों का काफ़िला निकलता। हर तरफ़ उड़ते अबीर-गुलाल में न दृश्य बचता न दृष्टा, अगर कुछ बचता तो बस प्रेम, भक्ति और विशुद्ध आध्यात्मिकता। फिर बिगुल बजता। पूरा इलाका पेट्रोमेक्स और लालटेनों की रौशनी में नहा उठता। इसके बाद शुरू होती रामलीला जो रात दस बजे तक चलती। स्थानीय निवासी अपने-अपने घरों से मोढ़े, दरियाँ, चटाइयाँ लेकर आ जाते। अधिकांश वहीं सो जाते और सुबह अपने घर जाते। मित्र मंडली ने हफ़्तों रामलीला का आनंद लिया, दशहरा बीता और मित्र मंडली ने काशी में पहली दीपावली मनाई।

उस वर्ष विश्वविद्यालय के वार्षिक समारोह में यशपाल जी आये। पिताजी यशपाल जी के क्रान्तिकारी व्यक्तित्व और लेखनी के दीवाने थे। पिताजी ने *दादा कामरेड, देशद्रोही* और *दिव्या* दर्जनों बार पढ़ी थी। इस वर्ष समारोह की थीम थी युवा और राष्ट्रनिर्माण। पिताजी ने बिड़ला छात्रावास का प्रतिनिधित्व किया और ओजपूर्ण स्वर में अपनी नयी रचना सुनाई—

स्वर सजे फिर जागरण के।
गीत के सन्दर्भ बदले

स्वर सजे फिर जागरण के।
कुछ झुका आकाश मन के मोह टूटे
तरकशों से लक्ष्यबेधी बाण छूटे
प्राण में जागी प्रगति की मौन भाषा
देश के उत्थान की गहरी पिपासा
पुण्य श्रमकण सिक्त धरणी
दिख रहे पदचिन्ह केवल संभरण के
स्वर सजे फिर जागरण के...
मूक को वाणी मिले
सम्बल मिले श्रमवान को
यातना के दर्द टूटे
शेष क्या वरदान को
टूटते विश्वास सँभले
भाव जागे अंत:करण के
स्वर सजे फिर जागरण के...
मोह तंद्रिल देश जागा
एक लय सन्देश जागा
दूध लाजी सब सुपुत्रों को शपथ है
आज भारत भारती का त्याग जागा
ज्योति की है लहर मचली
लक्ष्य गति के संचरण के
स्वर सजे फिर जागरण के...

कार्यक्रम के पश्चात् पिताजी तथा मित्र साग्रह यशपाल जी को छात्रावास के कमरे में ले गए और रात भर साहित्य चर्चा की। देश की माली हालत पर भी बहस होती रही। यशपाल जी ने अपने क्रांतिकारी जीवन के कई संस्मरण युवाओं को सुनाये। पिताजी का आजीवन यशपाल जी से पत्राचार चलता रहा, आगे चलकर पिताजी ने यशपाल जी पर किताब लिखी, *यशपाल और हिन्दी कथा साहित्य,* जिसका प्रकाशन सरस्वती प्रेस इलाहाबाद से हुआ।

इसी वर्ष जाड़ों की शुरुआत में बाबा ने पास के ही एक गाँव के एक सम्पन्न परिवार की कन्या छाया से श्रीराम चाचा का विवाह तय करा दिया। सब कुछ बड़ी जल्दबाज़ी में हुआ। पिताजी जगदीश बाबू के साथ काशी से आये और विवाह के चौथे दिन वापस काशी लौट गए। काशी लौटने पर शेष सब पूर्ववत चलता रहा। भोर में गंगा स्नान, सुबह स्वाध्याय, दिन में क्लासेस, शाम को मित्र मण्डली के साथ हँसी-चुहल और रात को डायरी लेखन।

पिताजी कभी-कभार पंडा बाबा के भाई कामाख्या शास्त्री जी से मिलने भी चले जाते। शास्त्री जी ज्योतिष के शिक्षक थे और दिन-रात ज्योतिष के पठन पाठन में ही लगे रहते। एक बार पिताजी ने शास्त्री जी से पूछा—विज्ञान के इस युग में एक पढ़े-लिखे इंसान की ज्योतिष

पर आस्था कितनी उचित है? शास्त्री जी ने हँसकर कहा कि सारा प्रश्न दरअसल आस्था का ही है फिर चाहे वह योग, अध्यात्म, दर्शन हो या ज्योतिष। ज्योतिष पिण्ड के भीतर के स्पंदन को ब्रह्मांड के भीतर के स्पन्दन से जोड़ देता है। जीवन यात्रा की दिशा यदि ब्रह्मांड के सापेक्ष हो तो उसे निर्देश करती है। और ज्योतिष की सार्थकता कर्मफल बढ़ाने-घटाने में नहीं बल्कि कर्मफल को ठीक से समझने और उसका ठीक प्रकार से जीवन में सामंजस्य करने से है। और ज्योतिष तो बहुत वैज्ञानिक है, विज्ञान का अर्थ होता है कॉज़ और इफ़ेक्ट यानी कार्य और कारण के बीच सम्बन्ध को खोजने की चेष्टा, ठीक वैसे ही ज्योतिष कहता है कि इस जगत में जो कुछ भी घटित होता है उसके कारण होते हैं, यह अलग बात है कि वह कारण हमें ज्ञात न हो। और भविष्य अतीत से पूर्णत: भिन्न नहीं हो सकता, हमारा आज वस्तुत: बीते हुए कल का ही जोड़ है, तो हुआ ना ज्योतिष एक वैज्ञानिक चिंतन। यह कह कर शास्त्री जी मुस्कुरा दिए, ''पहले इसे पढ़ो-समझो तब आएगी बात समझ में।'' बात पिताजी के हृदय में उतर गयी। पिताजी ने निश्चय किया कि अगर जीवन में कभी मौका मिला तो वे ज्योतिष का अध्ययन ज़रूर करेंगे।

जाड़े निकल गए और देखते-देखते फागुन का महीना आ गया। फागुन मास यानी रंग, गंध, आनंद का मास। टेसू के फूलों और आम के फलों से पेडों की डालियाँ झुक गयीं। फागुन के रंग हवाओं में उतरने लगे। कहीं सरसों से वासंती होती धरा तो कहीं सुनहरी गेहूँ की बालियाँ मंद-मंद हवा से हिलतीं। हवा में एक अजीब-सा सुख छा गया। इसी बीच परीक्षाओं की तिथि भी आ गयी। मित्रों ने तय किया कि मात्र तीन-चार दिनों की छुट्टी में घर जाना उचित न होगा इसलिए इस बार होली काशी में ही मनेगी। होली के एक दिन पूर्व छात्रावास में ही होलिका जली। रात भर गाने-बजाने का कार्यक्रम चला। पिताजी ने मित्रों के अनुरोध पर फागुन गीत सुनाया—

घर आंगन डोल गयी फागुनी बयार
कोयल के कंठों में कितनी मनुहार
टूटे संबंधों की डोर जुड़ी फागुन में
नैनों से नैनों की कोर जुड़ी फागुन में
माथे पलाश धरे यह फागुन आया है
थामे कचनार कली यह फागुन आया है।
फूलों का थाल लिए फागुन है द्वार
फागुन से लो जीवन की आरती उतार
घर आंगन डोल गयी फागुनी बयार
कोयल के कंठों में कितनी मनुहार

अगले दिन सुबह भंग छनी। जमकर होली हुई। जगदीश बाबू पर भंग का नशा कुछ यूँ चढ़ा कि वह अकारण हँसते और बार-बार एक ही लाइन दोहराते—

गंग भंग दुई बहिन हैं, रहत सदा शिव संग।
पाप निवारण गंग हैं, होश निवारण भंग

शाम को होली मिलन का कार्यक्रम हुआ। रात को जगदीश बाबू और रमाकांत बाबू की देख-रेख में मेस के रसोईघर में हलवा और पूरी बना जिसे सबने बड़े प्रेम से खाया। इस वर्ष की तमाम सुखद घटनाएँ स्मृतियों में बस गयीं। परीक्षाएँ आयीं और ख़त्म भी हो गयीं। गर्मी की छुट्टियाँ शुरू हुईं और सभी विद्यार्थी अपने-अपने घरों को चल दिए। छात्रों के हँसी-ठहाकों, चुहुल से गूँजता छात्रावास सूना पड़ गया।

पिताजी गाँव पहुँचे तो दादी की ख़ुशी-ठिकाना न था। आस-पड़ोस में हलचल मच गयी। दादी ने पिताजी की रुचि का खाना बनाया। सत्तू भरी पूरियाँ, कटहल की सब्ज़ी, करौंदे की चटनी और खीर। श्रीराम चाचा की पत्नी ने मनुहार कर अपने देवर को बड़े प्रेम से भोजन कराया। पिताजी खाते जाते और काशी का बखान करते जाते। शाम को हाट चौपाल घूम कर पिताजी घर लौट आये। रात के भोजन के बाद पिताजी ने बाबा के बिस्तर के करीब ही अपना बिस्तर लगाया। बाबा जाड़ों को छोड़कर वर्ष भर बाहर खुले में ही सोते। पिताजी बाबा के पैर दबाते जाते और बाबा मंद स्वर में...'हे प्रभु आनंद दाता ज्ञान हमको दीजिये' गाते-गाते ऊँघने लगे। पिताजी को बचपन से ही तारों भरे आकाश के नीचे सोना अत्यंत प्रिय था। अनंत तक फैला आकाश अनगिनत तारे। सुख में लिप्त हृदय। मन में एक निश्िंचतता। आने वाले कल का डर नहीं, आने वाले कल का इंतज़ार। रात सुखपूर्वक बीत गयी। दिन चढ़ आया। पिताजी नहा-धोकर शहर मास्टर मोशाय से मिलने निकल पड़े। शहर कमोबेश वैसा ही था लेकिन कुछ बदला-बदला सा लगता था। मास्टर मोशाय के घर के बाहर लोहे का गेट लग गया था। जिस पर उनका नाम लिखा था। पिताजी को देखते ही मास्टर मोशाय का हृदय ख़ुशी से भर गया..."अरे! तुम कब आया?" पिताजी ने गुरु की रज माथे से लगा ली, अगर मास्टर मोशाय न होते तो शायद पिताजी कभी काशी न जा पाते। "दो-चार रोज़ हो गए, आये," पिताजी ने झेंपकर कहा। "तो अभी मिली है फ़ुरसत जनाब को," मास्टर मोशाय ने मित्रवत पिताजी के कंधे पर हाथ रख दिया। फिर शुरू हुआ बातचीत का अविराम सिलसिला। पिताजी ने मास्टर मोशाय को काशी से विशेष उनके लिए खरीदी दो किताबें *आर्यासप्तशती* और *सौन्दर्यलहरी* भेंट कीं। और हमेशा की तरह मास्टर मोशाय ने कहा, "अरे इसका क्या ज़रूरत था। खैर चलो, अब इस पर अपना नाम और तारीख लिख दो। सालों बाद इसे देखकर आज का दिन याद करूँगा।"

सुख के दिन अक्सर जल्दी बीत जाते हैं। गर्मी की छुट्टियाँ देखते-देखते ख़त्म हो गयीं। पिताजी पुनः काशी के लिए निकल पड़े। जुलाई का महीना था। बरसात का मौसम। विश्वविद्यालय में नए सत्र का आरंभ। विश्वविद्यालय में एक बार फिर हलचल आरंभ हो गयी थी। सुबह से शाम तक कुलपति, वार्डन, सुपरिंटेंडेंट से मिलनेजुलने आने वालों का तांता लगा रहता। हर ओर नए चेहरे दिखते और उन्हीं की भीड़ में पुराने चेहरे भी आते-जाते दिख जाते। यूनिवर्सिटी काउंटर पर फ़ीस जमा करने, छात्रावास पाने के लिए लंबी लाइनें। ऐसा लगता कोई युद्ध छिड़ा हो। रजिस्ट्रार काउंटर पर भीड़-भाड़। हर तरफ़ भाग-दौड़, हर तरफ़ व्यस्तता। कहीं टाइम टेबल तैयार हो रहा है, कहीं नए छात्र छात्रावास में शिफ़्टिंग कर रहे दीखते। कहीं किसी कोने में नए विद्यार्थियों से हल्की-फुल्की छेड़छाड़, रैगिंग वगैरह

चल रही है, कहीं एडमिशन के लिए आये अभिभावकों का वही घिसा-पिटा सवाल। पढ़ाई कैसी होती है? अनुशासन कैसा है? मेस का खाना कैसा है? वगैरह-वगैरह। सितंबर का महीना आते-आते पढ़ाई ज़ोर पकड़ने लगती। और फिर उसके बाद दशहरे, दिवाली की छुट्टियाँ हो जातीं। फिर कुछ हफ़्तों की पढ़ाई और फिर विश्वविद्यालय बंद हो जाता बड़े दिन की छुट्टियों के लिए। इस टर्म में मुख्यत: विश्वविद्यालय के वार्षिक उत्सव, सेमिनार, विभिन्न प्रतियोगिताएँ, खेलकूद इत्यादि होते। कॉन्वोकेशन के दिन डिग्री पाने वाले छात्र काले गाउनों, चौखूंटी टोपियों में हँसी-चुहुल करते फ़ोटो खिंचवाते दिखायी देते। फिर आती जनवरी। विद्यार्थी अपनी पढ़ाई को लेकर गम्भीर हो जाते। छात्रावास के बल्ब, लालटेन, रात-रात भर जलने लगते। माहौल में एक अजीब-सी संजीदगी छा जाती। फिर आती परीक्षाएँ और परीक्षाओं के बाद वही हँसी-चुहल और मई के प्रथम सप्ताह में विश्वविद्यालय बंद, विश्वविद्यालय कैम्पस वीरान पड़ जाता। छात्रावास गर्मी भर के लिए खाली हो जाते। स्टाफ़ शिक्षक गर्मी की छुट्टियाँ मनाने चले जाते और विद्यार्थी अपने गाँव,शहर। यहीं क्रम तीन वर्षों तक चला, पिताजी ने प्रथम श्रेणी में बी.ए. पास कर लिया था, यह वर्ष था 1953 का।

इस बीच परशुराम चाचा का विवाह हो गया। अधिक पढ़े-लिखे न होने के कारण परशुराम चाचा का विवाह समीप के ही गाँव पंडितपुर के बड़े साधारण परिवार की कन्या जमुना से हुआ। श्रीराम चाचा की पत्नी ने एक पुत्र को जन्म दिया। आज़ादी के पहिये ने धीरे-धीरे गति पकड़नी शुरू कर दी थी।

एक बार फिर गर्मी की छुट्टियाँ शुरू हो गयी थीं, सभी मित्र अपने घर जा चुके थे, छात्रावास में पिताजी सहित दो-चार लड़के ही रह गए थे, इन्हीं गर्मियों में बैरागी बाबा खूनी पेचिश से ग्रस्त हो गए, पिताजी ने कुछ दिन साथ रह कर उनकी सेवा करने का मन बनाया।

पिताजी सुबह बैरागी बाबा के पास आ जाते और दिन भर साथ ही रहते, बैरागी बाबा की संगत में पिताजी का झुकाव शुद्ध आध्यात्मिकता और धर्म की ओर हुआ। शाम को अक्सर पिताजी बैरागी बाबा के साथ हरिश्चंद्र घाट पर शवदाह देखने जाते। पिताजी कभी-कभार मन में आये प्रश्न पूछ लेते, जैसे धर्म क्या है, मोक्ष क्या है, संन्यास क्या है, आस्तिक कौन है, ईश्वर है या नहीं, वगैरह-वगैरह। बैरागी बाबा कभी-कभार कुछ कहते लेकिन अक्सर मौन रह जाते, ऐसा दो कारणों से होता, पहला कारण या तो प्रश्न औचित्यहीन होता या प्रश्न इतना गूढ़ होता जिसका उत्तर दिया ही न जा सके। एक रोज़ पिताजी ने बाबा से कहा, "बाबा आपको मेरे प्रश्न मूढ़तापूर्ण लगते होंगे, मेरे इन प्रश्नों पर हँसी आती है ना आपको?"

तब बैरागी बाबा ने कहा, "बेटा जो प्रश्न तुम पूछ सकते हो दरअसल वह पूछने योग्य ही नहीं हैं और जो पूछने योग्य हैं वह दरअसल पूछा ही नहीं जा सकता है, जीवन के असली प्रश्न तो जीव की सूनी आँखों, उसके रिक्त हृदय में होते हैं।" आखिरकार एक रोज़ पिताजी ने बैरागी बाबा से वह प्रश्न पूछा जो सामान्यत: हर मनुष्य जानना चाहता है, पिताजी ने बैरागी बाबा से पूछा, "बाबा जीवन क्या है?" बाबा काफ़ी देर तक मौन रहे और फिर शव के धुएँ को आकाश की ओर जाकर विलीन होता देखकर कहा, "हमारे जन्म और मृत्यु के बीच की यह जो छोटी-सी कथा, यह जो पल दो पल का नाटक है, यही जीवन है,

सबकी अपनी-अपनी कथा, सबका अपना-अपना जीवन।'' पिताजी ने इस प्रश्न पर किसी गंभीर उत्तर की अपेक्षा की थी, लेकिन बैरागी बाबा के इस दोटूक सरल से उत्तर से पिताजी का सारा संशय मिट गया, तब पिताजी ने बाबा की सूनी आँखों में देखकर कहा, ''बाबा फिर आपकी क्या कथा है?'' बैरागी बाबा ने अपनी आपबीती सुनाने से पहले पिताजी से वचन लिया कि वह इस कथा को स्वयं तक ही रखेंगे। पिताजी के आश्वासन पर बैरागी बाबा ने सालों से अपने हृदय पर रखा बोझ उतार दिया। कथा झकझोर देने वाली थी। बैरागी बाबा की कथा सुनकर पिताजी का हृदय दु:ख से भर गया। क्या नियति इतनी क्रूर, इतनी कठोर भी हो सकती है? दुनिया के अधिकांश लोग नास्तिक इसलिए हो जाते हैं, क्योंकि वे नियति के छल का शिकार हो जाते हैं और मान लेते हैं कि ईश्वर कहीं नहीं है, लेकिन बैरागी बाबा उन विरले लोगों में से थे, जिन्होंने मान लिया था कि जीवन की इस छोटी-सी कथा में खोना-पाना तो लगा ही रहता है और इस क्षणभंगुर जीवन में अगर पाने लायक कोई असली चीज़ है तो वह है ईश्वर, जो कण-कण में व्याप्त है, जो हर जीव के हृदय में है। उस ईश्वर की प्राप्ति ही हर मनुष्य का परम लक्ष्य होना चाहिए। हफ़्ते भर बाद बाबा की सेहत में सुधार हुआ और पिताजी निश्‍िचत होकर गाँव लौट गए। पिताजी आगे हिन्दी में एम.ए. करने का मन बना चुके थे। लक्ष्य साफ़ था, आगे रिसर्च और हिन्दी साहित्य का पठन-पाठन। रमाकांत बाबू संस्कृत में एम.ए. करने की सोच रहे थे और आशुतोष बाबू अंग्रेज़ी साहित्य में और जगदीश बाबू हर काम में पिताजी के सहभागी थे। अब की बार जब पिताजी गर्मी की छुट्टियों में गाँव आये तो गाँव और घर कुछ बदला-बदला सा लगा। एक अजीब-सा अजनबीपन लिए जिसे तत्काल समझ पाना मुश्किल था। जैसे बाहर की दुनिया तेज़ी से बदल रही थी उतनी ही तेज़ी से घर के अंदर की दुनिया भी बदल रही थी। आज़ादी के बाद जनमानस ने न सिर्फ़ देश की बल्कि अपनी तरक्की के बारे में भी सोचना शुरू कर दिया था। घर में एक अजीब-सा सन्नाटा पसरा था। बाबा, परशुराम चाचा को साथ लेकर खेत गए थे और श्रीराम चाचा कॉलेज। दादी ने थके-हारे पुत्र का मनुहार किया, पिताजी की पसंद का भोजन पकाया और हमेशा की तरह अपने हाथों से छोटे-छोटे कौर बनाकर खिलाया। भाभियाँ अपने कमरों से निकलीं पर शहर से आये देवर को देखकर भी चेहरे पर वो प्रसन्नता का भाव न दिखा। पिताजी को समझते देर न लगी कि बाहर की औरतों के घर में आने से कलह और मनमुटाव शुरू हो गया था। बीती रात शायद बड़ी चाची और छोटी चाची में खाना बनाने को लेकर कहासुनी हो चुकी थी। इस कारण भी घर का माहौल कुछ संजीदा था। इन कुछ सालों में श्रीराम चाचा साइकिल चला कर शहर पढ़ाने जाते थे। परशुराम चाचा के विवाह के बाद बड़ी चाची ने दबी ज़ुबान में कहना शुरू कर दिया, ''इतनी दूर शहर साइकिल चला कर जाते हैं, थक जाते हैं, संकोची हैं इसलिए कुछ कहते नहीं हैं। पिताजी अगर शहर में कोई ज़मीन का छोटा-मोटा टुकड़ा खरीद देते, एक कमरा बन जाता तो ये बेचारे रोज़-रोज़ शहर आने-जाने के झंझट से बच जाते।'' शाम को पूरा परिवार भोजन के लिए बैठा। बड़ी चाची ने आज फिर से वही शहर और ज़मीन का राग अलापना शुरू किया। दादी की आँखों से आँसू बह निकले। श्रीराम चाचा ने मौन रहकर पत्नी की बात का समर्थन किया। परशुराम चाचा की पत्नी ने भी भविष्य में गाँव पर

एक छत्रराज्य करने के इरादे से इस विषय पर अपनी मौन सहमति दी। बात सिर्फ़ ज़मीन खरीदने की न थी। बात थी एक खुशहाल संयुक्त परिवार के विखंडन की। यह सब देखकर पिताजी का हृदय कुछ यूँ द्रवित हुआ कि वह सुबह भोर में ही कुछ कपड़े लेकर जगदीश बाबू की छावनी शोहरतगढ़ निकल गए। बाबा ने शहर में ज़मीन देखनी शुरू की। इस बीच ज़मीन देखने के सिलसिले में बाबा का शहर आना-जाना बढ़ गया। शहर अब फैलने लगा था। ज़मीनें जिन्हें कोई पूछता न था, जिनका मोल कौड़ियों में था, उनका मोल बढ़कर अब हज़ारों में पहुँच गया था। जिसका एक प्रमुख कारण था, शहरों में बढ़ती सुविधाएँ, सहूलियतें। गाँव तो पिछड़ेपन का प्रतीक मात्र बनकर रह गए थे।

उन्हीं गर्मियों में एस्टेट वाले बड़े बाबू की इकलौती बेटी कामिनी का विवाह तय हुआ। परिवार था इलाहाबाद के समीप की एक रियासत चंद्रभानपुर का। परिवार बाबू लोगों की हैसियत के अनुसार सम्पन्न था। हज़ारों एकड़ की खेतीबाड़ी, इकलौता लड़का, वो भी हाईकोर्ट में वकील।

एस्टेट का पुराना मुलाज़िम होने के कारण बाबा सपरिवार इस विवाह में सम्मिलित हुए। पूरा परिवार बैलगाड़ी पर सवार होकर शहर पहुँचा। विवाह में बड़े बाबू के दामाद वकील साहब श्री नरेंद्र बाबू की ठाठ-बाट देखकर बाबा दंग रह गए। बड़े बाबू के समधि श्री प्रयाग बाबू भी इलाहाबाद हाइकोर्ट के सफल वकील थे। विवाह में श्री गोविन्दवल्लभ पन्त, श्री कमलापति त्रिपाठी, श्री दीप नारायण सिंह जैसी हस्तियाँ आयी हुई थीं। बुलावा नेहरू जी को भी दिया गया था। नरेन्द्र बाबू के विवाह में नेहरू जी स्वयं आना भी चाहते थे किन्तु व्यस्तता के कारण आ न सके। सैकड़ों लोगों से घिरे होने के बावजूद बड़े बाबू ने बाबा का परिचय नरेंद्र बाबू से कराया। नरेंद्र बाबू को घमंड जैसे छू भी न गया था। परिचय पाते ही बाबा के पैर छुए। बाबा ने नरेंद्र बाबू से अपने तीनों पुत्रों का परिचय कराया और गर्व से कहा कि मेरा छोटा पुत्र काशी हिन्दू विश्वविद्यालय में पढ़ रहा है। नरेंद्र बाबू ने बाबा को चंद्रभानपुर आने का न्योता दिया और पिताजी की पढ़ायी में हर तरह का सहयोग करने का वचन दिया। नरेंद्र बाबू ने कहा, "पंडित जी इनसे कहिये कानून पढ़ें। आज देश में वकीलों की बड़ी आवश्यकता है।" बात बाबा के दिमाग में उतर गयी। बाबा जान गए थे कि इस दुनिया को चलाने के लिए एक कानून है और जो उस क़ानूनी दांव-पेच को जानता है वही हर युग में समर्थ होता है। बाबा के इस बोध के पीछे एक कारण यह भी था कि आज़ादी के बाद देश में नित नए कानून आ रहे थे और यह पेशा खूब फल-फूल रहा था। वकालत के पेशे में न सिर्फ़ इफरात पैसा था बल्कि रुतबा भी था, जो दूसरे किसी पेशे में नहीं मिलता था। बाबा ने उसी पल निर्णय लिया कि चाहे जो हो जाये वे अपने छोटे सुपुत्र को वकील ही बनाएँगे।

महीनों की दौड़-धूप के बाद शहर के मध्य में ज़मीन का एक टुकड़ा ख़रीदा गया। ज़मीन खरीदते ही श्रीराम चाचा ने भूमि पूजन करवा कर मकान की नींव डलवाने का काम शुरू करवा दिया।

पिताजी हफ़्ते भर शोहरतगढ़ रह कर जगदीश बाबू को संग लेकर रमाकांत बाबू के यहाँ गया चले गए। गया, मध्य बिहार का एक महत्त्वपूर्ण शहर था, फल्गु नदी के तट पर

स्थित 'गया' हिन्दुओं के एक तीर्थस्थल के रूप में प्रसिद्ध है, यहाँ का विष्णु पद मन्दिर देश भर में प्रसिद्ध है। एक प्रसिद्ध दंतकथा के अनुसार गयासुर नामक दैत्य का वध करते समय भगवान विष्णु के पदचिह्न यहाँ पड़े थे जो आज भी विष्णुपद मन्दिर में देखे जा सकते हैं। लेकिन पिताजी जी के लिए उससे भी बड़ा आकर्षण था बोधगया का। बोधगया विश्व प्रसिद्ध बौद्ध तीर्थस्थल था। यहीं बोधिवृक्ष के नीचे भगवान बुद्ध को ज्ञान की प्राप्ति हुई थी। तीनों मित्र हफ़्तों गया, नालंदा और राजगीर आदि स्थानों पर घूमते रहे। गया में रमाकांत बाबू के माता-पिता ने पिताजी और जगदीश बाबू की खूब आवभगत की। उन्हें पुत्रवत प्रेम और स्नेह दिया। इस विशुद्ध प्रेम की यादें पिताजी के हृदय में जीवन भर बसी रहीं। गाँव वापस लौटने पर बाबा ने पिताजी को इतने दिन व्यर्थ घूमने-फिरने के लिए डाँट लगायी।

एक रात खाने के बाद पिताजी बाबा के पैर दबाने बैठे, तब बाबा ने आगे की पढ़ाई-लिखाई के बारे में पूछा। पिताजी ने बाबा को अपने एम.ए. करने के निर्णय से अवगत कराया। बाबा को पिताजी का एम.ए. करने का निर्णय बेहद बचकाना और मूर्खतापूर्ण लगा। बाबा ने पूछा, "एम.ए. करके क्या करोगे? श्रीराम की तरह मास्टरी...साहित्य! साहित्य! की रट लगाए रहते हो, प्रेमचंद और दूसरे साहित्यकारों का हाल मालूम है ना? सब गरीबी से मरे। मैं चाहता हूँ कि तुम वकालत में प्रवेश ले लो, नरेंद्र बाबू की ठाठ-बाट देखी थी या नहीं, भानु बाबू का सहयोग रहा तो कहीं जज हाकिम हो जाओगे। एक बार आर्थिक आधार बन गया फिर लिखना जी भर के साहित्य, फिर कोई न रोकेगा।"

वकालत! पिताजी को जैसे किसी ने मीठी नींद से जगा दिया हो। पिताजी ने जैसे ही अपनी असहमति व्यक्त करने के लिए मुँह खोला, बाबा मुँह फेर कर सो गए। पिताजी जानते थे कि आज कुछ कहे बिना सोना बाबा को वकालत की पढ़ाई के लिए मौन सहमति देने जैसा था, सो पिताजी बाबा के सिरहाने आकर बैठ गए। बाबा अगर कोई भाषा समझते थे तो वो तर्क की भाषा थी। पिताजी ने अपने तर्क से बाबा को समझाना चाहा कि वकालत का पेशा उनके स्वभाव के विपरीत है और इंसान अपने स्वभाव के विपरीत अधिक समय तक खड़ा नहीं रह सकता है। साहित्य से भी रोटी कमाई जा सकती है। लेकिन बाबा को यह बहस बेमानी लगी। जैसे एक कम अनुभवी इंसान जीवन का कठोरतम पक्ष देखे बिना ही भावना में बहकर गलत निर्णय ले रहा हो। बाबा धनलोलुप तो नहीं थे लेकिन संसार में पैसे की आवश्यकता और महत्त्व दोनों से परिचित थे। बाबा ने गंभीर होकर कहा, "बेटा अर्थ जीवन में बड़ा महत्त्वपूर्ण है। आज बाबू लोगों की ताल्लुकदारी ख़त्म हुई तो समाज में उनका सम्मान भी धीरे-धीरे खत्म हो गया। एक ज़माने में भानु बाबू के पेशाब से चिराग जलता था और आज...अगर राजनीति में न उतरे होते तो सब हाथ से निकल जाता। थोड़ा -बहुत जो रुतबा बचा है वो पैसों के ही कारण है।" लेकिन पिताजी ने दृढ़ता से कहा, "पिताजी मैं अपनी जीविका चला लूँगा आप व्यर्थ चिंता न करें।" बाबा ने उस विषय पर फिर कोई बात न की। पिता-पुत्र के बीच वैचारिक मतभेद की दीवार खिंच चुकी थी। छुट्टियाँ ख़त्म होने में अब सिर्फ़ दो दिन बचे थे।

अगली रात पिताजी आँगन में दादी के बगल में लेटे थे। माता-पुत्र दोनों की आँखों

से नींद गायब थी। हर बार यही होता, जब छुट्टियाँ खत्म होने लगतीं तब दादी का चित्त पुत्र वियोग से रुआँसा होने लगता। अचानक पिताजी को न जाने क्या सूझी कि दादी से कहा, ''माँ गंगा नहा लें सब पाप धुल जायेंगे।'' दादी ज़ोर से हँसी और कहा, ''हम कोई पाप किये हैं का?'' पिताजी को अपने कहे पर हँसी आ गयी, दादी ने तत्काल उठकर बाबा से काशी जाने की रज़ामंदी ले ली। बाबा ने तिज़ोरी से कुछ रुपये निकालकर दे दिए और दादी से कहा, ''जाओ नहा आओ, गंगा बड़ी गहरी हैं, किनारे पर ही नहाना, गंगा जी को पियरी चढ़ा देना और संकटमोचन को सवा सेर लड्डू।'' बाबा ने साथ न जाने की इच्छा व्यक्त की, कारण साफ़ था, बाबा पिताजी के एम.ए. में प्रवेश लेने के निर्णय से ख़फ़ा थे, लेकिन तर्क था कि सब चले जायेंगे तो घर पर कौन रहेगा। दादी और चाची काशी घूमने को लेकर अति उत्साहित थीं। परशुराम चाचा भी संदूक में चट-पट अपने कपड़े रखकर तैयार हो गए, पिताजी रात भर काशी की महिमा का बखान करते जाते। रात भर तैयारियाँ चलती रहीं। दादी और चाची ने मिलकर रास्ते में खाने के लिए पूरी-सब्ज़ी और नाश्ते के लिए मालपुए बना लिए। काशी का महिमामंडन सुनते-सुनते रात कट गयी। अगले दिन मुँह अँधेरे पिताजी, दादी, परशुराम चाचा और चाची के साथ काशी के लिए निकल पड़े। बंधे पर खड़ी बस दो घंटे सवारियों का इंतज़ार करती रही, खैर, तमाम सवारियों को लेकर सुबह सात बजे बस काशी के लिए निकल पड़ी, काशी पहुँचते-पहुँचते रात के दस बज गए थे, लेकिन ऐसा लगता न था कि देर रात हो गयी हो। हर तरफ़ चमक-दमक, रौशनी। हर तरफ़ भीड़-भाड़, सामान-सौदा खरीदते लोग, स्नान को जाते यात्री, होटलों में खाते-पीते लोग। दादी ने इतना बड़ा शहर पहली बार देखा था। पिताजी रिक्शा कर परिवार को लेकर कालिका गली में स्थित 'तीरथ गेस्ट हाउस' आ गए। गेस्ट हाउस काशी विश्वनाथ मन्दिर और गंगा नदी से बेहद करीब था। रात सबने छक कर भोजन किया। फिर दो दिन घूमने का कार्यक्रम चला। काशी विश्वनाथ, मानस मन्दिर, दुर्गाकुंड, संकटमोचन, विश्वविद्यालय, छात्रावास।

उस रोज़ मौनी अमावस्या थी। शाम को पिताजी थकी-हारी दादी को दशाश्वमेध घाट की गंगा आरती दिखाने ले गए। घाट की सीढ़ियाँ लोगों से पटी थीं, पूरा घाट सैकड़ों दीयों की रौशनी से आलोकित था। धीरे-धीरे हर-हर महादेव, शंखों और घंटियों के स्वर से पूरा घाट गुँजायमान हो गया। ऐसा पारलौकिक अनुभव दादी को शायद कभी न हुआ था। दादी और चाची आँखें मूँद कर सस्वर गंगा आरती गाने में तल्लीन हो गयीं।

ॐ जय गंगे माता, मैया जय गंगे माता।
जो नर तुमको ध्याता, मन वांछित फल पाता॥
ॐ जय गंगे माता...
चन्द्र सी ज्योत तुम्हारी, जल निर्मल आता।
शरण पड़े जो तेरी, सो नर तर जाता॥
ॐ जय गंगे माता...

गंगा आरती देख दादी इतनी प्रसन्न हुईं कि पुत्र को मनों आशीर्वाद दे डाले। दादी ने हनुमान जी को डेढ़ सेर लड्डू चढ़ाया और गंगा मैया को पियरी। सबने ब्रह्ममुहूर्त में जम

कर गंगा स्नान किया। लौटते समय पिताजी ने दादी और दोनों भाभियों को तीन खूबसूरत बनारसी साड़ियाँ खरीद कर दीं, तब मझली चाची ने हँस कर पिताजी से कहा, ''देवर जी जल्दी शादी कीजिये, आपकी शादी में ही पहनेंगे आपकी दी साड़ी।'' पिताजी लजा गए। दादी ने पिताजी को हृदय से लगा लिया।

पिताजी सहित सभी मित्रों ने एम.ए. में प्रवेश ले लिया। नया सत्र शुरू हो गया था। वक़्त गुज़रता जाता था। पिताजी अब दिन-रात साहित्य में डूबे रहते, अधिकांश समय सेंट्रल लाइब्रेरी या सरस्वती भवन पुस्तकालय में ही बीतता। इधर श्रीराम चाचा की पत्नी को तीसरी संतान, एक लड़की हो गयी और परशुराम चाचा की पत्नी को दूसरी संतान एक लड़का। जैसे-जैसे इन दम्पतियों के जीवन में बच्चों का आगमन हो रहा था, ये और अधिक स्वार्थी होते जा रहे थे। श्रीराम चाचा शहर स्थित अपने नए घर में बस गए थे और गाँव कम ही जाते थे। पिताजी घर की परिस्थिति से अनभिज्ञ पढ़ाई में रमे रहे। बाबा एक दफ़ा भी मिलने न आये। मनीऑर्डर वक़्त पर आ जाता था। लेकिन बाबा के पत्रों का सिलसिला अब टूटने लगा था। शायद उन्हें लगने लगा था कि परिपक्व हो गए उनके शहराती बेटे को अब किसी नसीहत की ज़रूरत नहीं है। पिताजी जानते थे कि एम.ए. में प्रवेश लेकर उन्होंने बाबा को रुसवा कर दिया है। पिताजी के हृदय में हर वक़्त एक ग्लानि का भाव रहता था। प्रथम वर्ष की परीक्षाएँ आयीं और बीत गयीं। अबकी छुट्टियों में पिताजी गाँव न गए।

पिताजी ने बाबा को पत्र लिखा कि वो जगदीश बाबू के साथ नेपाल जा रहे हैं। पिताजी जगदीश बाबू के साथ कुछ रोज़ शोहरतगढ़ रहे। उसके बाद दोनों मित्र काठमांडो के लिए निकल पड़े। पिताजी को नेपाल की शांति, समृद्धि और अपराजेयता हमेशा आकृष्ट करती थी। जहाँ भारत जैसा विशाल देश सैकड़ों वर्ष गुलाम रहा, वहीं इस छोटे से देश नेपाल में न जाने क्या बात थी कि वह कभी किसी दूसरे देश का गुलाम न हुआ। दोनों मित्र जगदीश बाबू के पारिवारिक परिचित धर्मराज साहू जी के यहाँ ठहरे। धर्मराज साहू एक बेहद धनवान किन्तु धर्मात्मा प्रकृति के व्यक्ति थे। जगदीश बाबू के पिता ने किसी वक़्त उन्हें एक बड़े आर्थिक संकट से उबारा था, इसलिए साहू जी सदा तेज़ प्रताप बाबू के परिवार की आवभगत को तत्पर रहते थे। साहू जी काठमांडो में दो बड़े होटलों कस्तूरी पैलेस और काठमांडो इंटरनेशनल सहित बॉर्डर इलाके सोनौली में एक दर्जन से भी अधिक दुकानों के मालिक थे। काठमांडो के उत्तर-पश्चिम में ककनी नामक एक स्थान पर परिवार का एक निजी गेस्ट हाउस था जो मित्रों, परिचितों के लिए सदैव खुला रहता था। जिसकी देखभाल साहू जी का खास सेवक तेज़रत्न करता था। दोनों मित्र साहू जी के पंचमहल में रुके जो बेहद आलीशान था। सबसे पहले दोनों मित्रों ने भगवान पशुपति नाथ के दरबार में हाज़िरी लगायी। उसके पश्चात् दोनों मित्र देर तक शहर घूमते रहे। काठमांडो भी पिताजी को काशी की तरह ही एक धर्मनगरी लगी। आधुनिकता के साथ-साथ पौराणिक विश्वास पर टिकी, वही काशी की कचौड़ी गली की तरह बेहद पतली गलियाँ, एक दूसरे से सटे मकान, गाय, गोबर, भिखमंगे, बाबा विश्वनाथ की तरह पशुपतिनाथ के दर्शन के लिए आये भक्त। दो-चार दिन काठमांडो ठहर कर दोनों मित्र साहू जी की जीप लिए ककनी को चल पड़े।

उस वक़्त का ककनी निपट गाँव था, आधुनिकता जिसे छू भी न गयी थी। सघन जंगलों से घिरा, बेहद थोड़ी आबादी लिए, धौलगिरि, अन्नपूर्णा और गणेश हिमाल की पर्वत शृंखलाओं से घिरा। ककनी की ये छुट्टियाँ पिताजी के जीवन की सबसे यादगार छुट्टियाँ थीं। दोनों मित्र दिन चढ़ने पर सो कर उठते, खा-पीकर पहाड़ों पर निकल जाते और देर शाम तक घूमते। कभी-कभी तो इतनी देर हो जाती कि तेज़रत्न को स्वयं अपनी राइफ़ल और टॉर्च लेकर उन्हें ढूँढ़ने निकलना पड़ता। पिताजी इस छोटे से देश नेपाल के प्रेम में पड़ गए, पिताजी का यह नेपाल प्रेम और नेपाल आना-जाना जीवनपर्यन्त चला।

एम.ए. फ़ाइनल ईयर का सत्र प्रारम्भ हो गया था, मित्रों और तमाम सहपाठियों के आचरण में एक सहज गंभीरता आ गयी थी, अब बस कुछ सालों में सब कुछ बदलने वाला था। रोज़गार, परिवार, बाल-बच्चों की ज़िम्मेदारियाँ सर पर आती दिखती थीं। इधर आशू बाबू के घर पर विवाह की बात चलने लगी थी। लड़की आशू बाबू के ननिहाल पक्ष के ही परिचित परिवार की एक कन्या थी, नाम था 'सूर्यबाला'। परिवार खूब सम्पन्न था, कन्या इकलौती थी। पिता कलकत्ते में ही सिविल सर्जन थे, आशू बाबू और सूर्यबाला बचपन में एक-दूसरे के साथ खाये खेले थे, लेकिन विगत कई वर्षों से मिलना न हुआ था। आशू बाबू अक्सर कहीं कोने में सूर्यबाला की साधना में लीन दिखाई देते। सो अब अक्सर मित्र गण आशू बाबू को सूर्यबाला का नाम लेकर चिढ़ाते।

धीरे-धीरे पढ़ाई ने फिर ज़ोर पकड़ लिया, शिक्षक पाठ्यक्रम पूरा कराने में लगे ही थे कि एक बार फिर विश्वविद्यालय का वार्षिक उत्सव यानी सालाना जलसा आ गया। विद्यार्थी वर्ष भर इस जलसे का इंतज़ार करते, यही मौका होता पढ़ाई-लिखाई से अलग कुछ करने का, अपनी प्रतिभा का कौशल दिखाने का। इस बार जलसे की थीम थी 'मनुष्य और प्रेम'। जलसे में कई शख्सियतें आयी थीं लेकिन युवाओं के आकर्षण का केंद्र थे, प्रोफ़ेसर रघुपति सहाय 'फ़िराक़'। अंग्रेज़ी के शिक्षक लेकिन शायर उर्दू के। फ़िराक़ साहब के व्यक्तित्व में ज़बरदस्त खिंचाव था। आँखों में चमक, लहज़े में ठहराव, बातचीत में छलकती बौद्धिकता और सबसे खास उनकी मुस्कराहट। उस वक़्त तक फ़िराक अपनी ग़ज़लों,नज़्मों, शायरी के लिए खासे चर्चित हो चुके थे। हॉल में विद्यार्थियों के कोलाहल के बीच जब उन्होंने अपनी ग़ज़लें और शायरी पढ़नी शुरू कीं तो समां बँध गया, पिताजी मंत्रमुग्ध हो गए। फ़िराक़ साहब की शायरी इश्क़िया शायरी थी लेकिन उसमें चिंतन का तत्व भी कुछ कम न था, उनके क्लासिक हो गए शे'र रहती दुनिया तक याद किये जायेंगे।

हमारी ज़िंदगी-ए-इश्क़ का वो पहला ख़्वाब
हमें भी भूल चुका है तुम्हें भी याद नहीं।

हमेशा की तरह जलसे के बाद विद्यार्थी साग्रह फ़िराक़ साहब को छात्रावास के कमरे में ले गए। देर रात तक बातचीत सुनने-सुनाने का दौर चलता रहा। जब फ़िराक़ साहब को पता चला कि पिताजी उनके अपने शहर के हैं तो उन्हें बड़ा अच्छा लगा, एक अपनत्व फूट पड़ा, फ़िराक़ प्रयाग में ही रहते थे और शहर कम ही जा पाते थे। फ़िराक़ साहब ने पिताजी से शहर-मुहल्ले का हाल-चाल पूछा। फिर खाने-पीने का दौर चला, एक यादगार रात बीत

चुकी थी, सुबह अँगड़ाई ले रही थी, विद्यार्थी भी कुछ सोये कुछ जगे से फ़िराक़ को विदा करने आये। तब फ़िराक़ ने संजीदा होकर अपना एक शे'र कहा—

आने वाली नस्लें तुम पर रश्क़ करेंगी हमअस्रों,
जब ये ध्यान आएगा उनको तुमने फ़िराक़ को देखा था।

फ़िराक़ 3 मार्च 1982 को एक लम्बी बीमारी के बाद प्रयाग में दिवंगत हो गए, और अपने पीछे उर्दू शायरी का एक ऐसा खज़ाना छोड़ गए जिससे न सिर्फ़ मानवीय संवेदना बल्कि समस्त मानवता समृद्ध हुई, यह वर्ष था 1955 का। पिताजी का एम.ए. में यह आखिरी साल था। उसी वर्ष कड़ाके की ठण्ड पड़ी और दादी को निमोनिया हो गया। निमोनिया का कारण था दादी का भोर में ठंडे पानी से नहाना। बाबा ने कितनी बार दादी को उनकी इस आदत के लिए डाँटा था। लेकिन ज़िद्दी दादी नहाये बिना कंठ में जल की बूँद तक न डालती थीं। बाबा कहते कि सुबह पानी गर्म करके नहाया करो, लेकिन बेचारी बूढ़ी दादी सुबह-सुबह चूल्हा कैसे जलातीं। उनके उठ कर नहा-धो कर पूजा करने तक परशुराम चाचा का किवाड़ बंद रहता। बुढ़ापे का शरीर और निमोनिया का बुखार, दादी का शरीर भट्ठी पर रखे तवे की तरह जलता था। बाबा ने शहर से डॉक्टर बुलाये लेकिन कुछ लाभ नहीं हुआ। बुखार दिन में उतरता और रात में वापस चढ़ जाता। चौथे रोज़ कोई चारा न देखकर बाबा सपरिवार शहर आ गए कि श्रीराम चाचा के यहाँ रहकर दादी का इलाज सुचारू रूप से चल पायेगा। दादी का अंत नज़दीक है ऐसा सोचकर कुछ पाने की आशा में दोनों बहुओं ने दादी की सेवा-टहल शुरू की। बुखार में बड़बड़ाती दादी के मुख पर एक ही बात रहती, लगता है छोटे का विवाह नहीं देख पाऊँगी, हाय राम छोटे को बुलवाओ। बाबा ने फ़ौरन तार भेजा। तार में लिखा था—

'तुम्हारी माँ को निमोनिया हो गया है, हम सभी लोग श्रीराम के यहाँ हैं, तार मिलते ही शहर चले आओ।'

तुम्हारे पिताजी।

ये वो दौर था जब तार स्थिति की गंभीरता का प्रतीक था। पिताजी फ़ौरन शहर के लिए निकल पड़े, रास्ते भर उन्हें क्रोध आता रहा कि उन्हें पहले क्यों नहीं बताया गया।

शहर पहुँचने पर दादी की हालत देखकर पिताजी का मन खिन्न हो गया। दो-दो बहुओं के रहते माँ की यह दुर्दशा। दादी न सिर्फ़ शरीर से बेहद कमज़ोर हो गयी थी बल्कि चेहरे से बेहद दुखी भी मालूम पड़ती थीं। पिताजी को देखते ही दादी में जीवन का संचार हुआ। पिताजी ने भी पूरी लगन से दादी की सेवा शुरू की। जाड़ा भी कुछ कम हुआ। सूर्य देवता ने हफ़्तों बाद अपना मुख दिखाया। दादी का बुखार उतर गया। मकर संक्रांति के दिन गोरखनाथ बाबा को खिचड़ी चढ़ा कर पूरा परिवार गाँव वापस आ गया। काफ़ी समय बाद बाबा और पिताजी आमने-सामने थे, दोनों ने साथ भोजन किया। पिताजी ने भोजन के बाद बाबा के पैर दबाने शुरू किए, तब बाबा ने पूछा, "पढ़ाई कैसी चल रही है तुम्हारी।" पिताजी ने कहा "ठीक चल रही है।"

"आगे?" बाबा ने पिताजी की आँखों में झाँककर देखा। "रिसर्च की सोच रहा हूँ। रिसर्च का विषय अभी निश्चित नहीं किया है। शायद 'प्रेमचंद और कहानी कला', 'भारतेन्दु हरिश्चंद्र के नाटकों का शास्त्रीय अनुशीलन' या 'हिन्दी नाटकों पर पाश्चात्य प्रभाव' में से कोई एक विषय चुनूँगा।" बाबा का स्वर अब गंभीर हो गया था, "तुम एम.ए. करना चाहते थे मैंने नहीं रोका, अब वकालत कर लो, मैं पढ़ाई का खर्च उठाने को तैयार हूँ। तेज प्रताप बाबू भी चाहते हैं कि जगदीश भी वकालत ही करें।" लगभग दो साल बाद जीवन का वही पृष्ठ फिर खुल गया था, बात एक बार फिर वहीं आकर अटक गयी थी। पिताजी अब तक जान चुके थे कि यह जीवन हमारा होकर भी हमारा नहीं है। अधिकांश जीवन हमें दूसरों की ख़ुशी के लिए जीना पड़ता है, शिक्षा, विवाह और रोज़गार जैसे निर्णय भी स्वयं नहीं लिए जा सकते हैं। इस बार यह आग्रह नहीं आदेश था एक पिता का अपने पुत्र को। पिताजी ने कोई चारा न देख कर कहा, "माँ विवाह की ज़िद पकड़े बैठी है, वकालत की पढ़ाई के साथ यह कैसे संभव हो सकेगा?" तब बाबा ने कहा, "मैं तुम्हारी माँ को समझा दूँगा। विवाह में साल दो साल की देरी से कोई फ़र्क़ न पड़ेगा। बस तुम मन बना लो।"

पिताजी, दादी की बीमारी से पहले ही विचलित थे, इसलिए फ़ैसला भविष्य पर छोड़ दिया गया। पिताजी काशी लौट गए। एम.ए. की परीक्षाएँ आयीं और खत्म भी हो गयीं। रमा बाबू, आशू बाबू समेत तमाम मित्र पढ़ाई पूरी कर अपने गाँव, अपने शहरों को चल दिए। जगदीश बाबू शोहरतगढ़ लौट गए, इस बार फिर पिताजी की इच्छा गाँव जाने की न हुई। पिताजी जानते थे कि साहित्य से दूरी उनके लिए सह्य न होगी, आने वाला वक़्त बड़ा बेरहम होगा, लेकिन किया भी क्या जा सकता था। छात्रावास बंद होने पर पिताजी कामाख्या शास्त्री जी के यहाँ चले गए। गर्मियों का महीना था। विद्यालय बंद था। शास्त्री जी ने पिताजी का स्वागत किया और कुछ दिन साथ रहने के उनके निर्णय पर प्रसन्नता जताई, आखिर उन्हें भी एक साथी मिल गया था। पिताजी ने बाबा को संक्षिप्त पत्र लिखकर इस बात से अवगत करा दिया था। पिताजी और शास्त्री जी सुबह भोर में उठते और घाट पर नहाने जाते। रास्ते में ही जलपान होता। दिन में शास्त्री जी कुछ विदेशी छात्रों को पढ़ाने चले जाते। कभी-कभार पिताजी भी उनके साथ चले जाते। पिताजी दिन भर ज्योतिष और हस्तरेखा की किताबों में डूबे रहते। शास्त्री जी के कमरे में ज्योतिष और हस्तरेखा की सैकड़ों किताबें पड़ी थीं, पिताजी उत्सुकतावश उनके नाम देख लेते। *भारतीय ज्योतिष, अध्यात्म ज्योतिष, ज्योतिष कौमुदी, सुगम वैदिक ज्योतिष, हस्तरेखा विश्व कोष, ज्योतिष बोध, भवन भास्कर*। *कॉस्मिक केमेस्ट्री* आदि और कभी-कभार कुछ पढ़ भी लेते।

एक रोज़ पिताजी ने शास्त्री जी से पूछा, "शास्त्री जी ज्योतिष क्या है?" शास्त्री जी ने एक क्षण सोचकर कहा, "भविष्य को टटोलने की चेष्टा है ज्योतिष, अनेक-अनेक मार्गों से, मसलन ग्रह-नक्षत्रों का मनुष्य पर प्रभाव। देखो यह जीवन तमाम तरह से प्रभावित होता है, सूर्य की एक-एक किरण, एक-एक वनस्पतियाँ, सब हमें किसी-न-किसी रूप में प्रभावित करती हैं, एक-एक प्राणी प्रभावित है।" तब पिताजी ने पूछा, "विश्वास नहीं होता, हमारी पृथ्वी पर अरबों लोग हैं, क्या एक-एक प्राणी अलग-अलग ढंग से प्रभावित हो सकता है?"

''क्यों नहीं।'' शास्त्री जी ने कहा, ''हर एक प्राणी अपने आप में विशेष है, प्रकृति ने उसे बड़ी बारीकी से गढ़ा है, मसलन हमारे अँगूठे की छाप, एक आदमी के अँगूठे की छाप दूसरे आदमी की छाप नहीं हो सकती है, मानते हो कि नहीं।'' पिताजी ने सहमति जताई।

पिताजी को शास्त्री जी की बातों में रस आने लगा, पिताजी ने पूछा, ''तनिक विस्तार से बतायें।'' शास्त्री जी ज़मीन पर पालथी मार कर प्रवचन देने की मुद्रा में बैठ गए, ''पूछा है तो सुनो! ज्योतिष के मुख्यतः तीन हिस्से हैं। पहली परिधि अनिवार्य की है, जिसमें रत्ती भर भी फ़र्क़ नहीं होता, इसे जानना बेहद मुश्किल है, दूसरी परिधि है जो अनिवार्य नहीं है यानी गैर अनिवार्य—साधारणतया मनुष्य इसी को जानने में उत्सुक है और तीसरी परिधि है अर्ध अनिवार्य, जिसे जान लो तो परिवर्तन हो सकता है, न जानो तो परिवर्तन नहीं होगा, तो जो अनिवार्य है उसे जानने के बाद उसके साथ सहयोग करने के अलावा कोई दूसरा उपाय नहीं है, वह जो होने ही वाला है उसके साथ व्यर्थ का संघर्ष नहीं और जो हो ही नहीं सकता है उसकी व्यर्थ की माँग नहीं, दूसरी परिधि को समझना बड़ा मज़ेदार है, हर मनुष्य अपने आने वाले कल के बारे में जान लेने को उत्सुक है, तो सड़क पर, घाट पर, मन्दिरों में बैठे ज्योतिषी अपनी जीविका इसी कारण चला पाते हैं, ऐसे लोग व्यर्थ ज्योतिष को बदनाम करते हैं, लोग पूछते हैं मेरी कन्या का विवाह इस वर्ष होगा या नहीं, मेरी नौकरी लगेगी या नहीं, यह निपट गंवारी है।'' पिताजी को शास्त्री जी की बात पर हँसी आ गयी। शास्त्री जी ने आगे कहा, ''और अब सुनो अर्ध अनिवार्य के विषय में, दुनिया में तमाम चीज़ें ऐसी भी हैं कि जिनके बारे में जान लो तो फ़र्क़ पड़ सकता है, जैसे चिकित्सा विज्ञान है, जिसका विकास कर तुम इंसान की उम्र को लम्बा कर सकते हो, जैसे मौसम विज्ञान या मैट्रोलोजी जिसके आधार पर तुम बाढ़, अकाल आदि के बारे में पूर्वानुमान लगा सकते हो, इसलिए हमें सड़क की मदारीगिरी से बचना चाहिए, अधिकांश दो टके के ज्योतिष इन्हीं फ़िज़ूल की बातों में लोगों को फँसाकर पैसे लूटते हैं।'' आखिर में पिताजी ने पूछा, ''शास्त्री जी तो ज्योतिष अध्ययन का उद्देश्य क्या होना चाहिए?'' शास्त्रीजी बोले, ''ज्योतिष अध्ययन का उद्देश्य इस विराट जगत को समझना होना चाहिए, जब यह समझ में आएगा तब इस विराट जगत का और इसमें हो रही तमाम घटनाओं का प्राणी पर क्या प्रभाव पड़ता है यह खुद-ब-खुद समझ आ जायेगा, इसे यूँ समझो कि इस विराट जगत में न मालूम कितनी ध्वनियाँ हैं जो हमारे इर्द-गिर्द हैं, जिन्हें हम सुन नहीं पाते किन्तु उनसे गंभीर रूप से प्रभावित होते हैं, जब हम रेडियो ट्यून करते हैं तो हमें वही ध्वनि सुनाई देने लगती है। कहने का तात्पर्य है कि आप हर घड़ी इन्हीं ध्वनियों, सकारात्मक, नकारात्मक ऊर्जाओं से प्रभावित हो रहे हैं, जिन्हें समझना ज्योतिष का उद्देश्य होना चाहिए।'' अब पिताजी और शास्त्री जी में अक्सर ऐसा रोचक वार्तालाप होता।

शाम को शास्त्री जी के आने पर विद्यापीठ से दुर्गा कुंड तक की सैर होती। रात को कभी पिताजी कभी शास्त्री जी भोजन बनाते, अक्सर मूँग की दाल की खिचड़ी और पतली दही। रात में शास्त्री जी राम मंत्र का जाप करते-करते सो जाते।

''राम राम रामेति रमे रामे मनोरमे, सहस्त्रनाम तत्तुल्यं राम नाम वरा नने।''

छुट्टियाँ ख़त्म होने के पहले शास्त्री जी पिताजी को लेकर सारनाथ, विन्ध्याचल और चित्रकूट घूमने निकल गए। छुट्टियाँ खत्म हुईं और जून के आखिरी हफ़्ते में पिताजी काशी आ गए। जून की आखिरी तारीख को जगदीश बाबू भी शोहरतगढ़ से आ गए। शाम को पिताजी जगदीश बाबू के साथ नाव पर बैठकर सूर्यास्त देखने गए, तब जगदीश बाबू ने पिताजी से पूछा, ''यार पंडत मेरी तो क्राइम-व्राइम में दिलचस्पी है, सो मैंने ठानी है कि मैं तो लड़ूँगा फ़ौजदारी के मुक़दमे, क्रिमिनल लॉयर बनूँगा, लेकिन तुम साहित्य के विद्यार्थी वकालत पढ़ोगे कैसे? मैं जानता हूँ कि चचा जी ने तुम पर यह निर्णय थोपा है।'' खैर... पिताजी खामोश रहे, जगदीश बाबू ने मित्र को हौसला दिलाया, ''सब ठीक हो जायेगा पंडत कानून तो कानून सही, देख लेंगे जो होता है।''

अगले कुछ एक दिनों में प्रवेश आदि की औपचारिकताएँ निपटा कर पिताजी ने बाबा को पत्र लिखा।

आदरणीय पिताजी,

आशा करता हूँ कि आप सपरिवार कुशलपूर्वक होंगे। आपको जान कर ख़ुशी होगी कि मैंने लॉ में प्रवेश ले लिया है। जल्द ही पढ़ाई शुरू हो जाएगी। अगले वर्ष प्रयागराज में कुम्भ है, जगदीश बाबू का परिवार माघ मेले में स्नान करने आएगा, आपसे अनुरोध है कि आप सभी को साथ लेकर ज़रूर आयें, यदि बीच में अवकाश मिला तो गाँव आने की कोशिश करूँगा।

आपका आज्ञाकारी पुत्र।

यूँ तो कानून की पढ़ाई जल्द ही पिताजी को उबाने लगी लेकिन पिताजी हर हाल में बाबा और समाज की उम्मीदों पर खरा उतरना चाहते थे। पिताजी प्रतिदिन मन मारकर विश्वविद्यालय जाते, दोनों मित्र पिछली सीट पर बैठते, अध्यापकों का पढ़ाया थोड़ा-बहुत कान में पड़ जाता। हाज़िरी लग जाती और वक़्त गुज़रता जाता था।

यह वर्ष कुम्भ का था। बाबा पूरे परिवार सहित प्रयाग पहुँचे। पिताजी भी काशी से प्रयाग पहुँचे, यह शायद एक आखिरी मौका था जब पूरा परिवार एक साथ था, सभी प्रसन्न थे, सबने गंगा में स्नान किया, बाबा ने नाती-नातिनों के साथ माघ मेले का आनंद उठाया। माघ मेले में यूँ तो सैकड़ों साधु-संतों का आना हुआ था, लेकिन इस वर्ष कुम्भ मेले में सबके आकर्षण के केंद्र बिंदु थे, देवरहा बाबा। देवरहा बाबा एक सिद्ध महापुरुष अवतार थे, जिनकी ख्याति दूर-दूर तक फैली थी। लोगों का मानना था कि बाबा की उम्र 200 से भी अधिक साल थी, बाबा जल पर भी चल सकते थे, उन्हें कभी किसी ने किसी साधन सवारी पर बैठे नहीं देखा था। बाबा हिंसक से हिंसक जानवर को अपने वश में कर लेते। बाबा ने सपरिवार देवरहा बाबा के दर्शन किये। पिताजी ने उनकी चरण राज माथे पर लगा ली। तब देवरहा बाबा ने पिताजी की पीठ ठोककर कहा—कल्याण हो।

दो रोज़ प्रयाग में रहकर परिवार गाँव लौट गया।

मर-जी कर प्रथम वर्ष पूरा हुआ और इसी बीच पिताजी के जीवन की तमाम दुखद

घटनाओं में से एक घटना घट गयी, भद्रा नक्षत्र लगा था, इतनी बारिश हुई कि समस्त घाटों की सीढ़ियाँ तक जलमग्न हो गयीं। भला हो राजा श्री बलवंत सिंह तथा अन्य समकालीन राजाओं की काशी को बाढ़ से बचाने की दूरदर्शी सोच और प्रयासों का। सुनने में आया कि तमाम हादसे हुए। सुबह गंगा की सैर कराने निकली एक नाव डूब गयी। आस-पास के कई गाँव बाढ़ में बह गए। पिताजी ने बारिश के कारण सुबह का गंगा स्नान भी छोड़ दिया, इस कारण बैरागी बाबा से मुलाकात भी बंद हो गयी। बारिश का प्रकोप कम हो जाने पर एक रोज़ पिताजी तुलसी घाट गए। स्नान का वक़्त कभी न चूकने वाले बैरागी बाबा उस रोज़ सुबह कहीं दिखाई न दिए। मन्दिर में उनके बैठने का कोना भी सूना पड़ा मिला। पिताजी के मन में एक अनिष्ट की आशंका घर करने लगी। पिताजी माँ गंगा का ध्यान करते घाट पर बैठे रहे जब तक लोगों का आवागमन शुरू न हो गया। धीरे-धीरे घाट पर रोज़मर्रा की चहलपहल बढ़ने लगी। मालिश करने वाले, बीड़ी और पान बेचने वाले। सुबह की ताज़ी हवा खाते अपने पिछलग्गुओं के साथ शहर के पुराने रईस, सीढ़ियों पर बैठे भिखमंगे, कोढ़ी, अधिकांश चेहरे जाने-पहचाने थे। पिताजी ने हमेशा की तरह हड़बड़ी में रहने वाले मल्लाह रामअवध से बैरागी बाबा के बारे में पूछा। राम अवध ने आकाश की ओर देखते हुए कहा, ''क्या कहा जाये बाबू। बैरागी बाबा एक रोज़ नहाने गए तो लौटे ही नहीं।'' पिताजी पर ऐसा वज्रपात जीवन में कभी न हुआ था। सुने पर भरोसा न होता था। बैरागी बाबा की अकस्मात् मृत्यु का समाचार सुनकर पिताजी का हृदय इतना विचलित हुआ कि आँखों से आँसू बह निकले, रामअवध ने पिताजी के कंधे पर हाथ रखा और कहा, ''बाबा पुण्यात्मा थे, घरबार था नहीं, गंगा मइया बुला ली अपने पास, बाबू अफ़सोस न करें, ईश्वर उनकी आत्मा को शांति दे बस।'' यह कहते-कहते रामअवध अपनी नाव खोलकर धीमे-धीमे गाने लगा—

के तोहरा संग जाई भवरवा के तोहरा संग जाई
आवत के बेरिया सब कोई जाने दुआरे पे हो बधाई
जात के बेरिया कोई नहीं जाने हंस अकेला उड़ जाए हो रामा
के तोहरा संग जाई भवरवा के तोहरा संग जाई

पिताजी रिक्त हृदय लिए धीमी चाल से उस मन्दिर की ओर चल दिए जहाँ बैरागी बाबा रहा करते थे।

बाबा के बैठने का स्थान खाली था, उसी जगह पर बाबा का छोटा झोला पड़ा था, जिसमें गेरुए रंग की रामनामी चादर और आँव की कुछ दवाइयों के अतिरिक्त और कुछ नहीं था। पिताजी झोला कंधे पर लटकाये सुस्त कदमों से मणिकर्णिका घाट की ओर चल दिए। रास्ते भर बैरागी बाबा की कथा दिमाग में चलती रही।

हर एक कथा का जन्म एक व्यथा से होता है। बैरागी बाबा की ये कथा भी हर उस इंसान को भीतर तक विचलित कर देती जो ईश्वर, जीवन, प्रेमबंध और सत्कर्म में विश्वास करता हो। घटना वर्षों पुरानी है। बैरागी बाबा का असली नाम देवदत्त मिश्र था। देवदत्त संयुक्त प्रान्त की एक छोटी-सी जगह बलरामपुर के अत्यंत छोटे से गाँव महादेव मिश्र में रहते थे। देवदत्त माता-पिता की इकलौती संतान थे। पिता और चाचा दोनों पंडिताई का काम करते।

आस-पास के दर्जनों गाँवों में परिवार का बड़ा सम्मान था। देवदत्त पर सरस्वती की बड़ी कृपा थी, उनका कंठ जितना सुरीला था, स्वभाव उतना ही सरल। उच्च कुल ब्राह्मण होने पर भी जाति-पाति का भेद उन्हें छू न गया था। देवदत्त ख़ुद ही भजन रचते और गाते। आठवीं के उपरांत पढ़ाई बंद हो गयी। पिता और चाचा घर पर ही संस्कृत पढ़ाते। यह वर्ष था 1915 का। जब एक रोज़ अवध प्रान्त का दौरा करते गाँधी जी असहयोग आंदोलन के सिलसिले में छोटे से गाँव महादेव मिश्र में आंदोलन का अलख जगाने आये। देश भर में असहयोग आंदोलन चल रहा था। देशवासी सरकारी स्कूल, कॉलेजों, सरकारी नौकरियों, सरकारी पदों का बहिष्कार कर रहे थे। समस्त गाँववाले गाँधी जी की एक झलक देखने को पागल हुए जा रहे थे, गाँधी के व्यक्तित्व का करिश्मा ही कुछ ऐसा था। दोपहर हो गयी थी। भोजन का वक़्त था, गाँधीजी एक पेड़ की छाँव में बैठ गए और हँसकर कहा, "भूखे भजन न होये गोपाला, कुछ खाकर थोड़ी देर विश्राम करेंगे, आप लोग भी अपने-अपने घर जाकर भोजन कर लें।" कई सम्पन्न परिवारों के लोग गाँधी जी को अपने घर भोजन करने की दिक् कर रहे थे, तभी भीड़ में से सोलह-सत्रह साल की एक लड़की निकली। लड़की गाँधी जी के प्रेम में पागल थी। लड़की ने गाँधी जी के पैर छुए और कहा, "बाबा कुछ खा लें भूख लगी होगी। हम अछूत चमार हैं, क्या आप हमारे यहाँ भोजन करेंगे ?" यह वह दौर था जब नीची जातियाँ सामाजिक रूप से बहिष्कृत थीं और गाँधी जी इसी छुआछूत को मिटा कर सामाजिक पुनर्निर्माण का प्रयास कर रहे थे। गाँधी जी लड़की की सरलता पर भावविभोर हो गए। लड़की को अपने बगल में बैठा कर नाम पूछा। लड़की का नाम विमला था। जिसे गाँव घर के लोग विमली कहते। लड़की बेहद दुबली थी, रंग साँवला, नयन-नक्श तीखे, उसके चेहरे पर एक दिव्य आभा थी, जैसी साधारण लड़कियों में कम ही देखने को मिलती है। परिवार हरवाहा था, काम दूसरे के खेतों में जुताई, बुवाई, कटाई का। गाँधी जी ने इस नीची जाति के निर्धन परिवार की झोपड़ी में भोजन करने की इच्छा व्यक्त की। इस साधारण परिवार के लिए इससे अधिक गर्व की बात और क्या हो सकती थी। झोपड़ी के बाहर लोगों की भीड़ लगी थी। भीतर विमली और उसकी माँ बड़े प्रेम से गाँधी जी को रोटी, सरसों का साग और सत्तू खिला रहे थे, विमली हाथ पंखा झलती बिना पलकें झपकाए गाँधी जी को देखती, जैसे कि जगी आँखों से कोई सुन्दर स्वप्न देख रही हो। भीड़ में खड़े देवदत्त भी यह सब देख रहे थे और लड़की पर मुग्ध थे। देवदत्त विमली के साथ पहली नज़र के प्रेम में पड़ चुके थे। लड़की की सादगी और प्रेम देवदत्त के हृदय में बस चुका था। घटना को कुछ रोज़ गुज़र गए, एक रोज़ देवदत्त ने खेतों में काम करती विमली को गुनगुनाते सुना।

अपने हाथन से चरखा चलाइब हो रामा
हमार कोउ का करीहें
गाँधी बाबा से बियाह रचाइब हो रामा
हमार कोउ का करीहें
फांसी पर चढ़ जाइब हो रामा
देसवा पर मिट जाइब हो रामा
हमार कोउ का करीहें

देवदत्त को अकेले में देखकर विमली अचकचा गयी। देवदत्त ने उसी पल विमली को बाँहों में भरकर अपने दिल का हाल कह दिया। विमली के लिए ये इतना सहज न था कि कोई उच्च कुल ब्राह्मण उसके प्रेम में पड़ जाये। लेकिन चंद मुलाकातों में विमली को देवदत्त के हृदय की पवित्रता का एहसास हो गया था। दोनों ने मान लिया था कि वे एक-दूसरे के लिए ही बने हैं। फिर शुरू हुआ मिलने-जुलने का सिलसिला। महदेव मिश्र नाम के इस छोटे से गाँव के सभी सूने बाग़-बगीचे, ताल-पोखरे, खेत-खलिहान देवदत्त और विमली के इस पवित्र प्रेम के साक्षी रहे। लेकिन होनी ने कुछ और ही लिखा था। मात्र तीस-चालीस घरों वाले इस गाँव में इस पवित्र प्रेम की गंध आखिर कब तक न फैलती। एक रोज़ देवदत्त के चाचा जी ने दोनों को मिलते देख लिया। समाज में नाक कटने के डर से पहले देवदत्त से पूछताछ हुई कि आखिर मामला क्या है। देवदत्त ने घरवालों के सामने अपना प्यार कुबूल किया और विमली से विवाह करने के अपने निर्णय से अवगत कराया। फिर क्या था। देवदत्त के पिता, चाचा और कुछ उच्च ब्राह्मण विमली के घर पहुँच गए और गालियों और अपशब्दों की बौछार कर दी। रोना-धोना मचा। तमाशा हुआ। विमली के पिता ने अपनी लड़की की धृष्टता पर माफ़ी माँगी और जल्द ही उसका सजातीय विवाह कराने का वचन दिया। देवदत्त घटना से बुरी तरह आहत हुए, लेकिन सच्चे प्रेम की नौका गहरे से गहरे पानी में भी लाख हिचकोले खाकर अपना संतुलन नहीं खोती। आखिरकार देवदत्त ने विमली के साथ घर छोड़कर भागने का निर्णय ले लिया। देवदत्त ने अपने मल्लाह मित्र नरसिंह की मदद से नाव का इंतज़ाम किया। योजना पूर्णिमा की रात नदी पार कर दूर निकल जाने की थी। लेकिन अनर्थ होने को था। मल्लाह नरसिंह और देवदत्त की बातचीत नदी किनारे कर्मकाण्ड करवाते गाँव के एक परिचित ने सुन ली। बात घर तक पहुँच गयी। देवदत्त को घर के एक अँधेरे कमरे में जिसका उपयोग अनाज रखने के लिए किया जाता था, नज़रबन्द कर लिया गया। अगहन की रात थी। विमली दो जोड़ी कपड़े और सालों से बचाई अपनी जमापूँजी लेकर नदी किनारे पहुँच गयी। नाव बँधी थी लेकिन देवदत्त का कहीं पता न था। विमली चाँदनी रात में देवदत्त का इंतज़ार करती रही। रह-रह कर उसके दिमाग में एक ही प्रश्न आता कि कहीं लोकलाज के भय से कहीं देवदत्त का मन बदल गया हो। अब तक शायद उसके घरवालों को भी पता चल गया हो कि वह घर से भाग गयी है। उधर देवदत्त पूरी रात बंद कमरे में चीखते रहे। एक मनहूस रात बीत चुकी थी। कुछ एक तारे यहाँ-वहाँ छिटके थे। आसमान अब नीला पड़ने लगा था। भोर होने लगी थी। सूरज उगने से पहले ही लोकलाज के भय से विमली ने नदी में कूद कर अपने जीवन का अंत कर दिया। गाँव भर में खबर फैल गयी। विमली का परिवार उसे ढूँढ़ने निकला। दिन चढ़े कहीं जाकर विमली की लाश मिली। देवदत्त के लिए तो जीवन ख़त्म हो चुका था। अब शेष जीवन उसी पाप का प्रायश्चित करना था, जिसका नाम प्रेम था।

देवदत्त गाँव छोड़कर काशी चले आये थे और लगभग तीस एक वर्षों से काशी में रहकर अपने पाप का प्रायश्चित करते रहे। पिताजी का मन आज लौटकर छात्रावास जाने का न हुआ। पिताजी देर रात तक मणिकर्णिका घाट की सीढ़ियों पर बैठे शवदाह देखते रहे। बैरागी बाबा द्वारा अक्सर गया जाने वाला सूर का पद उनके कानों में गूँजता रहा।

कब तुम मोसो पतित उधारो
पतितन में बिख्यात पतित हु पावन नाम तुहारो
सूर पतित को ठौर कहु नाही, है हरी नाम सहारो।

जैसे एक-एक शब्द उनकी कथा कह रहा हो।

वक़्त गुज़रता जाता था। जहाँ पिताजी हरिश्चन्द्र घाट पर शवदाह देखकर अपना मन बहलाते, वहीं जगदीश बाबू अक्सर शाम होते ही सजधज कर न जाने कहाँ चले जाते और हॉस्टल का गेट बंद होने के बाद चौकीदार रामलोटन यादव की मदद से चुपके से भीतर आ जाते। यह काम बड़े जोखिम का था। वार्डन निरंजन सिंह अनुशासन प्रिय सख्त किस्म के आदमी थे। चंदेल ठाकुर, संयमी, स्वाभिमानी और तेज़तर्रार। वार्डन निरंजन सिंह की अनुशासनप्रियता से सभी खौफ़ खाते थे। लेकिन चंदेल ठाकुर निरंजन सिंह का पाला भी एक दु:साहसी श्रीनेत ठाकुर से पड़ा था। पिताजी ने कई बार पूछा, "बाबू साहब शाम होते ही आखिर आप जाते कहाँ हैं?" जगदीश बाबू मुस्कुरा कर कहते, "अमा यार पंडत जैसे तू जलते मुर्दों को देखकर जी बहलाता है, वैसे ही मैं कुछ और देख कर जी बहलाता हूँ, वक़्त आने पर बता दूँगा। सबर करो।"

छात्रावास का मुख्य गेट रात नौ बजते-बजते बंद हो जाता था। और उसके बाद उसे खुलवाने के लिए वार्डन साहब की अनुमति लेनी पड़ती थी।

मित्र को बचाने के लिए पिताजी को अक्सर झूठ बोलना पड़ता। पिताजी के लिए झूठ बोलना एक पाप था जो हर दिन पिताजी पर चढ़ता जाता था। इधर असमय गेट खुलने की कुछ घटनाएँ रिपोर्ट की गयीं। प्रतापगढ़ के एक विद्यार्थी ओमकार सक्सेना ने भी वार्डन साहब से चुगली कर दी थी, मामला छात्रावास की इज़्ज़त का था। एक रात वार्डन निरंजन सिंह दौरे पर निकले, जगदीश बाबू कमरे से गायब थे, रात के भोजन के बाद मीटिंग बुलाई गयी। पिताजी बड़ी दुविधा में पड़े कि इस बार कौन-सा बहाना बनाना चाहिए? झूठ बोलने को नया कुछ विशेष बचा न था...निरंजन बाबू ने पिताजी से पूछा कि जगदीश कहाँ है? पिताजी ने कहा कि जगदीश को एकाध रोज़ से पेचिश था, शायद वह दवा लेने गए हैं। पिताजी झूठ बोलने की कला में पारंगत नहीं थे। उनकी झुकीं आँखें देखकर वार्डन साहब को समझते देर न लगी कि दाल में कुछ काला है। "ठीक है, साँच को आँच क्या, खुद ही देख लेते हैं।" यह कहकर निरंजन सिंह हॉस्टल के गेट पर कुर्सी लगाकर बैठ गए। पिताजी का हृदय धक्-धक् करने लगा। रात दस बजे के आस-पास जगदीश बाबू हॉस्टल लौटे और निरंजन सिंह को गेट पर टहलता पाकर जगदीश बाबू की सिट्टी-पिट्टी गुम हो गयी। निरंजन बाबू ने पूछा, "जनाब की सवारी कहाँ से आ रही है?" जगदीश बाबू ने कह दिया कि जी एक रिश्तेदार के यहाँ शिवदासपुर गया था, भोजन करने में ज़रा विलम्ब हो गया। निरंजन बाबू ने पूछा, "अच्छा खाने में क्या था?" जगदीश बाबू ने कहा, "जी चने की दाल, करेले की सब्ज़ी, सत्तू भरी पूड़ियाँ।" निरंजन बाबू ने गुस्से से भरकर कहा, "आपके मित्र ने तो कहा कि आपको पेचिश है और आप डॉक्टर के यहाँ गए हैं। आप तो दावत खा के आ रहे हैं। यह छात्रावास है आपका घर नहीं। जहाँ से जब मर्ज़ी आप जायें और जब मर्ज़ी आएँ। मैं कल ही आपके पिता को पत्र लिखूँगा और आपके

कारनामों के विषय में उन्हें अवगत कराऊँगा, मज़ाक बना कर रखा है।'' गुस्से में फुफकारते निरंजन बाबू भीतर चले गए। जगदीश बाबू कमरे में पहुँचे और पिताजी से कहा, ''यार पंडत एक झूठ भी ठीक से नहीं बोल पाए, वकील क्या खाक बनोगे, मरवा दिया यार।''

अगले रोज़ विश्वविद्यालय के लैटर हेड पर लिखी चिट्ठी जगदीश बाबू के पिता तेज़ प्रताप बाबू को भेज दी गयी, जिसमें लिखा था—

'प्रिय तेज़ प्रताप जी (अभिभावक—श्री जगदीश सिंह, बिड़ला छात्रावास बी.एच.यू.)

आपका सुपुत्र कई दफ़ा छात्रावास के नियमों को तोड़ता पकड़ा गया है। हाल ही में असमय देर रात्रि चोरीछुपे छात्रावास में आने की घटनाएँ रिपोर्ट की गयी हैं। विगत में दी गयी चेतावनी का भी इस पर कोई असर नहीं हुआ है। यह हमारी गरिमामयी संस्था के लिए अस्वीकार्य है, कृपया तत्काल आकर सफ़ाई दें कि छात्रावास क्यों न उसके आचरण पर उसे निष्कासित कर दे।

वार्डन

निरंजन सिंह।

तेज प्रताप बाबू बचपन से ही ऐसी शिकायतें सुनने के आदी थे। सो लड़के को डाँटा और पत्र का तत्काल उत्तर भिजवाया।

महोदय,

इस समय अस्वस्थ होने के कारण मैं काशी आने में असमर्थ हूँ, निवेदन करता हूँ कि मेरे बेटे को एक मौक़ा और दिया जाये। मैं उसके बर्ताव की ज़िम्मेदारी लेता हूँ।

तेज प्रताप सिंह

शोहरतगढ़, उ.प्र.

एक रोज़ जगदीश बाबू ने पिताजी को उदास बैठा देखकर कहा, ''अमा यार पंडत उदास क्यों बैठे हो?'' पिताजी ने दार्शनिक भाव भरकर कहा, ''बाबू साहब कुछ अच्छा नहीं लग रहा है। माँ को इसी पल जाकर देखने की इच्छा होती है।'' जगदीश बाबू ने कहा, ''चलिए जनाब आज आपको ऐसी जगह लेकर चलता हूँ, जहाँ जाकर तबियत हरी हो जाएगी।'' पिताजी ने पूछा, ''कहाँ?'' जवाब में जगदीश बाबू ने एक शे'र फ़रमाया—

सैर कर दुनिया की ग़ाफ़िल ज़िंदगानी फिर कहाँ
ज़िंदगी गर कुछ रही तो ये जवानी फिर कहाँ

काशी का एक और चेहरा भी था। जिसकी पहुँच सिर्फ़ रईसों, कला के पारखियों और व्यसनियों तक ही थी। शहर के रिहायशी इलाकों से दूर दाल मंडी, नारियल बाज़ार, गोविंदपुरा आदि इलाकों में गाने-बजाने वालियों के तमाम कोठे हुआ करते थे। शाम होते ही इन इलाकों में एक अजीब-सी रंगीनियत छा जाती थी। उस शाम जगदीश बाबू पिताजी

को लेकर उसी इलाके के एक कोठे पर गए, पहले कभी न देखी सजी-धजी इठलाती दुनिया पिताजी का इंतज़ार कर रही थी। कोठा चित्रा टॉकीज़ के पीछे था। दोनों मित्र रिक्शे से उतरे, उतर कर पान खाया और रिक्शेवाले को किराये के साथ बख्शीश भी दी और रात नौ बजे यहीं आने को कहा। जगदीश बाबू यहाँ पहले भी आ चुके थे, इसलिए माहौल से परिचित थे किन्तु पिताजी के लिए यह सब नया था। कुछ अजीब-सा, एक मीठे खुमार में डूबा हुआ। शाम ढल रही थी। पिताजी प्रश्नवाचक दृष्टि से जगदीश बाबू को देख रहे थे और जगदीश बाबू मंद-मंद मुस्कुरा रहे थे।

ऊपर से कुछ हँसने-बोलने की आवाज़ आ रही थी। आखिरकार पिताजी ने पूछा, "बाबू साहब यह कहाँ ले आये ?"

"यार पंडत चलो खुद ही देख लो," यह कह कर जगदीश बाबू ने पिताजी को सीढ़ियाँ चढ़ने का इशारा किया। सीढ़ियाँ बेहद पतली थीं। वो भी बिना बत्तियों के। जगदीश बाबू ने पिताजी के कान में धीमे से कहा, "पंडत जी यह रत्ना बाई का कोठा है। आप नसीब के धनी हो जो यहाँ आ पाए हो। यहाँ वही आ सकता है जिसकी कुछ हैसियत हो। आज की शाम आपको जीवन भर याद रहेगी।" सीढ़ियाँ चढ़कर जब दोनों मित्र ऊपर पहुँचे तो पिताजी ने पाया कि एक बड़े से गोलाकार कमरे में कुछ अधेड़ उम्र सज्जन बैठे हैं। कपड़े-लत्ते, पहनावे से वो रईस लगते थे। जगदीश बाबू को देखते ही कोने में बैठी महिला ने हाथ जोड़कर, सर झुका कर नमस्कार किया। बदले में जगदीश बाबू ने भी उन्हें और वहाँ बैठे हर सज्जन को नमस्कार किया, यह एक रस्मे-तहज़ीब थी। जगदीश बाबू की देखा-देखी पिताजी ने भी हाथ जोड़कर सबका अभिवादन किया। पिताजी को समझते देर न लगी कि यह महिला ही रत्ना बाई है। अपनी ढलती जवानी के बावजूद रत्ना बाई एक अजीब-सी कशिश लिए थी, नाजुक शरीर पर नारंगी बॉर्डर वाली गाढ़े हरे रंग की कांजीवरम साड़ी, प्रेम से भरी सुरमा लगीं आँखें,पान की पीक से सने होंठ, ज़ुबान जैसे मिश्री की डली, फ़िज़ा में घुलती हुई। "आपके दोस्त हैं लगता है", उन्होंने पिताजी की ओर देख करके कहा। "जी बाई जी," सुनने-सुनाने के शौक़ीन हैं। लिखते भी हैं।"

"ये तो बड़ी अच्छी बात है, रत्ना बाई ने पान की पीक पीकदान में थूकते हुए कहा। पिताजी इस परिचय से थोड़े सहज हो गए थे। नज़रें आस-पास पड़ीं। कमरे की दीवारों का रंग हरा था। खिड़कियों-दरवाज़े पर महीन परदे लगे थे। ज़मीन पर कालीन बिछा था और टेक लगाने के लिए मसनद पड़े थे। एक कोने में तानपुरा, हारमोनियम और तबला रखा था। धूपदानी से चन्दन की अगरबत्ती की हल्की खुशबू चारों ओर बिखर रही थी। सज्जन हलके स्वर में आपस में बात कर रहे थे। बातचीत का विषय मौसम था। तभी भीतर से आयी एक छोटी-सी लड़की ने कोनों में रखे दीप जलाने शुरू कर दिये। दीप जलते ही एक सुनहरा मद्धिम आलोक पूरे कमरे में फैल गया। साजिंदों ने अपनी-अपनी जगह ले ली और तभी भीतर से इकहरे बदन की बड़ी ख़ूबसूरत लड़की आयी। रत्ना बाई ने कहा, "यह सितारा हैं। बेटी सबको नमस्कार करो।" सितारा ने कमर झुकाकर सबका अभिवादन किया। सितारा सी खूबसूरत लड़की पिताजी ने जीवन में कभी नहीं देखी थी। तीखे नयन-नक्श, लम्बे

बाल, कसी हुई चोटी, आँखों में गहरा सुरमा। शरीर पर कत्थई रंग का गरारा, ऊपर नारंगी रंग का दुपट्टा। पाँव में किसी नवविवाहिता की तरह आलता, हाथों में मेहँदी। सितारा के गजरे से जूही, चमेली की आती खुशबू ने माहौल को और भी तरंगित कर दिया। रत्ना बाई ने सितारा को आँख से इशारा कर कार्यक्रम शुरू करने को कहा, साजिंदे तैयार थे, तबले पर थाप पड़ते ही सितारा ने घुँघरू बाँध लिए। कार्यक्रम का आगाज़ सरस्वती वंदना से हुआ, फिर शुरू हुआ गायन और नृत्य का सिलसिला, जिसने पिताजी को घंटों सम्मोहन में बाँधे रखा, सितारा नाचती रही, कभी वह हाथों से कमल बनाती, कभी एक ही जगह पर देर तक गोल घूमती। कभी वह अपनी कमर लचकाती और धीमी आह भरती। धीरे-धीरे कई और सज्जन आ गए। कमरा अब तक पूरा भर गया था। घंटों गुज़र गए। महफ़िल अपने शबाब पर थी, सितारा का शरीर थक चुका था, लेकिन कंठ नहीं। सितारा कुछ क्षण के लिए बैठकर दम साधने लगी, काँपते कंठ से एक बार फिर मदहोश करने वाले स्वर निकलने लगे—

चैत्र मास बोले रे कोयलिया हो रामा, मोरे अंगनवा
कुहुक कुहुक करे कारी रे कोयरिया,
कुहुक उठे मोर मनवा हो रामा
याद जो आवत है पिया के मिलनवा
भरी भरी आवे नयनवा हो रामा
चैत्र मास बोले रे कोयलिया हो रामा, मोरे अंगनवा।

सितारा का आलाप, बंदिशें, आरोह-अवरोह इतना लचीला था, लगता कंठ में माँ सरस्वती स्वयं उतर आयी हों। जगदीश बाबू ने आखिर में फ़िल्म 'बैजू बावरा' के एक लोकप्रिय गाने 'मोहे भूल गए साँवरिया' की फ़रमाइश कर दी, माहौल अब संजीदा हो गया, सितारा के इस गाने ने सबकी आँखों में आँसू भर दिए—

मोहे भूल गए साँवरिया,
आवन कह गए अजहुँ न आये
लीनी न मोरी खबरिया
मोहे भूल गए साँवरिया।

कद्रदान वाह-वाह कर उठे। जगदीश बाबू ने जेब से निकालकर कुछ रुपये रत्ना बाई के हाथों में रख दिए और कहा कि यह हमारे मित्र की तरफ़ से सबको मिठाई के लिए और सितारा को छोटा-सा नज़राना। महफ़िल ख़त्म हुई, कुछ देर यहाँ-वहाँ की बातें हुईं फिर सब चलने को हुए, दोनों मित्र सीढ़ियों से नीचे आ गए, रिक्शावाला उनके इंतज़ार में खड़ा था। पिताजी अपनी आँखों में सदा के लिए सितारा की छवि बसा लेना चाहते थे। सितारा के एक ही रूप में माँ, बहन, प्रेयसी और पत्नी सबकी छवि थी। पिताजी की डायरी के पचास से भी अधिक पन्ने सितारा और उसकी गायकी को समर्पित हैं। वो बेमिसाल गायकी और रूप जो काशी और कलकत्ते की बदनाम गलियों में कहीं खो गया। एक बेहद ख़ूबसूरत शाम बीत चुकी थी, जिसकी कभी न मिटने वाली स्मृतियाँ लिए दोनों मित्र छात्रावास के लिए निकल पड़े।

हॉस्टल पहुँचते-पहुँचते काफ़ी रात हो गयी। साढ़े ग्यारह बज चुके थे। रास्ते भर पिताजी के दिमाग में सितारा चलती रही और कहीं ये डर भी कि अगर छात्रावास का गेट न खुला तो वो रात भर कहाँ रहेंगे। चौकीदार रामलोटन यादव का कहीं पता न था। जगदीश बाबू ने सरगोशी की, ''यादव जी, अरे बाबू रामलोटन जी।'' रामलोटन दूर से लालटेन लिए आते दिखाई दिए। रामलोटन को देखकर दोनों मित्रों की जान में जान आई। रामलोटन जाति के अहीर थे। गठा हुआ शरीर,बड़ी गोल घुमाई मूँछें, घुटनों तक धोती, सर पर गिनेचुने बाल। तन पर पतला कुरता, कंधे पर लाल गमछा, रामलोटन ने हर बार की तरह मुँह बना कर कहा, ''एक दिन आप लोगों के चक्कर में नौकरी जाएगी हमारी बाबू साहब, यह आखिरी बार है, बताये दे रहे हैं।'' यूँ तो हर बार आखिरी बार होती लेकिन अपने घरों से दूर रहने आये इन विद्यार्थियों के प्रति अगाध प्रेम के कारण रामलोटन यादव अपनी नौकरी तक खतरे में डाल देते। गेट के भीतर आकर जगदीश बाबू एक रुपये की बख्शीश उनके हाथ पर रख देते और कहते, ''अब ज़रा एक ठो बिरहा सुना दीजिये।'' रामलोटन कहते, ''मसखरी मत कीजिये,यह कोई बखत है बिरहा सुनाने का, जाइये आराम कीजिये। वार्डन बाबू अभी सोये हैं, क्या पता जगे भी हों।'' रामलोटन जी की आवाज़ बड़ी पतली और सुरीली थी। उन्हें 300 से 400 पद वाले तमाम बिरहे कंठस्थ थे। बिरहा दरअसल उनकी कमज़ोरी था।

बिरहा नामक इस लोक-संगीत की उत्पत्ति के सूत्र उन्नीसवीं शताब्दी के प्रारम्भ में मिलते हैं। ब्रिटिश शासनकाल में ग्रामीण क्षेत्रों से पलायन कर लोगों की महानगरों में मज़दूरी करने की प्रवृत्ति बढ़ गयी थी। ऐसे श्रमिकों को रोज़ी-रोटी के लिए लम्बी अवधि तक अपने घर-परिवार से दूर रहना पड़ता था। दिन भर के कठोर श्रम के बाद रात्रि में छोटे-छोटे समूहों में ये लोग इसी लोक-विधा के गीतों का ऊँचे स्वरों में गायन किया करते थे। रामलोटन यादव एक हाथ से कान ढँककर दूसरा हाथ फैलाकर आसमान की ओर देखकर जब टीप आलापते तो समां बँध जाता।

होली खेली कीचड़ कनई
भारत देश के हम हई मनई

वक़्त बीत रहा था। यह वर्ष था 1957 का, सन् 1952 की तरह ही सन् 1957 का चुनाव प्रधानमंत्री और सत्ताधारी कांग्रेस पार्टी के कामकाज पर एक जनमत संग्रह जैसा था, लेकिन अब नेहरू जी के साथ उनकी सुपुत्री इंदिरा जी राष्ट्रीय राजनीति के फलक पर दिखने लगी थीं। यूँ तो देश को आज़ाद हुए एक दशक बीत चुका था लेकिन वास्तविकता यह थी कि देश पहले की ही तरह गरीबी, अशिक्षा, जातिवाद जैसी समस्याओं से जूझ रहा था। देश में एक ओर हिन्दी-चीनी भाई-भाई का नारा लग रहा था, वहीं दूसरी ओर नदेसर के टकसाल छविगृह में दिलीप कुमार की फ़िल्म 'नया दौर' कामयाबी के रिकॉर्ड तोड़ रही थी। जगदीश बाबू और पिताजी ने 'नया दौर' कई दफ़ा देखी, वैसे देश का जो भी हाल हो काशी हमेशा की तरह मस्त थी, अपनी चिरंतन जीवंतता को जीती, अपने ही रंग में डूबी हुई।

एक बार फिर रंगपंचमी का त्यौहार नज़दीक था। एक रोज़ पिताजी के भीतर सितारा से मिलने की इतनी तीव्र इच्छा हुई कि उन्होंने सकुचाते हुए जगदीश बाबू से रत्ना बाई के

कोठे पर चलने को कहा। जगदीश बाबू मित्र के हृदय का हाल समझ गए। जगदीश बाबू ने हँसकर कहा, "अमा यार पंडत हमने कब तुम्हें इनकार किया है जो आज करेंगे, वैसे भी फागुन की इस मदमस्त बयार में पढ़ाई तो होने से रही।" तय यह हुआ कि पहले सितारा के लिए एक साड़ी, फल, मिष्ठान, गजरा वगैरह लिया जायेगा। इसी बहाने वक़्त के थोड़े पहले ही पहुँच जायेंगे ताकी सितारा से अकेले कुछ बातचीत का मौका मिलेगा। शाम के चार बजते-बजते दोनों मित्र रत्ना बाई के कोठे पर पहुँच गए। इतनी जल्दी उन्हें देखकर बाई अचकचा गयी। भीतर साफ़-सफाई चल रही थी, पहाड़ी नौकर शम्भू छत पर रखे गमलों में पानी डाल रहा था। रत्ना बाई ने हँसकर कहा, "अभी तो दिन भी नहीं ढला है बाबू साहब, सूरज को ज़रा ठंडा होने दें।" जगदीश बाबू ने खिसिया कर कहा, "यहीं पास एक परिचित के यहाँ आये थे, जनाब घर पर नहीं थे। तो सोचा..." रत्ना बाई ने पान मुँह में दबाया और कहा, "ठीक है हुज़ूर, आप ही की जगह है, जब मर्ज़ी हो आएँ, तब तक गला तर करें। शम्भू कमरा खुलवा दो बाबू साहबान के लिए।" दोनों मित्र पतली सीढ़ियों से ऊपर चढ़ गए। यह कमरा रात में रुकने वालों के लिए था। एक बड़ा-सा पलंग था, दो मोढ़े, दीवार पर एक आदमकद आईना। दीवार पर एक बड़ी-सी फ़ोटो लगी थी, जिसमें राम, जानकी और लक्ष्मण एक साथ खड़े हैं और हनुमान राम के पैरों के पास बैठे हैं। थोड़ी ही देर में वही छोटी-सी लड़की जो हर शाम दीये जलाने आती थी, गुलाब जल का शीतल शरबत लेकर हाज़िर हुई। जगदीश बाबू ने लड़की से उसका नाम पूछा।

लड़की बिना कुछ कहे शरमा कर अंदर भाग गयी। इस कमरे से लगा कमरा सितारा का था, किवाड़ हल्का-सा खुला था। जान पड़ता था कि सितारा अभी नहा कर आयी थी और अपने गीले बालों को झटककर सुखा रही थी। "कोई आया है क्या?" सितारा ने बड़ी धीमी-सी आवाज़ में लड़की से पूछा। "मेहमान," लड़की ने कहा। "इतनी जल्दी।" यह सुनकर दोनों मित्रों ने असमय आने से अपने मेजबान को हुई असुविधा के बारे में सोचकर पछतावे भरे हृदय से एक-दूसरे को देखा। खिसियाहट मिटाने के लिए दोनों मित्र बात करने लगे। थोड़ी ही देर में ढलते सूरज की एक किरण खिड़की से झाँकने लगी। रुक-रुक कर हवा चलती, जिसमें अबीर-गुलाल की महक अब मिलने लगी थी। धीरे-धीरे शाम होने लगी और सब कुछ सहज हो गया। भीतर सितारा तैयार हो रही थी। कभी इत्र की खुशबू आती, कभी चमेली की वेणी की। कभी उसी छोटी बच्ची के खिलखिला कर हँसने की आवाज़ आती, कभी सितारा के खुद कुछ गुनगुनाने की—

चैत्र मास बोले रे कोयलिया हो रामा, मोरे अंगनवा
कुहुक कुहुक करे कारी रे कोयरिया...
कुहुक उठे मोर मनवा हो रामा

संकोच के कारण दोनों मित्रों से न जाते बनता था न बैठते। खैर, थोड़ी देर बाद रत्ना बाई स्वयं आ गयी और अपने ज़माने के किस्से सुनाने लगी। रत्ना बाई अपने वक़्त में बड़ा सुरीला गाती थी और महाराज ईश्वरी नारायण सिंह जी की बड़ी प्रिय थी।

रत्ना बाई ने पान की पीक थूककर कहा, "हमारा ज़माना और था बाबू साहब, तब

असली गायकी थी, अब बचा क्या है ठुमरी और फ़िल्मी गाने के सिवा। हमारे बड़े गुरु सिखाते थे हमको ख़याल, ध्रुपद, दादरा, गुल, नक्श, रुबाई। अब तो जैसे सुनवईया वैसे गवइया।'' जगदीश बाबू ने पूछा कि सुना है तब गुलाबबाड़ी नाम की संगीत सभा होती थी। रत्ना बाई का चेहरा खिल गया, ''जी ज़रूर होती थी, चैत में, गुलाबी रंग का मंच, गुलाबी रौशनी, गुलाब की कलियों की लड़ियों से पंडाल सजाया जाता था, गुलाब जल का छिड़काव होता, सुनने वाले गुलाबी पगड़ी पहनकर आते थे, हमने भी कई मर्तबा गाया है गुलाबबाड़ी में। तब दूर-दूर से लोग गाने और सुनने आते थे।'' पिताजी ने सकुचाते हुए पूछ लिया, ''सितारा कहाँ की रहने वाली है?'' रत्ना बाई ने अधिक कुछ न कहा, ''मुर्शिदाबाद की पैदाइश है, दो-चार बरस से मेरे पास ही है। गायकी सीखना चाहती थी, लेकिन न सीखने का वक़्त मिला, न कोई सिखाने वाला, थोड़ा-बहुत हमसे ही सीखी है, आवाज़ अच्छी है, लेकिन रियाज़ नहीं करना चाहती है कम्बख़्त।

फिर काफ़ी देर तक संगीत पर बातचीत होती रही। धीरे-धीरे लोगों का आना शुरू हो गया, महफ़िल तैयार थी, फिर सितारा ने बड़े सुन्दर कृष्ण प्रेम गीत से कार्यक्रम शुरू किया—

मनमोहन कान्हा विनती करूँ दिन रैन,
राह तकें मोरे नैन,
अब तो दरस दो कुञ्ज बिहारी,
मनवा है बेचैन

तत्पश्चात् मीरा बाई के किसी भजन की फ़रमाइश हुई तो सितारा ने मीरा का दिल छू लेने वाला भजन सुनाकर सबको कृष्ण प्रेम से सराबोर कर दिया।

जो तुम तोड़ो पिया, मैं नाही तोड़ूँ रे।
तोसे प्रीत तोड़ कृष्णा, कौन संग जोड़ूँ रे॥
तुम भये मोती प्रभु जी, हम भये धागा।
तुम भये सोना, हम भये सुहागा॥
मीरा के प्रभु बृज के बासी।
तुम मेरे ठाकुर, मैं तेरी दासी॥
जो तुम तोड़ो पिया, मैं नाही तोड़ूँ रे।

उस रोज़ सितारा ने एक से बढ़कर एक गीत और भजन पेश किये, महफ़िल खत्म हुई। जगदीश बाबू और पिताजी रत्ना बाई को अपना नज़राना देकर चल पड़े। सीढ़ियों से नीचे उतरते-उतरते जगदीश बाबू और पिताजी के कानों में रत्ना बाई की कही बात पड़ी, ''हमारे यहाँ सिर्फ़ गाना-बजाना होता है हुज़ूर, हमारी लड़की पेशा नहीं करती है। ऐसी कोई इच्छा हो तो कोई दूसरा ठिकाना देख लें।'' फिर एक मर्दाना बेशर्म हँसी सुनाई दी, ''हमें मालूम है यहाँ क्या-क्या चलता है...अब हम कल ही तो पैदा नहीं हुए हैं बाई, खैर।'' फिर दो घड़ी को एक सन्नाटा छा गया। फिर उस सन्नाटे को तोड़ती उन्हीं लोगों के नीचे उतरने की पदचाप आने लगी। तब तक जगदीश बाबू और पिताजी खुली सड़क तक आ गये थे।

शायद आज फिर कोई शख़्स सितारा पर अपनी बुरी नज़र डाल बैठा था।

दूसरा सत्र प्रारम्भ हो गया था। सावन का महीना था। पिताजी का दिल आज पढ़ाई में न लगता था, रह-रह कर सितारा का ख़याल आ जाता था। जैसे सितारा अकेले बैठी अपने दिल का हाल सुनाने के लिए किसी सच्चे कद्रदान का इंतज़ार कर रही हो। आखिरकार पिताजी से रहा न गया।

जगदीश बाबू इब्न-ए-सफ़ी का जासूसी उपन्यास *दिलेर मुजरिम* पढ़ते-पढ़ते ऊँघने लगे थे, सो पिताजी ने उन्हें जगाना उचित न समझा, पिताजी छाता उठाए रिक्शा लेकर रत्ना बाई के कोठे पर चले गए। बारिश धीमी-धीमी किन्तु निरंतर होती जाती थी। आज कोठे का माहौल कुछ अजीब-सा था। कोई रौनक न थी। मेघमय आकाश का कालापन और धीमे-धीमे किन्तु निरंतर गिरता पानी माहौल को और अवसादमय बना रहा था। रत्ना बाई बुखार से पीड़ित थी और दीवान पर पड़ी थी। पिताजी ने रत्ना बाई का अभिवादन किया। रत्ना बाई उठकर बैठ गयी, ''अरे कैसे आये बाबू? ये मुई बारिश थमने का नाम नहीं ले रही है, आज चार रोज़ हुए एक महफ़िल न सजी, सब अपने-अपने घरों में दुबके बैठे हैं, हमें भी दो रोज़ से बुखार हो गया है, बाबू साहब नहीं आये?''

''नहीं उनकी तबियत भी कुछ नासाज थी, आना तो चाहते थे,'' पिताजी ने यूँ ही कह दिया। पिताजी गोल कमरे के कालीन पर ही बैठ गए, कुछ क्षण यहाँ-वहाँ की बात चलती रही, कुछ देर बाद सितारा भी आ गयी। सितारा ने आसमानी रंग की सूती साड़ी पहनी थी, उसे देखकर लगा जैसे अभी सो कर उठी हो, बालों का जूड़ा खुलकर ढीला पड़ गया था, काजल फैल कर आँखों की कोरों से बाहर निकल आया था, किन्तु सच यह था कि सितारा बिना साज श्रृंगार के और भी अधिक रूपवती लगती थी।

लेकिन आज सितारा की चाल में कोई उत्साह न था। तीनों काफ़ी देर तक खामोश बैठे रहे, आखिरकार, ''चाय भिजवाती हूँ,'' कहकर रत्ना बाई अपनी दवाइयाँ लेने भीतर चली गयी। सितारा का मौन देखकर पिताजी ने जाना ही उचित समझा, तब सितारा ने कहा, ''बैठिये इतनी दूर से आये हैं, कहिये क्या सुनेंगे?'' पिताजी ने कहा कि आपका मन ठीक नहीं लगता है, यदि इच्छा हो तो 'वैष्णव जन तो तेने कहिये' सुना दें तो मेरा इतनी दूर आना सार्थक हो जायेगा। सितारा ने पिताजी के अनुरोध पर गाना शुरू किया। पिताजी एक बार फिर सितारा के सुरीले स्वर, उसकी आँखों की गहराइयों में खो गए। भजन ख़त्म हुआ। काफ़ी देर तक दोनों के बीच मौन संवाद चलता रहा जैसे सितारा कहना चाह रही हो कि आप हमेशा मुझसे एकांत में मिलना, बातचीत करना चाहते थे ना, आज इस क्षण यहाँ सिर्फ़ मैं और आप हैं, बोलिये क्या कहना है? मैं सुनने को बेताब हूँ और जैसे पिताजी कह रहे हों, ''सितारा मैं चाहता हूँ कि तुम सिर्फ़ मेरे लिए सजो, सिर्फ़ मेरे लिए गाओ, सिर्फ़ मेरे लिए नाचो, क्या यह संभव है?'' पहाड़ी नौकर चाय और पान लाकर रख गया। पिताजी ने हिचककर पूछा, ''कब तक ये सब करोगी, भविष्य का क्या सोचा है?''

''भविष्य!'' सितारा ने एक फीकी मुस्कान देकर कहा, ''मेरा न कोई अतीत है न

कोई भविष्य है, अगर कुछ है तो यह क्षण, सच मानिये बाबू बस यह क्षण, शाम होते ही दिल आप जैसे कद्रदानों की बाट जोहने लगता है, कुछ गा लेती हूँ, आप लोग सुन लेते हैं। मुझे संतोष हो जाता है। यही संतोष मेरे लिए सब कुछ है, विवाह, घरबार शायद मेरी किस्मत में नहीं लिखा है, क्या पता लिखा भी हो तो कौन जानता है?'' पिताजी सोच में पड़ गए यह एक कटु सत्य था कि इतने सभ्य, सम्पन्न, कला के पारखी इस कोठे पर आते लेकिन किसी में भी यह साहस न था कि वह लोकलाज की परवाह न कर सितारा को अपना ले। क्या पिताजी स्वयं ऐसा करने का माद्दा रखते थे, नहीं, फिर ऐसी बातें सितारा के लिए व्यर्थ की सहानुभूति के अलावा और क्या थीं?

एक रोज़ रत्ना बाई ने कहा था कि इस दुनिया में तो बस दुनियादार बसते हैं, दिलदार तो लाखों में कोई एक होता है। पिताजी का हृदय इस विवशता पर गहरे दुःख से भर गया कि काश वह सितारा को अपने साथ ले जा पाते, अपना गाँव, अपना घर दिखा पाते। उसे अपना कर उचित सम्मान दिला पाते। रात होते-होते बारिश और तेज़ हो गयी, पिताजी संशय में पड़ गए कि अब क्या किया जाये, अगर नीचे जाने पर कोई साधन न मिला तो वो इतनी दूर छात्रावास कैसे जायेंगे और अगर वो छात्रावास न पहुँचे तो जगदीश बाबू कितने चिंतित होंगे? आज पिताजी उन्हें बता कर भी नहीं आये थे। अगर वार्डन साहब ने पूछ लिया तब क्या होगा? खैर रत्ना बाई ने पिताजी का संशय समझ लिया और कहा, ''बाबू आज रात यहीं रुक जायें, बारिश बंद हो तब चले जाइएगा। गंगा जी उफान पर हैं, और यह घर भी तो आप लोगों का ही है।'' पिताजी रत्ना बाई के इतना कहने भर से सहज हो गए।

क्षण भर में माहौल, घर समान हो गया। भीतर भोजन पकने लगा। ऐसा लगा कि पिताजी इस घर के ही एक सदस्य हों। रत्ना बाई बुखार के बावजूद धीमे सुर में गाती जाती और भोजन पकाती जाती, जैसे एक अभ्यस्त गृहिणी हो। भीतर से कभी-कभार सितारा की आवाज़ भी आ जाती थी। ''अम्मा आप बैठिये, हम कर लेंगे।'' रत्ना बाई ने भीतर से ही पूछा, ''आप मांस-मच्छी खाते हैं बाबू?'' पिताजी ने हँसकर कहा, ''जी नहीं बाई, मैं ब्राह्मण हूँ, जनेऊ पहनता हूँ।'' बाद में रत्ना बाई एक गिलास में कुछ लेकर आयी, ''थोड़ी मदिरा है अंग्रेज़ी, एक साहब लेकर आये थे। यदि धर्म भ्रष्ट होने का डर न हो तो पी लीजिये इससे बुखार न होगा।'' पिताजी ने रत्ना बाई के आग्रह पर गिलास लेकर एक घूँट मदिरा पी ली। पिताजी ने जीवन में पहली बार मदिरा चखी थी, स्वाद ऐसा लगा जैसे कोई कड़वी दवा। और दूसरा घूँट पीते ही रत्ना बाई के कहे अनुसार सचमुच ही ठंडी पड़ती शिराओं में गर्मी का एहसास हुआ और आँखों में मीठा नशा डोल गया, फिर भोजन आया, दाल, चावल, रोटी और बैगन का भर्ता। पिताजी ने बड़े चाव से भोजन किया और रत्ना बाई का हृदय से धन्यवाद दिया। थोड़ी देर इधर-उधर की बात चलती रही, फिर रत्ना बाई ने कहा कि बाबू आप निश्चिंत होकर सो जायें। पिताजी वहीं कालीन पर लेट गए। इधर जैसे-जैसे रात बढ़ती जाती जगदीश बाबू पिताजी के विषय में सोचकर परेशान होते जाते, लेकिन रात को हॉस्टल से निकलने का मतलब था वार्डन साहब को शिकायत करने का एक और मौका देना। खैर भोर में बारिश बंद हुई और आसमान साफ़ होने लगा, जगदीश बाबू हॉस्टल से निकल पड़े। जगदीश बाबू जानते थे कि पिताजी कहाँ हो सकते थे। लिहाज़ा सीधा रत्ना

बाई के कोठे पर पहुँचे। ऊपर पहुँचने पर पाया कि पिताजी, गोल कमरे के कालीन पर पड़े ऊँघ रहे हैं, शरीर से शराब की बू भी आ रही थी। भीतर से रत्ना बाई आ गयी, "अरे कैसे हैं बाबू? रात बारिश बड़ी तेज़ थी, इसलिए हमने इन्हें यहीं रोक लिया।" जगदीश बाबू ने रत्ना बाई को धन्यवाद दिया और फ़ौरन जेब से निकाल कर कुछ रुपये दिए और पिताजी को उठाया। पहाड़ी नौकर शम्भू रिक्शा बुलाकर लाया, दोनों मित्र रत्ना बाई का धन्यवाद कर छात्रावास की ओर निकल पड़े, जब रिक्शा गली के मुहाने तक पहुँचा तब जगदीश बाबू ने गुस्से से पिताजी की ओर देखकर कहा, "अमा यार पंडत, पूरी रात मैं तुम्हारी चिंता में न सोया, कम-से-कम मुझे तो बता दिया होता। वहाँ घर पर शादी की बात चल रही है और तुम हो कि यहाँ पथभ्रष्ट हुए जा रहे हो, अपने साथ मुझे भी बदनाम करवाओगे, लेकर तो मैं ही आया था तुम्हें, पंडत ये बाज़ारू औरतें हैं। इनसे मन तो बहलाया जा सकता है लेकिन इन्हें घर की देवी नहीं बनाया जा सकता है," इस वक़्त जगदीश बाबू के भीतर का एक दुनियादार बोल रहा था। "पंडत सुना तो है ना तुमने—

रांड सांड सीढ़ी संन्यासी
इनसे बचे तो सेवे काशी।"

उसके बाद जगदीश बाबू ने पिताजी को माता-पिता समेत कई देवी-देवताओं की कसम खिलाई कि वह आइंदा से रत्ना बाई के कोठे पर नहीं जायेंगे और सितारा को भूल जायेंगे। शेष रास्ते भर एक मौन पसरा रहा, जिसे किसी ने न तोड़ा, बारिश एक बार फिर शुरू हो गयी थी। पिताजी की आँखों के आँसू बारिश के जल से मिलकर अब आँसू न प्रतीत होते थे। एक बार फिर एक सच्चा प्रेम समाज की बलि चढ़ चुका था।

उस रोज़ दोनों मित्र विश्वविद्यालय न गये। शाम होते-होते पिताजी ज्वरग्रस्त हो गए। एकाध दफ़ा उल्टियाँ भी हुईं। शाम को जगदीश बाबू ने निरंजन सिंह को पिताजी की बिगड़ती तबियत के बारे में बताया। वार्डन साहब ने फ़ौरन वैद्यजी को हॉस्टल बुलाया। वैद्यजी ने नाड़ी देखी, ज्वर मापा। और अलग-अलग वक़्त पर खाने की कई दवाइयाँ दे दीं। काँच की छोटी शीशियों में बंद सफ़ेद मीठी गोलियाँ। जिन्हें खाने में पिताजी को बड़ा मज़ा आता। वैद्यजी प्रतिदिन आते और पिताजी उनसे होमियोपैथी कि, पर बातचीत करते। वैद्यजी बताते कि होमियोपैथी, चिकित्सा के 'समरूपता के सिंद्धात' पर आधारित है। जिसके अनुसार औषधियाँ उन रोगों से मिलते-जुलते रोग दूर कर सकती हैं, जिन्हें वे उत्पन्न होती हैं। एलोपैथी से अलग होमियोपैथी दवाओं का रोगी के शरीर पर कोई दुष्प्रभाव नहीं होता है। होमियोपैथी से जटिल से जटिल, पुराने असाध्य रोग भी दूर किये जा सकते हैं। ज़रूरत है तो रोगी और वैद्यजी को धैर्य रखने की। उस समय तक देश में होमियोपैथी पर लोगों को इतना विश्वास न था। लेकिन पिताजी को वैद्यजी की जानकारी और चिकित्सा से होमियोपैथी पर गहरा विश्वास उत्पन्न हो गया।

जगदीश बाबू मित्र की तीमारदारी में लगे रहे। चौथा दिन आते-आते पिताजी का शरीर कमज़ोर पड़ने लगा। पिताजी न कुछ खाते न पीते, सिर्फ़ बिस्तर पर लेटे-लेटे कुछ पढ़ते रहते। जगदीश बाबू मित्र की उदासी का कारण जानते थे लेकिन किया भी क्या जा

सकता था। पाँचवें दिन पिताजी जगदीश बाबू को कहे बिना गंगा स्नान के लिए चल पड़े। नहाते वक़्त पिताजी को लगा जैसे बैरागी बाबा उनके करीब खड़े हों और उन्हें अपने पास बुला रहे हों। पिताजी को बैरागी बाबा की कही बातें याद आने लगीं। एक रोज़ उन्होंने कहा था, "घास के पत्ते पर ओस की बूँद को कभी गौर से देखा है, अब ढलकी की तब ढलकी, ऐसा ही मनुष्य जीवन है।" पिताजी यही सब सोचते गंगा में गहरे डूबते जाते। समय पर रामअवध मल्लाह ने आकर पिताजी को ऊपर खींच कर सचेत किया, एक बड़ा हादसा होते-होते बच गया। जगदीश बाबू पिताजी की मानसिक स्थिति देख कर चिंतित हुए जाते थे, ऐसे में कोई चारा न देखकर जगदीश बाबू ने बाबा को पत्र लिख डाला—

आदरणीय चाचा जी,

सादर प्रणाम,

आशा करता हूँ कि आप सपरिवार कुशलपूर्वक होंगे। आगे आपको यह बताना चाहूँगा कि आपका सुपुत्र पिछले कई दिनों से ज्वरग्रस्त है, खाने-पीने पर ध्यान न देने के कारण उसका शरीर दुर्बल पड़ता जा रहा है, पिछले कई दिनों से वह क्लास भी नहीं जा रहा है। यदि ऐसा ही चला तो वह परीक्षाएँ भी नहीं दे पायेगा। कृपया अति शीघ्र आने का कष्ट करें।

आपका भतीजा

जगदीश

चिट्ठी मिलते ही बाबा काशी के लिए निकल पड़े। छात्रावास पहुँचने पर बाबा ने पाया कि पिताजी अपने बिस्तर पर पड़े दार्शनिक भाव से शून्य में देख रहे हैं। जगदीश बाबू ने ठीक ही लिखा था, शरीर वाक़ई दुर्बल हो गया था। पिताजी ने कई रोज़ से दाढ़ी भी न बनाई थी, कई दिन से पहनी बनियान पीली पड़ गयी थी। बाबा कुछ क्षण दरवाज़े पर ही खड़े रहे और एकटक पिताजी को देखते रहे। पुत्र की यह हालत देखकर बाबा की आँखों में आँसू आ गए। पिताजी की पढ़ाई के लिए बाबा ने कितना त्याग किया था और आज साफ़ दिखता था कि बाबा की मेहनत से लगाई फ़सल पकने के पहले ही मुरझाने लगी थी। बाबा के खाँसते ही पिताजी चौंककर उठ बैठे, अकस्मात् सामने बाबा को पाकर पिताजी को समझ न आया कि वो क्या करें। अपनी मानसिक, शारीरिक स्थिति छुपाये न छुपती थी। पिताजी ने बाबा के पैर छुए, बाबा ने आशीर्वाद दिया, "यशस्वी भव, यह क्या हाल बना रखा है? तबियत खराब हुई तो मुझे क्यों नहीं बताया।" पिताजी के पास इन प्रश्नों का कोई उत्तर न था, सो जो जी में आया कह दिया। "एक रोज़ बारिश में भीग गया था इसलिए ज्वर ने पकड़ लिया, वैद्यजी रोज़ देख जाते हैं। बुखार उतर गया है, कमज़ोरी है थोड़ी," कहते-कहते पिताजी का गला रुँध गया। "घर की याद आती है काशी अब नहीं रुचती।" बाबा ने पिताजी को गले से लगा लिया। बाबा जानते थे कि कुछ गंभीर तो घटित हुआ है जिसके कारण उनका पुत्र आज काशी छोड़ने की बात कर रहा है। तब तक जगदीश बाबू भी आ गए। पिताजी ने धीरे से कहा, "बाबू साहब व्यर्थ पिताजी को परेशान किया। चिट्ठी लिखी तो कम-से-कम बता दिया होता।" तब जगदीश बाबू ने कहा, "यार पंडत उस रोज़

मुझे बता कर गए होते तो क्या ठीक न होता। अब ज़रा हुलिया ठीक करो, मैं चाचा जी के लिए चाय-नाश्ते का प्रबन्ध करता हूँ।''

बाबा नहाने चले गए। पिताजी ने बाबा के झोले से दादी का दिया सत्तू, अचार, मेवे और घी निकाला। शाम को दोनों मित्र बाबा को लेकर बाबा विश्वनाथ के दर्शन के लिए चले गए। थोड़ा घूम-टहल कर बाबा शास्त्री जी के डेरे पर चले गए। पिताजी और जगदीश बाबू हॉस्टल वापस लौट आये। बाबा की देखभाल और वैद्यजी की होमियोपैथिक दवाओं ने धीरे-धीरे असर दिखाना शुरू कर दिया। पिताजी का बुखार कम हुआ और कमज़ोरी भी प्रतिदिन कम होने लगी। दो-चार रोज़ में ही पिताजी क्लास करने जाने लगे, धीरे-धीरे सब कुछ सामान्य हो गया, कुछ रोज़ काशी रहकर बाबा वापस गाँव लौट आये। वक़्त बीतने लगा।

इधर गाँव पर पिताजी की शादी के लिए आये दिन कोई-न-कोई रिश्ता आने लगा। कभी-कभी तो ऐसी स्थिति आ जाती कि आग्रह को न कहना सहज न होता। बाबा और दादी अपने पुत्र की पढ़ाई ख़त्म होने का इंतज़ार करते और अब वक़्त ही कितना शेष था, एक आखिरी साल।

वक़्त पंख पसारे उड़ा जाता था। पिताजी अंतिम वर्ष की परीक्षाओं में व्यस्त थे। घर वापसी का समय अब दूर न था। इम्तेहान देने और परीक्षाफल की राह देखने की व्यग्रता से जल्द ही छुटकारा मिलने वाला था। परीक्षाएँ आयीं और हर बार की तरह खत्म हो गयीं। परीक्षाफल मिलने और कनवोकेशन में अभी डेढ़ महीना था। वर्षों की पढ़ाई से थके जगदीश बाबू ने अपना सामान बाँधा और काशी को अलविदा कह शोहरतगढ़ लौट गए। जाते-जाते जगदीश बाबू ने पिताजी से कहा, ''यार पंडत, कुछ भी हो काशी बहुत याद आएगी। बस यही चाहूँगा कि काशी अजर-अमर रहे। इसे किसी की नज़र न लगे। सच कहा गया है पंडत कि 'ख़ाक भी जिस ज़मीं की पारस है, शहर मशहूर वह बनारस है।' पिताजी जानते थे कि आगे जीवन व्यस्तताओं और चुनौतियों से भरा होगा, इस कारण इन आखिरी छुट्टियों में गाँव जाना उचित न था। सो पिताजी ने गाँव न जाने का निश्चय किया और शास्त्री जी के डेरे पर पहुँच गए। पिताजी ने पत्र लिखकर बाबा को बता दिया कि वो शास्त्री जी के साथ कुशलमंगल से हैं और डिग्री लेकर ही आएँगे। फिर लगभग डेढ़ महीने पिताजी ने शास्त्री जी की संगत में गंभीरता से ज्योतिष का अध्ययन किया। छुट्टियाँ देखते-देखते बीत गयीं। आखिरकार कनवोकेशन का दिन भी आ गया। सभी छात्रों ने काला गाउन पहना और काली चौखुंटी टोपियाँ लगायीं। हर तरफ़ चहल-पहल थी, इंडोर हॉल पूरा भरा हुआ था। पहले विभागाध्यक्ष ने एक लम्बा, उबाऊ भाषण दिया और लॉ पास आउट विद्यार्थियों को दर्जनों नसीहतें दीं। उसके बाद वाईस चांसलर महोदय ने अपना रटा-रटाया भाषण दिया। एक-एक कर विद्यार्थियों को उनकी डिग्रियाँ दी गयीं। फिर फ़ोटो खिंचवाने की लम्बी रस्म हुई। विद्यार्थी तरह-तरह के पोज़ में यहाँ-वहाँ फ़ोटो खिंचवाते नज़र आये। मित्र एक-दूसरे के गले मिले, एक-दूसरे का पता लिया, शिक्षकगण के पैर छुए और अपने भावी जीवन के लिए आशीर्वाद ग्रहण किया। पिताजी के हृदय में जहाँ एक ओर पढ़ाई पूरी होने और घर लौटने की ख़ुशी थी वहीं इस बात का दु:ख भी था कि अंतत: काशी छूट रही थी। रात की

ट्रेन थी, पिताजी चंद छोटे-मोटे काम निपटाकर दशाश्वमेध घाट आ गए। आरती शुरू होने वाली थी। घाट की सीढ़ियों पर पाँच ब्राह्मण हाथों में चाँदी के बड़े दीये लेकर गंगा जी की आरती उतार रहे थे। दिशाएँ नगाड़ों, घंटों, शंखों की ध्वनियों से कम्पित हो रही थीं। गंगा भक्त गंगा पर दोने में दीये छोड़ रहे थे।

गंगा की चंचल लहरों पर पूर्ण चंद्र के बिम्ब उभरते
दीपदान के जलते दोने चढ़ लहरों पर जग-मग करते।

पिताजी का हृदय भर आया। इस वक़्त हृदय में ठीक वैसा ही भाव उठ रहा था जैसा गाँव से काशी आते समय माँ को छोड़ते वक़्त हुआ था। इस बार गंगा माँ छूट रही थी। गंगा की लहरें पिताजी के पैरों से टकरा-टकरा कर विदाई दे रही थीं। शाम के छह बज रहे थे। अचानक पिताजी के मन में सितारा का ख़याल उठा, उसे एक बार देखने की तीव्र इच्छा हुई, जेब में कुछ रुपये पड़े थे। पिताजी गोविंदपुरा की ओर चल दिए। रास्ते में एक साड़ी की दुकान से एक बनारसी साडी खरीदी और रिक्शा पकड़ कर रत्ना बाई के कोठे की ओर चल दिए। पिताजी यहाँ पिछली बार लगभग दो साल पहले आये थे।

कोठे का माहौल कुछ बदला-बदला सा लगा, सीढ़ियों पर अँधेरा छाया था। पिताजी बड़ी मुश्किल से ऊपर चढ़ कर आ पाए, ऊपर भी एक अजीब-सी मनहूसियत छाई थी। कमरे के बाहर का खुला भाग धूल से पटा था, गमलों से फूल नदारद थे, दीयेदान में एक छोटा-सा दीया पीला मद्धिम प्रकाश फैला रहा था। आँखों को यकीन न होता था कि यह वही जगह थी जहाँ शाम होते ही रसिकों, धनाढ्यों का मजमा लगा करता था। तब यहीं कोठा हर दिन दीपावली मनाता था, सड़क तक इत्र-फुलेल की सुगंध आती थी। गोल कमरे का दरवाज़ा खुला था। पिताजी ने देखा कि रत्ना बाई गोल कमरे के कालीन पर बैठी सरौते से सुपारी काट रही थी। छोटी मुनिया नज़दीक बैठी स्लेट पर कुछ लिख रही थी। ''बड़े दिन बाद आना हुआ बाबू! हमें तो भूल ही गए,'' रत्ना बाई ने फ़ीकी-सी मुस्कान देकर कहा। पिताजी ने पढ़ाई और दूसरी व्यस्तताओं के कारण विगत में न आ पाने के लिए क्षमा माँगी और साथ ही यह भी बताया कि आज वो हमेशा के लिए अपने गाँव लौट रहे हैं, सो उनसे मिलने चले आये।

पिताजी ने रत्ना बाई से पूछा कि सितारा कहाँ है ?। रत्ना बाई ने रुआँसी शक्ल बनाकर कहा, ''सितारा। अब क्या कहें बाबू, गल्ला मंडी के एक रईस शिवकुमार बाबू कोठे पर आते थे, उन्हीं से कुछ नज़दीकी बढ़ गयी थी। गर्भ ठहर गया था, अब आगे क्या कहें आप खुद समझदार हैं, न जाने किसकी नज़र लग गयी बेचारी को, महीनों बीमार रही, डॉक्टर मर्ज़ ही न समझ पाते थे। कुछ अंदरूनी दिक्कत थी। एक रोज़ बेचारी ने कहा कि काशी में अब मन नहीं लगता, कलकत्ते जाना है। कलकत्ते में उसके कुछ रिश्तेदार थे। अब हमारी अपनी बेटी तो थी नहीं कि रोक लेते और जाने वाले को कौन रोक सका है। सो हमने भी उसे छोड़ दिया। बेचारी एक रोज़ अपनी जमापूँजी लेकर कलकत्ते चली गयी। इस बात को एक बरस से भी अधिक हो गया बाबू।''

पिताजी को अधिक पूछना उचित न लगा कि सितारा के पेट में पल रहे बच्चे का क्या हुआ ? यूँ तो पूछने को और भी बहुत कुछ था लेकिन इस क्षण पिताजी को सब बेमानी लगा। पिताजी का हृदय दु:ख और ग्लानि से भर गया। एक आखिरी बार सितारा को देखने की तमन्ना अधूरी रह गयी। पिताजी ने साड़ी और कुछ रुपए रत्ना बाई को दे दिए और कहा कि कोई कलकत्ते जाये तो सितारा को दे दे। ट्रेन का वक़्त हो रहा था, पिताजी शास्त्री जी के डेरे की ओर चल पड़े। शास्त्री जी पिताजी का सामान लिए उनकी बाट जोह रहे थे। पिताजी और शास्त्री जी दोनों हाथों में लोहे के ट्रंक उठाये स्टेशन की ओर चल दिए। ट्रेन प्लेटफ़ॉर्म पर लग चुकी थी। पिताजी ने अपनी सीट पर अपना सामान रखा और शास्त्री जी के पैर छूकर कहा, "अब कब भेंट होगी ?" शास्त्री जी ने पिताजी को हृदय से लगा लिया, "जल्द विवाह करो तब गाँव आऊँगा।" ट्रेन पटरी पर सरकने लगी थी। इस क्षण पिताजी के स्मरण में थी तो बस एक बात...

चना चबैना गंगा जल जो पुरबे करतार
काशी कभी न छोड़िये विश्वनाथ दरबार।

और काशी थी कि पीछे छूटती जाती थी।

ट्रेन के शहर पहुँचते-पहुँचते दिन चढ़ गया था। अत: गाँव पहुँचते-पहुँचते दोपहर हो गयी थी। जेठ का महीना था। धूप इतनी तेज़ थी कि पैदल चलना मुश्किल हो रहा था। पिताजी पसीने से तर-बतर हाथों में दो भारी ट्रंक सँभाले पुलिया से नीचे उतर रहे थे। पिताजी चलते जाते और सोचते जाते कि अब जीवन की माँग बदलने वाली थी, अब अर्थ कमाना होगा, सामाजिक दायित्वों का निर्वहन करना होगा, सबकी अपेक्षाओं पर खरा उतरना होगा। पुलिया से नीचे उतरकर बाएँ हाथ शिवजी का छोटा-सा पुराना मन्दिर था और दाहिने हाथ पर प्राथमिक पाठशाला थी। मन्दिर के बाहर पुराना बरगद का पेड़ था। जिसके नीचे कुछ वृद्ध बैठे हवा खा रहे थे। पिताजी ने सबको प्रणाम किया। अधिकांश चेहरे गाँव के होकर भी अपरिचित थे। एक वृद्ध ने पिताजी को फ़ौरन पहचान लिया और कहा, "मैनेजर के लड़के हैं, काशी में पढ़ते हैं।" पिताजी को पहचानते ही वृद्धों ने प्रश्नों की झड़ी लगा दी। "अरे अब गाँव लौट आओ और कितना पढ़ोगे, शादी जल्द हो जानी चाहिए, अधिक उम्र होने पर अच्छी लड़की कहाँ मिलेगी, शहर में किसी लड़की-वड़की के साथ चक्कर तो नहीं चल रहा है ?" एक वृद्ध ने कहा, "सुना है शहराती लड़कियाँ बड़ी तेज़-तर्रार होती हैं, पैंट-कमीज़ पहनती है।" किसी ने कहा, "शहर की लड़की के सामने गाँव की लड़की ऐसी है जैसे नमकीन के आगे धान का भूजा, फीका बेमज़ा।" पिताजी इन प्रश्नों से असहज तो हुए लेकिन मुस्कुरा कर आगे बढ़ गए।

घर पहुँचने पर हलचल मच गयी। दादी की ख़ुशी का ठिकाना न था। बाबा परशुराम चाचा के साथ खलिहान गए थे। इस बीच बहुत कुछ घटित हुआ। श्रीराम चाचा की पत्नी को तीसरी संतान एक प्यारी-सी लड़की हो गयी। परशुराम चाचा की पत्नी को भी तीसरा लड़का हो चुका था। परशुराम चाचा ने सार्वजनिक वितरण प्रणाली के अंतर्गत राशन की दुकान का ठेका ले लिया था। गाय ने दो बछड़े दे दिए थे। थोड़ी देर में बाबा आ गए। दादी

प्रसन्न मन पिताजी की पसंद का खाना बनाने में जुट गयी। पिताजी नहा–धोकर खाने बैठे। छोटी चाची पंखा झलती रही। पिताजी थककर लेटे ही थे कि मिलनेजुलने वालों का आना शुरू हो गया। एक बार फिर वही सवाल, ''आगे क्या करना है, शादी कैसी लड़की से करनी है। अब तो गाँव पर ही रहोगे या फिर शहर चले जाओगे?'' वगैरह–वगैरह।

कुछ दिन यूँ ही बीत गए। फिर धीरे–धीरे गाँव में पिताजी का मन ऊबने लगा। करने को था ही क्या इस छोटे से गाँव में। घूमने–फिरने की सीमित जगहें, वही संकुचित ग्रामीण मानसिकता लिए लोग। हर कोई बातचीत के योग्य भी न था। खेतीबाड़ी बाबा और परशुराम चाचा देखते थे। दिन सोकर बीत जाता था लेकिन शाम होते ही काशी की याद सताने लगती थी। मन भीग जाता। बाबा पिताजी को हो रही इस ऊब से अपरिचित न थे, उन्हें इंतज़ार था तो बस सही वक़्त का।

एक रोज़ रविवार का दिन था। सुबह–सुबह बाबा ने पिताजी से कहा, ''चलो तैयार हो जाओ, शहर जाना है, तुम्हें किसी से मिलवाना है।''

''किससे?'' पिताजी ने पूछा। बाबा ने कहा ''दयाल बाबू से!'' रास्ते भर पिताजी सोचते रहे कि दयाल बाबू किस चिड़िया का नाम है, लेकिन बाबा से पूछने की हिम्मत न हुई। दोपहर हो गयी थी। बाबा पिताजी को लेकर दयाल बाबू के घर गए। दयाल बाबू शहर के नामीगिरामी वकील थे और एस्टेट वाले बाबू साहबों के कानूनी मसले देखते थे। शहर के बीचोबीच सिविल लाइन्स में दयाल बाबू की बड़ी–सी कोठी थी। घर के आगे खूब बड़ा–सा बग़ीचा, उसके बाद एक बड़ा–सा बरामदा। दीवार पर शिकार किये हिरन के सींग के बगल में दयाल बाबू की डॉक्टर राजेंद्र प्रसाद के साथ खिंची तस्वीर टँगी थी। कोने में सफ़ेद रंग की फिएट मोटर कार खड़ी थी। बरामदे में बैठने की दो बेंचें लगी थीं और बीचोबीच एक बड़ी–सी मेज़ थी। सामने घर का मुख्य द्वार था जिससे होकर रास्ता घर के भीतर जाता था। दोपहर ढल चुकी थी लेकिन धूप अभी भी थी। दयाल बाबू आधी बाँह का कुर्ता और लुंगी पहने अपने माली के साथ बगीचे में काम करवा रहे थे। उनकी नज़र पसीने से तर–ब–तर हुए जाते बाबा और पिताजी पर पड़ी। दयाल बाबू ने शिष्टाचारपूर्वक दोनों हाथ जोड़े और कहा, ''प्रणाम पंडित जी। कैसे आगमन हुआ?'' बाबा ने पिताजी को दिखा कर कहा कि पंडित बाबू यह मेरा सुपुत्र है, काशी से वकालत पढ़कर आया है, अब अपनी प्रेक्टिस शुरू करना चाहता है, इसलिए अपने साथ ले आया, मार्गदर्शन के लिए आप से श्रेष्ठ कौन होगा?

''हम्म। काशी से पढ़े हो तब तो कानून मुझसे भी अच्छा जानते होगे!'' दयाल बाबू ने गमछे से पसीना पोंछते हुए कहा। पिताजी झेंप गए और आगे बढ़कर दयाल बाबू के चरण स्पर्श किये। दयाल बाबू की उम्र चालीस से कुछ ज़्यादा ही होगी, दोहरा शरीर, माथे पर तेज, आवाज़ में तीखापन लेकिन लहज़ा संयत और हाज़िर जवाब।

दयाल बाबू ने माली को भीतर से बेल का शरबत भेजने को कहा। शरबत पीकर और थोड़ी इधर–उधर की बात कर बाबा पिताजी को दयाल बाबू को सौंपकर बाज़ार चले गए। दयाल बाबू ने कुर्सी मँगवाई और पिताजी को लेकर जामुन के पेड़ के नीचे ही बैठ

गए। बातचीत का सिलसिला शुरू हुआ। दयाल बाबू ने कहा कि इससे पहले कि तुम्हें कुछ बताऊँ तुमसे कुछ पूछना चाहूँगा, इसे इंटरव्यू मत समझ लेना लेकिन नींव जितनी मज़बूत होती है इमारत उतनी ही बुलंद होती है। "जी पूछें," पिताजी ने निर्भीकता से कहा। दयाल बाबू ने पूछा, "तो बताओ कानून क्या है?"

पिताजी ने सकुचाते हुए कहा, "कानून का मतलब है मनुष्य के व्यवहार को नियंत्रित और संचालित करने वाले नियमों, हिदायतों, पाबंदियों और हकों की संहिता। सरकार कानून बनाती है जो हर नागरिक के लिए अनिवार्य होता है, नागरिकों को उनका पालन करने के चुनाव की स्वतंत्रता नहीं होती। पालन न करने वाले के लिए कानून में दण्ड की व्यवस्था होती है।"

दयाल बाबू प्रसन्न हुए, पिताजी सही उत्तर देकर थोड़े सहज हो गए थे। आगे दयाल बाबू ने पूछा, "मुकदमा क्या है?" पिताजी ने कहा कि मुकदमा एक न्यायिक क्रिया है जो किसी न्यायालय के समक्ष की जाती है। इसमें वादी न्यायालय से किसी विधिक उपचार की याचना करता है।

दयाल बाबू ने तीसरा प्रश्न पूछा, "बताओ अगर तुम्हें पता हो कि तुम्हारा मुवक्किल झूठा है, दूसरे का हक़ छीन रहा है, तब भी क्या उसकी वकालत करोगे?" पिताजी ने दृढ़ता से कहा, "जी नहीं।" दयाल बाबू ने मुस्कुराते हुए कहा, "ऐसा ही आदर्शों का लबादा पहने हम सब एक दिन इस पेशे में आते हैं लेकिन कुछ ही दिनों में यह लबादा बोझ लगने लगता है। खैर यह मत भूलना कि कोई भी कानून इंसान से बड़ा नहीं है और इस पृथ्वी पर मानवता से बड़ा कोई धर्म नहीं है।"

आगे की बातचीत बड़ी रोचक थी। दयाल बाबू ने आगे कहना शुरू किया, "देखो ये जो हमारी न्याय पद्धति है यह हमारी अपनी नहीं है बल्कि विदेशी शासकों की दी हुई है। इसमें भारत की आत्मा का प्रकाश नहीं है। हमारी न्याय पद्धति भारत की आशा, आवश्यकता, आकांक्षा, संस्कृति और गरिमा के अनुकूल नहीं है। इसलिए इसमें परिवर्तन और संशोधन की महती आवश्यकता है।" फिर दयाल बाबू ने पिताजी को इस पेशे से जुड़ी दूसरी बातों से अवगत कराया, "वकालत वह पेशा है जिसमें अत्यधिक श्रम करना पड़ता है, आरंभ में थोड़ा-बहुत जो कुछ मिल जाये उसी में गुज़ारा करना पड़ता है, लेकिन एक बार वकालत जम गयी तो पैसा खुद-ब-खुद आने लगता है। इस पेशे में छवि बड़ी महत्त्वपूर्ण होती है जिसे बनाने-चमकाने में वर्षों लग जाते हैं।" तब तक नौकर ने लाकर चाय रख दी और बाबा भी बाज़ार से लौट आये। सबने चाय पी। दयाल बाबू ने कहा कि इन्हें कल कचहरी ही भेज दें, न्याय तीर्थ की परिक्रमा के लिए, बाकी बातें वहीं पर हो जाएँगी। पिताजी के चेहरे पर आयी हँसी देखकर दयाल बाबू ने कहा, "इसमें हँसने की क्या बात है? सारे तीर्थों के बाद एक तीर्थ जो बच जाता है वह है न्याय तीर्थ, यानी कचहरी। कलयुग में और किसी तीर्थ की परिक्रमा करने का उतना फल नहीं मिलता, जितना की न्याय तीर्थ का।" बाबा और पिताजी ने हँसकर चलने का आग्रह किया।

अगले दिन पिताजी कचहरी पहुँचे तो कचहरी वाकई किसी तीर्थस्थल की तरह लगी, हर तरफ़ भीड़-भाड़-वकीलों के पीछे घूमते ग्रामीण, छोटे-मोटे चोर-उचक्कों को पेशी के लिए ले जाते पुलिसवाले। पूछते-पूछते पिताजी कलेक्टरी में बने दयाल बाबू के चैम्बर में आ गए। हफ़्ते का पहला दिन था सो दयाल बाबू व्यस्त थे। उन्होंने पिताजी पर एक दृष्टि डाली, बैठने को कहा और अपने काम में लग गए। पिताजी विस्मय से कानून की किताबों से भरी अलमारियाँ देखते रहे, लगभग आधे घंटे बाद दयाल बाबू पिताजी को लेकर न्यायतीर्थ की परिक्रमा करने निकल पड़े। रास्ते में मिलने वाला हर व्यक्ति उन्हें नमस्कार करता, कुछ लोग पैर भी छूते। दयाल बाबू चलते जाते और पिताजी से बतियाते जाते।

दयाल बाबू के कहने का ढंग न सिर्फ़ रोचक बल्कि हास्यास्पद भी होता। दयाल बाबू पहले हँसाते फिर हँसने पर कहते कि इसमें हँसने की क्या बात है। दयाल बाबू ने कहना शुरू किया कि अब देखो इस न्यायालय का व्याकरण बड़ा टेढ़ा है, इसके संज्ञा, सर्वनाम, क्रिया, विशेषण आदि आपस में इतने उलझे हैं कि इन्हें समझने में बड़ा वक़्त लग जाता है। एक ओर न्यायालय के विशिष्ट, शिष्ट और वरिष्ठ अधिकारीगण हैं, दूसरी तरफ़ एक-से-एक माहिर कर्मचारीगण, तीसरी ओर हम वकील हैं यानी अधिवक्तागण। धर्मध्वजी न्याय पताका फहराए और उनके साथ हैं उनके मुंशी और उनके शुभेच्छु दलाल, चौथी तरफ़ हैं मुवक्किल यानी वादी, हमारी जनता जनार्दन। इन सबके हित आपस में उतने ही संबद्ध हैं जितने कि पृथक। दयाल बाबू ने भारी-भरकम डील-डौल वाले पसीना पोंछते एक न्यायाधीश महोदय को दिखाया, "तो पहले बात करते हैं हाकिमों यानी मजिस्ट्रेट साहबों की। हमारे देश में आम की कई प्रजातियाँ हैं, रंग, मिठास और स्वाद के हिसाब से जैसे गौर जीत, कपूरी, दशहरी, भदौहा, तोतापरी वगैरह। ऐसी ही प्रजातियाँ इन हाकिमों की भी हैं। मसलन गौर जीत प्रकृति वाले हाकिम, ये जल्दी पकते हैं, जल्दी रंग पकड़ते हैं यानी अपनी नौकरी के आरम्भ से ही लेन-देन में माहिर होते हैं, स्वभाव से मिलनसार और हँसमुख होते हैं और खाने-पीने के शौक़ीन होते हैं। इनकी दूसरी प्रजाति है लंगड़ा या कपूरी ऊपर से हरे भीतर से मीठे, इनकी थाह लगाना मुश्किल होता है, इन्हें समझने में जल्दी नहीं करनी चाहिए, इनसे काम निकलवाना सरल नहीं होता है। तीसरी प्रजाति दशहरी यानी खानदानी हाकिम, उनके पिता या बाबा भी हाकिम थे, इसलिए उनमें खानदानी रोब-दाब, संस्कार होता है, इन्हें सिर्फ़ अच्छे बर्ताव से जीता जा सकता है। अब बात करते हैं भदौही यानी लेट वैरायटी की, ये लोग अपनी तीन चौथाई नौकरी ईमानदारी से गुज़ारते हैं और आखिरी पाँच-सात सालों में पकते हैं इसलिए जल्दबाज़ हो जाते हैं, जो महाशय अभी यहाँ से गुज़रे हैं वो भी इसी प्रकृति के हैं। लेकिन यह याद रहे कि ये बेचारे भी हमारी-तुम्हारी तरह हाड़-मांस के पुतले हैं, मानवीय सबलताएँ और दुर्बलताएँ इनमें भी हैं, मैंने अपने जीवन में ऐसे भी हाकिम देखे जो किसी संन्यासी से कम न थे, लेकिन मान कर चलो कि अधिकांश बिकाऊ है, अब चूँकि सामाजिक मूल्य बदल रहे हैं इसलिए भौतिकवाद का प्रभाव उन पर भी पड़ा है, तो उनसे विक्रमादित्य हो जाने की उम्मीद करना व्यर्थ है।" उसके बाद दयाल बाबू पिताजी को लेकर रिकॉर्ड रूम में गए और काम में व्यस्त कर्मचारियों को दिखाया और कहा कि ये बेचारे बड़े मेहनती जीव हैं, सुबह से शाम तक खटते हैं, दरअसल यह हमारी न्याय व्यवस्था की रीढ़ हैं, दक्ष कर्मचारियों का लोहा

चाणक्य ने अपनी रचना *अर्थशास्त्र* में भी माना है, न्याय के इस खेल में इनकी ज़िम्मेदाराना भूमिका के कारण इन्हें समुचित नज़राना, शज़राना दस्तूरी मिलती रहती है, ये लोग हाकिमों की नाक के बाल हैं, कुछ कर्मचारी तो ऐसे भी हैं जिनकी आर्थिक स्थिति हाकिमों से भी अच्छी है, एक बार एक क्रोधित हाकिम ने भरी कोर्ट में पेशकार महोदय से कहा, ''जब भगवान अक्ल बाँट रहे थे तब आप कहाँ थे?'' तब पेशकार महोदय ने कहा, ''हुज़ूर मैं तो आपके साथ दौरे पर था।'' पिताजी यह लतीफ़ा सुनकर ज़ोर से हँस पड़े। मुस्कुराते हुए दयाल बाबू ने कहा कि इसमें हँसने कि क्या बात है। उन्होंने आगे कहा कि जब हाकिमों की बात चली है तो उनके अर्दलियों के बारे में भी थोड़ा बता दूँ। सेवक की महिमा तो भारतीय शास्त्रों में भी लिखी है, बिना चपरासियों के ये हाकिम वैसे ही हैं जैसे बिना गरुड़ के भगवान विष्णु, यही इनके सब काम करते हैं, बच्चों को स्कूल छोड़ो, बाज़ार से सौदा खरीद कर लाओ, फ़ाइल लाओ, डॉक्टर बुलाओ। हाकिमों तक पहुँचने के लिए ये सीढ़ी का काम करते हैं, इन्हें अन्दर की सारी बातें मालूम होती हैं। तब तक कचहरी की एक परिक्रमा हो चुकी थी। दयाल बाबू हाँफ़ने लगे और इमली के पेड़ के नीचे बैठ गए। दयाल बाबू ने आगे कहना शुरू किया, ''इतने अचरज से क्या देख रहे हो? यही ना कि पेड़ों के नीचे तख्तों पर बैठ कर ये लोग काम कैसे करते हैं? तो भाई ऐसा है कि हमारी जो बार काउन्सिल है, जब उसे ही वकीलों की नहीं पड़ी तो सरकार भला क्या करेगी। आज आज़ादी के बाद एक दशक ख़त्म होने को है लेकिन हम वकीलों की स्थिति ऐसे ही दयनीय बनी हुई है, अभी बारिश हो जाये तो मैदान साफ़ हो जायेगा, तुम इस इमली के शज़र के नीचे तख्ता जमा लेना, यहाँ गर्मियों में हवा खूब लगती है और बारिश में अधिक भीगने का डर भी न रहेगा। इमली पसंद है तुम्हें?'' पिताजी ने कहा, ''जी बचपन में पाठशाला से लौटते वक़्त ढेले मार के तोड़ के खाते थे गाँव में।'' दयाल बाबू ने हँसकर कहा, ''मुझे दही में इमली की चटनी बड़ी अच्छी लगती है।''

''अब बात करते हैं दलालों यानी बिचौलियों की। ये जीव परम घाघ और काइयाँ होते हैं, ये दलाल मुवक्किलों को उनके घर से ही उठा लाते हैं, उन्हें सिखाते हैं, समझाते हैं, बहलाते हैं, फुसलाते हैं, डराते हैं, धमकाते हैं और शाम को सकुशल उनके घर पहुँचा देते हैं। ये लोग जीवित वकील को स्वर्गवासी बताने में और स्वर्गवासी वकील को जीवित बताने की कला में माहिर होते हैं, इस पेशे में आये भ्रष्टाचार के लिए मुख्यतः यही दोषी हैं।

दयाल बाबू ने पान खाकर थूकते एक दलाल की ओर इशारा किया, ''ये वकील से जो लेते हैं वो अलग और मुवक्किल से अलग लेते हैं, इनके दोनों हाथों में लड्डू है, यह चाहें तो तिल का ताड़ बना दें, मूर्ख वकील को कालिदास बना दें, फूल को घास और जेठ को मधुमास बना दें, इन पर भूल कर भी भरोसा मत करना।''

''अब थोड़ी बात मुंशी, मुहर्रिर, कातिब, अर्ज़ीनवीस और लिपिकों की। न्यायालय का काम लिखत-पढ़त का है, वकालतनामे से लेकर अभिवचन तक, प्रार्थनापत्र से लेकर ज़मानतनामे तक और बयान हल्फ़ी से लेकर आखिरी निर्णय तक सब लिखित ही होता है। मैं आज़ादी के पहले के कुछ ऐसे मुंशियों को जानता हूँ जो वकीलों से भी अच्छा लिख-पढ़ लेते हैं, ऐसे मुंशी वकीलों पर हावी हैं, जिस वकील को एक समझदार मुंशी मिल

जाये समझो उसका बेड़ा पार, एक मुंशी अपने वकील का अकाउंट मैनेजर, मंत्री, सलाहकार सब कुछ होता है। वह मुकदमा जिताने की गारंटी लेता है, मेहनताना भी वसूल करता है, लिखा-पढ़ी भी करता है, फ़ौजदारी के मुंशियों को कम लिखना पड़ता है जबकि दीवानी के मुंशियों को खूब कलम घिसाई करनी पड़ती है लेकिन बेचारों का मेहताना फ़ौजदारी वालों से कम है।''

''यहाँ स्टाम्प विक्रेताओं की भी अच्छी-खासी संख्या है। सबसे महंगा कागज़ कचहरी में ही मिलता है भोजपत्र के भाव में। वैसे ये विक्रेता भी ठीक-ठाक कमा लेते हैं, आजकल पढ़े-लिखे बेरोज़गार नवयुवक टाइपिंग सीख कर थोड़ा-बहुत कमा लेते हैं, लेकिन इनकी संख्या भी दिनोंदिन बढ़ती जा रही है, अर्ज़ीनवीस कम हो गए हैं, उनका काम वकीलों द्वारा हो रहा है।'' पिताजी दयाल बाबू को सुनते जाते और विस्मय से अपने चारों ओर देखते जाते। पिताजी के लिए तो जैसे एक नयी दुनिया परत-दर-परत खुल रही थी।

''अब बात करते हैं वादियों की, इनकी भी तीन-चार प्रजातियाँ हैं, सीधे-सादे गंवार, चोर-चकार, घाघ और बाघ। अधिकांश बेचारे गरीब हैं, न्याय से वंचित, किस्मत के मारे, जो बेचारे फ़ीस तक दे पाने में समर्थ नहीं हैं। इन्हें मजबूरी में न्यायालयों की शरण लेनी पड़ती है, चोर-चकार छोटे-मोटे अपराधों के सिलसिले में कचहरी आते-जाते रहते हैं। घाघ वादकारी दूसरों की संपत्ति हड़पने की फ़िराक़ में यहाँ आता है, झूठे केस करता है और बाघ वो हैं जिन्हें हम मुकदमेबाज़ कहते हैं, इन्हें मुकदमेबाज़ी का नशा है, बिना कचहरी आये ये मान ही नहीं सकते हैं, इनके पास खूब समय है और खूब पैसा भी।''

दयाल बाबू फुर्ती से उठ खड़े हुए और अपने कपड़े झाड़ते हुए बोले, ''इसके अलावा यहाँ नामर्दी की दवा बेचने वाले, जादू दिखाने वाले, वेश्याएं मुहैया कराने वाले भड़ुवे भी मिल जायेंगे। ये लोग शाम होते-होते कचहरी में दिखने लगेंगे और अपने शिकार की तलाश में नज़र आएँगे।'' दयाल बाबू पिताजी को लेकर अपने चैम्बर में वापस आ गए, चाय मँगवाई गयी। दयाल बाबू ने अपना कोट निकालकर कुर्सी पर रख दिया और झुँझला कर कहा कि यह काला कोट भी हमारी न्याय पद्धति की तरह अंग्रेज़ों का दिया है, दरअसल यह काला रंग मनहूस और अशुभ है, यह तो शनि और यमराज का वस्त्र है, यूरोप में साल भर ठण्ड पड़ती है, इस कारण यह काला कोट वहाँ की जलवायु के हिसाब से उपयुक्त है, लेकिन हमारे देश में जहाँ आठ महीने गर्मी और उमस हो तो यह लबादा पहनना जान पर आता है। यह काला कोट हम वकीलों को और भयावह और कचहरी के माहौल को और मातमी बना देता है। लेकिन किया भी क्या जा सकता है? अब आप जैसे नए वकीलों पर है कि वो नयी स्वस्थ परंपरा की नींव डालें।'' आखिर में दयाल बाबू ने गंभीर होकर कहा, ''याद रखना कि जिस समाज की गति त्याग की होती है वह उन्नति करता है और जिस समाज की गति भोग की होती है उसका पतन निश्चित है।''

पिताजी ने दयाल बाबू का धन्यवाद किया और कचहरी से निकलकर गाँव जाने वाले ताँगे में बैठ गए, रास्ते भर उन्हें एक ही बात परेशान करती रही कि अपने स्वभाव से प्रतिकूल इस पेशे में वो कितने सफल हो पाएँगे और यदि हो भी पाए तो उस सफलता की

उन्हें क्या कीमत चुकानी पड़ेगी ?

महीने भर में पिताजी ने उत्तर प्रदेश बार काउन्सिल की सदस्यता ले ली। एक रोज़ बाबा पिताजी को लेकर उर्दू बाज़ार गए। वहीं एक परिचित की दुकान से काले कोट-पैंट और कुछ सफ़ेद कमीज़ों के लिए कपड़ा ख़रीदा गया। उसके बाद बाबा पिताजी को लेकर अपने खास दर्ज़ी पूरन मास्टर के यहाँ आये। पूरन मास्टर शहर के पुराने दर्ज़ियों में सबसे काबिल थे। घंटा घर के ठीक सामने एक पुरानी इमारत की पहली मंज़िल पर उनकी छोटी-सी दुकान थी। पूरन मास्टर अधिक न बोलते, अक्सर मुस्कुरा कर काम चला लेते। उन्होंने पिताजी की माप ली और चार रोज़ बाद आने को कहा।

चार दिन बाद पिताजी अपने सिले कपड़े लेने आये। कपड़े सिलकर तैयार थे। मास्टर साहब की सिलाई देखते बनती थी। पिताजी पूरन मास्टर की सिलाई और व्यवहार से बेहद प्रसन्न हुए। उसके बाद पिताजी का मास्टर साहब से एक स्थायी सम्बन्ध बन गया। कपड़े कहीं से भी खरीदे जाते लेकिन सिलते मास्टर साहब के ही हाथों से।

फिर एक रोज़ शुभ साइत देखी गयी और दादी ने पिताजी को दही चटा, मनों आशीर्वाद देकर कचहरी भेज दिया। आरंभ में पिताजी दयाल बाबू के चैम्बर में बैठते, उनके मुंशी पारस बाबू से लिखना सीखते, कोर्ट रूम में उनकी दलीलें और जिरह सुनते, दयाल बाबू के मार्गदर्शन से कानून अब थोड़ा-थोड़ा पल्ले पड़ने लगा था।

उसी वर्ष जाड़े में आशुतोष बाबू का विवाह तय हुआ और वादे के अनुसार सभी मित्र कलकत्ते पहुँचे। दक्षिण कलकत्ते के भोवानीपुर इलाक़े में आशुतोष बाबू के पिता का दोतल्ला मकान था। आशुतोष बाबू के परिवारजन इतनी दूर से आये मित्रों को देखकर खूब प्रसन्न हुए और सबकी बड़ी आवभगत की। शादी में अभी दो दिन थे सो मित्रगण आशुतोष बाबू के दूर के रिश्ते के भाई शौमिक दा (वही जो फ़िल्मों की लत के कारण पढ़ाई छोड़कर कलकत्ता की एक ड्रामा कंपनी में भर्ती हो गए थे) को लेकर कलकत्ता घूमने निकल गए। शौमिक दा ने मित्रों को सर्वप्रथम बताया कि कलकत्ता माँ काली का क्षेत्र है, इसलिए जो भी यहाँ आता है, पहले उन्हीं की पूजा कर उनका आशीर्वाद लेता है। सो शौमिक दा मित्रमंडली को लेकर सबसे पहले काली घाट गए, वहाँ मित्रों ने माँ काली की पूजा की और स्तुति मन्त्र का पाठ किया—

जयंती मंगला काली भद्रकाली कपालिनी
दुर्गा क्षमा शिवा धात्री स्वाहा स्वधा नमोऽस्तुते।

जगदीश बाबू सदा की तरह परिहास करते और कहते, ''जय काली कलकत्ते वाली तेरा वचन न जाये खाली।'' पिताजी अति प्रसन्न थे, होते भी क्यों ना, उनकी कलकत्ता देखने की तमन्ना जो पूरी हो गयी थी और दिल में कहीं छुपी एक आस भी थी कि रत्ना बाई के कहे अनुसार शायद सितारा अब भी कलकत्ते में ही हो और इन्हीं जगहों पर विचरते कहीं शायद वह नज़र आ जाये। शायद सितारा की बड़ी-बड़ी काली आँखें पिताजी को भीड़-भाड़ में भी पहचान लें, तब शायद एक नया सिलसिला शुरू हो जाये। तब शायद पिताजी

गाँव लौटकर ही न जायें और सितारा के साथ हमेशा के लिए यहीं कलकत्ते में रह जायें। लेकिन ऐसा कुछ भी न हुआ।

सबसे पहले टाउनहॉल में सबने पीसी सरकार का जादू का खेल देखा। जिसमें जादू की दुनिया के बेताज बादशाह ने एक लड़की को आरी से काट कर फिर से जोड़ दिया, लड़की लड़के से बदल दी गयी। सरकार ने मुस्कुराकर काले कपड़े के पीछे से लड़की को अदृश्य कर दिया। यह न महज़ हाथ की सफ़ाई थी न ही आँखों का धोखा था। यह कुछ वाकई जादू जैसा था। सभी मित्र हक्के-बक्के रह गए। यह था सरकार का अविस्मरणीय खेल जिसे पिताजी जीवन भर न भूल पाए। वहाँ से निकलकर मित्र दिन भर शांतिनिकेतन, फ़ोर्ट विलियम, पार्क स्ट्रीट घूमते हुए जब तक विक्टोरिया मैमोरियल पहुँचे तब तक शाम हो चुकी थी, डूबते सूरज की नारंगी रौशनी में विक्टोरिया मैमोरियल की छटा देखते ही बनती थी। घूम-फिर कर मित्र आशू बाबू के घर लौट आये।

शादी के पहले की रात जम कर खाना-पीना, गाना-बजाना हुआ, सबने जी भरकर बंगाली मिष्ठान खाये। शादी के दिन मित्रों ने आशुतोष बाबू को हल्दी-चन्दन लगाकर, नहलाकर, चिकन के सफ़ेद कुर्ते-पाजामे में तैयार करवाया, सर पर बंगाली सेहरा यानी टोपोर रखे। आशुतोष बाबू देखते ही बनते थे। सायंकाल विवाह की मंगल वेला आ गयी, शहनाई की मधुर ध्वनि के बीच बड़ी सादगी से विवाह की रस्में हुईं। अधिकांश रस्में जैसे सिंदूरदान, माला बदल और सप्तपदी आदि उत्तर भारतीय विवाह से मिलती-जुलती थीं, कुछ रस्में अलग थीं, जैसे शुभ दृष्टि, जिसमें कन्या पान के पत्तों से अपना मुख ढँक कर लकड़ी की पीढ़ी पर अपने भाइयों द्वारा उठा कर लायी जाती है, फिर उसे वर के चारों ओर सात बार घुमाया जाता है। फिर शुभ दृष्टि की रस्म में कन्या पान के पत्ते हटाकर अपना सुन्दर मुख वर को दिखाती है। सूर्यबाला का ठेठ बंगाली रूप और सौंदर्य किसी बंगाली जादू से कम न था, सुबह भोर में विदाई हुई और शाम को आशुतोष बाबू के घर बोउ भात की रस्म हुई। अगले दिन मित्र वापसी को चल पड़े। आशुतोष बाबू सपरिवार मित्रों को विदा करने हावड़ा स्टेशन आये। स्टेशन पर पिताजी को आधा दर्जन बंगाली मिष्ठान के डिब्बे देते हुए आशुतोष बाबू ने हँसकर कहा, ''तुम्हें बंगाली मिष्ठान बहुत पसंद है ना! इन्हें तुम अकेले खाना, जगदीश और रमा को मत देना।'' सब ज़ोर से हँस पड़े। ट्रेन चल दी। कलकत्ता ताउम्र के लिए सुखद स्मृतियों में कैद हो गया।

अगले वर्ष जगदीश बाबू का विवाह एक सम्पन्न राजपूत परिवार की कन्या अलोलिता से कर दिया गया। सभी मित्रों समेत पिताजी जगदीश बाबू के विवाह में सम्मिलित हुए। अलोलिता इकहरे शरीर की थी, वहीं जगदीश बाबू दोहरे शरीर के। किन्तु उनकी जोड़ी बड़ी प्यारी लगती थी। बचपन से ही अलोलिता की रुचि धर्म-कर्म, दान-पुण्य और सेवा -सत्कार में थी। विवाह के बाद एक रोज़ दादी जब नयी बहू का मुँह देखने गयीं तो उसका रूप-गुण, चाल-चलन देखकर इतनी प्रसन्न हुईं कि जगदीश बाबू और उनकी पत्नी को मनों आशीर्वाद देकर कहा, ''बाबू ऐसी बहू हमको भी मिले तो हमारे भाग खुल जायें। ठकुराइन नसीब वाली हैं।'' विवाह के बाद जगदीश बाबू हनीमून मनाने नेपाल चले गए

और लौटते वक़्त दादी के लिए गण्डकी के तट से एक बड़ा शालिग्राम लेकर आये। दादी ने उसे देखकर पिताजी से कहा ''बेटवा जब तोहार घर बनी तब ओहमें हमरे लिए एक छोटा मन्दिर बनवाय दियो, वहीं बिराजेंगे हमरे शालिग्राम।''

धीरे-धीरे समाज में ये बात फैल गयी थी कि पंडित जी का छोटा सुपुत्र काशी से वकालत की डिग्री लेकर लौटा है, सो विवाह के लिए आये-दिन कोई-न-कोई नया प्रस्ताव आने लगा था। कुछ करीबी अब बाबा पर पिताजी के विवाह के लिए दबाव-सा बनाने लगे थे, एक रोज़ रात के भोजन के बाद जब पिताजी बाबा के पैर दबा रहे थे और बाबा धीमे सुर में 'हे प्रभु आनंद दाता' गा रहे थे तभी दादी ने आकर कहा कि आज सुबह माल्हनपार से वरदेखुआ आये थे। बाबा उठ बैठे और पिताजी से कहा कि मैं भी टालते-टालते थक गया हूँ, अब विवाह के लिए और देर करना उचित नहीं है, तुम्हारी माँ को दोनों भाभियों से कुछ सुख न मिला इसलिए तुम्हारी माँ तुमसे आस लगाए बैठी है। दादी की आँखें भीग गयीं, साड़ी के पल्लू से आँखें पोंछ कर कहा, ''बचवा हमार इच्छा पूरी कर दै और हमका कुछ न चाही।'' पिताजी ने दादी की आँखों से झरते आँसू देखकर शादी के लिए हाँ कर दी। कई प्रस्तावों पर गौर करने के बाद आखिरकार विवाह तय हुआ चारपानी की ललिता देवी के साथ।

'चारपानी' इस गाँव का यह विचित्र नाम अकारण ही नहीं पड़ा था। होता यह था कि इस छोटे से गाँव में प्रतिवर्ष बाढ़ आ जाती थी। खेत-खलिहान जलमग्न हो जाते थे, खेतीबाड़ी दुष्कर थी, इसलिए गाँव के अधिकांश पुरुष कमाने बैंकॉक, सिंगापुर, थाईलैंड आदि देशो में चले जाते थे, ललिता देवी के भाई अनिरुद्ध बाबू भी बैंकॉक में ही कमाते थे और वर्ष-दो वर्ष में एक बार आते थे। ललिता देवी का परिवार सम्पन्न था, बेटी इकलौती थी।

उस दौर में शादी के पहले लड़की को देखने का चलन न था, बात घर के बड़े मिल-बैठ कर तय करते थे, सम्बन्धों का आधार विश्वास था। शादी तय हो गयी, दीपावली के पश्चात् जल्दबाज़ी में बरक्षे की रस्म हो गयी, बरक्षा यानी दोनों परिवारों में उपहारों का लेन-देन और समाज का यह मान लेना कि अमुक कन्या के लिए अमुक वर रक्षित हो गया है, दोनों पक्षों ने विवाह की तैयारियाँ शुरू कर दीं। बाबा अपने आखिरी पुत्र की शादी में कोई कसर न छोड़ना चाहते थे।

दादी ने छोटी बहू को देने के लिए नए गहने गढ़वाये, काशी, प्रयाग, पटना, कलकत्ता समेत देश के कई भागों से मित्रों, शिक्षकों, रिश्तेदारों का आगमन हुआ। आखिकार विवाह की तिथि आ गयी। शहर के सभी सम्पन्न नागरिक विवाह में सम्मिलित हुए, तीन सौ से भी अधिक बारातियों और हाथी-घोड़ों सहित बारात चारपानी गाँव पहुँची तब आस-पड़ोस के दसों गाँवों में हलचल मच गयी। ललिता देवी के परिवार और चारपानी गाँव के लोगों ने बारात का दिल खोलकर स्वागत किया, धूमधाम से शादी हुई। तीन दिन तक खाने-खिलाने रस्मोरिवाज का दौर चलता रहा,चौथे दिन विदाई हुई। बारात वधू को लेकर गाँव के लिए निकल पड़ी। मित्रों ने पिताजी का कमरा सजाया, बिस्तर पर बेले और जूही की कलियाँ बिछाई गयीं, नहला-धुला कर, इत्र-फुलेल लगाकर वर को वधू के हवाले कर दिया गया।

प्रथम रात्रि। माघ मास की पूर्णिमा, पिताजी भीतर आये, सकुचाती वधू घूँघट निकालकर बैठी अपने वर की राह देख रही थी, ठंडी हवा से हिलते दीपक की रौशनी में पिता जी ने ललिता देवी का प्रथम साक्षात्कार किया। ललिता देवी को अत्यधिक सुन्दर तो नहीं कहा जा सकता था लेकिन उनकी पतली कोमल काया में एक स्त्रीसुलभ नाज़ुकता, अभिजात्य कुलीनता और सौम्यता थी। उस रात प्रेम की वाणी मौन थी, उस मौन में इस नए जोड़े का हृदय तरंगित था। बाहर चाँदनी मुस्काती थी। रात बीत गयी सुबह का उजाला खिड़की से भीतर झाँकने लगा। गृहस्थ जीवन का यह पहला दिन था, पिताजी ने अपने और अपने परिवार के विषय में तमाम बातें ललिता देवी को बताईं जिसे ललिता देवी ध्यान से सुनती रहीं, दो-तीन दिनों तक नई बहू को देखने वालों का आना-जाना लगा रहा, धीरे-धीरे मित्र परिचित नव वर-वधू को आशीर्वाद देकर चले गए। पिताजी को विवाह में कई चीज़ें मिलीं। कुछ महीने बीत गये। फागुन का महीना आ गया, पिताजी ने सपत्नी काशी जाने की इच्छा व्यक्त की। बाबा सहर्ष तैयार हो गये। नव वर-वधू के काशी दर्शन के लिए सारी तैयारियाँ कर दी गयीं।

पिताजी ललिता देवी को लेकर काशी पहुँचे। ललिता देवी प्रसन्न थी। पिताजी ने उन्हें अपने छात्र जीवन से जुड़ी तमाम जगहें दिखाईं, विश्वविद्यालय, छात्रावास, भारत कला भवन, काशी विश्वनाथ मन्दिर। शाम को पिताजी ललिता देवी को शीतला घाट पर स्थित मंगलागौरी स्थान पर ले गए, काशी में एक पुरानी मान्यता थी कि यदि कोई नवदम्पति मंगलागौरी के स्थान पर आकर गंगा मइया को पूजता है तो गंगा मइया नवदम्पति को असीसती हैं और उनके वैवाहिक जीवन को समृद्धि और आनंद से भर देती हैं। नवदम्पति ने पास की दुकान से एक बड़ा पिटारा ख़रीदा, उसमें फल-फूल, मिष्ठान, काँच की चूड़ियाँ, महावर, टिकुली, सिंदूर आदि चीज़ें भरकर गंगा मइया को अर्पित कीं, पूजा-अर्चना की। उसके बाद नवदम्पति देर तक शीतला घाट की सीढ़ियों पर मौन बैठा रहा, आकाश उन्हें देखता रहा। शाम के ढलते सूरज की लाली नव वधू की लाल साड़ी को और अधिक लाल कर रही थी, पास ही एक फ़क़ीर एकतारा बजाकर गा रहा था—

देखि तुम्हरी काशी लोगों देखि तुम्हरी काशी
जहाँ बिराजें विश्वनाथ विश्वेश्वर जी अविनासी
देखि तुम्हरी काशी लोगों देखि तुम्हरी काशी

शाम को घूमघाम कर पिताजी शास्त्री जी के डेरे पर पहुँचे। शास्त्री जी ने नवदम्पति की खूब आवभगत की। ललिता देवी ने रसोई सँभाल ली और बड़े प्रेम से भोजन बनाया। शास्त्री जी की इस रसोई में पहली बार किसी स्त्री के पाँव पड़े थे। पिताजी ने यहाँ आने से पहले ललिता देवी को यह बता दिया था कि शास्त्री जी ज्योतिष और हस्तरेखा के आचार्य हैं, तब से हर स्त्री की तरह ललिता देवी भी अपना भविष्य जानने को उत्सुक थीं, मौका देखते ही वह शास्त्री जी के सामने अपनी हथेली खोल कर बैठ गयीं। शास्त्री जी से पुत्री समान बहू का भोलेपन से किया यह आग्रह टाला न गया। शास्त्री जी ने अपना हैंड लेंस निकाला और देर तक ललिता देवी के हाथ की रेखाएँ देखते रहे। पिताजी ने हाथ देखते वक़्त क्षण भर के लिए शास्त्री जी के चेहरे पर चिंता की छाया देखी, फिर चेहरे का भाव सामान्य हो

गया। शास्त्री जी ने बताया कि ललिता को कई पुत्रों का योग है, गृहस्थ जीवन सुखमय है और उनके आने से पिताजी का भाग्य भी उदय होगा। लेकिन यह मात्र आधा सत्य ही था, पूर्ण सत्य नहीं। ललिता देवी की जीवनरेखा साफ़ दर्शाती थी कि वह अधिक वर्ष न जियेंगी, उनकी मृत्यु किसी गंभीर बीमारी से होगी, किन्तु यह एक ऐसा पहलू था जिसके विषय में न जानना ही श्रेयस्कर था। इस कारण पिताजी ने शास्त्री जी से ललिता देवी के जीवन के विषय में और कुछ नहीं पूछा। बातचीत करते रात बीत गयी। सुबह पिताजी विंध्याचल के लिए निकल पड़े। विंध्याचल में माँ विन्ध्यवासनी के दर्शन कर पिताजी मिर्ज़ापुर से रात की ट्रेन पकड़ कर शहर के लिए निकल पड़े।

काशी से लौटकर पिताजी ने कचहरी में इमली के पेड़ की शरण ली और पूरे मनोयोग से वकालत शुरू की। इधर कुछ वर्षों पूर्व चकबंदी का कानून आया था जिसे पंजाब, उत्तर प्रदेश, बिहार और बंगाल आदि राज्यों में लागू भी कर दिया गया था। कृषि जोतों के छोटा होने के कारण उन्हें बोने, जोतने में बड़ी असुविधा होती थी, जिस कारण सरकार को यह कानून बनाना पड़ा। चकबंदी वह विधि थी जिसके द्वारा व्यक्तिगत खेती को टुकड़ों में विभक्त होने से रोका एवं संचयित किया जाता तथा किसी ग्राम की समस्त भूमि को और कृषकों के बिखरे हुए भूमिखंडों को एक पृथक् क्षेत्र में पुनर्नियोजित किया जाता। चकबंदी द्वारा चकों का विस्तार होता, जिससे कृषक के लिये कृषि विधियाँ सरल हो जातीं और पारिश्रमिक तथा समय की बचत के साथ-साथ चक की निगरानी करने में भी सरलता हो जाती। चकबंदी का उद्देश्य तो शुभ था किन्तु सरकार की अदूरदर्शिता और देश में बढ़ते भ्रष्टाचार के कारण धीरे-धीरे इस नए कानून के कारण हज़ारों क़ानूनी मामले न्यायालयों में पहुँच गए थे। कई सीधे-सादे गरीब किसान इस कानून की बलि चढ़ गए। दयाल बाबू की मदद से पिताजी को चकबंदी का एक केस मिल गया। पिताजी ने केस पर काम करना शुरू कर दिया। मात्र तीन-चार सुनवाइयों में ही पिताजी ने अपने मुवक्किल को वह केस जितवा दिया। धीरे-धीरे पिताजी न्यायालय के व्याकरण से भी परिचित हो गए और अपने हँसमुख स्वभाव के कारण लोकप्रिय होने लगे। वर्ष बीतने को था और ललिता देवी गर्भवती हो गयीं। पिताजी पहली संतान के आने के समाचार से फूले न समाते थे।

यूँ तो जीवन कुशलपूर्वक चल रहा था किन्तु एक बार फिर से वही दिक्कत आने लगी, शहर और गाँव के बीच की दूरी, आने-जाने में इतना वक़्त लग जाता कि केसों की तैयारी करने का वक़्त ही न मिलता और ज़रूरतमंद मुवक्किल गाँव तक न पहुँच पाते। जब अपना घर होते हुए भी श्रीराम चाचा ने पिताजी को साथ रखने में रुचि न दिखाई तब पिताजी ने शहर के बीचोबीच गोलघर बाज़ार में एक किराये का कमरा लेकर रहना शुरू कर दिया।

इस बीच शहर न सिर्फ़ तेज़ी से फैल रहा था बल्कि इसकी सुविधाओं और सहूलियतों में भी हर रोज़ इज़ाफ़ा हो रहा था। इसी गोलघर बाज़ार के तीसरे चौराहे पर एक क्रिश्चियन दम्पति एमिल जॉन मेसिडो ने एक बेकरी खोली और बेकरी का नाम मेसिडो रखा। मेसिडो एक छोटे से हॉलनुमा कमरे में स्थित बेहद सुन्दर रेस्तराँ था जिसके बंस, मक्खन और कॉफ़ी का ज़ायका लेने लोग दूर-दूर से आते थे। छुट्टियों के दिन रेस्तराँ पत्रकारों, खिलाड़ियों,

लेखकों और स्थानीय राजनीतिज्ञों से भरा रहता था। पिताजी भी अब अक्सर शाम को दयाल बाबू के साथ मेसिडो आते और दोनों बंस, मक्खन और कॉफ़ी का मज़ा लेते। मेसिडो धीरे-धीरे शहर की बौद्धिक सरगर्मियों का केंद्र बन गया। 1980 के आस-पास मेडिसो दम्पति यह रेस्तराँ ज़मीन के असली मालिक काज़ी साहब को मात्र कुछ हज़ार रुपयों में बेचकर हमेशा के लिए कनाडा चले गए। कालांतर में यहीं रेस्तराँ मेसिडो से मेसिडोज़ बन गया।

पिताजी की सहूलियत के लिए बाबा ने मलाव से खाना बनाने के लिए रसोइये सुकुमार पंडित को बुला लिया। सुकुमार पंडित जी के पिता राघव पंडित मलाव एस्टेट के प्रमुख रसोइये थे। सुकुमार पंडित का एडमिशन समीप के तुलसीदास इंटरमीडिएट कॉलेज में करा दिया गया, जहाँ जनार्दन मास्टर अध्यापक थे। सुकुमार पंडित के रहने से पिताजी को वक़्त पर भोजन तो मिल जाता लेकिन यूँ ही कभी बैठे-बैठे गाँव में बैठी पत्नी का ख़याल पिताजी को उदास और बेचैन कर जाता। बाबा से पुत्र की यह उदासी अधिक दिन छिपी न रह सकी। श्रीराम चाचा के लिए ज़मीन खरीदे छह वर्ष से अधिक हो चुके थे, इन छह सालों में शहर तेज़ी से बसा था। कारण था शहर में बढ़ती सहूलियतें, शहर में बिजली, पानी, स्कूल, अस्पतालों आदि का होना। बाबा दूरदर्शी थे और जानते थे कि कल जब परिवार बढ़ेगा तब रहने की एक स्थायी व्यवस्था करनी पड़ेगी, फिर देर करना उचित न होगा। बाबा ने एक बार फिर पिताजी के लिए ज़मीन का टुकड़ा तलाशना शुरू किया। महीनों की दौड़-धूप के बाद आखिरकार एक ज़मीन हाथ लगी। भविष्य की दृष्टि से शहर का यह भाग महत्त्वपूर्ण था। इस भूभाग के समीप ही एक तरफ़ मुख्य बाज़ार, कचहरी और कॉलेज था तथा दूसरी तरफ़ गाँव जाने के लिए प्रधान मार्ग, जो भविष्य में राष्ट्रीय राजमार्ग हो सकता था। पिताजी ने ज़मीन को खरीदने के लिए पिछले एक वर्ष में कमा कर बचाये पैसे बाबा को दे दिए। शेष रुपयों का प्रबंध बाबा ने कर दिया। बाबा ने जाँच-पड़ताल कर ज़मीन खरीद ली। ज़मीन ललिता देवी के नाम पर खरीदी गयी। बाबा ने शुभ मुहूर्त देख कर भूमि पूजन करा दिया, अगले महीने गृह निर्माण का कार्य शुरू हो गया, उस वक़्त तक शहर में, रेलवे स्टेशन,कचहरी और गोलघर बाज़ार को छोड़ कर शेष भाग जंगलवत था, अमरूद, बेल और महुआ के बड़े-बड़े पेड़ों से भरा, जहाँ दिन भर सन्नाटा पसरा रहता था। शाम होते-होते स्थिति इतनी भयावह हो जाती थी कि राह चलते डर लगता था, रात को जंगल में जंगली कुत्ते, नीलगाय और सियार घूमा करते थे। इसी गुज़रते आजकल में ललिता देवी को पहली संतान हुई, पुत्र, पिताजी की ख़ुशी का ठिकाना न था। बाबा ने नाम रखा अजय, वक़्त गुज़रता जाता था। बाबा और पिताजी की मेहनत से वर्ष भर के भीतर दो कमरे बन कर तैयार हो चुके थे। पिताजी को मकान बनवाता देख शहर के कुछ अन्य वकीलों, डॉक्टरों और सभ्य नागरिकों ने यहीं आस-पास ज़मीन खरीद कर मकान बनवाना शुरू किया। धीरे-धीरे इलाके ने एक मोहल्ले की शक्ल ले ली। बाबा की पहल और सबके दान से यहीं पास में हनुमान मन्दिर की स्थापना हुई। मन्दिर बन जाने से लोगों का डर कुछ कम हुआ। इन तमाम खुशियों के बीच पिताजी को एक ही बात का दु:ख था वह था, पढ़ने-लिखने के समय का निरंतर अभाव। नव गृहस्थ जीवन, नए पेशे और गृह निर्माण की व्यस्तता के कारण साहित्य कहीं पीछे छूटता जाता था। पिताजी के दु:ख का एक दूसरा कारण भी था। वह था समय के अभाव के कारण

गाँव न जा पाना। इस कारण दादी से हफ़्तों न मिल पाना। दादी हर शनिवार को पिताजी की पसंद का भोजन बनाकर उनकी बाट जोहती, लेकिन अपनी वयस्तता के कारण पिताजी गाँव न आ पाते। पिताजी चाहते थे कि मकान जल्द-से-जल्द बन जाये, मकान में दादी के लिए एक पूजाघर हो। दादी जब पूजाघर में बैठ कर पूजा करेंगी तो कितनी आनंदित होंगी, लेकिन नियति को कुछ और ही मंज़ूर था।

आषाढ़ का महीना था, उमस इतनी कि एक पत्ता तक न हिलता था, मेह आते और बिना बरसे उड़ जाते थे। उमस के कारण दादी आँगन में अकेली सोई थीं। रात का दूसरा प्रहर था कि अचानक हल्की वर्षा शुरू हो गयी, दादी भीतर जाने के लिए खटिया से उठीं और उसी अँधेरे में उन्हें एक साँप ने डंस लिया। दादी की चीख़ सुनकर बाबा सहित पूरा परिवार भागा-भागा आँगन में पहुँचा। दादी ज़मीन पर मूर्छित पड़ी थीं। आस-पास कोई डॉक्टर न था, इसलिए परशुराम चाचा विष निकालने वाले ओझा के घर की ओर भागे, किन्तु सर्प विषैला निकला, थोड़ी देर में ही दादी का कोमल शरीर नीला पड़ गया और ओझा के आते-आते दर्द से छटपटाती दादी के प्राण निकल गए। खबर मिलते ही सपत्नी श्रीराम चाचा और पिताजी गाँव के लिए निकले। गाँव पहुँचते ही माँ का मृत शरीर देखकर पिताजी स्तब्ध रह गए। दादी की अकस्मात् मृत्यु ने पिताजी पर वज्रपात कर दिया। जीवन भर घर -गृहस्थी, चूल्हे-चौके में खटती दादी को दो बहुओं से न सुख मिला न उचित सम्मान और जब पिताजी कुछ करने योग्य हुए तब ईश्वर ने उन्हें अपने पास बुला लिया। बाबा के दुःख की सीमा न थी, उनकी जीवनसंगिनी उन्हें बुढ़ापे की दहलीज़ पर अकेला छोड़कर जा चुकी थी। अगले दिन क्रियाकर्म सम्पन्न हुआ। पत्नी के वियोग में दुखी बाबा ने हफ़्तों भोजन न किया। पिताजी हफ़्तों कचहरी न गए। परशुराम चाचा भी हफ़्तों अपने कमरे से बाहर न निकले। शालिग्राम का पत्थर घर के किसी कोने में पड़ा रहा, अपने उपासक के इंतज़ार में।

इस बीच बहुत कुछ हुआ, दिल का दौरा पड़ने से नेहरू जी का प्राणांत हो गया। अब शास्त्री जी देश की समस्याओं से जूझ रहे थे। इस बीच रमाकांत बाबू को मगध विश्वविद्यालय में मास्टरी मिल गयी और पटना में बिहटा के भगवतीपुर गाँव की एक कन्या से उनका विवाह करा दिया गया। सभी मित्र रमा बाबू के विवाह में सम्मिलित हुए। इसी वर्ष श्रीराम चाचा विश्वविद्यालय में हैड ऑफ़ डिपार्टमेंट हो गए।

यूँ तो घर पूरी तरह से घर न हुआ था लेकिन तब तक कुल मिलाकर तीन कमरे, रसोई और छत बन चुकी थी। तीन कमरों के बाद पिताजी ने अपनी बढ़ती व्यस्तता के कारण गृह निर्माण का काम रोक दिया। दादी के देहांत से बाबा भी गृह निर्माण को लेकर उदासीन हो गए थे। इस बीच ललिता देवी को दो और पुत्र और एक पुत्री हो चुकी थी, अरुण, आकाश और सुनंदा। बच्चे अब स्कूल जाने लगे थे। आस-पड़ोस में कई घर बन चुके थे। पिताजी और ललिता देवी बच्चों को लेकर भीतर सोते और बाबा बाहर बरामदे में। मोहल्ले का नेपाली चौकीदार धन सिंह एक हाथ में टॉर्च और दूसरे हाथ में डंडा लिए मोहल्ले की पहरेदारी करता। पहली सीटी मध्यरात्रि बारह बजे बजती, दूसरी सीटी तीन बजे। और आखिरी सीटी पाँच बजे भोर में। हिन्दू बहुल परिवारों वाले मोहल्ले शास्त्रीनगर

में एकमात्र मुस्लिम परिवार था अनवर और अख़्तर हुसैन भाइयों का। हुसैन भाई अमीर थे, शहर के बाहरी हिस्से में नक्को बाबा की दरगाह के पास उनका एक बड़ा-सा गैराज था जहाँ गाड़ियों की मरम्मत की जाती थी। अनवर और अख़्तर हुसैन भाई बेहद शर्मीले और सजीले थे। दोनों भाइयों की उम्र में दो-तीन वर्ष का ही अंतर था। अनवर हुसैन बेऔलाद थे और अख़्तर हुसैन आधा दर्जन लड़कियों के बाप। दोनों भाई बेटे की उम्मीद लगाए बैठे थे।

इन सालों में जगदीश बाबू भी दो सुन्दर बच्चों के बाप बन चुके थे। लड़का बड़ा था। गोरा रंग, नाटा कद और आँखों का रंग भूरा होने के कारण उसका नाम पहाड़ी रख दिया गया था। दूसरी संतान एक सुन्दर-सी कन्या थी। नाम था मोहिनी। दुबली, पतली गोरी मोहिनी अपनी माँ अलोलिता पर गई थी। जगदीश बाबू का नौकर उन्हें शाम को घर छोड़ जाता और सभी बच्चे देर शाम तक खेलते रहते। जब पिताजी कचहरी से आते और बच्चों को खेलता पाते तो बड़े खुश होते। बच्चे पकड़न-पकड़ाई, रेलगाड़ी, छुपन-छुपाई, घरौंदा आदि खेल खेलते। पिताजी अक्सर बच्चों के खाने के लिए कचौड़ी, समोसे या टॉफ़ियाँ लेकर आते। जब मनुष्य वर्तमान में सुखी होता है तब वह भविष्य के बारे में नहीं सोचता है। पिताजी भी वर्तमान में जी रहे थे, यह सोचे बिना कि भविष्य की गर्त में क्या छुपा है। नीचे सब ठीक चलता प्रतीत होता था लेकिन ऊपर अंतरिक्ष में ग्रह अब अपनी दिशा बदलने लगे थे। ललिता देवी अब बीमार रहने लगी थीं। उन्हें अक्सर मितली या उबकाई-सी आ जाती। उन्हें भूख कम लगती और शरीर में हमेशा थकावट-सी रहती। पिताजी के पूछने पर ललिता देवी कहतीं कि शायद बदलते मौसम का प्रभाव है। एक रोज़ उन्हें ज़ोर का चक्कर आ गया। उस रोज़ बाबा गाँव में थे और बच्चे स्कूल गए थे। महरी आयी और उन्हें मूर्छित देखकर फ़ौरन पड़ोस के घर भागी। पड़ोसी का नौकर पिताजी को कचहरी से बुलाने दौड़ा। पिताजी ललिता देवी को लेकर फ़ौरन ज़िला अस्पताल गए। डॉक्टर ने खून और पेशाब की जाँच कराने को कहा। जाँच में ललिता देवी को कैंसर ग्रसित पाया गया। खून का कैंसर यानी ल्यूकेमिया। पिताजी के पैरों तले की ज़मीन खिसक गयी। उस वक़्त भारत में कैंसर और टी.बी. जैसी बीमारी दूसरी न थी। यह जानते हुए भी कैंसर का इलाज नहीं है, पिताजी ने अस्पतालों के चक्कर लगाने शुरू किए। पिताजी ने शहर के तमाम डॉक्टरों को दिखाया पैसा पानी की तरह बहाया जा रहा था लेकिन कुछ लाभ न था, कैंसर के कीटाणु हर रोज़ शरीर के अलग-अलग हिस्सों में फैलते जाते। ललिता देवी की आँखों के इर्द-गिर्द पड़ते काले गड्ढे गहराते जाते थे। बच्चे भी दिन में कई बार सुने जाने वाले शब्द कैंसर से अब डरने लगे थे। पिताजी का दिल सदा अवसाद में डूबा रहता। बाबा के चेहरे पर भी असमर्थता और पराजय का भाव साफ़ दिखता। मृत्यु की प्रतीक्षा मृत्य से भी भयावह होती है। ललिता देवी दिन-रात अपनी मृत्यु की प्रतीक्षा करती रहतीं। पिताजी को पत्नी को छोड़कर कचहरी जाना पड़ता ताकि घर का चूल्हा जलता रहे। पत्नी का इलाज सुचारू रूप से चलता रहे। महरीन आती और घर के काम करके चली जाती। बच्चे स्कूल चले जाते और ललिता देवी आँगन में पड़ी-पड़ी धूप की आँख-मिचौली देखती रहतीं। हित मित्र, सगे-सम्बन्धी भी आये दिन ललिता देवी को देखने आते लेकिन किसी के वश में कुछ नहीं था।

जैसे-जैसे दिन बीतते जाते शरीर और कमज़ोर पड़ता जाता। कभी-कभार खूनी उल्टी

भी हो जाती। पिताजी दोपहर बाद ही कचहरी से लौट आते। काम करने की इच्छा न करती, जगदीश बाबू ने एक रोज़ पिताजी से कहा, ''यार पंडत तुम भाभी को लेकर कानपुर मेडिकल कॉलेज चले जाओ। वहाँ शायद उनका इलाज हो जाये। कोशिश करके देखने में क्या हर्ज़ है?'' रात पिताजी पत्नी के सिरहाने उदास बैठे रहे। मुँह से एक शब्द भी न निकलता था, पति की व्यथा देखकर ललिता देवी ने आँचल मुँह में दबा कर रोते हुए कहा, ''लगता है हम नहीं बचेंगे, इतना ही साथ लिखा था आपका और हमारा, हम न रहे तो आप दूसरी शादी कर लीजियेगा।''

पिताजी ने मौत की दहलीज़ पर खड़ी पत्नी को हिम्मत बँधायी और कहा, ''मैंने सुना है कि कानपुर में कैंसर का इलाज संभव है। मैंने पैसों का इंतज़ाम कर लिया है, हम कल ही कानपुर चले जायेंगे, ईश्वर ने चाहा तो सब ठीक हो जायेगा।''

अगले दिन बाबा और पिताजी ललिता देवी को लेकर रात की गाड़ी से कानपुर के लिए निकल पड़े, अगले दिन उन्हें भर्ती करने की कार्यवाही हुई और डॉक्टर का इंतज़ार होने लगा। रात दौरे पर आये डॉक्टर ने ललिता देवी का परीक्षण कर दबी ज़ुबान में पिताजी से कह दिया था, ''पेशेंट इस सफ़्रिंग फ्रॉम क्रोनिक लिम्फोसाइटिक ल्यूकेमिया, आई कैन नॉट क्योर इट।'' पिताजी रोते जाते और डॉक्टर के सामने गिड़गिड़ाए जाते, ''डॉक्टर प्लीज़ ट्राय, प्लीज़ सेव माय वाइफ़, माय चिल्ड्रन आर वेरी स्मॉल।''

बाबा अपने पुत्र का हाल देख कर सुन्न पड़ते जाते थे।

यूँ तो डॉक्टर ने स्पष्ट कर दिया था कि रोगी के बचने की कोई संभावना नहीं है फिर भी पिताजी के आग्रह पर डॉक्टर ने इलाज जारी रखा। धीरे-धीरे सब कुछ अंधकार में डूब रहा था। आस-पास की आवाज़ें मंद पड़ती जाती थीं, दृश्य फीका पड़ता जाता था जैसे सब कुछ धीरे-धीरे मिट रहा हो। मौत से ज़्यादा भयानक होता है उम्मीदों से खाली हो जाना। पिताजी को अब कोई उम्मीद न दिखती थी।

मौत का इंतज़ार कभी ज़ाया नहीं जाता। तीसरी रात खून की दूसरी उल्टी के पश्चात् ललिता देवी को अपने दर्द से हमेशा के लिए छुटकारा मिल गया। पिताजी मृत पत्नी का शरीर लेकर शहर लौट आये। बच्चे नियति की इस क्रूरता का सामना करने को तैयार न थे। रोते-रोते उनके कंठ बैठ गए थे। चेहरे और आँखें सूज गयी थीं। सभी हित मित्र अंत्येष्टि में सम्मिलित हुए, उसके बाद लगभग दो हफ़्ते तक मृत पत्नी की आत्मा की शांति के लिए धार्मिक कर्मकांड का दौर चलता रहा। एक वस्त्र पहनना, छुरी और लोटा अपने पास लिए रहना, खाट पर चटाई डाल कर बैठना, शाम को पीपल के पेड़ पर जल देकर दीया जलाना इत्यादि। नाई सोहन और गाँव के मारकण्डे पंडित जो भी करवाते पिताजी करते जाते, यह जानते हुए भी कि सब व्यर्थ था।

बाबा अब 'हे प्रभु आनंददाता' के साथ-साथ गीता का श्लोक भी उच्चारित किये जाते—

वासांसि जीर्णानि यथा विहाय नवानि गृह्णाति नरोऽपराणि।
तथा शरीराणि विहाय जीर्णान्यन्यानी संयाति नवानि देही।।

मारकण्डे पंडित विधुर के चित्त की दशा देखकर कहते, ''बेटा जीवन और मरण जीवात्मा की अवस्थाएँ हैं। पिछले कर्मों के अनुरूप वह उसे भोगती है तथा नवीन कर्म के परिणाम को भोगने के लिए वह फिर जन्म लेती है। इस आत्मा से जब स्थूल शरीर छूट जाता है या इसका स्थूल शरीर जलकर नष्ट हो जाता है, तब भी उसके पास दो चीज़ें बच जाती हैं जिसे मन और सूक्ष्म शरीर कहते हैं। शरीर तो भौतिक जगत का हिस्सा है लेकिन मन अभौतिक है। यह मन ही आत्मा के साथ आकाशरूप में विद्यमान रहता है। इस मन में उसकी बुद्धि, सभी स्मृतियाँ और अनुभव संरक्षित रहते हैं। मृत्यु के बाद आत्मा सूक्ष्म शरीर में रहकर अगला जन्म मिलने का इंतज़ार करती रहती है। यह सारे कर्मकांड उसी जीवात्मा के अगले जन्म हेतु किये जा रहे हैं ताकि उसका अगला जन्म इस जन्म जैसा दुखदायी न हो।'' पिताजी के एक व्यथित चित्त के पास ऐसी बातों को सच मान लेने के सिवा और दूसरा चारा भी क्या था।

ललिता देवी की तेरहीं के रोज़ पिताजी ने मृत पत्नी की याद में एक रचना लिखी—

टूट गयी आधे बसंत में खिली डाल कचनार की
छुई मुई पर गिरी अचानक लपट मृत्य अंगार की

घर आँगन उतरी थी मेरे जैसे ख़ुशी त्योहार की
जीवन की थी बगिया महकी चादर बिछी दुलार की
सौ शिरीष गलबहियाँ डाले बगिया हरश्रृंगार की
मान मनौती खिली धूप ज्यों सरसों खिली कछार की।
सिहर सिहर बुझ गयी अचानक दीपशिखा वह प्यार की
टूट गयी आधे बसंत में खिली डाल कचनार की
छुई मुई पर गिरी अचानक लपट मृत्य अंगार की
भरकर प्रेम पोटली बाँधी निश्छल स्नेह दुलार की
हारा थका जब भी मैं लौटा अगवानी मनुहार की
अनगिन विश्वासों के दीपक पुण्य डगर अभिसार की
टूटे मन को मिली दिलासा चिंता क्या संसार की।
क्या भूलूँ क्या याद करूँ तेरे स्नेहिल व्यवहार की
टूट गयी आधे बसंत में खिली डाल कचनार की
छुई मुई पर गिरी अचानक लपट मृत्य अंगार की

कुछ महीने गुज़र चुके थे, ललिता देवी के साथ घर की रौनक भी चली गयी थी।

ठीक ही कहा गया है कि 'बिन घरनी घर भूत का डेरा।' दुनिया के चंद मुश्किल कामों में से एक है बच्चों के भोले-भाले अतार्किक प्रश्नों का उत्तर देना। सुबह जब महरी बच्चों को स्कूल के लिए तैयार करवाती तब साढ़े पाँच साल की छोटी सुनंदा कहती कि हम दूध नहीं पिएँगे, स्कूल नहीं जायेंगे, जाइये पहले माँ को लेकर आईये, हमको छोड़ कर पता नहीं कहाँ चली गयी हैं। लड़के बड़े थे। वो जानते थे कि उनकी माँ वहाँ चली गयी है जहाँ से

कोई कभी लौटकर नहीं आता, इस बुझे से माहौल में भी पिताजी मन मारकर कचहरी जाते ताकि बच्चों का भविष्य अंधकार में न डूबे, लेकिन परिस्थिति थी कि दिनोंदिन बिगड़ती जाती थी। बच्चे अक्सर स्कूल न जाते, वक़्त पर खाना-पीना न हो पाता, वे छोटी-छोटी बात पर आपस में लड़ते-झगड़ते। बच्चों की अर्धवार्षिक परीक्षाएँ नज़दीक थीं और बच्चे पढ़ाई से पूरी तरह विचलित थे। एक रोज़ फ़ीस जमा करने गए पिताजी को एक अध्यापक ने बताया कि आपका लड़का आकाश कैंसर बीमारी के बारे में बता कर क्लास के लड़कों को डराता है, वह कहता है कि कैंसर रोगी की जान लेकर ही रहता है, पिताजी समझ गए थे कि बच्चों के कोमल हृदय में इस जानलेवा बीमारी का डर बैठ गया है। जिसे यदि तत्काल न निकाला गया तो यह एक स्थायी मनोविकार बन जायेगा, लेकिन किया भी क्या जा सकता था?

एक रोज़ तंग आकर पिताजी ने निश्चय किया की बिन माँ के इन बच्चों की देख-रेख इस घर में संभव नहीं होगी इसलिए बच्चों को हॉस्टल भेज देना ही उचित होगा। बाबा ने पिताजी के इस निर्णय का विरोध किया। बाबा का कहना था कि बिन माँ के बच्चे हॉस्टल जाकर और उद्दंड हो जायेंगे। यहाँ कम-से-कम आँख के सामने तो हैं। वहाँ उन्हें देखने वाला कोई न होगा।

घर में एक स्त्री की तत्काल ज़रूरत को देखते हुए बाबा ने रमावती बुआ को बुलाने का निश्चय किया।

रमावती बुआ को भी कम आयु में वैधव्य का सामना करना पड़ा था। फूफा जीवन बाबू अत्यधिक धार्मिक प्रकृति के व्यक्ति थे। बचपन से ही उनका मन पूजा-पाठ, भजन-सत्संग में लगता। वे अक्सर साधु-संतों की संगत में पाए जाते। जीवन बाबू का विवाह भी उनके माता-पिता ने यह सोच कर करवाया था कि शायद पत्नी प्रेम उन्हें सांसारिकता की डगर पर वापस ले आये। बुआ शायद अपनी इन तमाम कोशिशों के बाद भी अपने प्रयास में असफल रही। बुआ को जब पुत्र हुआ तब सबने सोचा कि शायद पुत्र बड़ा होकर अपनी ज़मीन-जायदाद सँभाल लेगा किन्तु बालक मंदबुद्धि निकला। वक़्त बीतता गया लेकिन जीवन बाबू के स्वभाव में कोई अंतर न पड़ा। एक रोज़ किसी बात पर बुआ से कहासुनी हो गयी और जीवन बाबू जो घर छोड़कर गए तो वापस ही न लौटे। फूफा के विषय में कई तरह की अफ़वाहें उड़ीं, कुछ लोगों ने कहा कि वह पागल हो गए, कुछ लोगों ने उन्हें संन्यासी के चोले में दरभंगा स्टेशन पर बंगाल की ओर जाने वाली किसी ट्रेन में देखा, कुछ लोगों ने कहा कि वह किसी ताल पोखरे में डूब कर मर गए। किन्तु शेष जीवन सत्य अज्ञात ही रहा। बुआ का अधिक दोष न होने पर भी पति के बैरागी हो जाने का दोष उनके सर मढ़ दिया गया। उन दिनों बेमेल विवाहों के कारण एक सामान्य मान्यता थी कि गृहस्थ आश्रम में असंतुष्ट मनुष्य अक्सर वैराग्य की ओर उन्मुख हो जाता है। डेढ़ वर्ष की निरंतर खोजबीन के बाद भी जब फूफा का पता न चला तब समाज ने उन्हें मृत मान लिया, जब तक खोजबीन चलती रही बुआ ने सुहागिन रहने का भरम पाले रखा। बुआ सिंदूर लगाती, सुहागिनों के कपड़े पहनती, करवा चौथ का व्रत रखती किन्तु बाद में समाज के घोर विरोध के बाद उन्होंने विधवा होना स्वीकार कर लिया था। एक रोज़ बालक को छोड़ कर बाल मुँड़ा कर मुक्ति की तलाश में बुआ हरिद्वार चली गयी। बुआ को अब भी एक आस थी

कि शायद यूँ ही मन्दिरों का चक्कर काटते-काटते किसी रोज़ उन्हें फूफा दिख जायें, शायद वह अब भी जीवित हों और वो उन्हें मनाकर वापस लेती आयें, बाबा को जब यह सब पता चला तब उन्होंने बुआ को खोजने के लिए आदमियों को तत्काल हरिद्वार भेजा। हफ़्ते भर की खोजबीन के बाद एक रोज़ बुआ सप्तऋषि आश्रम की सीढ़ियों पर सोती पायी गयी। बाल मुँडे होने के कारण उन्हें पहचानने में वक़्त लग गया, फ़ौरन उन्हें घर की स्थिति से अवगत कराया गया। छोटे भाई के जीवन में आये सैलाब के बारे में पता चलते ही, बुआ शहर चलने को राज़ी हो गयीं।

बुआ शहर आयीं। भाई-बहन बरसों बाद मिले। अजीब दुखद संयोग था कि दोनों की स्थिति एक-सी थी, दोनों के जीवन में अपने जीवनसाथी के जाने के कारण रिक्तता थी, पिताजी और बुआ ने एक-दूसरे का सहारा बनने का निश्चय किया, पिताजी ने बुआ को घर और बच्चों की ज़िम्मेदारी सौंप दी। चम्पारण से लड़के को भी बुला लिया गया।

घर में एक स्त्री के आ जाने से घर वापस घर हुआ, चीज़ें धीरे-धीरे पूर्ववत होती गयीं। बाबा और पिताजी भी बुआ के आ जाने से निश्चिंत थे, लड़के का दाखिला पास के स्कूल में करा दिया गया था। बुआ ने अपने जीवन में आई रिक्तता को भरने के लिए बच्चों पर अपना समस्त प्रेम उड़ेल दिया। अब सबको वक़्त पर भोजन और बच्चों को टिफ़िन मिल जाता। बुआ राशन-पानी और ज़रूरत की चीज़ों का ख़याल रखतीं। बुआ के रहने से नौकर-चाकर-महरी अब अपनी मनमानी न कर पाते थे। बच्चे भी बुआ के आने से प्रसन्न थे। बुआ अक्सर रात में सब कामकाज ख़त्म कर चूल्हा बुझा कर बच्चों को कहानियाँ सुनाती थीं। कहानियाँ ज़्यादातर लखना और सुल्ताना डाकू की होतीं। उस दौर में सुल्ताना डाकू की छवि रॉबिनहुड से कम न थी। बुआ बतातीं कि कैसे सुल्ताना अग्रेज़ों से कीमती चीज़ें लूटकर गरीबों में बाँट देता। जल्द ही बच्चे बुआ के कहानी सुनाने, उनके वर्णन की कला के कायल हो गए। बुआ कहानी सुनाती जातीं और बच्चों की आँखों के सामने सुल्ताना, उसके साथी, उसके घोड़े प्रकट होने लगते। प्रतिदिन उन्हीं कहानियों को सुनकर भी उनका रस ख़त्म न होता। बाबा और पिताजी अब निश्चिंत रहते।

बाबा पिताजी को ढाँढ़स बँधाते और कहते, ''रहिमन चुप रह बैठिये, देखि दिनन के फेर।'' वक़्त बीत रहा था, ललिता देवी को गुज़रे अब एक साल हो चुका था। पिताजी ने स्वर्गीय पत्नी की पहली बरसी पर श्राद्ध किया और पत्नी की स्मृति में एक रचना लिखी—

गीत तुम्हीं संग चले गए।
बीते दिन की बीती बातें
सौ सुधियों से बोझिल रातें
हृदय हिलाती सिहरन वाली यादें, घातें, प्रत्याघातें।
बिन कोकिल स्वर सूना उपवन, दर्द दाह से रिसता तन मन
नियति खेल हम छले गए
गीत तुम्हीं संग चले गए।
सुधि किरकिरी नयन रतनारे

बोझिल पग सब दूर सहारे
राग रंग में पागल अग जग
इधर थके मरू में मेरे पग
केवल स्वर शब्दों का नाता
विरह राह मिल गया विधाता
तुम अच्छे थे भले गए
गीत तुम्हीं संग चले गए।

ज़िंदगी के एक मोड़ पर आकर हम सब सोचते हैं कि काश जीवन एक बार फिर से जीने को मिलता। इस जीवन का क्या कुछ और हो सकता? ललिता देवी की मृत्यु के बाद पिताजी को जीवन से विरक्ति हुई और वकालत के पेशे से अरुचि। पिताजी अक्सर सोचते कि साहित्य छोड़कर उन्होंने कितनी बड़ी गलती की। रचनाशीलता की बेल अब सूखने लगी थी, वक़्त के अभाव के कारण उसे खाद-पानी देने का वक़्त ही न मिल पाता। यह कैसा पेशा था, जिसमें बैल की तरह श्रम करना पड़ता था, गधे की तरह सहनशील होना पड़ता था और कुत्ते की तरह दुम हिलानी पड़ती थी। इसे कोई स्वाभिमान का काम कहे भी तो कैसे? ऊपर से अदालतों में व्याप्त भ्रष्टाचार। जो जीवन को और पतित किये जाता था।

पिताजी ने अब खुद को इस पेशे के लिए अनुपयुक्त मान लिया था, लेकिन अब देर हो चुकी थी। वर्ष था 1967 का, गर्मी की छुट्टियाँ चल रही थीं। हर साल की तरह इस साल भी पंडा बाबा अपने जजमानों से मिलने शहर आये। पंडा बाबा को ललिता देवी की मृत्यु का समाचार मिल चुका था। परिवार का सच्चा हितैषी होने के कारण उनका हृदय भी दुःख में डूबा हुआ था।

पिताजी के करीब बैठे पंडा बाबा काफ़ी देर मौन रहे और शून्य में देखते रहे और धीमे स्वर में बुदबुदाते रहे—

ऊँ पूर्णमदः पूर्णमिदम् पूर्णात् पूर्णमुदच्यते।
पूर्णस्य पूर्णमादाय पूर्णमेवावशिष्यते॥
ऊँ शान्तिः शान्तिः शान्तिः॥

पिताजी ने मौन तोड़ा और कहा, ''बाबा पहले माँ गुज़री फिर ललिता, यह पेशा मुझे रुचता नहीं, एक गहन उदासीनता ने मुझे जकड़ लिया है। मन में वैराग्य का भाव उठता है। मन में एक गहरी निराकांक्षा समाती जाती है। आप ही बताएँ कि क्या करूँ?'' पंडा बाबा ने गंभीर स्वर में कहा, ''मैं तुम्हारी मनःस्थिति समझता हूँ, लेकिन मत भूलो कि चार पुरुषार्थों धर्म, अर्थ, काम और मोक्ष में धर्म पहला और सर्वोपरि है। यह छोटे-छोटे बच्चे ईश्वर की मर्ज़ी से ही इस दुनिया में आये हैं, इनका पालन-पोषण, शिक्षा-दीक्षा तुम्हारा धर्म है। तुम्हें जीवन नए सिरे से शुरू करना चाहिए, तुम पुनः विवाह कर लो।''

''पुनः विवाह,'' पिताजी असमंजस में पड़ गए। पंडा बाबा ने पिताजी के हाथ पर हाथ रखकर कहा, ''और क्या, अभी तुम्हारी आयु ही क्या है और ललिता भी तो यहीं

चाहती थी।'' तब तक बाबा आ गए। फ़ैसला भविष्य पर छोड़ दिया गया। उसके बाद पंडा बाबा ने पूरे परिवार को साथ बैठाकर सबकी शांति और समृद्धि का संकल्प करवाया। रात रुककर पंडा बाबा वापस लौट गए।

वक़्त कहाँ रुकता है। वक़्त था कि बीत रहा था। हाँ उसकी गति कुछ धीमी ज़रूर थी। भादो माह चल रहा था। माह ख़त्म होने को था। पिछले दो हफ़्तों से आकाश से अथाह जल गिर रहा था। अतिवृष्टि हुई थी। आस-पास के कई छोटे-बड़े दर्जनों गाँव बाढ़ की चपेट में थे। हर दूसरे दिन स्कूल में रेनी-डे के नाम पर छुट्टी कर दी जाती थी। सो बच्चे दिन भर घर में ऊधम मचाते। बाहर के बरामदे के मुहाने तक पानी भर जाता था। बच्चे बहते पानी में कागज़ की नाव छोड़ते, साइकिल के टायर कमर में बाँध कर गोताखोरी करते। देर रहती तो बस पिताजी के जाने की।

एक रोज़ की बात है। दिन था सोमवार का। छोटी सुनंदा ने पिताजी से कहा, ''जानते हैं पिताजी ग्वाला कह रहा था कि कल से दूध नहीं आ पायेगा, क्योंकि उसके घर में पानी भर गया है। गैया को खिलाने का सब चारा बह गया।'' पिताजी ने अखबार पर नज़र डाली, स्थिति वाकई गंभीर थी। नदी पार के सभी गाँव जलमग्न थे। खेतों में फ़सलों और लोगों के मकान-दुकान, मवेशियों का ज़बरदस्त नुकसान हुआ था। सुनंदा कहती, ''पिताजी अगर घर में पानी आ गया तब हम लोग क्या करेंगे, क्या हम लोग डूब जायेंगे?'' पिताजी कहते, ''हम लोग खाने-पीने की ज़रूरी चीज़ें लेकर छत पर चले जायेंगे।'' सुनंदा का डर फिर बढ़ जाता और वो पूछती, ''और अगर पानी छत तक आ गया तब?'' पिताजी कहते, ''तब तो जो तैर पायेगा वही बचेगा बाकी सब डूब जायेंगे।'' सुनंदा जानती थी कि पिताजी तैरना जानते हैं और निश्चिंत हो जाती। सबके अंतस में बस एक ही प्रार्थना चलती रहती कि ''हे ईश्वर बस ये बारिश कुछ रोज़ के लिए थम जाये।'' आज पिताजी का मन कचहरी जाने का न हुआ। पिताजी ने बच्चों से कहा, ''चलो नदी की बाढ़ देखकर आते हैं।'' घूमने-फिरने में पिताजी की रुचि सामान्य लोगों से थोड़ी अलग थी। पिताजी अक्सर बच्चों को लेकर बड़ी विचित्र जगहों पर जाते जैसे—डिस्ट्रिक्ट जेल दिखाने, कुशमी जंगल दिखाने, राप्ति नदी की बाढ़ और गोरखा रेज़िमेंट की परेड दिखाने।

जेल की पथरीली ऊँची दीवार और उसके ऊपर काँटे की फ़ेन्सिंग बच्चों में भय उत्पन्न कर देती। पिताजी कहते कि तुम लोग भी गलत काम करोगे तो यहीं पर रहना पड़ेगा। पिताजी झूठ-मूठ कहते कि इस जेल के भीतर बच्चों की एक जेल है जिसमें उद्दंड बच्चे सुधरने के लिए कैद करके रखे जाते है। बच्चे भयभीत हो जाते।

बच्चे आज अति उत्साहित थे। धन सिंह ने रिक्शा बुलाया। पिताजी समेत बच्चे उस पर सवार हुए और राप्ति नदी के पुल की ओर चल पड़े। सैकड़ों लोग पुल के किनारे पर खड़े नदी का उफ़ान देख रहे थे। नदी ने वाकई विकराल रूप धर लिया था। पिताजी ने सुनंदा को गोद में उठा लिया। सुनंदा ने ताली बजायी, ''वाह कितनी गहरी नदी है!'' पुल की रेलिंग से झाँकते आकाश ने अपना भौगोलिक ज्ञान बघारा और कहा, ''इससे भी बड़ी गंगा नदी है। चार प्रदेशों से होकर गुज़रती है और बंगाल की खाड़ी में जाकर गिरती

है।'' गंगा! पिताजी की स्मृतियों में जैसे बिजली कड़की और कब से सूखे पड़े उदास मन पर काशी की स्मृतियाँ बादलों की तरह छाने लगीं। कलकल बहती गंगा, बाबा विश्वनाथ, आरतियों से गूँजते घाट, मन्दिर, विश्वविद्यालय, छात्रावास, मित्र, गुरुजन, सितारा, कामाख्या शास्त्री। कहते हैं कि ज़िंदगी जीने का कुछ बहाना चाहिए। पिताजी भी ऐसे ही किसी बहाने की तलाश में थे। घर लौटते-लौटते पिताजी की आवाज़ में न जाने कब से खोया उत्साह लौट आया। पिताजी ने छोटे से सूटकेस में कुछ कपड़े और कुछ अन्य ज़रूरी चीज़ें रखीं। बाबा गाँव में थे। इससे उचित मौका शायद दुबारा न मिलता। पिता जी ने बुआ के हाथ में घर खर्च के लिए कुछ रुपए रखे और कहा, ''बहन एक मुक़दमे के सिलसिले में बाहर जा रहा हूँ, हफ़्ते भर के भीतर ही लौट आऊँगा, अपना और बच्चों का ख़याल रखना।'' पिताजी रात की गाड़ी चौरी चौरा एक्सप्रेस पकड़कर काशी के लिए निकल पड़े।

ट्रेन की खिड़की से बारिश की फुहार ज्यों-ज्यों भीतर आती, पिताजी का मन यह सोचकर उदिग्न होता जाता कि क्या काशी वैसी ही होगी जैसी वह छोड़कर आये थे या जीवन की तरह वह भी बदल गयी होगी? पिताजी ट्रेन के मद्धिम प्रकाश में डायरी लिखते-लिखते सो गए। सुबह चाय और दातून बेचने वालों की आवाज़ से पिताजी की आँख खुली। अगस्त की मद्धिम धूप खिली थी। गाड़ी काशी स्टेशन पर खड़ी थी। पिताजी ने सूटकेस लिया और स्टेशन पर उतर गए। काशी पिताजी के इंतज़ार में प्रतीक्षित थी। पिताजी ने रिक्शा किया। रिक्शेवाले ने पूछा, ''कहाँ जइबे बाबू?'' पिताजी ने हँस कर कहा, ''कहीं जाना-वाना नहीं है बस यहीं घूमना है।'' रिक्शेवाला असमंजस में पड़ गया और बोला, ''बाबू कहीं त जाएक होइ?''

''बस तनी शहर घुमा द भइया,'' पिताजी ने कहा। रिक्शा चल पड़ा। पिताजी नम आँखों से काशी को निहारते रहे।

काशी महिमा कौन गा सका
अति गूढ़ है इसकी गाथा
अचरज से भर इसे निहारे
या झुक जाये प्रेम से माथा

काशी कहाँ बदलने वाली थी, भीड़भाड़ ज़रूर थोड़ी बढ़ गयी थी। रिक्शा चलता रहा विद्यापीठ से सिगरा खोजवा बाज़ार से लक्सा रोड रथयात्रा से होता दुर्गाकुंड।

रिक्शेवाला थक गया। गमछे से मुँह पोंछता हुआ कहने लगा, ''शहर तो बहुत बड़ा है बाकी फिर कभी घूम लीजियेगा।'' पिताजी ने हँस कर कहा, ''सम्पूर्णानन्द पहुँचा द भइया।'' पिताजी ने रिक्शेवाले को किराये के साथ बख्शीश दी और शास्त्री जी के डेरे पर उतर गए। पिताजी ने कामाख्या शास्त्री जी का दरवाज़ा खटखटाया। शास्त्री जी ने दरवाज़ा खोला और पिताजी के अचानक आगमन से आश्चर्य मिश्रित प्रसन्नता से भर उठे। ''अरे भाई कैसे रास्ता भूल गए?'' पिताजी ने कहा, ''आप लोगों की याद आयी, मिलने का जी किया। सो चला आया।''

''बैठो मैं चाय बनाता हूँ,'' यह कहकर शास्त्री जी स्टोव जलाने लगे। शास्त्री जी वैसे के वैसे ही थे। अणु मात्र भी न बदले थे। न सावन सूखे न भादो हरे। पिताजी आश्चर्य से उनके छोटे से कमरे को देखते रहे। वही चारपाई, वही किताबों की अलमारी, वही दो-चार बर्तन, वही खूँटी पर टँगे धोती और कुर्ते। पिताजी को अचम्भा होता कि बिना कुछ संचय किये भी जीवन इतने प्रेमभाव से जिया जा सकता है। शास्त्री जी ने विवाह नहीं किया। पहले कोई विवाह के लिए कहता तो वो कहते कि कर लेंगे, अभी इतनी भी क्या जल्दी है। और बाद में मुस्कुरा कर कहते कि अब तो बड़ी देर हो चुकी है।

शास्त्री जी चाय बनाते रहे। पिताजी उनकी ज्योतिष की किताबें पलटते उनसे बातें करते रहे। पिताजी ने हाथ-मुँह धोया। चाय पी और चलने की आज्ञा माँगी। शास्त्री जी ने कहा, ''शाम का भोजन साथ ही करेंगे।'' शास्त्री जी छात्र जीवन की स्मृतियाँ ताज़ा करने आया हूँ। आज तो भोजन विश्वविद्यालय मेस में होगा। शास्त्री जी समझ गए। शाम के चार बजने वाले थे। पिताजी वहाँ से पुन: रिक्शा पकड़ अपनी मनपसंद मिठाई की दुकान कामता स्वीट्स पहुँच गए। दुकान रत्ती भर भी न बदली थी। दुकान के काउंटर पर शंकर बाबू बैठे थे। तन पर सूती आधे बाँह का कुरता, माथे पर नारंगी रंग का टीका। मन-ही-मन हनुमान चालीसा पढ़ते। शंकर बाबू ने पिताजी को देखा तो पहचान ही न पाए। पिताजी को देखकर कहा, ''क्या खाएँगे बाबूजी?'' पिताजी ने हाथ जोड़कर कहा, ''क्या मैं इतना बदल गया हूँ कि आप मुझे पहचान भी न सके। शंकर बाबू तत्क्षण अपने काउंटर से उठे और बाहर आ गए। ''अरे मैं कैसे पहचान न पाया बाबू, बड़े वर्षों बाद आना हुआ बाबू, हम लोगों को तो भूल ही गए।'' पिताजी ने शंकर बाबू को संक्षेप में विगत वर्षों का हाल कह सुनाया। शंकर बाबू की आँखें भर आयीं। शंकर बाबू ने आँखों की कोरों में से बहते आँसू पोंछकर कहा, ''ईश्वर ने बड़ी परीक्षा ली आपकी। खैर अब आप काशी आ गए हैं ना, देखिएगा माँ गंगे सब ठीक करेंगी।'' शंकर बाबू ने बड़े प्रेम से पिताजी को उनकी पसंद की चीज़ें, रबड़ी, पेड़े और बालूशाही का जलपान कराया। शंकर बाबू ने पैसे देने पर वही पुरानी बात दोहराई, ''आप तो काशी के मेहमान हैं। और वैसे भी धान, पिसान, दूध, दही सब घर का है कोई मोल थोड़े खरीदे हैं।'' पिताजी पुराने दिनों को याद कर रो पड़े। शंकर बाबू ने उन्हें गले से लगा लिया। शंकर बाबू ने पिताजी से पूछा, ''कितने दिन रहने का विचार है।'' पिताजी ने हँस कर कहा, ''अधिक दिन रहा तो आपके गल्ले पर असर पड़ेगा।'' दोनों हँस पड़े। इसी उन्मुक्त हँसी में पिताजी की समस्त पीड़ा खो गयी। वहाँ से होकर पिताजी सीधे विश्वविद्यालय पहुँचे। शाम का वक़्त था। गुरुजन कुछ वही थे कुछ बदल गए थे। वे स्टाफ़ रूम में बैठे गपशप कर रहे थे। पिताजी ने सबके चरण स्पर्श कर आशीर्वाद लिया और आने का प्रयोजन बताया। गुरुजन यह जानकर प्रसन्न हुए कि कम-से-कम किसी छात्र ने विश्वविद्यालय की सुध ली। तत्पश्चात् पिताजी वार्डन ऑफ़िस की ओर चल पड़े। वार्डन साहब वही थे। बाबू निरंजन सिंह। पिताजी ने पैर छुए और हालचाल कहा। पिताजी की हालत सुनकर सबको उनसे सहानुभूति होती सो वार्डन साहब को भी थी। ''जगदीश आजकल क्या कर रहा है?'' पिताजी ने बताया कि बाबू साहब क्रिमिनल लॉयर हो गए हैं। पिताजी ने वार्डन साहब से कहा कि आज रात अपने उसी पुराने कमरे में रुक जाऊँ तो

आपको आपत्ति तो न होगी। वार्डन साहब ने हँसकर कहा, "नहीं पंडित बिलकुल नहीं।"

पिताजी बिरला हॉस्टल के गलियारे की ओर बढ़ते जाते और कानों में वर्षों पूर्व निरंजन बाबू की कही बात गूँजती जाती, "विद्यार्थी मित्रों याद रखें कि यह आपका घर नहीं छात्रावास है, हम सब यहाँ के नियमों से बँधे हैं और नियम तोड़ने वाले को दंड मिलेगा, मामला गंभीर हुआ तो विद्यार्थी को छात्रावास की सुविधा से वंचित भी किया जा सकता है।" तब जगदीश बाबू ने पिताजी के कान में फुसफुसा कर कहा था, "अमां ऐसी की तैसी आपके नियमों की, हम चिड़ियाघर के जानवर नहीं हैं, जंगल के शेर हैं जहाँ रहेंगे दहाड़ कर रहेंगे।"

गलियारे में सामने से आते रामलोटन यादव मिल गए। पिताजी की वेशभूषा से वे उन्हें पहचान न पाए, "विज़िटर हैं? कमरा नंबर बताइए।" पिताजी ने कहा, "रामलोटन जी बिरहा अब्बो गावत हो के छोड़ दिए।" रामलोटन यादव फ़ौरन पिताजी को पहचान गए, "अरे पंडित जी!" रामलोटन जी ने हाथ जोड़े। "कहाँ हमनी के भुलाय गए हुजूर कइसे आगमन भईल?" पिताजी ने हालचाल कहा। रामलोटन जी ने पिताजी का हाल सुन कर कहा, "बाबू जिनगी में दुःख विपत्ति लगल रहेले माँ गंगा सब ठीक करीहें।"

फिर पिताजी हॉस्टल को निहारते गलियारे से होते हुए कमरा नंबर 17 में पहुँचे। ये वही कमरा था जिसमें पिताजी रहा करते थे। बाहर शाम का अँधेरा घिरने लगा था। आकाश में बादल छाये थे। कमरा बंद था और भीतर से आवाज़ें आ रही थीं। पिताजी ने दरवाज़ा खटखटाया। कुछ ही पलों में एक गोरे से पतले-दुबले लड़के ने दरवाज़ा खोला, "कौन चाहिए श्रीमान?" पिताजी ने उसे अपना परिचय दिया। पिताजी ने बताया कि वो इस विश्वविद्यालय के भूतपूर्व विद्यार्थी हैं और 10 साल पहले इसी कमरे में रहा करते थे। और छात्र जीवन की स्मृतियाँ ताज़ा करने वर्षों बाद आये हैं। तभी यह सारी बातचीत सुनकर भीतर से एक दूसरा लड़का भी आ गया। यह लड़का भरे बदन का था, छोटी भूरी आँखों और गोरे रंग के कारण किसी पर्वतीय अंचल का मालूम पड़ता था। दोनों ने पिताजी का स्वागत किया। एक ने पिताजी के हाथ से सूटकेस ले लिया और दूसरे ने बड़ी फुर्ती से कोने में पड़े तख़्त पर बिस्तर और साफ़ चादर डाल दी। पिताजी के पूछने पर लड़कों ने बताया कि वे नैनीताल के रहने वाले हैं। पतले लड़के का नाम विद्याशंकर नौटियाल और दूसरे का नाम रामेन्द्र शर्मा था। "आप थक गए होंगे, स्नान करें, मैं चाय चढ़ाता हूँ, बाथरूम कहाँ है यह तो मालूम ही होगा आपको?" विद्याशंकर ने हँसकर कहा। पिताजी ने कपड़े उतारते हुए कहा, "बिलकुल मालूम है अगर जगह न बदली हो तो।" लड़के हँस पड़े। पिताजी ने कोने में पड़ी बाल्टी और मग उठा लिया और बाथरूम की ओर चल पड़े। बाहर बारिश शुरू हो चुकी थी। गीली मिट्टी की सोंधी ख़ुशबू पिताजी की स्मृतियों को और सोंधा बना रही थी। कुछ भी न बदला था। बाथरूम वही था। वही दीवारों पर हल्की सीलन, सफ़ेद फ़र्श पर फिसलन, वॉशबेसिन, सामने दीवार पर लगा शीशा, कोने से टूटा हुआ। पिताजी शीशे के सामने खड़े थे, लेकिन उस पार अब जो दीखता वो कोई और ही था।

पिताजी खुद का अक्स निहारते जाते और सरस्वती वंदना गुनगुनाते जाते, "या कुन्देन्दुतुषारहारधवला या शुभ्रवस्त्रावृता।" तब तक पिताजी ने खुद के पीछे रामेन्द्र को खड़ा

पाया। ''साबुन,'' रामेन्द्र ने पिताजी को साबुन दिया। पिताजी मग्न होकर नहाने लगे। पानी काफ़ी ठंडा था। थोड़ी ही देर में छात्रावास में खबर फैल गयी कि एक भूतपूर्व छात्र आया है। पिताजी के नहाकर आते भर में बीसों लड़के कमरे में आ पहुँचे। पिताजी ने धोये कपड़े खिड़की पर पसारे और आश्चर्य से लड़कों को देखने लगे। पिताजी तख्ते पर पालथी मार के बैठ गए। चाय तैयार थी। पिताजी ने अपने विषय में बताया। फिर लड़कों ने एक-एक कर अपना परिचय देना शुरू किया। उसके बाद बातचीत का सिलसिला शुरू हो गया। ''आप के समय में पढ़ाई कैसी होती थी, हॉस्टल का हाल कैसा था। सांस्कृतिक कार्यक्रम कैसे होते थे। मेस का खाना कैसा था वगैरह-वगैरह। तब तक वार्डन निरंजन सिंह भी आ गए। वार्डन साहब ने कहा, ''अरे भाई लिखते-विखते हो कि छोड़ दिया, कुछ कविता वगैरह सुनाया कि नहीं लड़कों को।'' पिताजी ने कहा, ''वार्डन साहब अब वक़्त नहीं मिलता, शायद जीवन का काव्य मुझसे रूठ गया है, लेकिन आप सबको फिर से पाकर लगता है कि एक रोज़ अपने भीतर के खो गए कवि को भी दुबारा प्राप्त कर लूँगा।'' लड़कों के आग्रह पर पिताजी ने हॉस्टल के इसी कमरे में लिखी अपनी एक कविता सुनाई। बाहर बारिश होती जाती, भीतर पिताजी सस्वर अपनी कविता गाते जाते—

बादल बरस गए आँगन में
टूट गया मन का भारीपन टूटी किरणों की दीवारें
आशंका की गर्द दब गयी झर-झर मोती की बौछारें
लगे सरकने कितने आँचल दुलराई गालों में लाली
बरबस हर मन झूला झूले हाथों में मेहंदी की थाली
सभी पेड़ हो गए कदम्ब के राधा नाचे हर आँगन में
बादल बरस गए आँगन में
बाग़-बगीचे गली-मुंडेरें बसवारी खेतों के घेरे
चौपालों में आल्हा कजरी, शाम हो गयी भये सबेरे
नाचे मन का मोर दिशाओं के पर खोले
पीहू पीहू की बात पपीहा हर मन बोले
चिहुँकि बाँहों में रुपसियाँ जैसे चिहुँके दामिनि घन में
बादल बरस गए आँगन में

फिर पिताजी के आग्रह पर रामलोटन जी ने एक बिरहा सुनाया—

होली खेली कीचड़ कनई
भारत देश के हम हई मनई

लड़के वाह-वाह कर उठे। लड़के रामलोटन जी की इस छुपी हुई प्रतिभा से अनभिज्ञ थे। रात दस बजे तक हँसी-मज़ाक, गाने-बजाने का कार्यक्रम चलता रहा। रात पिताजी ने लड़कों के साथ मेस में ही भोजन किया। रोटी-सब्ज़ी-दाल-चावल और खीर। खीर वार्डन साहब के कहने पर पिताजी के आने के उपलक्ष्य में बनी थी। अगले दिन रविवार था सो सोने की कोई जल्दी न थी। रात 12-1 बजे तक लड़के सो गए। थकावट के बावजूद

पिताजी की आँखों में नींद न थी। शरीर में मानो कितनी ऊर्जा भर गयी हो। लगता कि न शरीर पर कोई बोझ है न आत्मा पर। बाहर आकाश में बादल छँट गए थे और क्वार का चाँद निकल आया था।

सुबह पिताजी तुलसी घाट को चल दिए। बारिश बंद थी, हवा में ताज़गी और ठंडक थी। पिताजी ने गंगा स्नान किया और देर तक घाट की सीढ़ियों पर बैठे मन्त्रमुग्ध और आसमान की बदलती छटा देखते रहे। वहाँ से चलकर पिताजी ने बाबा विश्वनाथ के दर्शन किये। शंकर बाबू के यहाँ जी भर कर जलपान किया और दिन भर गलियों-गलियों घूमते रहे। काशी की वही सँकरी गलियाँ जिनमें से कइयों में सूरज की रौशनी तक न पहुँच पाए, जहाँ दो व्यक्ति एक साथ न गुज़र सकें। खुद में एक अजीब-सा सम्मोहन लिए। कचौड़ी गली, विश्वनाथ गली, ठठेरी बाज़ार, गोविंदपुरा। वही परिचित-सी भीड़ गंगा स्नान करने जाने वालों की। पंडित, पुजारी, पंडे, महंत, औरतें, विद्यार्थी, भिखमंगे। एक आत्मीय कोलाहल और जीवन से भरा माहौल। वही पुरानी आवाज़ें कुछ बेचती हुईं "ले ला हो पोतनी मट्टी, रामनगरी भाटा, पहाड़ी आलू, जौनपुरी पियाज, माघी मिर्चा।" घरों की रसोई से उठती वही सोंधी खुशबू, नुक्कड़ पर पान की दुकान से उठती ज़र्दे की खुशबू। मन्दिरों के बाहर दुकानों पर बिकते गेंदे, गुलाब के ताज़े फूलों की खुशबू।

दोपहर होते-होते पिताजी रामअवध मल्लाह से मिलने तुलसी घाट चल दिए। पिताजी को देखकर रामअवध की ख़ुशी और आश्चर्य का ठिकाना न था। दोपहर हुई तो घाट किनारे भंग छनी। पिताजी ने मगही पान के कई बीड़े खाये और शाम को एक बार फिर से अपनी पसंद का नाश्ता किया। वहाँ से निकलकर पिताजी अपनी पसंदीदा जगहों पर घूमते रहे और सूर्यास्त के समय शीतला घाट पहुँचे, यहीं समीप में मंगला गौरी का स्थान था। शादी के बाद पिताजी ललिता देवी के साथ इसी जगह पर गंगा पुजइया के लिए आये थे। मान्यता थी कि नवदम्पति शीतला घाट पर आकर अपने गृहस्थ जीवन को समृद्ध, माँगलिक बनाने के लिए माँ गंगा की पूजा करते हैं। नवविवाहिता घाट पर सिंदूर का टीका लगाती और गंगा मैया को फल-फूल, मिष्ठान, काँच की चूड़ियाँ, सुहाग की पिटारी जिसमें कच्चा सूत, महावर, टिकुली और श्रृंगार की अन्य चीज़ें होतीं, गंगा पर चढ़ा देती। गंगा उन्हें असीसती कि उनका सुहाग अमर रहे। पिताजी ऊपर की सीढ़ियों पर बैठे रहे। नीचे कुछ नवदम्पति पूजा करते मिले। कुछ दूर उनके परिजन शहनाई, डुगडुगी और ढोलक बजाकर कोई देवी गीत गाते जाते। गंगा के जल में पिताजी को ललिता देवी की परछाईं-सी नज़र आई। पिताजी ने अंजुली में जल लेकर मृत पत्नी की आत्मा की शांति के लिए प्रार्थना की और जल गंगा में छोड़ दिया।

रात पिताजी शास्त्री जी के डेरे पर आ गए। दोनों देर रात तक बातें करते रहे। इधर कुछ वर्षों से शास्त्री जी का झुकाव शुद्ध आध्यात्मिकता की ओर हो गया था। पहले से ही कम बोलने वाले शास्त्री जी अब और कम बोलते लेकिन उनकी मुस्कुराहट पहले से कई गुना बढ़ गयी थी। शास्त्री जी ने मुस्कुराकर पिताजी से पूछा, "तब कैसी रही काशी यात्रा, घूम-फिर कर आनंद आया?" पिताजी ने कहा, "शास्त्री जी सच कहता हूँ, इस क्षण मन पर कोई भार नहीं है किन्तु जानता हूँ कि कुछ दिनों में सब पहले की तरह हो जायेगा। फिर

से वही उदासीनता मुझे जकड़ लेगी। क्या यह आनंद स्थायी नहीं हो सकता?'' शास्त्री जी ने पिताजी की सूनी आँखों में झाँककर कहा, ''स्थायी तो कुछ भी नहीं है, न सुख, न दुःख। हममें से अधिकांश लोगों का जीवन आसक्ति से आरम्भ होकर एक विरक्ति पर ही तो ख़त्म होता है।''

''चलो तुम्हें पानी का एक नियम बताता हूँ। समझो तुम कभी पानी में गिर गए हो और तैरना न जानते हो, या तैरना जानते भी हो और कभी पानी में भँवर पड़ते हैं और तुम उसमें फँस गए हो, तब जो स्थिति उत्पन्न होगी, वही जीवन के इस भँवर की स्थिति है। अगर हम नदी के भँवर में फँस गए हैं, तो हम साधारणतः क्या करेंगे? लड़ेंगे भँवर से। तो जान लो लड़ें कि डूबे। क्योंकि जितने ज़ोर से भँवर से हम लड़ेंगे, हमारी शक्ति उतनी कम होगी, भँवर की कम नहीं होगी। और जितनी शक्ति आपकी कमज़ोर होगी, भँवर की ताकत उतनी ही ज़्यादा हो जाएगी। और थोड़ी देर में आप थक गए होंगे लेकिन भँवर अपनी पूरी ताकत में होगा। उतनी ही ताकत में, जितना तब था, जब लड़ाई शुरू हुई। फिर वह आप को नीचे डुबा लेगा। इसलिए जो लोग तैरने का शास्त्र जानते हैं, वे कहते हैं कि अगर भँवर में फँस जाओ, तो लड़ना मत। अपनी तरफ़ से भँवर में डूब जाना। भँवर के साथ ही डूब जाना। भँवर के साथ खूबी यह है कि भँवर नदी की सतह पर बड़ा होता है और नीचे छोटा होता जाता है। नीचे वह इतना छोटा हो जाता है कि उसके भीतर रहना मुश्किल है, आप एकदम बाहर हो जाते हैं। और अगर लड़े, तो बहुत मुश्किल है। अगर नहीं लड़े, उसके साथ डूब गए, तो खुद भँवर ही आपको अपने बाहर कर देता है।''

''जीवन का भँवर भी ऐसा ही है, अगर हम उससे लड़े तो उलझ जाते हैं। अगर हम उसमें स्वयं डूब गए तो उससे उबर सकते हैं।'' ऐसी बातें पिताजी को अच्छी तो लगतीं लेकिन अधिक दिन काम न आतीं। तीसरे दिन एक बार फिर पिताजी को घरबार, बच्चों की आसक्ति ने जकड़ना शुरू कर दिया। पिताजी न चाहते हुए भी घर लौट जाना चाहते थे। पिताजी ने बच्चों के लिए मिठाई, बुआ, बाबा और सबके लिए कपड़े वगैरह लिए। रात की गाड़ी थी। कामाख्या शास्त्री पिताजी को छोड़ने आये। पिताजी ने शास्त्री जी के पैर छुए और हमेशा की तरह शास्त्री जी ने उन्हें आत्मीयता से गले लगा लिया। न जाने क्या हुआ कि पिताजी का गला रुँध गया। पिताजी ने कहा, ''अगर बच्चों के भविष्य का प्रश्न न होता तो...।'' शास्त्री जी ने पिताजी की आँखों के आँसू पोंछे और कहा, ''मत भूलो कि पुरुषों को रोने का अधिकार नहीं है।'' ट्रेन चल दी, शास्त्री जी पीछे छूट गए, काशी एक बार फिर पीछे छूट गयी, काशी का प्रेम और खुमार कई महीनों तक बना रहा। मनुष्य जीवन बड़ा बेहया है, उसे गहरे से गहरा दर्द भी कुछ समय में सहनीय हो जाता है। धीरे-धीरे घाव पर चमड़े की नयी परत चढ़नी शुरू हो जाती हैं। पिताजी ने भी एक बार फिर जीवन की गाड़ी को धीरे-धीरे धकेलना शुरू किया। बाबा खेती-बाड़ी के मौसम में गाँव में ही रहते। बच्चे सुबह स्कूल चले जाते और पिताजी कचहरी। बुआ दिन भर अकेली रहतीं। शाम को बच्चों के आने से वापस चहलपहल शुरू हो जाती। इधर शुभचिंतक समाज ने पिताजी पर एक बार फिर से पुनर्विवाह के लिए ज़ोर डालना शुरू कर दिया। बाबा भी अस्वस्थ रहते और पिताजी की आँखों का सूनापन उनसे देखा न जाता। रात को पिताजी बाबा के पैर दबाते और शून्य

में देखते बाबा के मुख पर एक ही बात होती, ''मेरे बाद तुम्हारा क्या होगा? दूसरी शादी कर लो। बिना माँ के बच्चों को माँ चाहिए।''

''पंडा बाबा ठीक कहते हैं कि अभी तुम्हारी अवस्था ही कितनी है?'' पिताजी जानते थे कि माँ कोई वस्तु नहीं थी जो खो जाने पर पुनः खरीदी जा सकती थी। इसके अलावा पिताजी के हृदय में पुनर्विवाह को लेकर कई तरह की शंकायें भी घर कर चुकी थीं। जैसे—अगर पहली पत्नी की तरह दूसरी पत्नी भी चल बसी तो। इंसान आखिर कितने विवाह कर सकता है। दूसरा भय था कि पत्नी आशा के अनुरूप न निकली और बच्चों से सौतेला व्यवहार किया तब क्या होगा। दूसरी शादी से भी बच्चे होंगे तब क्या सब मिलजुल कर एक साथ रह पाएँगे।

अक्टूबर का महीना था। तारीख थी सात। उस रोज़ सुनंदा का जन्मदिन था। छठा जन्मदिन। दो-तीन रोज़ पहले से ही जन्मदिन की तैयारियाँ शुरू हो गयी थीं। तमाम परिचितों, मित्रों को आमंत्रित किया गया था। उस रोज़ बच्चे ज़िद कर स्कूल न गए। पिताजी भी कचहरी से जल्दी लौट आये। शाम होते-होते मेहमानों का आना शुरू हो गया, बच्चों की भाग-दौड़ खेलकूद से घर की मनहूसीयत गायब हो गयी।

पिताजी मेहमानों से बातचीत करते और सुनंदा केक काटने के लिए अधीर होती जा रही थी। अब केक काटने की रस्म होनी थी। पूरे वर्ष में यही एक दिन होता, जब बच्चों को कोई भी चीज़ माँगने की आज़ादी होती है। पिताजी ने सुनंदा के छोटे हाथों से चाकू पकड़वा कर केक कटवाया और हर साल की तरह पूछा, ''बोलो बेटी क्या चाहिए?'' सुनंदा ने गंभीर होकर कहा, ''पिताजी हमको माँ चाहिए। कहाँ चली गयी है वो हमको छोड़ कर।'' पिताजी के पास यही एक चीज़ न थी अपनी बेटी को उसके जन्मदिन पर देने के लिए। पिताजी उदास हो गए। जगदीश बाबू ने ग़मगीन होते माहौल को सामान्य करने के लिए सुनंदा को अपनी गोद में उठाकर कहा, ''अरे जाओ ज़रा अपने उपहार तो देखो।'' थोड़ी देर के भीतर सुनंदा अपने उपहार खोलने में व्यस्त हो गयी। हित मित्र खाना खाकर चले गए। पिताजी ललिता देवी की फ़ोटो के सामने खड़े होकर मूक रहकर नम आँखों से अपनी व्यथा कहते रहे। उस रात न जाने क्या हुआ कि सुबह पिताजी ने कचहरी जाने से पहले बाबा के कमरे में जा कर दूसरे विवाह के लिए अपनी सहमति दे दी। कभी-कभी समाधान नयी समस्याओं को जन्म देते हैं, तब समस्याएँ और भी विकराल रूप में सामने आती हैं। खैर भविष्य तो उस वक़्त अज्ञात था किन्तु पिताजी के इस निर्णय से पूरे घर में ख़ुशी की लहर दौड़ गयी। सभी खुश थे एक बुआ को छोड़कर। बुआ को इस घर पर अपना आधिपत्य कम होता नज़र आया। शायद दूसरे विवाह के बाद उनकी ज़रूरत न रह जाये। बुआ की प्रतिक्रिया बच्चों को अकारण मारने-डाँटने के रूप में हुई। बच्चे अब खाने-पीने में किसी तरह की फ़रमाइश करते तो बुआ कहती, ''हमको बख्श दो तुम लोग, तुम्हारी सौतेली माँ आ रही है उन्हीं से करना ये फ़रमाइशें। बच्चों के लिए एक नया शब्द था सौतेली माँ, खुद में एक रहस्य लिए। बाबा ने घर-बाहर के तमाम लोगों को शादी के लिए लड़की खोजने के काम में लगा दिया। अब देर थी तो बस एक अच्छे रिश्ते की। लेकिन एक विधुर के लिए

अच्छे कुल की लड़की मिलना इतना सहज न था। कई रिश्ते देखे गए लेकिन कहीं बात न जमी। कहीं गुण न मिलते, कहीं कुंडली न बैठती। कहीं लड़की या परिवार में ही कोई खोट निकल जाता। अंतर्जातीय विवाह उन दिनों चलन में न थे।

वह माँ के बगल में लेटा है, उसकी आँखों में नींद नहीं है। वह नींद में ऊँघती माँ का चेहरा देख रहा है। आँखों के इर्द-गिर्द काले गड्ढे, चेहरे पर हल्की झुर्रियाँ, सूनी माँग, सूना माथा, बेरहम वक़्त ने जवानी में ही माँ को बूढ़ा और कुरूप बना दिया था। वह सोच रहा है कि ऐसे ही किसी रोज़ यौवन का ज्वार लिए, माँग में सुहाग का प्रतीक सिंदूर लगाये शादी का लाल जोड़ा पहने सजीधजी, आँखों में अनगिनत सपने लिए माँ, पिताजी के जीवन में आयी होगी। यह वर्ष था 1966 का। बैसाख का महीना था। इस बार विवाह तय हुआ मल्हारपुर की शारदा से। मल्हारपुर सरजू नदी के इस पार का एक छोटा-सा ब्राह्मण बहुल गाँव था। परिवार संयुक्त था। पिता तीन भाई थे। सबसे बड़े भाई दयाशंकर परिवार के कर्ताधर्ता थे, परिवार की तरफ़ से सभी महत्त्वपूर्ण निर्णय वही लेते थे। फिर माँ के पिता उमाशंकर जो भिलाई इस्पात कारखाने में काम करते थे। छोटे भाई गौरीशंकर जो बड़े भाई के साथ गाँव में ही रहते थे। उमाशंकर की कुल चार संतानें थीं। बड़ा लड़का शशि और माँ शारदा गाँव में चाचा-चाची के संरक्षण में ही रहते थे, छोटा बेटा रवि और बेटी मधु माता-पिता के साथ भिलाई में ही रहते थे। उमाशंकर वर्ष में एक बार कभी-कभार दो बार गाँव में आया करते थे। कई कमरों वाले इस विशालकाय घर में तीनों भाइयों के कुल मिलाकर दर्जन भर बच्चे थे। लड़कियों के वर्ग में माँ सबसे बड़ी थीं। मल्हारपुर नाम के इस छोटे से गाँव में कुल मिलाकर एक ही पाठशाला थी।

यह वह दौर था जब देश में पुरुषों की आबादी का मात्र 25 प्रतिशत और महिलाओं की आबादी का 8 प्रतिशत ही साक्षर था। उत्तर भारत के गाँवों में स्त्री शिक्षा का विशेष चलन न था। इस कारण वही लड़कियाँ पढ़ पाती थीं जिन्हें उनके परिवार से समुचित प्रोत्साहन प्राप्त था या जिन्हें आस-पड़ोस की दूसरी लड़कियों का साथ मिल पाता था। जब तक चाचा-चाची के बच्चे पढ़ने योग्य हुए तब तक माँ 12-13 वर्ष की हो चुकी थीं। इतनी उम्र में पहले-दूसरे दर्जे के बच्चों के साथ बैठना उन्हें अटपटा लगता था। माँ कुछ महीने अपनी सहेली सुमन के साथ पाठशाला गयी थीं लेकिन कुछ महीनों बाद सुमन को चेचक निकल गया और सुमन के साथ ही माँ का भी पाठशाला जाने का क्रम टूट गया। न माँ फिर कभी पाठशाला गयीं न परिवार में किसी ने इस विषय पर ध्यान दिया। माँ के लिए तो उसकी दुनिया थी घर की चारदीवारी के भीतर...माँ का काम था सुबह चार-पाँच बजे उठकर घर की दूसरी औरतों के साथ कुएँ से पानी लाना। रसोई में चाची की मदद करना, सिलना-बुनना, काढ़ना। विवाह, मुंडन, जनेऊ आदि अवसरों पर परिवार की औरतों के साथ सोहर और मंगल गीत गाना और खाली वक़्त में अपने भावी पति की कल्पना करना। माँ के इस कुल में दुआह की प्रथा प्रचलित थी। यह प्रथा कब और कैसे शुरू हुई इस विषय में तो उनके घर के वृद्ध ही बता सकते हैं। लेकिन अधिकांश लोगों का कहना था कि एकाह सहता नहीं है। कुल की कुछ लड़कियों का एकाह हुआ था, लेकिन किसी-न-किसी कारण अल्पायु में ही उनके पतियों की मृत्यु हो गयी थी। लड़कियाँ अल्पायु में ही विधवा हो जातीं और फिर

उनके पुनर्विवाह में दिक्कतें आतीं। जबकि मल्हारपुर के ही कुछ बैरी परिवारों का कहना था कि दुआह के कारण परिवार अधिक दान-दहेज देने से बच जाता था, एकाह नहीं सहता है वाली बात तो बस एक बहाना थी। सूद पर पैसा देने वाले दयाशंकर आस-पास के दस-बीस गाँवों में महाकंजूस के रूप में ख्याति प्राप्त थे।

दुआह की इसी प्रथा के कारण माँ का कुल सम्पन्न होने के बावजूद गाँव भर में तिरस्कृत था। जेठ का महीना था। उमाशंकर गर्मी की छुट्टियाँ मनाने सपरिवार गाँव आये थे। एक रोज़ परिवार के परिचित ब्राह्मण माधव पंडित जिनका बराबर शहर आना-जाना लगा रहता था, गाँव पधारे...माधव पंडित सज्जन आदमी थे। माँ के परिवार की दो-तीन कन्याओं का विवाह उन्होंने ही करवाया था। लड़कियाँ वर्तमान में सुखी थीं। इस कारण माधव पंडित को परिवार में बड़ा आदर प्राप्त था। धूप बड़ी तेज़ थी। माधव पंडित ने गमछे से मुँह पोंछा। माँ भीतर से बेल का शरबत लिए आयी और पंडित जी के पैर छुए। पंडित जी ने स्नेह से सर पर हाथ रखकर कहा, ''सौभाग्यवती भव:, कन्या विवाह योग्य हो गयी है।'' माँ लजाकर भीतर भाग गयी। माधव पंडित ने कहा, ''दयाशंकर बाबू एक बड़ा अच्छा रिश्ता है, लड़का उच्च कुल ब्राह्मण है और पेशे से वकील है। लेकिन बेचारा विधुर है। पहली पत्नी कैंसर से चल बसी। एक-दो बच्चे भी हैं। लेकिन लड़का लाखों में एक है, गौर वर्ण, चौड़ा माथा, गठा हुआ दोहरा शरीर, देखने में किसी राजा से कम नहीं है। मैंने स्वयं देखा है। कहें तो विवाह की बात चलायी जाये?'' माधव पंडित के स्तुतिगान से दयाशंकर और उमाशंकर बाबू के मन में हुलास बँधी। फ़ौरन कुंडली मिलवाई गयी जो ठीक-ठाक गुणों से मिल गयी। अगले दिन तीनों भाई माधव पंडित के साथ पिताजी को देखने शहर निकल पड़े। रविवार का दिन था। बाबा ने मेहमानों का खूब आदर-सत्कार किया। तीनों भाइयों की नज़र आँगन में नहाते पिताजी पर पड़ी। वाकई माधव पंडित के वर्णन से भी कहीं ज़्यादा सुन्दर थे पिताजी। घंटे भर की बातचीत में विवाह तय हो गया। पूछने की ज़रूरत न समझी गयी कि पहले विवाह से कितने बच्चे हैं, उनकी अवस्था क्या है वगैरह। बाबा ने धन सिंह को भेजकर फ़ौरन मिठाई मँगवाई। दोनों पक्षों ने मुँह मीठा किया। माधव पंडित ने पंचांग निकाला और कहा, ''अगले माह की दस तारीख को बड़ा अच्छा लग्न है। विवाह में देर उचित नहीं है। शुभस्य शीघ्रम्, वैसे भी बिन घरनि घर भूत का डेरा...बस शारदा आकर गृहस्थी सँभाल ले।'' बाबा ने तत्काल हामी भर दी। तीनों भाई प्रसन्नचित्त गाँव लौट आये। घर की स्त्रियों को बताया गया कि विवाह तय हो गया है। शारदा से न उसकी राय पूछी गयी न पिताजी के विषय में अधिक बताया गया। उस दौर में सम्बन्धों का आधार विश्वास था। उस दौर में लड़कियों के मन में आरम्भ से ही यह बात डाल दी जाती थी कि घरवाले कोई दुश्मन नहीं हैं सो वो जो निर्णय लेंगे वह ठीक ही होगा और अन्तत: होगा वही जो भाग्य में लिखा होगा। हमें तो पूरी निष्ठा और समर्पण से अपना कर्म किये जाना है। शाम को गाती-बजाती औरतें डीह बाबा के स्थान गयीं और विवाह कुशलतापूर्वक हो जाने के लिए मन्नत माँगी। दोनों पक्ष विवाह की तैयारी में लग गए। समय पलक झपकते बीत गया।

विवाह की मंगल बेला आ गयी। पहला विवाह स्वेच्छा से होता है और दूसरा विवाह

मजबूरीवश। पिताजी भी मजबूर थे और सबकी ख़ुशी में खुश थे। मध्याह्न के भोजन के बाद गाजे-बाजे, हाथी-घोड़ों के साथ सजी-धजी बारात निकल पड़ी। काशी और देश के दूसरे भागों से तमाम मित्र परिचित और रिश्तेदार आये। उस दौर में बारात में लड़कियों को ले जाने का रिवाज न था लेकिन बाबा बुआ की सेवाभक्ति से इतने प्रसन्न थे कि उन्हें भी बारात में ले लिया गया। भानू बाबू ने दूल्हे के बैठने के लिए अपनी अम्बेस्डर गाड़ी दे दी थी। पिताजी के ज्येष्ठ पुत्र अजय सहबाला बने। शाम घिर आयी और बारात जनवासे पर पहुँची। जगदीश बाबू, रमा बाबू और आशुतोष बाबू ने पिताजी को तैयार किया। पिताजी ने मैरून रंग की शेरवानी पहनी। जगदीश बाबू ने पिताजी के माथे पर बेले की लड़ियों वाला सेहरा बाँधा। जगदीश बाबू ने कहा, ''अमा यार पंडत जँच रहे हो।'' बाबा ने प्रसन्न होकर जगदीश बाबू को चाँदी की अशर्फ़ियों का नज़राना दिया। बारात जनवासे से निकल कर माँ के निवास स्थान पहुँची। परिवार के सदस्य द्वार पर स्वागत के लिए खड़े थे। गुलाब के फूलों की माला पहनाकर बारातियों का स्वागत किया गया। इत्र, पुष्प और अक्षत की वर्षा की गयी। सर्वप्रथम द्वाराचार की रस्म हुई फिर खाने-खिलाने का लम्बा दौर चला। मध्यरात्रि आँगन में विवाह की रस्में शुरू हुईं। दोनों पक्षों में हास-परिहास चल रहा था, मंत्र पढ़े और दोहराये जा रहे थे। तभी माधव पंडित ने कहा, ''कन्या को बुलाइये।'' तब एड़ी से चोटी तक लाल जोड़े में लिपटी वधू को लाया गया। लम्बे घूँघट के कारण न माँ पिताजी को देख पाईं न पिताजी माँ को। धीरे-धीरे रस्में होनी शुरू हुईं। कन्यादान, सप्तपदी, वरमाला बदलना। फिर आयी माँग भराई की रस्म। माँग भराई की रस्म के समय माँ ने साशय पिताजी का साक्षात्कार कर ही लिया। पेट्रोमैक्स की तेज़ रौशनी में माँ को पिताजी का चेहरा बेहद रोबीला जान पड़ा। जिस वर की कल्पना माँ बचपन से करती आयी थी उससे पिताजी की शक्ल कितनी मिलती थी। यह तो वह नहीं जान पायी लेकिन पिताजी के चेहरे की सौम्यपूर्ण मुस्कान उन्हें रोमांचित कर गयी। पिताजी के लिए सब कुछ दुबारा हो रहा था। मस्तिष्क में समानान्तर चल रही थीं पहले विवाह की स्मृतियाँ। ललिता देवी के स्थान पर थी शारदा।

भोर होने को आ गयी, विवाह सम्पन्न हुआ।

कुछ एक संस्कार अभी भी बचे थे। मुख्यत: कोहबर पूजने, कंगन खोलने और विदाई की रस्म। सो पहले कोहबर पुजईया हुई। फिर आयी कंगन खोलने की रस्म। इस रस्म के अनुसार वर को वधू के कंगन खोलने होते थे। घर की तमाम स्त्रियों के बीच पिताजी ने सकुचाते हुए माँ का हाथ अपने हाथ में लिया। जीवन में पहली बार किसी पुरुष के स्पर्श से माँ को एक अजीब-सी सिहरन हुई। इस सिहरन से वर्षों से हृदय में भरा प्रेम रोम-रोम स्पंदित कर गया। घर की औरतें अपनी साड़ी का आँचल मुँह में दबा कर हँसी जाती थीं। माँ की कलाई मोटी थी सो कंगन खुले न खुलता था। औरतों की मीठी हँसी के बीच माँ की चाची ने एक पारम्परिक गारी गानी शुरू की।

हँसी-हँसी पूछे जनकपुर नारी
नाथ, कैसे गज के फंद छुड़ाए।
गज और ग्राह्य लड़े जल भीतर

पैदल पैदल धाए
सिया जी का कंगन छुटत नाही
कैसे गज के फंद छुड़ाए।

अन्ततः कंगन खुला और पिताजी ने लजाती नववधू को बाँहों में भर लिया।

हल्की धूप खिल आयी थी। फिर भी पूरा माहौल नींद से बोझिल था। जलपान बनकर तैयार था। सेव बूँदी, अनेकों तरह की मिठाइयाँ, दही कचौरी, चाय, शरबत। बच्चे खेल–खेल कर शामियाने के तख़्ते पर सोये पड़े थे। बुआ ने बच्चों को जलपान के लिए उठाया। पुरुषों में लेन–देन का कार्यक्रम शुरू हो गया था। लगभग घंटे भर पैर छूने, गले मिलने, बधाइयों और आशीर्वाद देने का लम्बा सिलसिला चला। अब विदाई की आखिरी घड़ी आ चुकी थी। घर की औरतों ने रुँधे गले से विदाई गीत गाना शुरू किया। रोना रोहट मचा, सदियों से विदाई के समय का यह रोना एक शगुन–सा बन गया था। जिसके बिना कोई डोली न उठती। माँ अपने छूटते घर और परिजनों को देखकर रोती ही जा रहा थी। एक नवविवाहिता एक अज्ञात जीवन में प्रवेश कर रही थी। मन चिंता में डूबा जाता था। न जाने ये परिजन फिर कब देखने को मिलें? संसार की हर औरत विवाह कर अपना घर छोड़ती है। एक नयी दुनिया में जाकर प्रेम, सेवा और त्याग से अपना स्थान बनाती है। इसी कारण औरत महान है। माँ को रोता देखकर सुनंदा ने पूछा, ''बुआ माँ क्यों रो रही है?'' बुआ ने हँस कर सुनन्दा को गोद में उठा लिया और कहा, ''माँ हमारे साथ चल रही है ना इसीलिए रो रही है।'' माँ, पिताजी और बच्चे दूधिया चमचमाती अम्बेस्डर कार में बैठे। धूल उड़ाती कार चल पड़ी।

पृष्ठभूमि में एक पारंपरिक विदाई गीत गाती घर की औरतों का स्वर निरंतर मद्धिम पड़ता जाता।

बहोत रही बाबूल घर दुल्हन, चल तोरे पी ने बुलाई
बहूत खेली सखियन के संग, चल तोरे पी ने बुलाई
चार कहार मिल डोलिया उठाई, संग परोहित और भाई
अंत विदा हो चली है दुल्हन, नैनन नीर बहाई
बहोत रही बाबूल घर दुल्हन, चल तोरे पी ने बुलाई

रोते–गाते चेहरे पीछे छूट गए। बारातियों का काफ़िला भी पीछे–पीछे चल पड़ा। माँ के गाँव और शहर के ठीक बीचोबीच हमारा गाँव पड़ता था। बारातियों का काफ़िला गाँव पर विश्राम करने को रुका। घर की चौखट पर छोटी चाची ने माँ की आरती उतारी। नवदम्पति ने कुल देवता का आशीर्वाद लिया। गाँव की औरतों ने माँ का मुँह देखा और मुँह दिखाई का शगुन दिया। दोपहर का भोजन और विश्राम करके बारात शहर की ओर चल पड़ी। बच्चे इस बीच न जाने कितनी बार सोए और कितनी बार जगे। ड्राइवर की सीट के बगल में बैठे पिताजी ने सामने शीशे में घूँघट निकाली माँ को न जाने कितनी बार निहारा। कच्ची सड़क पर हिचकोले खाती गाड़ी में डरी–सहमी माँ ने न जाने कितनी बार पिताजी का चेहरा देखने

की इच्छा मन-ही-मन दबा दी। ढलते सूरज की रौशनी माँ के सुर्ख लाल जोड़े पर पड़कर उसे और सुर्ख बना रही थी। शाम होने को आयी थी। सूरज अब ठंडा पड़ने लगा था।

अंततः थकी-हारी बारात शहर पहुँची। बड़ी चाची ने माँ की आरती उतारी और घर में प्रवेश करवाया। बुआ ने सबसे पहले दादी और ललिता देवी की तस्वीर पर फूलों की माला चढ़वायी। बच्चों ने नयी माँ के पैर छुए। आस-पड़ोस की औरतें नयी दुल्हन का मुँह देखने आयीं। देर रात तक गाना-बजाना होता रहा। मित्रों ने पिताजी का सुहागरात कक्ष सजाया। सुनंदा ने नयी माँ के साथ सोने की ज़िद की। बुआ ने हँसकर कहा, "माँ आ गई तो बुआ को भूल गयीं। चलो-चलो आज एक नई कहानी सुनाएँगे। पिताजी ने आख़िरकार कमरा बंद किया तब जाकर कहीं एकांत मिला। पिताजी ने उस रात अपने और अपने परिवार के विषय में जो कुछ भी ज़रूरी था सब संक्षेप में माँ को बता दिया। माँ के सामने अपनी अपेक्षाएँ रखीं और माँ ने हर परिस्थिति में साथ निभाने का वचन दिया और कहा कि अब उन्हें बच्चों की चिंता करने की ज़रूरत नहीं है। नवदम्पति निश्चिंत होकर सो गए। पूर्णिमा का चाँद खिड़की से अपनी चाँदनी माँ के चेहरे पर छिटकाता रहा। बेले की लड़ियाँ रात भर महकती रहीं। माँ और पिताजी के जीवन का एक नया अध्याय शुरू हुआ। सुहागरात बीत गयी। प्रातः हो गयी। माँ ने उजड़ी हुई गृहस्थी को एक नए सिरे से सँवारना शुरू किया। श्रीराम चाचा और परशुराम चाचा का परिवार कुछ दिन रहकर चला गया और शुभचिंतक समाज भी एक विधुर का कल्याण कर धीरे-धीरे विलुप्त हो गया।

हफ़्ते भर के भीतर बुआ ने माँ को रसोई में प्रवेश करा दिया। आँगन में मुरझाती तुलसी के पेड़ में कुछ नए पत्ते खिल आये। बच्चे नियमित रूप से स्कूल जाने लगे। पिताजी पूरे मनोयोग से एक बार फिर अपनी प्रैक्टिस में लग गए। बुआ और छोटी चाची ने माँ को धीरे-धीरे सब कुछ सिखला दिया। कौन-कौन से व्रत-उपवास रखने हैं। शादी-ब्याह, तीज-त्योहारों पर किसको क्या देना है? किसको खाने-पीने में क्या पसंद है। पिताजी का मूड कब अच्छा होता है। कब उनसे बहस नहीं करनी है। बुआ ने माँ को बताया कि नौकरों के लिए मोटी रोटी बननी चाहिए, महरीन कामचोर है और वक़्त-बेवक़्त पैसे माँगती रहती है। धनसिंह बीड़ी और कभी-कभी शराब भी पीता है। जो मुवक्किल अपने केस के लिए दूर-दराज से आते हैं और जिनका शहर में कोई परिचित, रिश्तेदार नहीं होता वो भी हमारे घर पर ही रुकते हैं। उन्हें भी भोजन-जलपान कराना होता है। धीरे-धीरे माँ घर के संस्कारों में ढल गयी। घर की ज़िम्मेदारियों से निवृत्त बुआ वापस भक्ति मार्ग पर चल दी। बुआ अब सुबह-शाम घंटों पूजा करती और दिन भर भजन गाती रहती।

माँ में काम करने की अपार शक्ति थी। माँ सुबह चार बजे भोर में उठकर जो अपना काम शुरू करती तो सब कुछ रात नौ-दस बजे सबके भोजन के बाद ही ख़त्म होता। ईश्वर की अनुकम्पा से पिताजी की वकालत अच्छी चल पड़ी थी सो घर में किसी प्रकार का अभाव न रहता था। ग्रामीण इलाकों से आते मुवक्किल भी प्रेमवश कुछ-न-कुछ लाया करते थे। बाबू यह हमारे यहाँ का सत्तू, यह हमारे यहाँ का अचार, हमारे यहाँ का मुरब्बा। यूँ तो पिताजी को ये चीज़ें लेना गवारा न होता लेकिन सीधे-सादे ग्रामीण (अक्सर वो जो

फ़ीस देने में समर्थ न होते) आग्रह कर ये चीज़ें पिताजी को दे देते। वो कहते, "वकील साहब बड़े प्रेम-जतन से लाये हैं आपके लिए। आप खा लेंगे तो हमको संतोष हो जायेगा। पिताजी उनकी सादगी और प्रेम के आगे नतमस्तक हो जाते। विवाह के कुछ महीने बाद माँ के भाई शशि और चाचा गौरीशंकर माँ का हालचाल पूछने शहर आये। सुबह का वक़्त था। बच्चे स्कूल जाने के लिए तैयार हो रहे थे और पिताजी कचहरी। माँ रसोई में व्यस्त थी। भाई शशि ने माँ को चूल्हे पर खाना बनाते देखा और पूछा, "सब ठीक तो है, कोई दिक्कत तो नहीं है।" माँ ने बुझ गयी लकड़ी को फूँक मारते धुएँ से लाल पड़ गयी आँखों से गिरता पानी पोंछते हुए कहा, "हूँ।" हूँ का अर्थ था सब ठीक है। यही तो माँ को सिखाया गया था कि तन-मन-धन से पति की सेवा करना और बदले में जो कुछ भी पति दे उसे अपना भाग्य मान लेना। न भाग्य पर इठलाना न रोना। सदा एक पानी पर रहना। सौतेले बच्चों को सगी माँ से बढ़कर प्यार देना। भाई शशि और चाचा, माँ की बसती गृहस्थी देखकर प्रसन्न हुए और जलपान कर आशीर्वाद देकर चले गए।

एक रोज़ बैंकॉक से स्वर्गीय ललिता देवी के भाई अनिरुद्ध बाबू का आगमन हुआ। दोपहर का वक़्त था, घर में कोई न था, न बुआ न बाबा, न पिताजी, सिर्फ़ बच्चे आँगन में खेल रहे थे। माँ रसोई में कुछ कर रही थी। अनिरुद्ध बाबू को देखते ही बच्चे, "मामा आ गए, मामा आ गए" कहकर चिल्लाने लगे। माँ को आभास हो गया कि आगंतुक ललिता देवी के भाई हैं। माँ भीतर से आँगन में आयी और अनिरुद्ध बाबू के पैर छुए। "सुहाग बना रहे।" अनिरुद्ध बाबू ने कहकर अपना परिचय दिया, "दीदी! मैं अनिरुद्ध, बैंकॉक में रहता हूँ। पहचाना? ललिता मेरी बहन थी। मुझे आप अपना भाई समझें।" माँ उनके पैर छूकर तुरंत चाय-नाश्ते का इंतज़ाम करने वापस रसोई में चली गयी। सुनन्दा ने मामा से कहा, "हमारे लिए क्या लाये हैं ज़रा बताइये तो?"अनिरुद्ध बाबू ने अपने बड़े से बैग में से एक-एक कर लायी हुईं चीज़ें निकालनी शुरू कर दीं। कपड़े, जूते, खिलौने, घड़ियाँ, विदेशी टॉफ़ियाँ। मौका देखकर अनिरुद्ध बाबू ने बच्चों से पूछा, "नई माँ कैसी है?"

"अच्छी हैं," सुनंदा ने कहा। अनिरुद्ध बाबू ने आकाश की कमीज़ की उधड़ी सीवन देखकर कहा, "अरे तुम्हारा शर्ट तो फट गया है।" आठ वर्ष के भोले आकाश ने कहा, "पिताजी से बोले हैं नया शर्ट खरीदने को, लेकिन वो रोज़ भूल जाते हैं।" अनिरुद्ध बाबू ने आकाश की आँखों में देखकर कहा, "पता नहीं तुम्हारे पिताजी भूल जाते हैं कि तुम लोगों की नई माँ ने मना कर रखा है।" यह बात माँ के कान में पड़ी। माँ की आँखों में आँसू आ गये। यह बात माँ ने न पिताजी से तब कही न जीवन में फिर कभी। शाम को पिताजी कचहरी से आये। अनिरुद्ध बाबू ने जीजा के पैर छुए और कहा, "दीदी बड़ी गुणी हैं, खाना तो बहुत ही अच्छा बनाती हैं।" अनिरुद्ध बाबू ने पिताजी के लिए लाया हुआ कपड़ा और विदेशी घड़ी पिताजी को भेंट की। आँगन में ही सोने का इंतज़ाम हुआ। अनिरुद्ध और पिताजी देर रात तक बातें करते रहे। अगले रोज़ सुबह अनिरुद्ध बाबू चारपानी चले गए। आकाश के दिमाग में एक नया प्रश्न पैदा हो गया था कि क्या उसके पिता धीरे-धीरे उसकी सौतेली माँ के इशारे पर नाचने लगे हैं, जो कि सच न था। यह प्रश्न जल्द ही आकाश के मस्तिष्क से

होता हुआ सभी बच्चों के दिमाग में घर कर गया।

इस बीच पिताजी ने माँ की कोख में पहली संतान का बीज बो दिया था। एक रोज़ माँ के पेट में ज़ोरदार दर्द उठा। बाबा गाँव में थे और पिताजी कचहरी गए थे...बुआ ने आस-पड़ोस की औरतों को इकट्ठा किया। धनसिंह दाई को बुलाने भागा। सूरज डूबने के पहले ही माँ ने अपनी पहली संतान को जन्म दे दिया। पिताजी भागे हुए घर आये, घर में घुसते हुए पिताजी ने उत्सुक नज़रों से धनसिंह को देखा। "लछमी हुई हैं साब!" धनसिंह ने कहा।

पिताजी संतान को गोद में उठाकर हार्दिक प्रसन्न हुए। कुछ रोज़ के भीतर कन्या का नामकरण हो गया। पिताजी ने नामकरण स्वयं किया। नाम रखा अनंदिता। एक रोज़ बाबा ने पिताजी से कहा कि घर का रुका हुआ काम वापस शुरू होना चाहिए। तब तक कुल मिलाकर चार कमरे ही बने थे। बाबा का कहना था कि भविष्य में परिवार बड़ा होगा और अधिक कमरों की आवश्यकता होगी। ललिता देवी की मृत्यु के बाद पिताजी घर को लेकर उदासीन हो गए थे। पिताजी आरंभ से ही खर्चीले स्वाभाव के रहे। खाने-पीने, पहनने-ओढ़ने, घूमने-फिरने के शौक़ीन। माँ ने अब धीरे-धीरे पिताजी की इस खर्चवाह प्रवृत्ति पर अंकुश लगाना शुरू कर दिया था। कभी-कभार पिताजी माँ को घुमाने-फिराने, सिनेमा दिखाने ले जाना चाहते लेकिन माँ कहती, "व्यर्थ पैसा खर्च करके क्या फ़ायदा, एक बार घर बन जाये फिर घूमना-फिरना भी हो जायेगा। माँ के स्वभाव की यही सादगी और स्वार्थहीनता पिताजी को मुग्ध कर जाती। एक बार फिर से पिताजी को घर को लेकर आसक्ति पैदा हुई। एक बड़ा-सा विशालकाय घर आरम्भ से ही पिताजी का सपना था। कई कमरे, एक बड़ा-सा आँगन,बरामदा, एक बड़ी खुली छत, पिताजी के पढ़ने और काम करने के लिए एक स्टडी। नौकरों के रहने के लिए सर्वेंट क़्वार्टर। एक पूजा घर। अनाज राशन रखने के लिए एक अलग कमरा। बरसात बीतते ही पिताजी ने पूरे ज़ोर-शोर से घर का रुका हुआ काम एक बार फिर शुरू करा दिया।

धीरे-धीरे पिताजी की सोच ने आकार लेना शुरू कर दिया। गृह निर्माण का काम दिन-रात चलने लगा। डेढ़ वर्ष के भीतर ही घर बनकर तैयार था। संगमरमर के चार मोटे गुम्बदों पर टिका एक आलीशान घर, दर्जन भर कमरे, बड़ा-सा बरामदा, खुली हवादार छत, फूलों से भरा लॉन, लाल फ़र्श वाला बड़ा-सा आँगन, पिताजी की स्टडी। पिताजी ने घर अगली पीढ़ी की ज़रूरतों के हिसाब से बनवाया था, ताकि भविष्य में किसी को दिक्कत न हो, हर चार कमरों के लिए एक शौचालय और स्नानघर। घर का पहला कमरा पिताजी की स्टडी और बैठक कक्ष महज़ कमरा न था पिताजी की निजी दुनिया थी जिसे पिताजी ने बड़े शौक से सजाया था। दीवार पर लकड़ी के फ्रेम में मढ़ी डिग्रियाँ, ललिता देवी की बड़ी-सी फ़ोटो, कानून और साहित्य की किताबों से भरी चार अलमारियाँ, आरामकुर्सी, मुवक्किलों के बैठने के लिए बैंच, कमरे के बीचोबीच पढ़ने की एक बड़ी मेज़ और कुर्सी, मेज़ पर फैला हुआ सामान, किताबें, नक़्शे, कागज़ात, डायरियाँ, कई तरह की महँगी कलमें, कोने में सोने के लिए एक आरामदायक दीवान, चाँदी का पीकदान। कमरे का एक सिरा बाहर की ओर खुलता और दूसरा सिरा भीतर आँगन की ओर। धीरे-धीरे घर बनकर तैयार हुआ

जाता और पिताजी का वर्षों से देखा सपना सच हुआ जाता था।

पिताजी हर दिन सुबह उठ कर लॉन में फूलों को निहारते। उनको सबसे ज़्यादा पसंद था लाजवंती यानी छुईमुई का पेड़, पेड़ की पत्तियाँ मानव के स्पर्श मात्र से सिकुड़ जातीं और थोड़ी देर बाद वापस खिल जातीं। इसके छोटे गुलाबी फूल मन मोह लेते। पिताजी अक्सर सुबह उठकर छुईमुई की पत्तियों को खुलता बंद होता देखकर अत्यधिक प्रसन्न होते। इसके अलावा लॉन में रातरानी, मधुमालती, गुड़हल, डहेलिया और मोगरे के पेड़ भी थे। जिनकी देखभाल के लिए एक माली रखा गया था।

एक रोज़ पिताजी ने देखा कि एक काला-सा लड़का मैले-कुचैले कपड़े पहने गेट पर खड़ा है। पिताजी को उस पर तरस आया। माँ से कहा कि उसे कुछ खाने को दे दे। माँ ने उसे खाना दिया तो लड़के ने कहा, "बहूजी खाना नहीं काम चाहिए।" रिक्शा खड़ा था पिताजी को कचहरी जाने के लिए देर हो रही थी। पिताजी ने लड़के से उसका नाम पूछा। लड़का चुप रहा जैसे खुद का नाम ही न जानता हो। पिताजी तब तक जान चुके थे कि लड़के में और कुछ न हो स्वाभिमान ज़रूर है। "क्या काम कर सकते हो?" पिताजी ने एक बार फिर से पूछा। लड़का फिर चुप। पिताजी और माँ विस्मय में पड़ गए। पिताजी के रिक्शे पर सवार होते ही लड़के ने हकला कर कहा, "बच्चा खिलाएँगे बाबू।" पिताजी को हँसी आ गयी। लड़के को भीतर ले लिया गया। शाम को जब पिताजी कचहरी से घर लौटे तो अजय की साफ़-सुथरी कमीज़ और नेकर पहने उसी लड़के को देखकर पहचान ही न पाए। स्कूल से आकर बच्चो ने उसका नामकरण भी कर दिया। इंजन की तरह काला होने के कारण उसका नाम 'इंजन' रखा गया। इंजन बच्चों को खाना खिलाता, उनके साथ खेलता। कभी घोड़ा बनकर कभी हाथी बनकर, कभी बन्दर की तरह नाच कर, कभी झूठ-मूठ रोकर बच्चों का मनोरंजन करता। इसके अलावा इंजन घर के छोटे-मोटे ऊपरी काम भी करने लगा, इंजन धीरे-धीरे परिवार का सदस्य बन गया। फिर घर में कभी किसी ने न पूछा कि उसके माता-पिता कहाँ थे या वह किस गाँव का रहने वाला था।

इस बीच पिताजी को एक नई आदत पड़ गयी। कचहरी के गेट पर धनलक्ष्मी लॉटरी की एक छोटी-सी दुकान लगती जिसे मनोहर नाम का एक खुशमिज़ाज लड़का चलाता। पिताजी अक्सर मनोहर से लॉटरी के टिकट खरीद लेते। पिताजी बड़ी उत्सुकता से शाम को लॉटरी के परिणाम आने का इंतज़ार करते। शाम को पिताजी मनोहर से पूछते, "तो बताओ भाई आज का भाग्यशाली विजेता कौन है?" तब मनोहर कहता, "आप तो हार गए वकील साहब।" कभी-कभार लॉटरी लग भी जाती और छोटी-मोटी इनामी रकम मिल जाती। लॉटरी का इनाम पाकर पिताजी बेहद खुश हो जाते और सबसे कहते फिरते, "सी हाउ लक्की आई एम!" पिताजी की लॉटरी खरीदने की यह आदत जीवन भर चलती रही।

पिताजी कचहरी से आकर भोजन कर पढ़ने बैठ जाते और देर रात तक पढ़ते। अक्सर छाती पर किताब रखे ही सो जाते जो अक्सर माँ को सावधानी से हटानी पड़ती ताकि पिताजी की नींद न टूटे। माँ अक्सर इन किताबों को देखती और सोचती कि इनमें न जाने क्या लिखा होगा? कभी-कभी पिताजी अपनी लिखी कोई कविता माँ को सुनाते जो माँ को सुनने में

अच्छी लगती लेकिन समझ में न आती। पिताजी को माँ की इस अज्ञानता, पढ़ा-लिखा न होने के कारण चीज़ों को न समझ पाने की असमर्थता दुखी कर जाती। पिताजी अक्सर माँ को चिढ़ाते और कहते, ''तुम्हारे माँ-बाप को अगर नाम शारदा ही रखना था तो ज़रा पढ़ा-लिखा भी दिया होता। नाम शारदा और लड़की काला अक्षर भैंस बराबर। जानती हो जगदीश बाबू की औरत मैट्रिक पास हैं।'' तब माँ झेंप जाती। उस वक़्त तक देश में महिला साक्षरता की लहर चल पड़ी थी और पिताजी इसके पक्ष में थे। एक रोज़ पिताजी ने निश्चय किया कि वो माँ को पढ़ाएँगे। कम-से-कम अपना नाम लिखना, हस्ताक्षर करना, चिट्ठी लिखना तो आना ही चाहिए। पिताजी उस रोज़ कचहरी से सीधे जनार्दन मास्टर के घर जा पहुँचे। जनार्दन मोशाय इसी वर्ष मास्टरी से सेवानिवृत्त हुए थे। मास्टर मोशाय पिताजी को देखकर बोले, ''चेला इतने दिनों बाद आज गुरु के पास आया है तो ज़रूर कोई गंभीर मामला होगा।'' पिताजी ने कहा, ''मास्टर मोशाय एक चुनौती देने आया हूँ आपको?''

''चुनौती!'' मास्टर मोशाय बोले। ''किसी पहलवान से कुश्ती लड़ना है क्या?'' पिताजी ने गंभीर मुद्रा बनाकर कहा, ''शायद उससे भी बड़ा काम होगा आपके लिए। मेरी पत्नी को पढ़ाना है, घर की बात है इसलिए आपके पास आया हूँ। ''मास्टर मोशाय ने हँसकर कहा, ''इस उम्र में वर्णमाला और अल्फाबेट! चलो तुम्हारे लिए वो भी सही।'' पिताजी ने मास्टर मोशाय के चरण स्पर्श किये और प्रसन्न मन से घर लौट आये। रात को सोते समय पिताजी ने माँ से कहा कि कल से मास्टर मोशाय शाम को उन्हें पढ़ाने आएँगे तो माँ के अंदर एक अजीब-सी हिचक पैदा हुई कि इस उम्र में ये सब, लेकिन पिताजी थे कि अपनी ज़िद पर अड़े रहे। अगले दिन से पढ़ने-पढ़ाने का सिलसिला शुरू हुआ। शाम पाँच बजे तक मास्टर मोशाय आ जाते, तब तक माँ अपने घरेलू कार्यों से फ़ुरसत पा जाती। मास्टर मोशाय आँगन में ही बैठकर माँ को पढ़ाते। बड़े होते बच्चे माँ के हाथ में वर्णमाला की किताब देखकर खूब हँसते। कभी-कभी माँ की आँखों में आँसू भी आ जाते कि इस उम्र में उन्हें ये सब करना पड़ रहा है, लेकिन पिताजी की ज़िद के आगे उनकी एक न चलती थी। जब माँ की आँखों से आँसू छलकते तब मास्टर मोशाय कहते, ''देखो मेरा स्टूडेंट तो बिना मार खाए ही रो रहा है।'' यह सुनकर माँ को हँसी आ जाती। मास्टर मोशाय की महीनों की तपस्या के बाद माँ आखिरकार साक्षर हो गयी। माँ अब अक्षर-अक्षर जोड़कर पढ़ लेती थी, अपना नाम लिख लेती और हस्ताक्षर कर लेती। यह वर्ष था 1969 का। साठ का दशक अपनी समाप्ति पर था। इसी वर्ष माँ को दूसरी संतान हुई। फिर लक्ष्मी। पिताजी ने नाम रखा शुभांगी। आज़ादी के मायने खो चुके थे। हर तरफ़ महँगाई, कालाबाज़ारी, बेरोज़गारी साफ़ देखी जा सकती थी। न सिर्फ़ ग्रामीण इलाकों में बल्कि शहर के मध्यमवर्ग और निम्न मध्यमवर्ग में खासा असंतोष व्याप्त था। इंदिरा जी को पार्टी के बाहर और भीतर तमाम विरोधों का सामना करना पड़ रहा था। देश की तरह वकालत का पेशा भी गंभीर संकट के दौर से गुज़र रहा था।

बढ़ते परिवार की बढ़ती ज़रूरतों के लिए पिताजी को अत्यधिक श्रम करना पड़ रहा था। पुराने केस खिंचते चले जाते और नए केस जुड़ते चले जाते। हर मुवक्किल पिताजी का नाम और रुतबा जानकर एक उम्मीद लेकर आता।

एक रोज़ रिकॉर्ड रूम में एक दस्तावेज़ खोजते वक़्त पिताजी ने अपने पीछे एक व्यक्ति को घूमता पाया। चेहरा जाना-पहचाना था। व्यक्ति का नाम सम्पत था। सम्पत शहर के नामीगिरामी वकील संग्राम सिंह के लिए काम करता था। कुछ महीनों पहले पक्षाघात से संग्राम सिंह की मृत्यु हो गयी थी और सम्पत बेरोज़गार हो गया था। सम्पत तिकड़मी आदमी था, उसमें वाक्चातुर्य भी था और उसकी बुद्धि भी महीन थी। बिना वकालत पढ़े सम्पत कानून के अधिकांश दांव-पेच जानता था। यह वह दौर था जब पिताजी के अधिकांश जूनियर भी थोड़ा-बहुत कानून सीख कर अपनी खुद की प्रैक्टिस में लग गए थे। सम्पत पेचीदा मामलों की कचहरी के बाहर सुलह करवाने की कला में भी प्रवीण था। सम्पत ने पिताजी को परेशान देखकर कहा, "बाबू कहाँ रिकॉर्ड रूम में पसीना बहा रहे हैं। चलिए हम कागज़ लेकर आते हैं।" पिताजी बहस के लिए मजिस्ट्रेट के कमरे में चले गए। बहस कर बाहर निकलते ही पिताजी ने सम्पत को गलियारे में खड़ा पाया। सम्पत ने भावुक स्वर में भूमिका बाँधी, "बाबू आप तो जानते ही हैं कि जबसे संग्राम वकील साहब गुज़रे हम अनाथ हो गए हैं, संग्राम बाबू घर की तरह से रखते थे।" पिताजी ने कहा, "क्या चाहते हो?" सम्पत ने नज़रें झुका के कहा, "बाबू अगर आप ही रख लेते तो...वकील तो कई हैं लेकिन आप जैसा धर्मात्मा कोई नहीं है। संग्राम बाबू भी चाहते थे कि उनके बाद..." सम्पत कहते-कहते रुक गया। पिताजी उसका आशय समझ गए। पिताजी ने पल भर को विचार किया कि इस वक़्त जिस तरह उनका काम फैलता जा रहा है, सम्पत साथ रहने के लिए उपयुक्त रहेगा। पिताजी ने सम्पत को काम पर रख लिया। अगले दिन से सम्पत पिताजी के साथ कचहरी जाने लगा। सम्पत का काम था सुबह आकर पिताजी को नाश्ता करवाकर उनका बक्स ठीक करवाना, फिर दिन भर उनके साथ कचहरी में रहना, कचहरी में मुवक्किलों से मिलना, केस की तैयारी में पिताजी की मदद करना, मुवकिल्लों से पेशगी ज़रूरी कागज़ात वगैरह लेना। शाम को सब्ज़ी वगैरह लेकर पिताजी को घर छोड़ना और शाम को बच्चों को कचहरी में हुए मनोरंजक किस्से सुनाना, जैसे आज कौन-सा चोर, कौन-सा बदमाश पकड़ा गया। आज जज साहब ने क्या फ़ैसला सुनाया, आज पिताजी की बहस कैसी हुई वगैरह-वगैरह। धीरे-धीरे सम्पत घर का सदस्य बन गया। सब उसकी चिकनी-चुपड़ी बातों में रस लेने लगे। घर का कोई एक सदस्य अगर सम्पत को पसंद न करता तो वो थी बुआ। बुआ को सम्पत एक नंबर का कपटी और घाघ लगता। सम्पत वास्तव में चाहे जैसा भी था लेकिन यह सच था कि उसके आने से पिताजी को बड़ा सहयोग मिला और पिताजी के रुतबे में इज़ाफ़ा भी हुआ।

वक़्त गुज़र रहा था। इस बीच जगदीश बाबू के साथ भी वही हुआ जो 6 वर्ष पहले पिताजी के साथ हुआ था। जगदीश बाबू की पत्नी टी.बी. की लम्बी बीमारी से लड़ते-लड़ते गुज़र गयी। जीवन में कभी भी संजीदा न हुए जगदीश बाबू की खुशियों को न जाने किसकी नज़र लग गयी। पत्नी के वियोग से दुखी जगदीश बाबू ने कचहरी जाना छोड़ दिया। जगदीश बाबू पहले खुशी के मौके पर कभी-कभार पी लिया करते थे। अब जीवन में हुए इस वज्रपात से उन्होंने और अधिक पीना शुरू कर दिया। शाम होते-होते जगदीश बाबू अँधेरा कर अपने दीवानखाने में शराब लेकर बैठ जाते। अक्सर पिताजी भी कचहरी से

छूटकर जगदीश बाबू के घर चले जाते और मित्र के गम में शरीक होने के लिए थोड़ा-बहुत पी लेते। एक रोज़ जगदीश बाबू ने पिताजी से कहा, ''यार पंडत यह ईश्वर इतना निर्दयी कैसे हो सकता है, मैंने किसी का क्या बिगाड़ा था ? और तुम्हारी भाभी ने व्रत-उपवास, दान-धर्म में क्या कमी कर दी कि ऊपरवाले ने उसे बुला लिया।'' यह कहते-कहते जगदीश बाबू की आँखें क्रोध से लाल हो गयीं और स्वर तेज़ हो गया। ''मुझे इसका जवाब चाहिए पंडत।'' पिताजी मौन रहे। जगदीश बाबू मृत पत्नी की याद में इतना रोये कि पिताजी के मस्तिष्क में ललिता देवी की असमय मृत्यु की स्मृतियाँ एक बार फिर ताज़ा हो गयीं। जगदीश बाबू ने लड़के वीर (पहाड़ी) को रानीखेत के बोर्डिंग स्कूल में भेज दिया। माँ की असमय मृत्यु का असर मोहिनी के दिमाग पर पड़ा। मोहिनी को पागलपन के दौरे पड़ने लगे। मोहिनी कभी-कभी अचानक कुछ देखकर डर जाती और रोने-चिल्लाने लगती और कभी-कभी अकारण ज़ोर-ज़ोर से हँसने लगती। कभी-कभी आँगन में सूखते कपड़े फिर से धोने लगती और कभी बाल्टी का बाल्टी पानी अपने शरीर पर उलीच लेती। कभी-कभी मोहिनी का पागलपन इतना बढ़ जाता कि उसे कमरे में बंद करने की नौबत आ जाती। शाम को जब पिताजी आते तब मोहनी ज़ोर-ज़ोर से चिल्लाती, ''चाचाजी दरवाज़ा खुलवा दीजिये नहीं तो हम ज़हर खाकर जान दे देंगे।'' ज़हर खाने की बात सुनते ही फ़ौरन दरवाज़ा खोल दिया जाता और मोहिनी ज़ोर-ज़ोर से हँसती अपने कमरे में भाग जाती। मोहिनी के इलाज के लिए पैसा पानी की तरह बहाया जाने लगा। लेकिन कुछ लाभ होता न दिखता था। बचपन से हर साल शिवरात्रि में पशुपति-नाथ के दर्शन करने जाने वाले जगदीश बाबू ने काठमांडो जाना छोड़ दिया। पिताजी अपने मित्र की उजड़ती हुई ज़िंदगी देखकर दुखी और बेबस थे।

इसी बीच एक और घटना घटी जिसने पिताजी को तोड़ कर रख दिया।

इधर कई वर्षों से आशुतोष बाबू का कुछ पता न चला। पहले कभी-कभार अंग्रेज़ी में बड़ी सुन्दर लिखावट में लिखी उनकी चिट्ठियाँ पिताजी को मिलती रहती थीं किन्तु चिट्ठियों का सिलसिला भी धीरे-धीरे बंद हो गया था। कारण शायद बढ़ती व्यस्तता हो, ऐसा सोचकर पिताजी ने इस दुर्गापूजा में स्वयं कलकत्ते जाकर आशुतोष बाबू का हालचाल लेने का मन बनाया था। किन्तु इसी बीच एक रोज़ रमा बाबू ने जो बात बतायी, उसने पिताजी समेत सभी मित्रों को गहरे शोक से भर दिया।

विवाह के कई वर्षों बाद भी सूर्यबाला देवी को संतान न हुई। ढलती उम्र के कारण आशुतोष बाबू चिंतित रहने लगे। ऐसे में डॉक्टरों की मदद और मनौतियों, विनतियों के अलावा किया भी क्या जा सकता था। सो मुखर्जी दम्पति ने दान-पुण्य और डॉक्टरों की चिकित्सा और परामर्श में कोई कमी न छोड़ी। फिर भी बात न बनी। दम्पति का नि:संतान होना उनके सुखी वैवाहिक जीवन में ज़हर घोलने लगा। इसी बीच भोली-भाली सूर्यबाला देवी दार्जिलिंग से आये किसी साधु के चक्कर में पड़ गयी। धूर्त साधु ने सूर्यबाला देवी का आर्थिक शोषण तो किया ही संतान प्राप्ति का लालच देकर उनके साथ शारीरिक अनुष्ठान भी कर डाला। चंद महीनों में यह बात आशुतोष बाबू को पता चल गयी। तब तक वह धूर्त साधु कलकत्ता छोड़ कर न जाने किस दिशा में गायब हो चुका था। सूर्यबाला पर चरित्रहीनता

का दाग लग चुका था। घटना से विचलित होकर आशुतोष बाबू घर छोड़कर चले गए और फिर कभी न लौटे।

इधर बुआ ने दोधारी तलवार चलानी शुरू कर दी थी। एक तरफ़ वह बड़े हो रहे बच्चों से अकेले में कहतीं कि यह तुम्हारी सगी माँ नहीं है, तुम्हारी अपनी माँ मर गयी और तुम्हारे पिता ने दूसरी शादी कर ली। वहीं दूसरी तरफ़ बुआ माँ से कहती कि कितना भी करो इन सौतेलों के लिए ये तुम्हारे किये का मोल नहीं समझेंगे। लेकिन माँ ने इन बातों की परवाह न करते हुए अपना प्रेम और ममता अपने सगे बच्चों से भी अधिक सौतेले बच्चों पर न्योछावर कर दी। इस बीच माँ फिर से गर्भवती हो गयीं। वक़्त बदल गया था। शहर में डिस्ट्रिक्ट हॉस्पिटल खुल गया था, अब बच्चे घर पर नहीं बल्कि अस्पताल में डॉक्टर और नर्स की देखरेख में होते थे। दोपहर माँ को पेट में दर्द हुआ और उन्हें फ़ौरन अस्पताल भेज दिया गया। लेडी डॉक्टर दोहरे बदन की एक हँसमुख सिन्धी महिला थीं। नाम था डॉक्टर सेठी। बाबा और पिताजी दोनों इस बार एक पुत्र की आस लगाए बैठे थे, लेकिन इस बार भी लड़की ही हुई, धनसिंह ने फीकी-सी मुस्कान देकर पिताजी से कहा, ''फिर लछमी हुई है साहब।'' पिताजी न तो अधिक प्रसन्न दिखे न ही दुखी। एक अजीब-सी उदासीनता लिए बच्ची को देखते रहे। डॉक्टर सेठी ने हँसकर कहा, ''लड़की की आँख आप जैसी है, वकील साब खुश नहीं हैं आप?'' पिताजी ने फीकी हँसी हँसकर कहा, ''नहीं डॉक्टर साहब! ऐसी बात नहीं है, मैं खुश हूँ।'' यह वह दौर था जब लड़कियों के जन्म लेने पर उतनी ख़ुशी न मनाई जाती थी जितनी लड़के के होने पर। इसका प्रमुख कारण था दहेज प्रथा। लड़की को पहले पढ़ाओ-लिखाओ, योग्य बनाओ फिर उसके विवाह के लिए धन जोड़ो और फिर उसे विदा कर दो। यहीं समाज की रीत थी। बाबा नाराज़ होकर गाँव चले गए। एक बार फिर लड़की के जन्म का भार माँ पर डाल दिया गया था। जैसे इसमें माँ का ही दोष हो। किन्तु हमेशा की ही तरह कुछ हफ़्तों में ही सब सामान्य हो गया और नया मेहमान सबका प्रिय हो गया और हमेशा की तरह पिताजी ने शुभ दिन देखकर नामकरण कर डाला। लड़की का नाम रखा गया 'ज्योत्सना।'

इधर अपने पेशे में पिताजी जैसे-जैसे आगे बढ़ते जाते थे, वैसे-वैसे बैरियों की संख्या भी बढ़ती जा रही थी। रोज़ किसी-न-किसी बात पर तीखी नोकझोंक, आरोप-प्रत्यारोप का सिलसिला शुरू हो गया था। काफ़ी समय से चल रहे चकबंदी के एक मामले का निर्णय आने वाला था। इस केस में पिताजी के प्रतिद्वंद्वी थे वरिष्ठ वकील रामरेखा पाठक जी। पाठक जी दो वर्षों से बार काउन्सिल के प्रेसिडेंट का चुनाव जीत रहे थे। अकड़ थी कि प्रतिदिन बढ़ती जाती थी। आखिरकार निर्णय आ गया, पाठक जी केस हार गए। सम्पत ने चुटकी ली, ''पाठक जी हमारे बाबू नक़ल करके वकालत नहीं पास किये हैं, काशी से पढ़े हैं, कानून आप से अच्छा जानते हैं!'' पाठक जी ने कहा, ''तीन महीने बाद बार काउन्सिल का चुनाव है, अपने बाबू से कहो जो हिम्मत है तो उतरें मैदान में।'' बात पूरी कचहरी में फैल गयी। पिताजी ने सम्पत को इस तरह की बचकानी बात कहने के लिए डाँटा। पिताजी ने घर लौटते समय कहा, ''सम्पत यह कचहरी है यहाँ जीत-हार चलती है, कभी इंसान बड़े हल्के केस हार जाता है और बड़े वज़नी केस जीत जाता है, यहाँ कुछ भी स्थाई नहीं है,

व्यर्थ पाठक जी से खुलेआम दुश्मनी मोल ली।'' सम्पत ने कहा, ''बाबू पाठक जी हाकिम मजिस्ट्रेट के सामने भी अपनी ही चलाते हैं, इनका घमंड तोड़ना ज़रूरी है। आप लड़िये काउन्सिल का चुनाव।''

पिताजी कचहरी से सीधे अपने गुरु दयाल बाबू के घर चल दिए। एक समय था जब दयाल बाबू की गिनती न सिर्फ़ इस शहर के बल्कि समस्त प्रदेश के कुछ नामचीन वकीलों में होती थी। दयाल बाबू सिद्धांतवादी आदमी थे। वकालत के तीस साल के करियर में दयाल बाबू ने अपार धन-सम्पत्ति बनायीं और एक रोज़ थक कर अपनी इच्छा से वकालत छोड़ दी। शाम का वक़्त था। दयाल बाबू अपने लॉन में पेड़ों को पानी दे रहे थे। पिताजी को देखकर प्रसन्न हुए। थोड़ी देर तक दोनों में हाल में आये निर्णयों, तत्कालीन राजनीतिक स्थिति और देश के भविष्य पर बातचीत हुई, फिर पिताजी ने अपनी पीड़ा कह सुनाई। पिताजी ने कहा, ''गुरुवर बाहर जैसे-जैसे भौतिकता का उजाला बढ़ता जाता है वैसे-वैसे भीतर हृदय में अँधेरे की एक परत बिछती जाती है। इस पेशे में एक दशक से भी अधिक समय गुज़ार देने के बाद एक बात समझ में आ गयी है कि यहाँ सब कुछ मिल सकता है लेकिन मानसिक शांति और आत्मानुभूति नहीं मिल सकती है। समय की ख़राशों ने मेरी सूरत कुछ यूँ बदल दी है कि अब अपना ही चेहरा अजनबी लगता है। किस्मत के मारों, गरीबों, दुखियों, पीड़ितों से फ़ीस लेने की इच्छा नहीं होती है, फिर सोचता हूँ कि घर कैसे चलेगा? क्यों मैं बाकी वकील मित्रों की तरह नहीं बन जाता। कुछ सम्पन्न मुवक्किल ऐसे हैं जिनके लिए मुक़दमेबाज़ी एक नशा-सा बन गयी है, वह व्यर्थ के केस ठोंकते रहते हैं। सरकारी वकीलों की नियुक्ति किस राजनीतिक दबाव में हो रही है यह आपसे छिपा नहीं है। बार काउन्सिल जैसी संस्था भी वकीलों के हित में कुछ नहीं कर पा रही है, उसका काम तो बस इतना ही रह गया है कि नवागंतुकों से प्रवेश फ़ीस लेकर उन्हें कचहरी के इस दलदल में प्रवेश करा दे और बाद में उनकी कोई खोज-खबर न ले। कचहरी में बैठने की समुचित व्यवस्था नहीं है क्या कहिये, चाहे जाड़ा-पाला हो, लू चलती गर्मी या मूसलाधार बारिश, हमें पेड़ के नीचे तख्ते पर ही बैठना पड़ता है। चंद खुशनसीब अधिवक्ता गण हैं। जिन्होंने कचहरी के भीतर गलियारों में या कहीं कोने में टिन शेड लगवाकर अपनी बैठने की व्यवस्था स्वयं की है। वकील समुदाय के बीमा सुरक्षा, प्रोविडेंड फ़ण्ड के विषय में सरकार क्यों नहीं सोचती है। इतना सब सुनकर दयाल बाबू की आँखें सजल हो गयीं। पिताजी का यह दर्द उनका अपना जाना-पहचाना दर्द था। दयाल बाबू ने गहरी साँस लेकर कहा, ''मैं तुम्हारी पीड़ा समझता हूँ, एक सत्य ये भी है कि बाहर से चाहे कुछ भी दिखे, भीतर से सबका यही हाल है। इस पेशे में आने के बाद धीरे-धीरे हम सबकी जवानी की उमंग भरी मुस्कराहट दर्द बनकर हमारी शिराओं और धमनियों में कब उतर गयी, हमें पता ही न चला। कब हमारी निर्दोष हँसी ने नकली अट्टहास का रूप ले लिया। हम खुद न जान पाए। आदर्शों का लबादा कुछ ही समय में बोझ लगने लगा। फिर जीविका का प्रश्न मुँह बाये खड़ा हो गया कि घोड़ा घास से दोस्ती करेगा तो आखिर खाएगा क्या?''

''और जो लोग रौब-रुतबे के चक्कर में फँसे, उन्हें इसकी बड़ी कीमत चुकानी पड़ी। अपनी आत्मा को बेचने से बड़ी कीमत और क्या हो सकती है। खैर सब कुछ एक

दिन में नहीं बदलेगा।'' दयाल बाबू गंभीर हो गए और शून्य में देखकर कहा, ''विधिविहीन समाज धराशायी होता है, सच है कि न्याय मन्दिर के कलश झुके हैं। तुम और मैं हम सभी इस न्याय मन्दिर के स्तंभ हैं, यदि हम कमज़ोर हुए तो न्याय मन्दिर की दीवार गिरने में वक़्त न लगेगा। हमें इसे सशक्त करना होगा। नई स्वस्थ परम्पराओं के लिए जनमत तैयार करना होगा। मुझे तुमसे बहुत उम्मीद है। तुम बार काउन्सिल का चुनाव लड़ो। मैं तुम्हारी जीत के लिए ईश्वर से प्रार्थना करूँगा। मैंने वकालत छोड़ी तो मेरे काबिल मुंशी पारस बाबू भी बेरोज़गार हो गए, चाहो तो उन्हें अपने साथ रख लो। तुम्हें थोड़ी मदद हो जाएगी।'' पिताजी पारस बाबू के तजुर्बे और काबिलियत से वाकिफ़ थे। सो उन्हें अपने साथ रखने पर तुरंत राज़ी हो गए। बातचीत का सिलसिला ख़त्म हुआ। दयाल बाबू से बातचीत कर पिताजी के मन का अवसाद खत्म न हुआ लेकिन कम ज़रूर हुआ। लगा कि चुनाव लड़ने में कोई हर्ज नहीं है। वैसे भी जीवन में क्या कम परेशानियाँ हैं कि अगर सबके कल्याण के लिए थोड़ी परेशानी और मोल ली जाये तो क्या बिगड़ जायेगा।

इधर पिताजी ने नित स्थानीय अखबारों, पत्रिकाओं में इस पेशे में आयी गिरावट के विषय में कुछ–न–कुछ लिखना शुरू किया। छोटे–मोटे लेख, कविताएँ, व्यंग्य वगैरह। लहज़ा व्यंग्यात्मक होता था ताकि किसी को बुरा न लगे और हास–परिहास में बात दिल को छू जाये।

एक रोज़ दैनिक अख़बार *आज* में पिताजी का एक व्यंग्यात्मक लेख छपा। जो हर वर्ग ने पढ़ा और सराहा। लेख कुछ यूँ था कि एक रोज़ बैताल ने कॉफ़ी हाउस से निकलते विक्रमादित्य (सिंहासन बत्तीसी वाले) से पूछा, ''हे राजन! आजकल आप, आपकी न्यायप्रिय सरकार, आपके नवरत्न क्या कर रहे हैं?'' विक्रमादित्य ने हँसकर उत्तर दिया, ''हे बैताल! मैं तो प्रजा का हालचाल देखने ही निकला था और देखकर बड़ा प्रसन्न हुआ। मेरी सरकार ग़रीबी की रेखा के नीचे पक्की सड़क बनवा रही है, मेरे नवरत्न वादों और आश्वासनों का घुनघुना बजा रहे हैं, प्रजा सुखी और संतुष्ट है।'' अगले दिन सिनेमा का नाईट शो देखकर निकलते विक्रमादित्य को बैताल ने फिर ललकारा और कहा, ''मुझसे क्यों छुपते हो राजन?'' विक्रमादित्य हड़बड़ा गए और खिसिया कर कहा, ''नहीं–नहीं बैताल पूछो, क्या पूछते हो?'' बैताल ने पूछा, ''हे राजन मैंने सुना है कि आपके राज्य में लोग शराब पीते हैं, जुआ खेलते हैं, वेश्यागमन करते हैं।'' विक्रमादित्य झेंप गए और सँभलते हुए कहा, ''ज़रा धीरे बोलो भाई! शराब का तो हम ठिका करते हैं, बिना लाइसेंस के उसे बेचने भी नहीं देते हैं। उसके लिए ऊँची से ऊँची बोली लगवाते हैं और उसी पैसे में से थोड़ा–सा पैसा निकाल कर मद्यपान का निषेध भी करते हैं, तुम खुद ही सोचो कि बिना शराब की आमदनी के देश चलेगा कैसे? रही बात जुए की, तो भाई वह तो शास्त्र सम्मत है, अगर जुआ न खेला गया होता तो कृष्ण *गीता* न कहे होते। घर में खेलो, जुआघरों में खेलो, क्लबों में खेलो, हम तो लॉटरी बिकवा कर अस्पताल चलवाते हैं और जिसे तुम वेश्यागमन कह रहे हो वो तो कुछ नर्तकियाँ हैं, वह तो जनता के मनोरंजन के लिए हैं, जिनसे नृत्य संगीत का विकास हो रहा है। क्यों ठीक है या नहीं।'' बैताल विक्रमादित्य के उत्तर से संतुष्ट लगा। तीसरे रोज़ बैताल ने विक्रमादित्य को कचहरी की परिक्रमा करते हुए देखा। बैताल ने विक्रमादित्य से फिर पूछा कि हे राजन मैंने सुना है कि आपके न्यायालयों में बड़ा भ्रष्टाचार है! विक्रमादित्य ने नज़रें

चुराते हुए कहा "हे बैताल, जिसे तुम भ्रष्टाचार कहते हो वह तो इस युग का लोकाचार है, व्यवहार है, यहीं तो वक़्त की पुकार है।"

"और न्याय।" बैताल ने विक्रमादित्य की आँखों में आँखें डाल कर पूछा। "श श"...विक्रमादित्य ने उसे चुप रहने का इशारा किया और भीड़ में खो गये। आश्चर्य की बात थी कि बैताल इस बार पूरी तरह संतुष्ट हो गया था।

पिताजी बार काउन्सिल का चुनाव जीत गए। रामरेखा पाठक समेत कई बैरी जलभुन गए। प्रतिक्रिया कुछ इस रूप में हुई कि "वकील साहब खुद को इस पेशे के उपयुक्त नहीं मानते हैं और दिनोंदिन सफलता की सीढ़ियाँ चढ़ते जा रहे हैं, यह सब तो एक स्वांग है एक दिखावा, लोकप्रिय होने का, दूसरों की सहानुभूति पाने का।" किन्तु सच यह न था। वास्तव में पिताजी जैसा कवि हृदय व्यक्ति इस पेशे में फँस गया था और अगर बच्चों के भविष्य का प्रश्न न होता तो पिताजी कब के इस पेशे से विदा ले चुके होते। लेकिन अब देर हो चुकी थी। अब सिर्फ़ पछताया जा सकता था, लेकिन विधि के विधान को टाला नहीं जा सकता था।

इन तमाम सालों में परशुराम चाचा तीनों भाइयों के हिस्से की खेती अकेले कराते, गाँव के लोग जब शहर आते तो पिताजी को पता चलता कि फ़सल तैयार होते ही चोरी-चुपके बेच दी जाती है, कभी सूखे, कभी बाढ़, कभी पाले को दोषी बताकर परशुराम चाचा हमेशा अपना पल्ला झाड़ लेते। अनाज इतना कम आता कि परिवार के दर्जन भर प्राणियों के खाने भर को भी पर्याप्त न होता। पिताजी जान कर भी कुछ न कहते थे। यूँ तो बाबा स्वयं इन बातों से अनभिज्ञ न थे लेकिन कलह-क्लेश, सामाजिक अपयश न हो इस कारण चुप रहते थे। एक रोज़ श्रीराम चाचा ने बाबा से कहा कि वो अपने हिस्से की खेती खुद कराएँगे, घर के चूल्हे पहले ही अलग हो चुके थे, अब खेतों के बँटने से दुखी बाबा और दुखी हो गए।

यह वर्ष था 1971 का। ग़रीबी हटाओ के पोस्टरों से देश की दीवारें पटी पड़ी थीं। यूँ तो सरकार गरीबी हटाने में पूर्णतः असफल रही थी, लेकिन इस नारे की बदौलत इंदिरा जी ने चुनाव जीतने का लक्ष्य हासिल कर लिया था। इंदिरा जी पर सत्ता का नशा पूरी तरह चढ़ चुका था। महँगाई अपने चरम पर थी। कुछ समझ न आता था कि चीज़ें किस करवट बैठेंगी और समाज था कि प्रतिदिन भ्रष्टाचार के दलदल में गहरे और गहरे धँसा जाता था।

इधर एक रोज़ शहर में न्याय शिविर लगा था। कई मुकदमों में फँसे होने के बाद भी पिताजी ने न्याय शिविर का दौरा किया। सभी चेहरे परिचित थे। डिस्ट्रिक्ट जज, मजिस्ट्रेट, सरकारी वकील।

लंबित मामलों के पीड़ित दूरदराज से आये अनपढ़, देहातियों को शिविर के चक्कर काटते देखकर पिताजी का हृदय द्रवित हो गया। पिताजी को समझते देर न लगी कि न्याय शिविर के नाम पर यहाँ सिर्फ़ खानापूर्ति और सरकारी आँकड़ों में हेरफेर हो रही है। धूप इतनी तेज़ थी कि प्यास से गला सूखा जाता था।

तभी पिताजी की नज़र धूप में भटकते एक परिचित ग्रामीण रामधनी पर पड़ी। उसके साथ उसकी पत्नी और गोद में दुधमुहा बच्चा भी था। पिताजी करीब छह महीनों से रामधनी

को कचहरी के चक्कर लगाते देख रहे थे। वे जानते थे कि रामधनी एक भ्रष्ट वकील सुदामा पांडेय के चक्कर में पड़ गया था। उसके रिश्तेदारों ने जाली कागज़ात बनवाकर उसकी पूरी सम्पत्ति हड़प कर ली थी। रामधनी गहरे मानसिक आघात से जूझ रहा था। उसे जो भी वकील मिलता वह बेचारा उसके पैर पकड़ लेता और कहता, "बाबू न्याय दिलवा दे हमारा सब कुछ छिन गया।" वकील रामधनी से बचकर चलते जैसे वह कोई पागल हो। कुछ ही देर में रामधनी भीड़ में खो गया। पिताजी की नज़र सामने से आते अधिवक्ता सुदामा पांडेय पर पड़ी। पिताजी ने पांडेय जी से पूछा, "आप तो केस हार कर भी जीत गए। आपका मुवक्किल न्याय के लिए दर-दर की ठोकर खा रहा है।" पांडेय जी ने पान थूकते हुए कहा, "गुरु यह सब राज-काज है, मैं यहाँ न्याय दिलाने नहीं अपनी जीविका चलाने आया हूँ। सब जानते हैं कि रामधनी का केस कमज़ोर था और हाई कोर्ट और सुप्रीम कोर्ट के दरवाज़े सबके लिए खुले हैं, जिसे जहाँ जाना है जाये। 'हाई कोर्ट' और 'सुप्रीम कोर्ट' ये शब्द पिताजी को तीर की तरह बेध गए। जेब में फूटी कौड़ी तक न होने,पाँवों में चप्पल तक न पहनने वाले इन सीधे-सादे ग्रामीणों की पहुँच में हाई कोर्ट और सुप्रीम कोर्ट कहाँ थे। यह एक ऐसा भद्दा मज़ाक था जिस पर हँसी भी न आती थी। पिताजी विरक्त मन से घर की ओर चल पड़े। रास्ते भर सम्पत से कोई बात न की। रास्ते भर रामधनी का चेहरा आँखों के सामने तैरता रहा और उसकी आवाज़ कानों में गूँजती रही और एक ही प्रश्न हृदय को बेधता रहा कि यदि रामधनी जैसे बेकस की काँपती आवाज़ न्याय देवता के कानों तक न पहुँचे तो इस न्याय प्रणाली की क्या सार्थकता है? रामधनी जैसे कितने ही निर्दोष इन न्यायालयों की बलि चढ़ जाते हैं, क्या गढ़ा हुआ साक्ष्य, बिके हुए गवाह, पैसों के लिए अपने ज़मीर का सौदा करते ये वकील, आँख पर पट्टी बाँधे ये न्यायाधीश वाकई न्याय देने में समर्थ हैं?

घटना को कुछ रोज़ ही बीते थे की एक सुबह कचहरी जाने पर बड़ी भीड़भाड़ मिली। पता चला कि कल रात रामधनी ने कचहरी के भीतर ही बरगद के पेड़ से लटक कर खुदकुशी कर ली। कचहरी में हफ़्तों सन्नाटा पसरा रहा। सुदामा पांडेय महीनों नज़र नहीं आये।

घटना से आहत पिताजी ने अखबार *आज* में पूरे एक पखवाड़े तक कचहरी के भ्रष्टाचार पर चौपदे लिखे जिसे सबने खूब सराहा।

कचहरी भीड़ है तमाशा है
न्याय की कागज़ी परिभाषा है
यहाँ के दाँव पेंच मुश्किल हैं
न्याय के नाम पर निराशा है
कचहरी न्याय की नुमाइश है
यहीं अन्याय की पैदाइश है
सच के साये में झूठ हँसता है
दिन में भी रात की गुंजाइश है
मुवक्किल जीत कर भी हार जाता है
घर की पूँजी दूसरा डकार जाता है

अजब नशा है इस मुकदमेबाज़ी का
कई पुश्त तक बुखार आता है।
कभी-कभी न्याय की गाड़ी अड़ जाती है
किसी मासूम की आह भ्रष्टाचार से लड़ जाती है
कभी गवाह नहीं आये कभी हाकिम नहीं खाली
और कुछ न सही लेकिन तारीख पड़ जाती है।

देश भले ग़रीबी से जूझ रहा था किन्तु पिताजी के जीवन में धन और यश बरस रहा था। दर्जन भर से अधिक प्राणियों वाले इस परिवार में आये दिन दूरदराज से कोई-न-कोई परिचित, रिश्तेदार आकर हफ़्तों कभी-कभी तो महीनों रहकर जाता था। रमावती बुआ के लड़के सुभाष के अतिरिक्त अब स्वर्गीय ललिता देवी के भाई अनिरुद्ध बाबू के दो लड़कों प्रेम और चन्दन की पढ़ाई भी पिताजी के ही खर्च से चलती थी। अनिरुद्ध बाबू बैंकॉक में रहते और चारपानी गाँव में आठवीं क्लास के बाद पढ़ने के लिए कोई स्कूल न था। इस कारण पिताजी ने उन्हें भी इसी घर में रख लिया था। इसके अलावा माली, घरेलू काम करने वाले नौकर रामवृक्ष, इंजन और सम्पत का भोजन भी माँ ही बनाया करती थी। घर में अनाज, दूध, दही, घी, साग-तरकारी खाया कम फेंका अधिक जाता था। पिताजी से लाभ प्राप्त करने की कोशिश करने वाला हर व्यक्ति उनकी खुशामद किये जाता था। पिताजी अपनी छोटी-सी दुनिया का विस्तार देखकर प्रसन्न थे। यह तो सिर्फ़ ईश्वर ही जानता था कि यह सब कब तक चलने वाला था।

यह वर्ष था 1975 का। इस साल काफ़ी कुछ घटित हुआ। माघ के महीने में पिताजी का काव्य संकलन *गीत तुम्हीं संग चले गए* प्रकाशित हुआ और फागुन के महीने में माँ ने अपनी चौथी संतान को जन्म दे दिया, फिर लछमी! घर का माहौल कुछ दिनों के लिए एक बार फिर संजीदा हो गया था। हमेशा की तरह दुःखी बाबा ने लड़की के जन्म का भार माँ पर डाल दिया और गाँव चले गए। पिताजी ने अपनी छोटी-सी साहित्यिक उपलब्धि के कारण लड़की का नाम साहित्या रख दिया।

गर्मियों की छुट्टियाँ चल रही थीं और बच्चे सिनेमा देखने के लिए पिताजी से रोज़ विनती-चिरौरी किये जाते थे। आख़िरकार सम्पत विजय टॉकीज़ से पास बनवाकर लाया और इंजन समेत सभी बच्चों को दोपहर के शो के लिए गाड़ी से भेज दिया गया। फ़िल्म थी 'जय संतोषी माँ'। अधिक भीड़भाड़ और अँधेरे के कारण बच्चों को कुछ न दिखता था। इंजन पहली दफ़ा सिनेमा हॉल आया था और उसने टॉर्च दिखाने वाले लड़के से आगे बैठने की ज़िद की थी उसका मानना था कि आगे से पर्दा अधिक साफ़ दिखता है। फ़िल्म शुरू हुई और पर्दे के पीछे से आती तेज़ आवाज़ बच्चों के कान फाड़ने लगी। इतने बड़े चित्र छोटे बच्चों की आँखों में न समाते थे। पर्दे पर राक्षस के आते ही बच्चों का रोना जो शुरू हुआ वो सीधा 'मैं तो आरती उतारूँ रे' गाने के बाद ही बंद हुआ। बच्चे इंटरवल में फ़िल्म अधूरी छोड़ कर निकल आये। शाम को इंजन को बच्चों को पहली सीट पर लेकर बैठने के लिए खूब डाँट पड़ी और इंजन ने हमेशा की तरह रोती शक्ल बनाकर कहा, "गलती हो गयी बाबू।"

उस समय तक महानगरों को छोड़ कर छोटे शहरों में दूरदर्शन की पहुँच न थी। समाचारों के लिए अब भी आकाशवाणी और अख़बारों पर ही जनमानस की निर्भरता थी। 25 जून 1975 की रात आकाशवाणी ने समाचार प्रसारित किया, जिसमें अति गंभीर स्वर में बताया गया कि अनियंत्रित आंतरिक स्थिति के मद्देनज़र सरकार ने पूरे देश में आपातकाल की घोषणा कर दी है। इस दौरान जनता के मौलिक अधिकार स्थगित रहेंगे।

अगले दिन सुबह से ही देश का माहौल बदला नज़र आया। हर तरफ़ ख़ामोशी छायी रहती। खबरें बताती थीं कि इमरजेंसी का विरोध करने वाले कई नेताओं को जेल में डाल दिया गया है। भयाक्रांत जनता बोलती भी आहिस्ता से थी। लोग डरते थे कि न जाने किस बात पर उन्हें भी उठा कर जेल में डाल दिया जाये।

धीरे-धीरे इंदिरा जी के इस निर्णय का व्यापक विरोध हुआ। देश भर में उनके पुतले फूँके गए। इंदिरा जी पर वोटरों को घूस देने, सरकारी मशीनरी का गलत इस्तेमाल करने जैसे करीब 14 संगीन आरोप लगे थे। आपातकाल लगभग 21 महीने चला। विरोध की लहर तेज़ होती देख प्रधानमंत्री इंदिरा गाँधी ने लोकसभा भंग कर चुनाव कराने की सिफ़ारिश कर दी। इंदिरा जी का आपातकाल लागू करने का फ़ैसला कांग्रेस के लिए घातक साबित हुआ। खुद इंदिरा गाँधी अपने गढ़ रायबरेली से चुनाव हार गईं। जनता पार्टी भारी बहुमत से सत्ता में आई और मोरारजी देसाई प्रधानमंत्री बने।

वक़्त गुज़रता जाता था। पिताजी के ज्येष्ठ सुपुत्र अजय ने बारहवीं की परीक्षा प्रथम श्रेणी में उत्तीर्ण की और सी.पी.एम.टी. की प्रवेश परीक्षा पास कर ली। बाबा अत्यधिक प्रसन्न थे। घर में कोई डॉक्टर भी होना चाहिए। सो पिताजी ने मेडिकल की पढ़ाई के लिए अजय को कानपुर मेडिकल कॉलेज भेज दिया।

इसी वर्ष मुहल्ले में बिजली के खम्भे गड़े और बिजली आ गयी। मुहल्ले के बीचोबीच एक स्ट्रीट लैंप लग गया। हुसैन भाई सऊदी से टेलीविज़न ले आये। टेलीविज़न ट्रांज़िस्टर से आगे की चीज़ थी, इसमें बक्से से न सिर्फ़ आवाज़ें निकलतीं बल्कि चलते-फिरते चित्र भी दिखाई देते। छुट्टियों के दिन मुहल्ले के सारे बच्चे हुसैन भाइयों के यहाँ इकट्ठा हो जाते और नाटकों, फ़िल्मी गीतों और देश-विदेश के समाचार का आनंद उठाते। पिताजी भी इस नयी चीज़ के असर से हैरान थे। एक रोज़ बच्चे आग्रह कर पिताजी को टेलीविज़न दिखाने ले गए।

शाम का वक़्त था, कार्यक्रम 'कृषि दर्शन' चल रहा था। जहाँ एक आदमी किसानों को कीटनाशक प्रबंधन, बेहतर बीजों के उपयोग, ठीक प्रकार से सिंचाई के साथ-साथ उर्वरकों के इस्तेमाल के विषय में बता रहा था। कार्यक्रम ख़त्म होने के बाद फ़िल्मी गीत शुरू हो गए। बच्चे बिना पलकें झपकाए टीवी देखने में तल्लीन थे। पिताजी ने हँसकर कहा, "हुसैन मियाँ आपका यह बोलता डिब्बा तो भानुमति का पिटारा है, पैंडोरा बॉक्स, इसे कम ही खोला करें यह तो बड़ी आफ़त खड़ी करने वाली चीज़ है।" हुसैन भाइयों समेत दरी पर बैठे सभी बच्चों ने पूछा कि पैंडोरा कौन? पिताजी ने हँस कर बताया, "एक यूनानी कथा है जिसके अनुसार पैंडोरा स्वर्ग में रहने वाली एक बड़ी खूबसूरत स्त्री थी, जिसे देवताओं

ने प्रोमिथियस के भाई एपिमिथियस की पत्नी के रूप में भेजा था। पैंडोरा को दहेज में एक बॉक्स यानी संदूक मिला था लेकिन उसे खोलने की मनाही थी। अब पैंडोरा के मन में यह इच्छा घर कर गयी कि आखिर इस बॉक्स में क्या है? सो एक दिन उससे रहा न गया और उसने वह बॉक्स खोल दिया और डिब्बा खोलते ही मनुष्य की सारी परेशानियाँ निकल कर इस दुनिया में फैल गयीं।'' बच्चे हँस पड़े। इंजन को यह कथा समझ में न आयी लेकिन बड़ी दिलचस्प लगी। पिताजी ने कहा कि बस अब ये पैंडोरा बॉक्स बंद होगा और सबकी किताबें खुलेंगी।

पिताजी आजीवन टेलीविज़न के विरोध में रहे। बाबा और पिताजी की अध्ययन और चिंतन की आदत के कारण घर में हर तरफ़ पढ़ाई-लिखाई का माहौल होता। घर पर दो हिन्दी और दो अंग्रेज़ी के अखबार आते। जहाँ बाबा के पढ़ने के लिए *अखण्ड ज्योति* और *कल्याण* जैसी पत्रिकायें आतीं, वहीं पिताजी अपने पढ़ने के लिए *धर्मयुग, हंस, रीडर डाइजेस्ट* और *कादम्बिनी* जैसी पत्रिकायें लेते। अजय, आकाश और अरुण के लिए *विज्ञान प्रगति* आती तो उनकी बहनों के पढ़ने के लिए *नंदन, सारिका* और *सुमन सौरभ*।

पिताजी स्वभाव से कड़े नहीं थे। वह जानते थे कि पढ़ाई-लिखाई के साथ मनोरंजन भी ज़रूरी है। इस कारण हर गर्मियों में पिताजी अपने मित्र चंद्रभान पांडेय से आग्रह कर छत पर ही बच्चों के फ़िल्म देखने का प्रबंध कर देते। चंद्रभान पांडेय शहर के दो सिनेमाघरों के मालिक थे। फ़िल्म सफ़ेद पर्दे पर चलायी जाती और उसे प्रोजेक्टर से दिखाया जाता। फ़िल्म देखने वाले दिन शाम से ही तैयारियाँ शुरू हो जातीं। बच्चे मोहल्ले भर में बताते फिरते की आज शाम छत पर फ़िल्म देखने का प्रोग्राम है। इंजन बाल्टी भरकर बेल का शरबत बनाता और बाज़ार से दालमोठ के कई पैकेट मँगवा लिए जाते। पिताजी को यूँ तो फ़िल्म देखने का कोई विशेष शौक़ न था किन्तु हर बार बच्चों के आग्रह पर पिताजी अपनी पसंद की एक फ़िल्म ज़रूर देखते। उन दिनों पिताजी की पसंदीदा फ़िल्म थी महमूद की 'कुँवारा बाप'। पिताजी महमूद की हैदराबादी ज़ुबान के पुट को सुनकर खूब हँसते। जब महमूद बड़े भोलेपन से शीला से कहता, ''पेट्रोल का भाव बढ़ गया, तरकारी का भाव बढ़ गया, तेरा भाव भी बढ़ गया क्या रे शीला?'' पिताजी आजीवन महमूद के फ़ैन रहे। एक ही सीन में रुला कर फिर हँसा देना महमूद जैसे मँजे हुए अभिनेता के ही बस की बात थी।

एक रोज़ इंजन को कमिश्नर के बंगले के पीछे घूमता एक कुत्ता मिल गया। कुत्ता काले रंग का और खासा तंदरुस्त था। कुत्ता किसी बड़े घर का पालतू लगता था जो शायद किसी दुर्घटनावश अपने मालिक से बिछड़ गया था। इंजन उसे घर ले आया और तुरंत रोटियाँ और दूध लेकर उसे खिलाने लगा। कुत्ते को खिलाकर इंजन कुछ यूँ संतुष्ट हुआ जैसे जजमान पंडितों को खिलाकर होते हैं। इंजन के चलते ही कुत्ता भी उसके पीछे-पीछे चल पड़ा। इंजन ने सोचा कि यह क्या संकट खड़ा हो गया। इंजन चलता जाता और कुत्ता दुम हिलाता उसके पीछे चलता जाता। इंजन ने घर के भीतर दाखिल होकर गेट बंद कर लिया लेकिन कुत्ता अपनी जगह से टस-से-मस न हुआ। दोपहर बीती और बच्चे स्कूल से घर आ गए। बच्चों ने कुत्ते को दरवाज़े पर बैठा पाया और उसके साथ खेलने लगे। माँ ने

हमेशा की तरह दया दिखाई और उसे वापस न छोड़ने को कहा। शाम हुई और पिताजी घर आये। तब तक कुत्ते का नामकरण हो चुका था। नाम उसकी वफ़ादारी और तंदरुस्त शरीर के अनुरूप रखा गया, शेरू। पिताजी कुत्ते को देखकर खुश तो हुए लेकिन इंजन से कहा कि अगर वो बच्चों को काट ले तब क्या होगा। इंजन ने उसे ट्रेन करने का ज़िम्मा उठाया। शाम को उसे बाँधने के लिए ज़ंजीर का इंतज़ाम किया गया। अगले दिन पशु प्रेमी जगदीश बाबू ने स्वयं आकर कुत्ते को ट्रेन करने, उसके खाने-पीने, उसे घुमाने-टहलाने के बारे में तमाम बातें इंजन और बच्चों को बताईं। उस समय होती चोरियों के कारण जगदीश बाबू ने कुत्ते को घर में रखने की वकालत की। धीरे-धीरे पिताजी के मन से कुत्ते के बच्चों को काटने का भय निकल गया और शेरू परिवार का आज्ञाकारी सेवक बन गया।

इसी दौरान मुहल्ले के हुसैन भाई अजमेर गए और ख़्वाज़ा हुसैन से लड़का पाने की मन्नत माँगी, वहीं उनकी मुलाकात एक पीर से हुई जिन्होंने उन्हें लड़का होने के लिए एक ताबीज दिया। भले हुसैन भाइयों ने तीन ताबीज लिए, दो अपने लिए और एक पिताजी के लिए, एक रोज़ अनवर हुसैन घर आये और पिताजी को ताबीज देकर कहा, ''वकील साहब इसे दाएँ हाथ की बाजू में बाँध लें, अगर इस बार लड़का न हुआ तो नाम बदल दूँगा, पिताजी को अनवर हुसैन की इस तर्कहीन श्रद्धा पर हँसी आ गयी लेकिन न कहना पिताजी के स्वभाव में न था, सो मन रखने के लिए पिताजी ने ताबीज अपने दाहिने हाथ की बाँह पर बाँध लिया, अजीब संयोग था कि कुछ महीने बाद ही माँ गर्भवती हो गयी। माँ ने एक बार फिर पुत्र के लिए सभी देवी-देवताओं से मन्नत माँगनी शुरू कर दी। पिताजी ने निश्चय कर लिया था कि लड़का हो या लड़की इसके बाद वह और संतान नहीं करेंगे।

यह वर्ष था 1980 का, गर्मियों के दिन थे, शाम से ही आँधी उठने लगती। सारा घर धूल से पट जाता। इसी बीच एक शाम चौके में खाना बनाती माँ के पेट में ज़ोर का दर्द उठा, बुआ श्रीराम चाचा के यहाँ गयी थीं। आस-पड़ोस की कुछ लड़कियाँ, माँ को लेकर तत्काल ज़िला अस्पताल भागीं। पिताजी किसी मुक़दमे के सिलसिले में शहर से बाहर गए थे, रात को पिताजी की गाड़ी घर के दरवाज़े पर रुकी और इंजन ने कहा, ''सब लोग अस्पताल गए हैं।'' पिताजी फ़ौरन अस्पताल भागे, आँधी-तूफ़ान के कारण शहर में बिजली गुल थी, पूरा शहर अंधकार में डूबा था। पिताजी ने डॉक्टर सेठी से बात की। डॉक्टर सेठी ने बताया, ''प्रसव पीड़ा नहीं उठी है, डिलीवरी में अभी वक़्त है, आप थके हैं, लेट जाइये।'' थके पिताजी अस्पताल की बैंच पर ही सो गए। सुबह पाँच बजे के करीब नवजात के रोने की आवाज़ ने पिताजी को जगा दिया। डॉक्टर सेठी बच्चे को चूम रही थीं, ''वकील साहब लड़का हुआ है।'' दर्द से छुटकारा पायी माँ के चेहरे पर विजय की मुस्कान थी, सिर्फ़ लड़कियाँ पैदा करने का कलंक आखिरकार मिट चुका था। वह अंततः इस दुनिया में आ चुका था।

पिताजी इतने ख़ुश जीवन में कभी-कभार ही हुए होंगे। यह न जाने हुसैन भाइयों के दिए ताबीज का चमत्कार था या माँ की मन्नतों का। अस्पताल की दाई ने बेटा पैदा होने का नज़राना माँगा। पिताजी ने जेब में हाथ डाला और जितने रुपये निकले सब दाई के हाथ पर रख दिए। दाई ने नवजात की बलाएँ लीं और रोम-रोम से आशीर्वाद दे डाला। उस रोज़

कन्हाई सेठ की दुकान सात की जगह छह बजे ही खुलवाई गयी। सुबह कन्हाई सेठ की मिठाई की दुकान खुलते ही पिताजी ने अस्पताल सहित मुहल्ले और कचहरी भर में मिठाई बँटवाई। बाबा के हर्ष की सीमा न थी। हुसैन भाई इतने प्रसन्न थे जैसे उनके अपने घर बेटा हुआ हो, कितनी अजीब बात थी कि उसी ताबीज ने हुसैन भाइयों पर अपना असर न दिखाया, अनवर हुसैन नि:संतान रहे और अख्तर हुसैन की बीवी ने उसी साल आठवीं बेटी को जन्म दिया।

कुछ वर्ष बाद कोई उपाय न देखकर अनवर हुसैन ने अपने दूर के रिश्तेदार का बेटा गोद लिया, लड़के का नाम ज़फ़र रखा गया। ज़फ़र बचपन से ही बेहद ज़िद्दी और लड़ाका था। कालांतर में हुसैन भाइयों की मौत के बाद अपनी अय्याशियों के कारण ज़फ़र ने गैराज के पुश्तैनी धंधे को चौपट कर दिया। गैराज बिक गया और उसी मुहल्ले में हुसैन भाइयों का परिवार दाने-दाने का मोहताज हो गया। लड़कियाँ कुँवारी ही रहीं और एक रोज़ घर भी गिरवी चला गया। एक रोज़ हुसैन परिवार घर बेचकर न जाने कहाँ चला गया।

उसके पैदा होने से एक बार फिर घर में खुशी का माहौल बना। बाबा कहते कि वह पिताजी पर गया है, गोरा रंग, बड़ी-बड़ी आँखें, हलके भूरे बाल, हर वक़्त नींद से अलसाया शरीर, उसे दूध पिलाने, नहलाने, खिलाने के लिए भाई-बहनों में होड़ लग जाती। उसके पैदा होने की ख़ुशी में पिताजी ने 'सुन्दरकाण्ड' का पाठ करवाया और शहर के तमाम मन्दिरों और कुष्ठ आश्रमों में यथाशक्ति दान का सत्कार्य किया।

पिताजी रोज़ सुबह उसे उठा कर अपने पढ़ने की मेज़ पर बैठा देते और वह अपने छोटे हाथों से पिताजी के कागज़-पत्र छूता और अक्सर ज़रूरी फ़ाइलों पर ही लेट जाता।

उसके बचपन की चंद सुखद स्मृतियों में से एक बड़ी सुखद स्मृति है कि पिताजी ने उसे अपने पढ़ने की मेज़ पर बैठाया है। वह अपने छोटे हाथों से उनके कागज़ और किताबें छू रहा है। अचानक उसके हाथ पिताजी की इंक पेन लग गयी है। उसने पेन से अपने माथे पर चोट मार ली है, वह ज़ोर-ज़ोर से रो रहा है। पिताजी उसका माथा चूम रहे हैं।

उसके जन्म के कुछ वर्षों बाद ही बार-बार गर्भधारण और बढ़ती उम्र के कारण माँ को बच्चेदानी की समस्या आ गयी थी। गर्भाशय खिसक कर नीचे आ जाने से माँ को हर समय न सिर्फ़ शरीर के नीचे के हिस्से में भारीपन महसूस होता बल्कि चलने-उठने और बैठने में भी खासी दिक्कत होती। सबसे पहले इस बात पर गौर उसके रिश्ते की एक मौसी ने किया और माँ का संकोची स्वभाव है, यह जानकर एक रोज़ दबी ज़बान में पिताजी से माँ की इस समस्या के विषय में कह डाला। मौसी ने पिताजी को यह भी बताया कि वक़्त रहते बच्चेदानी निकलवा देनी चाहिए अन्यथा ट्यूमर और कैंसर आदि बीमारियों का खतरा रहता है। कैंसर का नाम सुनते ही पिताजी थोड़े असहज हुए लेकिन मौसी से कहा, "अभी बच्चे छोटे हैं, बाद में ऑपरेशन हो जायेगा। कोई चिंता की बात नहीं है।" मौसी को पिताजी का यह रवैया अच्छा न लगा। पिताजी ने अपने रहते भर माँ का ऑपरेशन नहीं कराया। इसका कारण पिताजी की असंवेदनहीनता नहीं बल्कि मन में कहीं छुपा हुआ वही चिर-परिचित डर था कि यदि बच्चेदानी के इस ऑपरेशन के दौरान दूसरी पत्नी को भी कुछ हो गया तब वह क्या करेंगे?

कालांतर में उसे पिताजी की इस लापरवाही की भारी कीमत चुकानी पड़ी। जब माँ को वाकई बच्चेदानी का ट्यूमर हो गया और साहित्या की मौत के बाद उसने माँ को मुंबई ले आकर उनका ऑपरेशन करवाया था।

ऑपरेशन इतना जोखिम भरा था कि कई अनुभवी सर्जनों तक ने केस हाथ में लेने से इनकार कर दिया था। भला हो उस डॉक्टर का जिसने माँ की सर्जरी कर उन्हें नया जीवन दिया।

एक रोज़ बाबा ने पिताजी से कहा कि अब सुनंदा के विवाह में देर उचित नहीं है, अजय की मेडिकल की पढ़ाई भी अब पूरी होने को है। उसके बाद आनंदिता और अजय के विवाह का भी सोचना है। पिताजी ने बाबा से कहा कि सुनंदा को तो अभी सोलहवाँ साल ही लगा है, ऐसी कौन-सी देर हुई जाती है। तब बाबा ने बच्चों की कुल संख्या बता कर पिताजी को यथार्थ दिखाने की कोशिश की। वक़्त तो वाकई कम था क्योंकि मामला एक-दो नहीं बल्कि नौ बच्चों के भविष्य का था। बात सख़्त लेकिन सत्य थी। पिताजी को जैसे किसी ने सुबह की मीठी नींद से जगा दिया हो। पिताजी ने उस रोज़ से ही तमाम मुवक्किलों, रिश्तेदारों और परिचितों से सुनंदा के लिए योग्य वर तलाश करने को कहा।

इधर सम्पत ऊपरी कमाई के लिए दलाली करने लगा था। सम्पत आये दिन दूरदराज से मुवक्किल खोज-खोज कर लाता और पिताजी की डायरी में उनके नाम दर्ज कर कहता, "बाबू मुवक्किल हमारे घर के हैं, इनका केस ज़रा ध्यान से देखिएगा।" दलाली लेने के पहले सम्पत पान से सने अपने दाँत निकालकर कहता, "तब निकालिये पैसे, होत न आज्ञा बिनु पैसा रे।" पिताजी के कानों में अक्सर सम्पत के कारनामे पड़ते लेकिन उन्हें अनसुना करने के अलावा कोई दूसरा रास्ता न था। सम्पत को काम से निकालने का अर्थ था पहले से ही तमाम परेशानियों के बीच और परेशानी मोल लेना।

अब अक्सर छुट्टियों के दिन पिताजी सम्पत और किसी जूनियर को लेकर सुनंदा के लिए रिश्ता खोजने जाते। कई रिश्ते देखने के बाद भी जब कहीं बात न जमी, तब पिताजी की निराशा बढ़ने लगी। पिताजी के रहन-सहन के स्तर से लोग यही समझते कि पिताजी अधिक धनवान हैं और अधिक दहेज की माँग की जाती। समाज था कि किसी ओर न चलने देता था। दरअसल यह सच था भी किन्तु आधा सच। आधा सच यह भी था कि पिताजी अकेले कमाने वाले थे। माँगने वाले सब थे किन्तु देने वाला कोई न था। हित मित्र, नातेदारों, रिश्तेदारों की अपेक्षाएँ थीं कि रोज़ बढ़ती जाती थीं। पिताजी को अब एक ही आस थी कि अजय, अरुण और आकाश अपने पैरों पर खड़े हो जायें और घर में वांछित सहयोग करें, लेकिन लड़कों के लक्षण देखकर इस बारे में संदेह होता था, यूँ तो अरुण और आकाश भी वयस्कता की दहलीज़ पर आ चुके थे, लेकिन उनमें परिपक्वता की जगह स्वार्थपरिता घर करने लगी थी।

पिताजी कभी-कभार उनसे कोई छोटा-मोटा काम कह देते जैसे बहनों के स्कूल की फ़ीस जमा कर दो, बाबा की दवा लेते आओ, बिजली का बिल भर आओ, गाँव से अनाज लेते आओ, तो दोनों पुत्र फ़ौरन पढ़ाई का बहाना बना देते, "परीक्षाएँ हैं, हमारे पास समय

नहीं है, नौकर आखिर किसलिए हैं?'' एक अकेले कमाने वाले पिताजी पर पूरे परिवार की आश्रितता इतनी अधिक थी कि उनके न होने पर परिवार का क्या होगा यह विचार मात्र ही पिताजी को गहरी चिंता से भर देता था।

दिन भर कचहरी में खटने के बाद भी पिताजी शाम को रसोई में जलाने की लकड़ियाँ, बुरादे की बोरी, साग-सब्ज़ी लिए आते। तिस पर कानपुर से आये दिन अजय की चिट्ठियाँ आया करतीं।

आदरणीय पिताजी,

आशा है आप सपरिवार कुशलपूर्वक होंगे। कुछ किताबें ख़रीदनी हैं फ़ौरन सौ रुपये भेज दें।

आपका आज्ञाकारी पुत्र

अजय

चिट्ठी मिलते ही माँ फ़ौरन मनीऑर्डर भेजने को कहती।

वक़्त बड़ी तेज़ी से गुज़र रहा था। अजय अपनी पढ़ाई पूरी कर शहर लौट आये। धीरे-धीरे यह बात सब जगह फैल गयी कि वकील साहब का ज्येष्ठ पुत्र डॉक्टरी पढ़ कर शहर लौट आया है। सो आये दिन वर देखने वाले आने लगे। हालाँकि बाबा सुनंदा की शादी पहले करना चाहते थे, लेकिन शुभचिंतकों ने समझाया कि यह वक़्त लड़का-लड़की देखने का नहीं है। जब लड़के का रिश्ता आ ही रहा है तो कम-से-कम उसके विवाह से निवृत्त हो जाना ही समझदारी है। पिताजी ने आने वाले रिश्तों पर गौर करना शुरू कर दिया। बाबा का कहना था कि परिवार साधारण ही हो, लड़की गुणी हो ताकि घर सँभाल ले और इतनी बड़ी गृहस्थी सँभालती बहू को थोड़ा सहारा हो जाये।

इसी बीच पिताजी ने जल्दबाज़ी में एक रिश्ते के लिए हाँ कर दी। परिवार बेहद साधारण था, लड़की के पिता मास्टर थे। लड़की का नाम इंदु था। उसी वर्ष धूमधाम से पिताजी ने अजय की शादी कर दी। पिताजी अपनी पहली ज़िम्मेदारी से निवृत्त होकर बड़े प्रसन्न थे। बाबा ने कहा कि अगर ईश्वर ने चाहा तो जल्द ही सुनंदा भी अपने घर चली जाएगी। पिताजी ने विवाह के कुछ दिनों बाद ही अजय को घर के कोने का एक बड़ा-सा कमरा दे दिया। कमरे में ज़रूरत और सुख-सुविधा की हर चीज़ का इंतज़ाम कर दिया गया ताकि नयी बहू को किसी प्रकार की दिक्कत न हो। लेकिन सच जल्द ही प्रकट हो गया। हुआ वही जिसका कि डर था। पिताजी की सोच और अनुमान गलत निकले। इंदु वैसी न निकली जैसी सबने उम्मीद की थी। इंदु ने अपने जीवन में इतना धन और वैभव न देखा था। सुख-सुविधाओं, नौकरों-चाकरों से भरा घर, भोली-भाली सास। घर की इस समृद्धि ने इंदु पर अपना असर दिखाना शुरू किया और धीरे-धीरे इंदु ने घरवालों को अपना असली रंग दिखाना शुरू कर दिया। अब अक्सर कभी सरदर्द, कभी कमरदर्द का बहाना बनाकर इंदु दिन भर अपने कमरे में ही पड़ी रहती। महरी वहीं खाना पहुँचा देती और माँ अकेली दिन भर चौके में खटती।

अब घर में आये दिन झगड़े होने लगे।

झगड़े अक्सर महत्त्वहीन बातों पर होते जैसे—हमें खाना नहीं मिला, खाना कम पड़ गया, अमुक चीज़ मेरी है इसलिए यह मेरे कमरे में रहेगी, अमुक चीज़ गायब हो गयी, शायद किसी ने चोरी कर ली वगैरह-वगैरह।

पिताजी भी धीरे-धीरे अपने ही बसाये संसार में पराये होते जा रहे थे। अब अपना ही अक्स पहचाना न जाता था।

घर में अपने-पराये, सगे-सौतेले का भाव दिनोंदिन बढ़ता जाता था और पिताजी चाह कर भी कठोर नहीं बन पा रहे थे। पिताजी अब समझ गए थे कि यह सब जानबूझकर अशांति फैलाने के लिए किया जा रहा है। दरअसल इंदु की मंशा अपना अलग संसार बनाकर रहने की थी, जहाँ सिर्फ़ वह अपने पति के साथ राज कर सके। अजय सरकारी डॉक्टर हो गये और ट्रेनिंग के लिए अहिल्यापुर चले गये। पिताजी की तमन्ना ही रह गयी कि किसी रोज़ अजय अपनी कमाई की एक पाई लाकर उनके हाथ पर रख दे। जो कभी न हुआ। बाबा भी घर में पैदा होने वाली इस अशांति से द्रवित थे, लेकिन अब किया ही क्या जा सकता था। घर की इन्हीं दिक्कतों के कारण पिताजी ने अधिक पीना शुरू कर दिया था। शाम होते ही पिताजी जगदीश बाबू या घंटाघर स्थित अपने मित्र सेठ ठाकुर प्रसाद की कोठी पर चले जाते और देर रात पी कर लौटते। पिताजी दिनोंदिन चिड़चिड़े होते जाते थे। अब सदा मुस्कुराने वाले पिताजी को ज़रा-ज़रा-सी बात पर गुस्सा आ जाता। कभी-कभार वह माँ पर हाथ भी उठा देते, अक्सर बेवजह। पूरी दुनिया में अपनी अनपढ़ निरीह पत्नी के सिवाय दूसरा कौन था जिस पर वो अपना गुस्सा उतार पाते। हालाँकि सुबह उन्हें अपने किये पर पछतावा ज़रूर होता और वो माँ से रात के किये पर माफ़ी माँगते, तब माँ कहती, ''हम जानते हैं आप अकेले पड़ गए हैं, लेकिन आप सब्र से काम लीजिये, भगवान सब ठीक करेंगे।''

इसी दौड़-भाग में एक रात पिताजी के हृदय में एक उपन्यास लिखने की इच्छा घर कर गयी। उपन्यास पिताजी के वास्तविक जीवन पर आधारित था जो प्रधानत: उस किरदार की कहानी थी जो पूरा जीवन एक अजीब-सी कशमकश में जीता रहा, जो न अपनी पसंद का पेशा चुन पाया, न अपनी मर्ज़ी से विवाह कर पाया, ना ही अपनी आध्यात्मिक महत्त्वाकांक्षाओं को ही पूरा कर पाया। जो ज़िन्दगी की रेलमपेल, परिस्थितियों की माँग के आगे इतना झुका कि अन्तत: अपना वजूद ही खो बैठा। पिताजी ने उपन्यास का नाम रखा *परास्त* और उसे लिखने में जुट गए। यूँ तो पिताजी का उपन्यास *परास्त* उनके तमाम अधूरे कामों की तरह आजीवन अधूरा रहा। लेकिन सिर्फ़ वह जानता है कि *परास्त* इस कथा की नींव है, *परास्त* उसके और पिताजी के बीच लिखित वह संवाद है जिसने उसे यह कथा कहने के लिए हमेशा प्रेरित किया। दु:ख सिर्फ़ इस बात का है कि पिताजी आजीवन उसे पूरा न कर पाए।

इसी बीच एक रोज़ पिताजी को खबर मिली कि जगदीश बाबू की लड़की मोहिनी ने सल्फ़ास की गोलियाँ निगल कर आत्महत्या कर ली है। पिताजी कचहरी से भागे-भागे जगदीश बाबू की कोठी पर पहुँचे और जो दिखा उसे देखकर कुछ बोलते न बना। उल्टी से

सने गीले कपड़ों में चौदह साल की मोहिनी का शव घर के बरामदे में पड़ा था। जगदीश बाबू अपना मानसिक संतुलन खोये अपनी लाल क्रोधित आँखों से कभी लोगों को और कभी अपनी मृत बेटी को घूरे जाते थे। मुँह से एक शब्द भी न फूटता था। पिताजी आग्रह कर उन्हें लेकर भीतर गए और समझाया कि शाम होने को है और क्रियाकर्म में देर करना ठीक नहीं है। यह सुनते ही जगदीश बाबू बिफर पड़े, ''पंडत मोहिनी रोज़ तुम्हें, मुझे हम सबको यह कहकर डराती थी कि वो अपनी जान ले लेगी, आज सचमुच उसने अपनी जान ले ली, अपने पिता के बारे में भी न सोचा।'' यह कहते-कहते जगदीश बाबू बच्चों की तरह रोने लगे। पिताजी ने मित्र को गले लगाया और कहा, ''बाबू साहब ये बातें बाद में भी की जा सकती हैं। पहले मोहिनी की अंत्येष्टि का प्रबंध करते हैं।'' जगदीश बाबू ने कहा, ''पहाड़ी को तो बुला लेने दो। उसे एक आखिरी बार अपनी बहन को देख तो लेने दो।'' तब पिताजी ने कहा, ''पहाड़ी कोमल हृदय है यह सब देख कर विचलित हो जायेगा। भूल गए कि भाभी की मौत का भोली मोहिनी के हृदय पर क्या असर पड़ा था?'' मोहिनी की मनोरुग्णता जन्म से नहीं थी बल्कि जगदीश बाबू की पत्नी की मृत्यु के बाद ही आरम्भ हुई थी। जगदीश बाबू मित्र का इशारा समझ गए। संध्या के पूर्व ही क्रियाकर्म हो गया और तेरहवीं के बाद जगदीश बाबू, पिताजी के साथ पहाड़ी को बहन की मृत्यु का समाचार देने रानीखेत चले गए।

अब जगदीश बाबू घर से बाहर कम ही निकलते और अपनी कुतिया लूसी के साथ खेल कर अपना वक़्त गुज़ारते। इस घटना को तीन माह भी न बीते थे कि नियति ने एक बार फिर पिताजी पर वज्रपात कर दिया।

एक रोज़ बाबा चल बसे। नींद में सोये-सोये ही, बिना किसी बीमारी के। शायद अवस्था के कारण, अवस्था भी कितनी शायद अस्सी से कुछ कम ही होगी। इंजन ने शाम की चाय देने के लिए दरवाज़ा खटखटाया और कोई उत्तर न पाकर भीतर गया। बाबा के कमरे में गहरी चुप्पी थी। बाबा अपने दीवान पर सोये मिले, चेहरा शांत, आँखें मुँदीं, शरीर ढीला। इंजन ने हाथ उठाकर नब्ज़ देखी जो रुकी हुई थी। शायद ऐसी शांत सुखद मौत कम लोगों को नसीब होती है। घर में रोना-धोना मचा, इंजन साइकिल लेकर कचहरी भागा, पिताजी कचहरी से भागे चले आये। कुछ घंटे के भीतर ही अधिकांश रिश्तेदार, श्रीराम और परशुराम चाचा का परिवार घर पर इकट्ठा हुआ। अगले दिन क्रियाकर्म हुआ। पिताजी हफ़्तों कचहरी न गए।

तीनों पुत्रों में आरम्भ से ही पिताजी ही बाबा के सर्वाधिक प्रिय रहे। पूरी पृथ्वी पर शायद बाबा ही एक थे जो पिताजी को दुखी देखकर दुखी हो जाते थे। आज रविवार था। अभी पिछले मंगलवार को ही पिताजी को परेशान देखकर बाबा ने कहा था, ''बड़े बाबू ने सुनंदा के लिए अहिल्यापुर में एक रिश्ता बताया है, लड़का एयरफ़ोर्स में है। रविवार को वर देखने चलेंगे। सब समझते हैं कि तुम बड़े धन्नासेठ हो, किसी ने दहेज में मोटर माँग ली तब कहाँ से लाओगे?'' बाबा वाकई दुनियादार थे, कदाचित ही भावुक होते। रविवार आकर चला गया, न जाने किस परिवार के वर को देखने की बात कर रहे थे बाबा?

बाबा की मौत ने पिताजी को और अकेला कर दिया था।

पिताजी को बाबा की मृत्यु में कहीं अपनी मृत्यु की छाया दिखाई दे गयी। धीरे-धीरे उनकी ओर बढ़ती, जब इंसान को अपनी मृत्यु का भय सताने लगता है तब वह जल्द-से-जल्द अपने अधूरे काम निपटा लेना चाहता है और पिताजी के जीवन के अधिकांश महत्त्वपूर्ण काम अधूरे थे, अभी बच्चों को पढ़ाना-लिखाना था, लड़कियों का विवाह करना था, उपन्यास *परास्त* अधूरा था। वर्षों से आस लगाए बैठे मुवक्किलों के मामलों के फ़ैसले आने बाकी थे और वक़्त था कि तेज़ी से भागा जाता था।

बाबा के देहांत की खबर सुनकर रमाकांत बाबू ने पिताजी को चिट्ठी लिखी और कुछ दिन गया आकर साथ रहने का आग्रह किया। बाबा के क्रियाकर्म के बाद पिताजी मन बहलाव के लिए गया चले गए। रमाकांत बाबू वैसे ही थे,वही एकहरा शरीर, वही गंभीर आँखें, वही शर्मीली-सी हँसी, रमाकांत बाबू के पिताजी भी कुछ वर्ष पहले चल बसे थे लेकिन माँ जीवित थीं। आखिरी बार पिताजी गया रमाकांत बाबू की शादी में ही आये थे, यूँ तो इस बात को वर्षों बीत चुके थे लेकिन माँ की बूढ़ी आँखों ने पिताजी को पहचानने में क्षण भर से अधिक का समय न लगाया। उन्होंने पिताजी के सर पर हाथ रखकर कहा, ''कइसन हो बाबू? दू साल पहिले इनके पिता गुज़र गए, अब तोहरे पिताजी चल दिए। का करबा बेटा सबका एक रोज़ जाएक है, फल पाक जाये तो कब गिर जाये कौन जानत है बेटवा।'' रमा बाबू की अनपढ़ माँ ने बड़ी गंभीर बात कह दी थी।

रमाकांत बाबू की दो संतानें थीं। एक लड़का और एक लड़की। लड़का आशीष बी.ए. द्वितीय वर्ष का विद्यार्थी था और लड़की नूतन दसवीं में पढ़ रही थी। पिताजी ने देखा कि रमाकांत बाबू अपनी छोटी-सी गृहस्थी में कितने खुश थे। जब इंसान दूसरों को खुद से सुखी पाता है तब उसका दर्द कई गुना अधिक बढ़ जाता है। चार कमरे का एक छोटा-सा एकतल्ला मकान, छोटा-सा आँगन, सामने एक छोटा-सा किचन गार्डन, पिछवाड़े बँधी जर्सी गाय, मगध विश्वविद्यालय में लेक्चररशिप सो वक़्त ही वक़्त। रमाकांत बाबू खेतीबाड़ी खुद ही कराते। रमाकांत बाबू की माँ ने दोनों को बैठा कर भोजन कराया। माँ का सबसे अधिक स्नेह भोजन परोसते समय ही दीखता, इतना खिला दिया कि पिताजी से उठते न बना। दोनों मित्र देर रात तक बात करते रहे। पिताजी ने वर्षों बाद मिले मित्र से अपनी समस्त व्यथा कह दी। इस बीच क्या बदला, क्या छूटा और क्या टूट गया।

आशीष देर रात तक पिताजी के पैर दबाता रहा। पिताजी को याद आया कि कैसे वो बाबा के पैर दबाते थे। उन्हें बाबा के पैर दबाकर कितनी ख़ुशी मिलती थी। इतने वर्षों में अजय, अरुण, आकाश में से किसी ने भी कभी उनके पैर न दबाये, पैर दबाना तो दूर यह भी याद न आता कि आखिरी बार उन्होंने उनके पैर कब छुए थे। तीनों ने कभी भी उनका शारीरिक, मानसिक कष्ट जानने की चेष्टा नहीं की। क्या बच्चे स्वार्थी हो गए थे? उनके लिए पिता सिर्फ़ एक पैसा कमाने वाली मशीन थे, जिनसे उनकी ज़रूरतें पूरी होती थीं। कहीं तो चूक हुई थी लेकिन अब किया भी क्या जा सकता था?

अगले दिन रमाकांत बाबू पिताजी को मगध विश्वविद्यालय घुमाने ले गए। काफ़ी देर तक कैंपस घूमने के बाद दोनों मित्र मैदान में बने चबूतरे पर ही बैठे गए। क्लास में आते-जाते लड़के-लड़कियों को देखकर दोनों को अपनी युवावस्था याद आ गयी।

पिताजी ने कहा कि यार रमा हम भी तो ऐसे ही थे। जीवन और ऊर्जा से भरपूर, आने वाले कल से बेखबर। तब न सोचा था कि जीवन एक रोज़ इतना असह्य हो जायेगा। रमाकांत बाबू ने कहा, ''अब तो सब गुज़रे ज़माने की बात लगती है पंडत।''

पिताजी को मजाज़ का एक शे'र याद आया और पिताजी की आँखें नम हो गयीं—

क्यों जवानी की मुझे याद आई
मैंने इक ख़्वाब सा देखा क्या था

कुछ दिन गया में बीत गए। रमा बाबू के सान्निध्य में पिताजी के मन को शांति और बल मिला, लेकिन एक बार फिर घरवालों की याद सताने लगी और पिताजी मित्र से विदा ले शहर चल पड़े।

इधर जैसे-जैसे पिताजी को जीवन से विरक्ति हुई, वैसे-वैसे उनके खाने-पीने, पहनने-ओढ़ने, पढ़ने-लिखने की आदतों में भी अर्थपूर्ण बदलाव आया। पिताजी अब घर में रेशमी धोती, पतला कुरता और खड़ाऊँ पहनते। साहित्य की किताबों की जगह अध्यात्म, हस्त रेखा और ज्योतिष की किताबों ने ले ली थी। पिताजी अब दिन-रात परमहंस योगानंद, रमन महर्षि, श्री अरबिंदो, कृष्णमूर्ति आदि की किताबों में डूबे रहते। पिताजी प्रतिदिन सुबह उठकर स्फटिक की माला जपते और एक वक़्त सादा भोजन करते। माँ अक्सर उन्हें खुद में ही खोया पातीं। अब पिताजी का ज्योतिष के गूढ़ विषयों पर कामाख्या शास्त्री जी से पत्राचार भी होता। धीरे-धीरे ज्योतिष पर पिताजी की पकड़ मज़बूत होती गयी। अब अक्सर रविवार या छुट्टी के दिन लोग उन्हें हाथ दिखाने, कुंडली बनवाने, शादी के लिए कुंडली मिलवाने आते। इस काम में पिताजी को बड़ा मज़ा आता। पिताजी सोचते कि कैसे हर आदमी अपने भविष्य को जानने के लिए उत्सुक रहता है। पिताजी इन सबकी कोई फ़ीस न लेते, कोई फ़ीस देना भी चाहता तो पिताजी यह कहकर लौटा देते कि मेरा पेशा तो वकालत है, केस लड़ूँगा तो फ़ीस लूँगा, यह सब तो मैं शौकिया करता हूँ।

एक रोज़ पिताजी की इच्छा कचहरी जाने की न हुई। सो पिताजी सीधे शहर के बाहर मेडिकल कॉलेज रोड पर स्थित दयाल बाबू के फ़ार्म हाउस चले आये। सुबह का वक़्त था। दयाल बाबू अपनी आरामकुर्सी पर बैठे अख़बार पढ़ रहे थे। दयाल बाबू को स्वेच्छा से वकालत छोड़े पाँच वर्ष हो चुके थे। दयाल बाबू ने शहर के बाहर बड़े शौक से यह फ़ार्म हाउस बनाया था। दयाल बाबू समय से अपनी पारिवारिक ज़िम्मेदारियों से बरी हो चुके थे। लड़की का विवाह हो चुका था और लड़का इंडियन पुलिस सर्विसेज़ के तहत एस.पी. हो गया था और लखनऊ में पोस्टेड था। पत्नी दिन भर पूजा-पाठ में लगी रहती। अभी जैसे कल की ही बात हो, पिताजी वकालत शुरू करने के पहले दयाल बाबू का मार्गदर्शन लेने आये थे। इस बात को तीन दशक गुज़र गए थे। इन तीन दशकों में बहुत कुछ बदला, अगर

कुछ न बदला तो वह था उनका सम्बन्ध, उनका परस्पर प्रेम। पिताजी ने दयाल बाबू के पैर छुए। दयाल बाबू ने हमेशा की तरह पिताजी के कंधे पर हाथ रखकर कहा, "डोंट बी फ़ॉर्मल, खूब आना हुआ तुम्हारा। अभी दो-चार रोज़ पहले ही एक अख़बार में तुम्हारी कुछ शायरी-वायरी छपी थी, उसको पढ़ कर तुम्हें याद कर रहा था। वो क्या था तन ने दो-दो शादी की हैं, ज़रा सुना दो।" पिताजी ने दयाल बाबू के आग्रह पर बिना मन के ही अपनी हालिया छपी कविता उन्हें सुना दी। उस लम्बी कविता की कुछ पंक्तियाँ यूँ थीं—

उलझी सहमी सांझ हमारी
ये दिन भी गुज़रा आवारा
मंज़िल खोती राहें दिखतीं
पाँव हुए जाते बंजारा
जीवन के इस कुटिल खेल में
सब जीते इक मैं ही हारा
तन ने दो दो शादी की हैं
फिर भी मन है बचा कुँवारा

दयाल बाबू भाव-विभोर हो गए और स्नेह से पिताजी की पीठ पर हाथ फेरा और पूछा, "अब बताओ कैसे आना हुआ?"

पिताजी ने नम आँखों से अपना एक शे'र कहा, "जहाँ से मैं भूलूँ बता दीजियेगा, मेरी दास्ताँ आपको याद होगी।" दयाल बाबू ने कहा, "हम्म जानता हूँ वही लड़कों की परेशानियाँ, सुनंदा के विवाह की चिंता, वही कोर्ट-कचहरी के झमेले, सब जानता हूँ।" पिताजी ने एक साँस में अपनी तत्कालीन व्यथा, अपनी निजी उलझनें, परिवार की स्थिति, लड़कों की स्वार्थपरता आदि के विषय में सब कुछ बता दिया। सब कुछ सुनकर दयाल बाबू का लहज़ा गंभीर हो गया, "योर मैटर इज़ वेरी कॉम्प्लेक्स।"

"तुम्हारे लड़के न तो तुम्हारे किये का मोल करते हैं, न ही तुम्हारी पत्नी का। हाउ दे कैन बी सो सेल्फ़िश? मुझसे तुम्हारी कशमकश छुपी नहीं है कि तुम इन तमाम सालों में कैसे जीते रहे हो। यदि तुमने दूसरी पत्नी का पक्ष लिया होता तो समाज या अपने ही लड़के कहते कि स्त्री प्रेम में अँधा होकर पिता को अपना धर्म भूल गया और यदि लड़कों का पक्ष लिया होता तो यही समाज कहता कि तुमने शादी तो सिर्फ़ औरत की कमी पूरी करने के लिए की थी, तुम्हें उससे कोई लगाव न था।" पिताजी ने आगे कहा, "गुरुवर सोचता हूँ कि वकालत छोड़ दूँ।" तब दयाल बाबू ने पिताजी की आँखों में आँखें डालकर कहा, "बहुत देर हो चुकी है, ऐसा निर्णय भूल कर भी मत लेना, मत भूलो कि घर में तुम्हीं एक कमाने वाले हो। तुम्हारे कमाने पर यह हाल है तो ज़रा सोचो कि जिस रोज़ तुम इनकी ज़रूरत पूरी न कर पाओगे, यही लड़के तुम्हारे साथ कैसा बर्ताव करेंगे। हाँ यह ज़रूर कहूँगा कि केसेज़ कम लो, पुराने मामलों पर अधिक ध्यान दो। मुझे लगता है कि तुम्हें वक़्त रहते एक वसीयत भी बना देनी चाहिए, जीवन का क्या भरोसा। तुम्हारे न रहने पर यही लड़के तुम्हारी पत्नी और इन बेचारी लड़कियों की न जाने क्या गति करें और समाज जो दिनोंदिन कमज़ोर होती

दीवार के ढहने का इंतज़ार कर रहा है उससे तुम उम्मीद भी क्या कर सकते हो?'' पिताजी ने दयाल बाबू की बात से इत्तेफ़ाक़ जताया, यह अलग बात थी कि पिताजी के तमाम अधूरे कामों में वसीयत बनाने का काम भी आजीवन अधूरा रहा, जिसकी कीमत उसे, उसकी माँ और उसकी बहनों को चुकानी पड़ी। खैर पिताजी को एक बात समझ में आ चुकी थी कि जीवन में किसी बड़े बदलाव के लिए अब बहुत देर हो चुकी थी और मर जाने पर अर्थ ही काम आएगा। पिताजी दयाल बाबू से विदा लेकर कचहरी की ओर चल पड़े। जैसे-जैसे कचहरी करीब आती जाती, पिताजी अपने सूखे होंठों पर एक झूठी मुस्कान ओढ़ते जाते। गेट पर धनलक्ष्मी लॉटरीवाले लड़के मनोहर ने पिताजी को देख कर कहा, ''वकील साहब आज तो बड़ी देर हो गयी।'' पिताजी ने ज़ोर से हँस कर कहा, ''हाँ भइया मनोहर, सच में बहुत देर हो गयी।''

रात पिताजी ने अपनी डायरी में लिखा—

कथा को समेटे सदा मुस्कुराए
संजोये रहे मर्मबेधी व्यथाएँ
राहें ये जीवन की बेहद कठिन थीं
हृदय एक दर्पण हज़ारों शिलायें

एक रोज़ सुबह-सुबह आँगन में नहाते पिताजी ने अजय को भुनभुनाते सुना कि ''इतनी फ़िजूलखर्ची करते हैं भगवान जाने पाँच-पाँच लड़कियों का विवाह कैसे होगा? कल जो खुद चल बसे तो परिवार की दुर्दशा के लिए कौन ज़िम्मेदार होगा, यह सब जंजाल जिसने फैलाया है वही इससे निपटे, इससे हमारा कोई लेना-देना नहीं है।'' यह सच था कि पिताजी खर्चवाह प्रकृति के थे, लेकिन घर से लेकर बाहर तक सब कुछ उनका ही किया था और जिसने परिवार को इक्कनी भी न दी हो उसे भला ऐसा कहने का क्या हक़ था। सच वक़्त से पहले ही प्रकट हो गया था। अजय के कथन से साफ़ था कि यदि कल पिताजी को कुछ हो गया तो इन सौतेले भाई-बहनों के प्रति उसकी कोई ज़िम्मेदारी नहीं होगी। यह बात पिताजी को नश्तर की तरह चुभी लेकिन न जाने क्यों पिताजी ने अजय को कुछ भी न कहा।

इसी बीच एक घटना घटी जिसने पिताजी के स्वाभिमानी स्वभाव को एक बार फिर चरितार्थ कर दिया। एक रोज़ मुहल्ले के एक परिचित मुख़्तार साहब ने पिताजी को रिक्शे पर ढेर सारी लकड़ियाँ लेकर आते देखा। मुख़्तार साहब ने उत्सुकतापूर्वक पूछा, ''वकील साहब इतनी लकड़ियाँ किसलिए ले जा रहे हैं?'' पिताजी ने कहा, मुख़्तार साहब चलने की बेला नज़दीक आ रही है। न जाने राम कहाँ लगे माटी। अंतिम दिनों में काशी जाकर प्राण छोड़ूँगा ऐसा सोचा था, लेकिन सेवा-टहल करने वाला कोई नहीं है। ये लकड़ियाँ तो इसलिए ले आया हूँ ताकि मेरे मरने पर मेरे लड़कों पर इसका व्यय न आये।'' मुख़्तार साहब ने अचरज से भरकर कहा, ''ठीक कहते हैं वकील साहब, कलयुग है। मरने के बाद का भी सोचकर चलना पड़ता है।''

इस बीच अजय, अरुण, आकाश और सुनंदा ने इसी घर के भीतर अपनी अलग

दुनिया बनानी शुरू कर दी थी। घर की तमाम चीज़ें बर्तन, फ़र्नीचर आदि ऊपर जाने लगे थे। घर पूर्णत: विखंडन की कगार पर था। तभी एक रोज़ सम्पत ने पिताजी से आकर कहा कि अजय बाबू अपनी रसोई अलग करना चाहते हैं।

जिस दिन घर में दो चूल्हे जले उस दिन पिताजी ने भोजन न किया और जगदीश बाबू के घर चले गए और रात घर न लौटे। ऐसी बातें आखिर लोगों से कब तक छिपतीं। धीरे-धीरे यह बात पहले मुहल्ले फिर शहर भर में फैल गयी कि वकील साहब के लड़कों ने अपना चौका-चूल्हा अलग कर लिया है। किसी हितैषी शुभचिंतक के पूछने पर लड़के कहते, ''हमें तो पिताजी ने ही अलग कर दिया, शायद माँ नहीं चाहती थी कि हम साथ रहें।'' अधिकांश लोग लड़कों के कहे को ही सत्य मान बैठे। बैरियों ने पीठ पीछे कहना शुरू किया, ''बड़े वकील बने फिरते हैं अपने घर के झगड़े तो सुलझा नहीं पाए।'' लड़के अब सामने न पड़ते। पिताजी महीने का खर्च सम्पत के हाथों भिजवा देते।

पिछले कुछ एक सालों से पिताजी निरन्तर अस्वस्थ रहने लगे थे। मधुमेह और उच्च रक्तचाप से ग्रसित पिताजी को अब अनिद्रा की बीमारी भी लग गयी थी। कारण था उनका अनियमित खान-पान, दिन-ब-दिन बढ़ता तनाव, दबाव। अब पिताजी पूरी रात चैन से न सो पाते। माँ अक्सर उन्हें कुछ सोचता पाती। जीवन इतने खंडों में बँट गया था कि जीवन की एक साबुत शक्ल बनाये न बनती थी।

एक तरफ़ परिवारवाले और रिश्तेदार थे जो सिर्फ़ अपनी स्वार्थपूर्ति चाहते थे, दूसरी तरफ़ बैरी समाज था जो दिनोंदिन कमज़ोर होती दीवार के ढहने का इंतज़ार कर रहा था, तीसरी तरफ़ एक असमर्थ पत्नी थी, जो चाह कर भी अपने पति के लिए कुछ नहीं कर पा रही थी।

यूँ तो पिताजी किसी राजनीतिक विचारधारा से नहीं जुड़े थे किन्तु उनके बढ़ते प्रभाव के कारण कुछ पार्टियाँ उन पर अपने दल में शामिल होने के लिए दबाव-सा बनाने लगी थीं। अब अक्सर सुबह-सुबह इन्हीं पार्टियों के लोग घर पर आ जाते और पिताजी को प्रलोभन देकर अपने दल में शामिल करना चाहते।

इस दौरान पिताजी के व्यवहार में कुछ अजीब-सी विचित्रता, अप्रायश्चितता सबने अनुभव की थी। पिताजी भीतर से जितना टूटते जाते, बाहर से उतने ही हँसमुख होते जा रहे थे। एक फीकी-सी बनावटी मुस्कान हर वक़्त होंठों पर फैली रहती। साधारण-सी हँसने की बात पर भी ठहाके लगाकर हँसते। खुद जीवन से हार चुके पिताजी लोगों को आगे बढ़ने और हिम्मत न हारने का उपदेश देते रहते।

तमाम शे'रो-शायरी हर वक़्त उनकी ज़ुबान पर रहती जो उनके रिक्त हृदय का हाल कहतीं। पिताजी अक्सर कहते—

चार सिम्त जहाँ पत्थरों की बारिश है
वहाँ ये हुक्म के शीशे का कारोबार करो

पिताजी के घरेलू मित्र डॉ. आत्माराम दुबे भी मित्र की स्थिति देख कर चिंतित थे, न

पिताजी उनकी दीं दवाइयाँ वक़्त पर खाते, न ही बताया परहेज़ करते। डॉ. आत्माराम दुबे कुछ कहते तो पिताजी हँस कर शकील का मशहूर शे'र कहते—

मेरे हमनफ़स, मेरे हमनवा, मुझे दोस्त बन के दग़ा न दे
मैं हूँ दर्द-ए-इश्क़ से जाँ-ब-लब, मुझे ज़िंदगी की दुआ न दे

इधर शहर के फर्टिलाइजर कारखाने में भर्ती शुरू हुई और पिताजी की सिफारिश पर सम्पत को उसमें नौकरी मिल गयी। शायद सम्पत को यह आभास हो गया था कि पिताजी अधिक वर्ष जीवित न रहेंगे और उसके बाद वह फिर बेरोजगार हो जाएगा।

इन्हीं आपाधापियों के बीच एक रोज़ पिताजी सम्पत, सुनंदा, अनंदिता, शुभांगी, ज्योत्स्ना, साहित्या, माँ और उसे लेकर नेपाल चल पड़े। फागुन की उतरती ठण्डक थी। इस यात्रा की स्मृतियाँ उसके मस्तिष्क में अब भी कौंध जाती हैं, दो रोज़ काठमांडो में रहकर पूरा परिवार साहू जी के ककनी स्थित गेस्ट हाउस में आ गया।

सभी दिन भर घूमते और शाम को उसकी बहनें उसे लेकर गेस्ट हाउस की छत पर खेला करती थीं। रात में परिवार के सो जाने के बाद पिताजी तेजरत्न के साथ बैठकर शराब पीते और देर रात तक बातें करते। कभी-कभी तेजरत्न हृदय छू लेने वाला उस वक़्त का लोकप्रिय नेपाली फ़िल्मी गीत गाते। इस गीत को सुनकर पिताजी की पलकें नम हो जातीं।

उडी जाऊ भाने मा पंछी होईना
बसिरहु ए लई मन छैना
खसमको मोहनी लागे-र-होके
होश मेरो ए लई यहाँ छैना।

नेपाल की इस यात्रा की धुँधली-सी स्मृतियाँ आज भी उसके दिमाग में बसी हैं। वह काठमांडो बाज़ार में पिताजी की उँगली पकड़े चल रहा है। उसकी बहनों ने स्काफ़ बाँधा है। माँ ने रेशमी शॉल ओढ़ा है। पिताजी ककनी के गेस्ट हाउस की छत से उसे कॉफ़ी लेकर आते नेपाली नौकर को दिखा रहे हैं। नौकर ने ऊपर आकर अपना ठंडा हाथ उसके गालों पर रख दिया है और उसे 'छोटा बाबू' कहकर पुचकार रहा है।

एक अन्य बेहद पुरानी सुखद स्मृति है कि पिताजी स्कूल उसकी फ़ीस जमा करने गए हैं। शिक्षक कह रहे हैं कि उसके बाल अधिक बड़े हो गए हैं, जिसे तत्काल कटाने की आवश्यकता है। पिताजी स्कूल से निकलकर उसे लेकर सीधे बाल काटने की दुकान पर आ गए हैं। वह अक्षर-अक्षर जोड़ कर दुकान का साइन बोर्ड पढ़ रहा है। दुकान का नाम जनता केश कर्तनालय है। अजीब इत्तेफ़ाक़ है कि बारह वर्ष बाद इसी जनता केश कर्तनालय में काम कर उसने अपने जीवन की पहली कमाई अर्जित की।

अब वह घर लौट रहा है और पिताजी के साथ रिक्शे पर बैठा है। घर नज़दीक आने पर हनुमान मन्दिर के करीब दो रास्ते पड़ते हैं। एक रास्ता दायीं ओर दूसरा रास्ता बायीं तरफ़ मुड़ता है। अक्सर इस मोड़ पर आकर पिताजी उससे पूछते हैं कि ज़रा बताओ तुम्हारा घर

किधर है, वो बायाँ हाथ उठा देता है, रिक्शा बायीं तरफ़ मुड़ जाता है।

नेपाल से लौटते ही तारीख आने के कारण पिताजी को तत्काल इलाहाबाद जाना पड़ा। मामला काफ़ी पुराना और पेंचीदा था। पिताजी को यह केस लड़ते-लड़ते एक दशक से भी ज़्यादा हो गया था। मामला चकबंदी में विरासत का था और देश में व्याप्त भ्रष्टाचार की मिसाल था। घटना लगभग एक दशक पहले चकबंदी की प्रक्रिया के तहत चौरी-चौरा के नज़दीक स्थित ग्राम महादेवा में घटी थी। कलकत्ते में चमड़े की एक फ़ैक्ट्री में काम करने वाले भोले-भाले ग्रामीण नरसिंह यादव की गैरमौजूदगी का फ़ायदा उठाकर उसकी पचास बिगहा ज़मीन हड़प ली गयी थी। यह सब एक स्थानीय भूमाफ़िया के इशारे पर किया गया था। इस षड्यंत्र में चकबंदी अधिकारी, पेशकार, लेखपाल और ग्राम प्रधान सभी शामिल थे। पच्चीस साल पहले बैनामा हुई ज़मीन की विरासत पचास साल पहले मर चुके इंसान के नाम कर दी गयी थी। विरासत फ़र्ज़ी तरीके से मात्र एक शपथ पत्र के आधार पर बिना किसी सुबूत के कर दी गयी थी। ज़िला न्यायालय में मामला हारने के बाद पिताजी ने हाईकोर्ट में अपील की थी। नरसिंह का सब कुछ दाँव पर लगा था। न्यायाधीश ने आँख पर पट्टी बाँध रखी थी क्योंकि मामले में कई बड़े नाम शामिल थे। पिताजी वह केस हार गए। नरसिंह का उसकी पुश्तैनी ज़मीन पर कोई अधिकार न रह गया।

पिताजी हाईकोर्ट की सीढ़ियों से उतरते जाते और बीड़ी का धुआँ उड़ाते फ़र्ज़ी गवाह चंद्रभान, चकबंदी अधिकारी आर.के. श्रीवास्तव और भूमाफ़िया इंद्रजीत अपनी जीत पर हँसे जाते।

पिताजी की डायरी से, 16 मार्च 1987—

दर्द का हर भेद कहतीं अधबुझी ये बीड़ियाँ
न्याय से ज़्यादा यहाँ अन्याय की हैं सीढ़ियाँ
इनपे चढ़ना और उतरना है जान की बाज़ी लगाना
फिसलती इन पर रही हैं पीढ़ियाँ दर पीढ़ियाँ।

पिताजी के भीतर अब और लड़ने की सामर्थ्य न बची थी। रात पिताजी जब ट्रेन में बैठे तब उन्हें बुखार और कमज़ोरी सी मालूम हुई। बुखार घर पहुँचते-पहुँचते तेज़ हो गया। पिताजी कई रोज़ कचहरी न गए।

यूँ तो इस बात को बरसों बीत चुके हैं, लेकिन उस शाम की स्मृति आज भी उसके मस्तिष्क में बेहद साफ़ है। शाम का धुँधलका है। पिताजी अपनी आरामकुर्सी पर बैठे हैं। वह आज न जाने क्यों अधिक थके हुए और बूढ़े लग रहे हैं। उनका शरीर कमज़ोर पड़ गया है। दाढ़ी के कई बाल सफ़ेद हो गए हैं। पिताजी ने उसे अपने पास बुला लिया है। पिताजी के शरीर से शराब की तीखी गंध आ रही है। पिताजी प्यार से उसके सर पर हाथ फेर रहे हैं। प्यार से उसके गाल दबा रहे हैं। पिताजी उससे कुछ कह भी रहे हैं। न जाने क्या ? शायद कोई गंभीर बात।

इन तमाम वर्षों में वह हज़ारों बार सोचने की कोशिश कर चुका है कि पिताजी ने

उससे उस रोज़ क्या कहा था। लेकिन पिताजी का कहा उसे कुछ भी याद नहीं आता है, एक शब्द भी नहीं।

शुरुआती गर्मियों की एक उमस भरी सुबह थी। अप्रैल की तीन तारीख थी। बच्चों की वार्षिक परीक्षाएँ चल रही थीं। माँ रोज़ की तरह उठकर नहा-धो, नाश्ता बना पूजाघर में बैठी थी। 6 बजे के करीब अख़बार डालने वाले लड़के मुन्ना के अख़बार फेंकने से पिताजी की नींद टूटी। माँ ने रोज़ की तरह अख़बार लाकर पिताजी के सर के पास रख दिया। पिताजी ने अख़बार खोला और देख कर रख दिया। माँ वर्षों बाद दो घड़ी के लिए पिताजी के पास बैठ गयीं। माँ, पिताजी के विवाह को 18 वर्ष हो गए थे। यह 18 वर्ष, घर बनवाते, गृहस्थी बसाते और नौ बच्चों की परवरिश करते-करते निकल गए थे। घर का छोटे से छोटा काम भी माँ के किये बिना न होता। पिताजी ने माँ को करीब से देखा। माँ के बालों की कुछ लटें सफ़ेद हो गयी थीं, चेहरा यूँ सूजा था जैसे वर्षों से न सोई हों। पिताजी भी वक़्त से पहले प्रौढ़ हो चले थे। दाढ़ी के कई बाल सफ़ेद, आँखों के इर्द-गिर्द काले गड्ढे, सूखे होंठ, होंठों पर एक फीकी-सी मुस्कान। जैसे खुद पर ही हँस रहे हों। कहने को बहुत कुछ था लेकिन पिताजी ने उस क्षण माँ से कुछ भी न कहा। पिताजी ने टहलने की इच्छा जताई तो माँ ने छड़ी और सूती शॉल लाकर दे दी। यूँ तो पिताजी को छड़ी की आवश्यकता न होती थी लेकिन छड़ी लेकर चलना उन्हें अच्छा लगता था। घर में आधा दर्जन से भी अधिक छड़ियाँ थीं। बाहर दिन उग रहा था और रोज़मर्रा की एक दुनिया पसर रही थी। घर के भीतर भी अब हलचल शुरू हो गयी थी। इंजन बच्चों का टिफ़िन रखता और गाये जाता था, ''मन्नू भाई मोटर चले पम-पम-पम।''

पिताजी सड़क पर निकल आये। मोहल्ले के बच्चे बस स्टॉप की ओर जा रहे थे। पिताजी ने नन्हे दीपू से पूछा, ''गर्मी की छुट्टियाँ कब से शुरू होंगी?'' दीपू ने खुश होकर कहा ''जी बस इस हफ़्ते एग्ज़ाम ख़त्म और अगले हफ़्ते से छुट्टियाँ।'' पिताजी ने दीपू के सर पर हाथ फेर कर कहा, ''इस बार छुट्टियों में खूब मज़े करना, कोई कसर बाकी न रह जाये।'' मेहतर अज़ीम पूरी तन्मयता से सड़क झाड़ रहा था। पिताजी को देखकर मुस्कुराया और सलाम किया। गली-मोहल्ले के आते-जाते लोग पिताजी का अभिवादन किये जाते। वकील साहब नमस्ते, चाचा जी प्रणाम, नमस्कार भाई साहब। पिताजी कुछ देर टहल कर वापस आ गए। भीतर आकर उन्होंने अपनी डायरी उठायी और उसमें लिखा—

'अच्छा या बुरा जो कुछ भी इस क्षण है वह फिर कभी नहीं होगा।' 3 अप्रैल 1987 समय 7 बजे।

भीतर माँ भोजन तैयार करने लगी। मुंशी जी आज के मुकदमों के अनुसार पिताजी का बक्सा तैयार करने लगे। पिताजी ने स्नान किया। उसके बाद कुछ क्षण ज़मीन पर बैठकर स्फटिक की माला जपी, लेकिन चित्त था कि एकाग्र ही न होता था। न जाने क्यों एक क्षण के लिए पिताजी के समक्ष बैरागी बाबा का प्रतिबिम्ब-सा आ गया। पिताजी ने वर्षों पहले बैरागी बाबा से पूछा था, ''बाबा संन्यासी कौन है?''

बाबा ने कहा था, ''संन्यासी उस बंजारे की तरह है जो हर क्षण सब कुछ छोड़ कर

आगे बढ़ने को तत्पर है, जीवन की छह लहरें हैं, भूख-प्यास, शोक-मोह, जीवन-मृत्यु। जो इनसे प्रभावित नहीं होता वही वास्तव में संन्यासी कहलाने योग्य है''... पिताजी ने विरक्त मन से भोजन किया और कपड़े पहनकर बाहर आ गए। मुंशीजी ने काला कोट पहनाया और रिक्शा ढूँढने निकल गये। पिताजी चलने को तैयार थे। पिताजी ने पलटकर घर को देखा। एक आलिशान घर, गुलमोहर के पेड़ में सुर्ख लाल फूल खिले थे लेकिन उनमें कोई आकर्षण न था। पिताजी के नाम की तख्ती के आगे एक और तख्ती जुड़ गयी थी—डॉ. अजय शंकर। तभी माली ने आकर अपनी तनख्वाह माँगी। इंजन ने शाक-सब्ज़ी के लिए, ज्योत्स्ना ने एन.सी.सी. के नैनीताल टूर के लिए और अरुण ने रेलवे की भर्ती का फ़ॉर्म भरने के लिए पैसे माँगे। पिताजी अपनी जेब से पैसे निकाल-निकालकर सब को देते गए। पैसे मिलते ही अरुण ने मुँह फेर लिया। पिताजी ने पूछा, ''अरुण सब ठीक तो है ना?'' अरुण ने इसका जवाब देना भी ज़रूरी न समझा। गेट से बाहर निकलते ही एक अपरिचित ने पिताजी के पैर छुए और कहा, ''बाबू आपका बड़ा नाम सुना है, हाथ दिखाना था, बड़ी दूर से आया था।'' पिताजी ने अनमने मन से कहा, ''तो आपको लगता है मैं आपका भविष्य बता सकता हूँ, यह सब बकवास है, यदि ऐसा होता तो क्या मैं अपना भविष्य न जान लेता, मुझे नहीं मालूम कि मेरे साथ आगे क्या होने वाला है, इन बातों में समय व्यर्थ न कीजिये मुझे जाने दें, देर हो रही है।'' यह कहकर पिताजी रिक्शे पर बैठ गए। रिक्शा चल पड़ा। आदमी अवाक्-सा खड़ा देखता रहा। सुबह के दस बजने को थे। धूप थी कि हर पल तेज़ हुई जाती थी। कचहरी का वही रोज़ का माहौल था। अपनी-अपनी दुकान खोले टाइपिस्ट और स्टाम्प विक्रेता। यहाँ-वहाँ भागते अधिवक्ता, उनके पीछे भागते सीधे-सादे ग्रामीण। शिकार की तलाश में यहाँ-वहाँ घात लगाए घूमते दलाल।

पिताजी ने जूनियरों को बुलाकर मीटिंग ली और समझाया कि किन मामलों पर विशेष ध्यान देना है, कौन से मामले निर्णय के करीब पहुँच चुके हैं, वगैरह-वगैरह।

दिन चढ़ने लगा। पिताजी यहाँ से वहाँ भागते रहे। कभी वह रिकॉर्ड रूम में भागते, कभी मजिस्ट्रेट के कमरे में, कभी टाइपिस्टों से बोल-बोल कर न जाने क्या-क्या टाइप करवाते। न जाने कितने काम करने थे और वक़्त था कि गुज़रा जाता था। दिन भर दो घड़ी सुस्ताने का भी वक़्त न मिला। शाम हो चली। पिताजी थक कर इमली के पेड़ के नीचे अपने तख़्ते पर ही बैठ गए। हल्की-हल्की हवा चल रही थी। पिताजी ने जूनियरों समेत सम्पत और मुंशी जी को उनके पैसे दे दिए। पिताजी ने मुंशी जी को किनारे ले जाकर कहा कि मुंशी जी लड़ते-लड़ते थक गया हूँ, अब न लड़ने की सामर्थ्य बची है न ही इच्छा, जीवन से उकता गया हूँ, न जाने ऊपरवाला अपनी डोर कब खींच ले। कल न रहूँ तो पीछे परिवार का ख़याल रखियेगा। मुंशी जी की आँखें भर आयीं। शाम हुई तो कचहरी की सूरत बदलने लगी। कहीं कोई विक्रेता माइक पर गला फाड़ कर चूहे मारने की दवा बेच रहा था, दूसरा विक्रेता मरदाना कमज़ोरी को दूर करने वाली दवा। चने के भूजे और मूँगफलियों के ठेलों और पान की दुकानों पर भीड़ बढ़ने लगी थी। धनलक्ष्मी लॉटरी का विक्रेता मनोहर आज के भाग्यशाली विजेताओं की सूची चिपकाने लगा था। पिताजी ने हमेशा की तरह एक लाख इनाम वाली लॉटरी का टिकट खरीद कर कोट की जेब में रख लिया। मुंशी जी और

जूनियर जा चुके थे। सम्पत ने पिताजी का सामान बक्स में डालना शुरू किया। अचानक ज़ोर की आँधी चली और हल्की-हल्की बूँदाबाँदी होने लगी। पिताजी ने देखा कि वहीं पास ही कुछ वकील समूह में बैठे हैं और चने के भूजे और लहसुन की चटनी का दौर चल रहा है। पिताजी को देखकर एक वकील ने व्यंग्यबाण मारा, "अरे वकील साहब आज इतनी देर तक, सब कुशल तो है? आइये आज ज़रा हम छोटे वकीलों के साथ भी बैठिये। चने का भूजा खाइये।" तभी दूसरे वकील ने कहा, "कहेंगे तो पीने की व्यवस्था भी हो जाएगी।" पिताजी ऐसे फिकरों के आदी थे सो हँस कर कहा, "आज बड़ी जल्दी में हूँ मित्रों, चलने की बेला है, पीता मैं ज़रूर हूँ लेकिन यह कचहरी जिसमें मैंने तीन से भी अधिक दशक बिता दिए, मेरे लिए किसी न्याय तीर्थ से कम नहीं है और इस न्याय तीर्थ में बैठकर पीने की गुस्ताखी मैं भला कैसे कर सकता हूँ। जीवन रहा तो फिर मिलेंगे। कोई भूल हुई हो तो क्षमा चाहूँगा।"

उस रोज़ पिताजी को न जाने क्या सूझी कि वह कचहरी से निकल कर सीधे अपने मित्र शिवदास धर दुबे के गोलघर बाज़ार स्थित शाइन फ़ोटो स्टूडियो पहुँच गए। शिवदास बाबू ने अचानक इस तरह आने का कारण पूछा। पिताजी ने हँसकर कहा, "बस यूँ ही सोचा कि एक फ़ोटो खिंचवा लूँ, मेरे आने वाले उपन्यास के कवर पर छपवाने के लिए।" शिवदास बाबू पिताजी के पुराने मित्र थे सो उन्हें पिताजी की बनावटी हँसी और आँखों में छुपे गम को पहचानने में देर न लगी। शिवदास बाबू ने कहा, "यहाँ आने की तकलीफ़ क्यों की। मैं किसी को घर पर भेज देता, एक फ़ोटो पूरे परिवार की भी हो जाती?" पिताजी ने ज़ोर से हँसकर कहा, "दुबे जी मारिये गोली घर-परिवार को, आप बस फ़ोटो खींचिये। सुना है कि आदमी मर जाता है लेकिन तस्वीरों और स्मृतियों में ज़िंदा रहता है।" शिवदास बाबू ने कहा, "ऐसा क्यों कह रहे हैं, शुभ-शुभ बोलिये।" पिताजी ने हँसकर कहा, "अब शुभ क्या और अशुभ क्या जब चिड़िया चुग गयी खेत।" शिवदास बाबू के सबसे काबिल फ़ोटोग्राफ़र कमल ने पिताजी की फ़ोटो खींची। पिताजी की मृत्यु के बाद शिवदास बाबू ने माँ को यह फ़ोटो भेंट की। वहाँ से निकलकर पिताजी ने मुंशीजी से घर की जगह वैद्यराज आत्माराम दुबे के यहाँ ले चलने को कहा।

वैद्यराज अस्पताल में ही थे। वैद्यराज ने पिताजी को देखकर तुरंत अपना कमरा खुलवाया और पिताजी को भर्ती करने का इंतज़ाम करना शुरू किया। पिताजी ने हँसकर कहा, "जब तक इंसान भर्ती न हो, लोग उसकी बीमारी को सच नहीं मानते हैं तो मैं भर्ती होने आ गया हूँ। अब मैं आराम करूँगा और आप सब लोग मेरी तीमारदारी।" वैद्यराज ने कहा "चलिए देर आये दुरुस्त आये, बड़ी खा ली मिठाइयाँ अब ज़रा कड़वी दवा भी खाइये।" सम्पत माँ को बताने और पिताजी की ज़रूरी चीज़ें ट्रांज़िस्टर, मच्छरदानी, चश्मे, टॉर्च आदि लेने घर भागा। माँ ने फ़ौरन खिचड़ी बनायी और पिताजी के कपड़े-लत्ते और दूसरी ज़रूरी चीज़ें लेकर इंजन के साथ वैद्यराज आत्माराम दुबे के अस्पताल पहुँची।

वैद्यराज ने दवाइयाँ दीं। माँ ने खिचड़ी दी जिसे पिताजी ने अनमने मन से आधा खा कर छोड़ दिया। माँ ने रात अस्पताल में ही रुकने की इच्छा जताई लेकिन पिताजी ने आग्रह कर माँ को घर भेज दिया और कहा, "बच्चों की परीक्षाएँ हैं तुम उन्हें सँभालो।"

वैद्यराज, पिताजी को दवाइयाँ देकर अपने कमरे में सोने चले गए। पिताजी रात को देर तक डायरी लिखते रहे। अगले दिन से धीरे-धीरे लोगों को पिताजी की बीमारी के बारे में पता चलना शुरू हुआ। शाम को जगदीश बाबू और कुछ परिचित पिताजी को देखने आये। पिताजी ने अपनी नयी कविताओं और शे'रों से उनका स्वागत किया और यह आभास कराया कि वह बीमार नहीं हैं। दूसरे दिन श्रीराम चाचा पिताजी को देखने आये और हिम्मत बँधा कर चले गए। तीसरा दिन गुज़र गया और नब्ज़ थी कि सँभलती ही न थी, जैसे हृदय पर मनों भारी पत्थर रखा हो। दिल पल-पल गहरे अवसाद में डूबा जाता था। जगदीश बाबू, दयाल बाबू और कुछ घनिष्ठ मित्रों को छोड़कर अधिकांश लोगों ने पिताजी की बीमारी को स्वांग कहा। कुछ लोगों ने अधिक पीने का परिणाम। पिताजी प्रतिदिन बड़ी उम्मीद से माँ से पूछते, "क्या अजय, अरुण और आकाश को पता है कि मैं बीमार पड़ा हूँ?" माँ आँचल से मुँह छुपा कर रोने लगती।

पिताजी धीरे-धीरे अकेले पड़ते जाते थे! समाज की कौन कहे जब अपने लड़कों ने ही बीमार पिता की सुध न ली। अब घर पर उसकी बहनों ने माँ से पूछना शुरू कर दिया था कि पिताजी कैसे हैं और घर कब आएँगे? माँ यही प्रश्न वैद्यराज से पूछती। वैद्यराज माँ को धीरज धराते। माँ बच्चों को धीरज धराती। माँ कहती, "पिताजी आराम करना चाहते हैं, बस कुछ रोज़ में आ जायेंगे।" उस रोज़ अप्रैल की सात तारीख थी। आज पिताजी की अस्पताल में पाँचवीं रात थी। आज माँ ने अस्पताल में रुकने की ज़िद की। माँ का दिल शाम से ही बैठा जाता था। ऐसा लगता जैसे कुछ अनहोनी होने को है। माँ मन-ही-मन ईश्वर का स्मरण करती और अपने पति की लम्बी आयु के लिए तमाम देवी-देवताओं से मन्नत माँगती रहती। सिर्फ़ तीन दिन बाद उसका सातवाँ जन्मदिन था। पिताजी के दिल में उसके जन्मदिन के लिए ढेरों अरमान थे। पिताजी ने माँ से कहा, "अच्छा हुआ तुम्हें एक लड़का हो गया, देखना वही तुम्हारे बुढ़ापे की लाठी बनेगा। तुम उसके जीवन में दखल न देना, उसे वो करने देना जो वो करना चाहे। मुझे न जाने क्यों लगता है कि वह बड़ा होकर मेरे जैसा होगा, देखना मैं उसमें ज़िंदा रहूँगा।" माँ पिताजी की बातें सुनकर अपने आँसू छुपाती रहीं। आज की शाम मरीज़ की पीड़ा बाँटने वाला कोई न आया। पिताजी आस भरी नज़रों से दरवाज़े की ओर देखते रहे। शहर भर की बिजली गुल थी। उमस और अंधकार से पिताजी का मन और अधिक अवसादमय हुआ जाता था। सात बजे के करीब वैद्यराज ने पिताजी की नब्ज़ टटोली और एक दवा दी, जिसे खाकर पिताजी को खूब पसीना आया। माँ ने पिताजी के शरीर को देखा तो लगा जैसे वो नहा कर बिना शरीर पोंछे बैठे हों। न जाने किस चीज़ की दवा थी वो? पिताजी का शरीर सुन्न पड़ता जाता था। मुँह से एक शब्द भी न निकलता था। पिताजी ने आम खाने की इच्छा जताई सो माँ ने उन्हें कटे हुए आम का एक टुकड़ा दिया। आम चखते ही उन्हें उलटी हुई और पिताजी ने इशारे से माँ को सो जाने को कहा।

अमावस्या की काली रात थी। ऐसा लगता जैसे रौशनी का एक-एक छिद्र धीरे-धीरे बंद हो रहा हो। थका होने के कारण माँ कुछ देर में ही सो गयी। लेकिन पिताजी की आँखों में नींद न थी। अचानक उसी अँधेरे में सैकड़ों ज्योति पुंज झिलमिलाने लगे। स्मृतियों के ज्योति पुंज। कभी स्वर्ग में बैठी माँ का चेहरा दिख जाता, कभी ललिता देवी का। कभी बाबा आँखों

के सामने आ जाते, कभी बैरागी बाबा। कभी इमली का वो पेड़ दिख जाता, जिसके नीचे ज़िन्दगी के तीन दशक बिता दिए थे, कभी दिख जाती कलकल बहती गंगा, कभी किसी अधूरी कविता की पंक्ति याद आ जाती, कभी कोई फलसफा या कोई शे'र याद आ जाता।

पिताजी ने अपनी डायरी उठा ली और टॉर्च की रौशनी में कुछ लिखना शुरू किया—

''ए अँधी गली के पहरेदारों
आज मुझे मशाल जला कर वापस लौटने का आदेश न दो
मेरे हाथों से ज्ञान की इस अग्निशिखा को छीन न लो।
कितने गर्म तलघरों के ताले तोड़ कर आया हूँ मैं इस एक मशाल के साथ।
मैं आज तेज़स का आह्वान करूँगा।
मुझे उस तंत्र से, उस ज्ञान, उस परंपरा से घृणा हो गयी है जिससे मनुष्य अधिक बौना हो गया है।
क्षुद्र जीवन की नपुंसक सात्विकता से तंग आ गया हूँ मैं।
तुम्हारे इस तंत्र ज्ञान के अंतिम छोरों पर उलटे लटकने वाले नंगे प्रेतों का अमंगल जुलूस अब नहीं देखा जाता।
न जाने किस जनम का फल है कि मेरी नींद खुल गयी है
रुद्र! प्रार्थना के लिए प्रथम स्वर ला दो
प्रथम स्वर दो
पवित्रतम अभिव्यक्ति दो।

भोर होने को थी, अचानक पिताजी को ऐसा लगा कि जैसे कोई ढेर सारी सूइयाँ हृदय में एक ही जगह पर चुभा रहा हो। चार बजे के करीब पिताजी के शरीर में हल्की-सी हलचल हुई और शरीर अचेत पड़ गया। घंटे भर बाद माँ की नींद खुली। खिड़की से सुबह का मद्धिम उजाला भीतर झाँक रहा था। प्रात: हो गयी थी। वैद्यराज ने आकर पिताजी की नब्ज़ देखी और माँ से कहा, ''वकील साहब गुज़र गए।''

माँ मूक-सी खड़ी अचेत पिताजी को तब तक देखती रही जब तक वह खुद अचेत होकर पिताजी के शव पर न गिर गयी। आखिर हर कहानी की तरह इस कहानी का भी अंत आ गया है। काश वह इस अंत को कुछ और आगे बढ़ा पाता। एक गहरी विरक्तता उसके हृदय में बसती जाती है। अब वापस आकृतियाँ धुँधली पड़ने लगी हैं और उसके सर के भीतर चल रही आवाज़ें मद्धिम पड़ती जा रही हैं। फिर कमरे में एक सूना सन्नाटा पसर गया है। रात गुज़र चुकी है। खिड़की से रौशनी के कुछ पुँज भीतर झाँकने लगे हैं। लगता है प्रात: होने वाली है।

किसी इंसान की पहली मृत्यु उसके पिता की मृत्यु के साथ ही हो जाती है। अल्पायु में पिताजी के गुज़रने के बाद वह खुद अपना पिता बन गया और शायद खुद अपना पुत्र भी।

खुद अपना पिता बन जाने से पिताजी की कथा के तमाम विषाद और पीड़ाएँ आजीवन के लिए उसकी अपनी निजी पीड़ा और विषाद बन गए। वह जानता है कि उसे आजीवन

दोहरे दु:ख झेलने होंगे और उसकी ज़िन्दगी के चंद बेहद महत्त्वपूर्ण प्रश्न सदैव अनुत्तरित रहेंगे और सत्य शायद हमेशा अज्ञात।

अब जब वो अपना शहर छोड़ने जा रहा है तो उसे दिमाग में अजीब-अजीब से ख़याल आ रहे हैं। उसे इस बात का अधिक दु:ख है कि वह अपने साथ-साथ माँ को भी उसकी जड़ों से दूर ले जा रहा है। लेकिन इसके सिवा चारा भी क्या है। वह यहाँ उसे किसके भरोसे छोड़ सकता है। यहाँ उनकी देखभाल करने के लिए कौन है।

ट्रांसपोर्ट के ट्रक पर लदी उसकी चीज़ें उसे बेहद रुआँसी, मुँह लटकायी-सी लग रही हैं और जैसे उसे न जाने के लिए कह रही हैं। उसे मालूम है कि अगर वो आज न जा पाया तो शायद फिर कभी न जा पायेगा। सच पूछा जाये तो यह शहर रूपी पेड़ सूख गया है। औरों के लिए न सही लेकिन कम-से-कम उसके लिए। अब इसकी शाखों पर न फल लगते हैं, न कोई कली ही खिलती है। इसे हर दिन सूखकर मुरझाते देखते डर लगता है। वह इस वक़्त अपने दिल से पूछ रहा है और सोच रहा है कि जिस शहर में रोगी को उचित इलाज न मिले, जहाँ प्रेम करने की स्वतंत्रता न हो, जहाँ इंसान को उसकी योग्यता के अनुसार काम न मिले, उस शहर को छोड़ देना क्या गलत है?

26

''इंसान का आत्मविश्वास उसकी शिक्षा और काबिलियत से भी ज़्यादा महत्त्वपूर्ण है।''

माँ के आने से न सिर्फ़ उसे सहारा मिला है बल्कि उसका अकेलापन भी दूर हो गया है। माँ सवेरे जल्दी उठकर उसके लिए नाश्ता बना देती है। उसके बाद दोनों पार्क में साथ टहलने जाते हैं। पार्क के दो-तीन चक्कर लगा कर वो बेंच पर बैठ जाते हैं। सुबह की ताज़ी हवा उनके ज़ख़्मों को धीरे-धीरे सुखा रही है। उन पर चमड़े की नयी परत चढ़नी शुरू हो गयी। वह माँ को देखकर खुश है और माँ उसे। और उसे जीवन में चाहिए भी क्या। कभी-कभी वह माँ से अपने जन्म, अपने बचपन, पिताजी के विषय में पूछता है और गुज़रे जीवन के बारे में बात करता है। उसकी तरह माँ को भी अतीत से गहरा मोह है। माँ उसे पुरानी बातें बताते नहीं थकती। कभी-कभी बातों-बातों में पिछले साल गुज़र गयी उसकी बहन साहित्या का ज़िक्र भी आ जाता है। तब माँ उदास हो जाती है और उसे चलने को कहती है। वो तेज़ कदमों से सदा आगे-आगे चलता है और माँ थके कदमों से उसके पीछे।

शाम को जब वह ऑफ़िस से घर आता है तब खाना तैयार होता है। खाना खाकर, थोड़ी देर इधर-उधर की बात कर वह माँ के बगल में ही सो जाता है। माँ अपनत्व और ममता से भरा अपना हाथ उसके शरीर पर रख देती है और उसके थके शरीर को फ़ौरन नींद आ जाती है।

माँ के ऑपरेशन के लिए पैसों का इंतज़ाम हो गया है। ज्योत्स्ना और उसने समझा-बुझाकर माँ को ऑपरेशन के लिए राज़ी भी कर लिया है। अब उसे सिर्फ़ एक काबिल

डॉक्टर की तलाश है जो उसकी माँ को नया जीवन देगा।

अगले पंद्रह दिनों में उसने नवी मुंबई और ठाणे के चार डॉक्टरों से माँ की पुरानी बीमारी यूटरस के ट्यूमर की जाँच करवाई है। माँ की अधिक उम्र और उच्च रक्तचाप की बीमारी देखते हुए चारों डॉक्टरों ने ऑपरेशन को जोखिम भरा बताया है।

उसे झुँझलाहट होती है जब हर डॉक्टर उससे वही सवाल पूछता जिसका जवाब उसके पास नहीं होता कि जब समस्या इतनी पुरानी है तो इतने सालों में ऑपरेशन क्यों नहीं कराया गया? वह निरुत्तर हो जाता है। उसे पिताजी की लापरवाही पर बहुत गुस्सा आता है लेकिन अब किया भी क्या जा सकता है?

धीरे-धीरे उसे निराशा होने लगी है। माँ दिन-रात एक ही रट लगाए रहती है कि अब जीवन बचा ही कितना है। बिना ऑपरेशन के भी तो शरीर चल ही रहा है। अगर ऑपरेशन के बाद वह नहीं बची तो उनके पीछे उसकी देखभाल करने वाला कौन है। माँ की इन नकारात्मक बातों से उसके मन में अनावश्यक संशय उत्पन्न हो जाता है।

यूँ ही अस्पतालों के चक्कर काटते-काटते एक रोज़ वह मेडिकल स्टोर पर खड़े होकर माँ के ब्लड प्रेशर कि दवा खरीद रहा है कि उसने दो औरतों को आपस में बात करते हुए सुना है कि डॉक्टर गिरिजा साक्षात् भगवान का रूप हैं, जिन्होंने इतना क्रिटिकल ऑपरेशन करके रोगी की जान बचा ली। वह गौर से उन दोनों महाराष्ट्रियन औरतों की बात सुनने लगा है। उस अज्ञात मरीज़ की बीमारी उसे उसकी माँ से मिलतीजुलती मालूम पड़ रही है।

उसने बिना एक क्षण गंवाए औरतों से पूछा है कि डॉक्टर गायत्री किस अस्पताल में बैठती हैं? औरतों ने बगल के ही सेक्टर के नए खुले अस्पताल 'अनुजा नर्सिंग होम' का पता उसे दे दिया। दिन के एक बज रहे हैं। वह भागा-भागा अनुजा नर्सिंग होम पहुँच गया है। डॉक्टर गायत्री नाटे कद की एक जवान महिला हैं। उन्होंने आँखों पर मोटे ग्लास का चश्मा लगाया है। वह आखिरी पेशेंट को देखकर निकल रही हैं और जाते-जाते वह नर्स को कुछ ज़रूरी निर्देश दे रही हैं। क्लिनिक से बाहर निकलते ही वह भी उनके साथ चलता हुआ सीढ़ियों से नीचे उतर आया है।

''एक्सक्यूज़ मी डॉक्टर आई वांट टू टॉक टू यू अबाउट माय मदर।''

''आई.एम. गेटिंग लेट बट टेल मी,'' वो उसकी शक्ल देखते ही समझ गयी हैं कि वो परेशान है।

उसने जल्दी-जल्दी माँ का मर्ज़ बता दिया है। डॉक्टर उसकी चिंता समझ गयी हैं।

''शाम को पेशेंट को लेकर आइये, फिर देखती हूँ मुझसे क्या बन पड़ता है, डोंट वरी, नाउ ऐ डेज़ इट्स नॉर्मल। प्लीज़ ब्रिंग हर मेडिकल हिस्ट्री, आई मीन ऑल द रिपोर्ट्स यू हैव।''

इतना कहकर डॉक्टर अपनी गाड़ी में बैठकर चली गयी हैं। पाँच-दस मिनट की छोटी-सी मुलाकात में ही उसे डॉक्टर गायत्री के आत्मविश्वास पर एक विश्वास-सा हो गया है। शायद इन्हीं के हाथों माँ का ऑपरेशन लिखा हो।

शाम को वह माँ को लेकर नर्सिंग होम आया है। थोड़ी देर में ही ज्योत्स्ना भी आ गयी है। उनका नंबर आने पर तीनों भीतर गए हैं। डॉक्टर ने माँ को उसकी कुर्सी के पीछे लगे बेड पर लिटा दिया है और पर्दा लगा कर लगभग दस मिनट तक माँ की जाँच की है। उसके बाद उसने बड़े ध्यान से माँ की सारी रिपोर्ट्स देखी हैं।

वह, माँ और ज्योत्स्ना उत्सुकतापूर्वक डॉक्टर की ओर देख रहे हैं। डॉक्टर अपना चश्मा उतार कर रूमाल से पोंछ रही हैं और माँ की ओर देखकर मुस्कुरा रही हैं, ''ऑपरेशन से डरती हैं आप, कितने बच्चे हुए आपको?''

''जी पाँच,'' माँ नज़रें नीची करके कह रही है। ''पाँच बच्चे आपने पैदा कर दिए और एक मामूली ऑपरेशन से डर रही हैं आप, ऐसे कैसे चलेगा माँजी, आपका लड़का कितना परेशान है, मालूम है आपको?''

''जी, डर लगता है इनके पिताजी गुज़र गए और हमारे पीछे इनको देखने वाला...'' माँ कहते-कहते रुक गयी है और उसकी तरफ़ देख रही है।

''डरने की ज़रूरत नहीं है सब ठीक हो जायेगा, सब भगवान पर छोड़ दीजिये, मर गयीं तो मर गयीं, सबको एक दिन मरना तो है ही, मरने से डरती हैं आप लगता है?'' उसे डॉक्टर की बात पर हँसी आ गयी है। ज्योत्स्ना भी मुस्कुरा रही है। डॉक्टर की इन बातों से उसकी आधी चिंता उसी क्षण ख़त्म हो गयी है।

''अच्छा बोलिये, कौन-सा दिन पसंद है, मतलब कौन-सा वार शुभ मानती हैं,'' डॉक्टर प्रिस्क्रिप्शन लिख रही हैं।

''जी बृहस्पतिवार, उसी दिन हमारा ये लड़का पैदा हुआ था,'' माँ बड़े भोलेपन से कह रही है। ''बहुत अच्छा। तो अगले बृहस्पतिवार को आपका ऑपरेशन होगा। एक दिन पहले आपको एडमिट करेंगे, ब्लड प्रेशर, शुगर नॉर्मल हो जायेगा तो ऑपरेट कर देंगे, आधे घंटे का काम है फिर आप अपने घर चली जाना।''

''तो ऑपरेशन के बाद आप हमको यहाँ नहीं रखेंगी,'' उसे माँ के बचपने पर हँसी आ रही है।

''नहीं यहाँ भी रह सकती हैं, बहुत सारे बेड खाली पड़े हैं, अरे यहाँ रहेंगी तो आपके लड़के को खाना बना के कौन देगा, तो घर जाएँगी कि यहाँ रहेंगी?'' डॉक्टर इस बार ज़ोर से हँस दी है।

''जी बच गए तो घर जायेंगे,'' माँ कह रही है।

''फिर वही बात, ज़िन्दा तो आप बच ही जाएँगी, हम गारंटी ले रहे हैं!'' डॉक्टर ने प्रिस्क्रिप्शन उसकी ओर घुमा दिया है। ''ये सब दवाएँ आज से ही चालू कर दो। अब चलिए माँजी अगले हफ़्ते मिलते हैं।''

सब ख़ुशी-ख़ुशी नीचे उतर आये हैं। उसने खुश होकर ज्योत्स्ना के बच्चे के लिए

ढेर सारी टॉफ़ियाँ और बलून ले लिए हैं। अचानक ये शहर मुंबई उसे अपना-सा लगने लगा है। जीवंत और अप्रत्याशित।

27

"अपनों को खोने का विचार मात्र ही हमें भयभीत कर जाता है। यह जानते हुए भी कि वो सदा हमारे साथ नहीं रहेंगे।"

डॉक्टर के दिए आश्वासन के बाद भी अगले पाँच दिन में सैकड़ों बार माँ को खोने का ख़याल उसके दिल में आया है और बार-बार हिम्मत दिलाने के बावजूद माँ की हिम्मत भी टूटी जाती है।

खैर बुधवार आ गया है।

दोपहर बाद उसने माँ को नर्सिंग होम में एडमिट करा दिया है। नर्स उससे माँ की उम्र पूछ रही है। न उसे न ही माँ को उसकी उम्र मालूम है। उसकी अनपढ़ माँ के पास कोई कागज़, पत्र, बर्थ सर्टिफ़िकेट जैसा कुछ भी नहीं है, जिससे उसकी सही उम्र का पता चले। पिछले साल उसने सुना था कि उसके मामा रिटायर हो गए। वह सोच रहा है कि अगर मामा साठ की उम्र में रिटायर हुए हों और जैसा कि माँ कहती है कि वह मामा से तीन साल छोटी है तो माँ की उम्र छप्पन या सत्तावन वर्ष के करीब होनी चाहिए। उसने फ़ॉर्म पर माँ की उम्र छप्पन साल लिखवा दी है।

नर्स ने माँ के कान के बाले और हाथ की चूड़ियाँ उतार कर ज्योत्स्ना को दे दी हैं और उसे आसमानी रंग की ढीली-ढाली मैक्सी में अंदर ले लिया है। अगले दो घंटे में माँ के दो-तीन टेस्ट हुए हैं। जिन्हें प्री सर्जरी चेकअप्स कहते हैं। शाम के छह बजे डॉक्टर आ गयी हैं। डॉक्टर ने एक-एक कर मरीज़ों को देखना शुरू कर दिया है। वह अधीर हुआ जा रहा है। वह चाहता है कि डॉक्टर इसी वक़्त माँ का ऑपरेशन कर दें ताकि उसे इस व्यग्रता से छुटकारा मिल जाये। वह सोचते-सोचते टहलने लगता है और थक कर फिर बैंच पर बैठ जाता है।

रात आठ बजे के करीब डॉक्टर देखने आयी है। माँ का ब्लड प्रेशर ज़्यादा है जिसे सर्जरी के पहले तक सामान्य हो जाना चाहिए। बाकी रिपोर्ट्स सामान्य हैं। तब तक उसके जीजा भी आ गए हैं जिनके आने से उसे और माँ को काफ़ी अच्छा लगा है।

कुछ क्षण सभी साथ बैठे हैं और ज्योत्स्ना का बच्चा हिमांशु बेड पर चढ़कर अपनी नानी के बगल में बैठ गया है। डॉक्टर ने सर्जरी का समय सुबह साढ़े नौ बजे का रखा है। ज्योत्स्ना माँ के लिए खाना बनाने अपने घर चली गयी है। वह जीजा जी से बात करता हुआ नर्सिंग होम से नीचे आ गया है। जीजाजी सब्ज़ी मार्केट की ओर चल दिए हैं और वह वहीं रुक गया है। यूँ तो पूरे सेक्टर में रोज़मर्रा की-सी चहलपहल है लेकिन न जाने क्यों उसे भीतर से कुछ ठीक नहीं लग रहा है। उसने पार्क के भीतर के कोने में आकर सिगरेट जला ली है। हवा कम चल रही है और पार्क निर्जन पड़ गया है। निकलते समय उसे डायना और

उनका पति अरविन्द दिख गए हैं। उन्हें माँ के ऑपरेशन के बारे में मालूम है।

"अरे यहाँ क्या कर रहे हो?"

"बस यूँ ही घूम रहा था, कल सुबह माँ का ऑपरेशन है," उसने उन्हें माँ के ऑपरेशन के बारे में बता दिया है।

"अरे तो हमें क्यों नहीं बताया, होप एवरीथिंग इज़ ओके?" डायना पूछ रही है।

"कुछ ज़रूरत हो तो हमें बताना, खाना-वाना खाया क्या?" अरविन्द ने प्रेमभाव से उसका हाथ अपने हाथ में ले लिया है।

"जी नहीं अभी बहन के यहाँ जाऊँगा, वहीं खा लूँगा, थैंक्स फ़ॉर आस्किंग," वो कह रहा है।

"ठीक है, चलो माँ का ख़याल रखो एंड डोंट हेज़िटेट टू कॉल अस फ़ॉर एनी हैल्प।" अरविन्द और डायना उससे हाथ मिला कर उसका मनोबल बढ़ा कर चले गए हैं।

वो ज्योत्स्ना के यहाँ से मूँग की दाल की पतली खिचड़ी और कढ़ी लेकर नर्सिंग होम आ गया है। उसने माँ को खाना खिला दिया है और थोड़ी देर उनसे बात करता रहा है। रात के ग्यारह बज गए हैं। उसकी आँखों से नींद गायब है। बारह बजे के करीब वह फ़्लैट पर वापस आ गया है और वक़्त काटने के लिए अपना पसंदीदा चैनल फ़ैशन टीवी लगा लिया है। दो बजे के करीब उसकी आँख लग गयी है जो सीधे सुबह साढ़े सात बजे ज्योत्स्ना के घंटी बजाने पर ही खुली है। ज्योत्स्ना हिमांशु को स्कूल छोड़कर सीधे उसके घर ही आ गयी है। वह मुँह-हाथ धोकर तैयार हो गया है। वो ऑटो लेकर सीधे नर्सिंग होम आ गए हैं।

नर्स ने माँ को हल्का नाश्ता दे दिया है। थोड़ी ही देर में डॉक्टर आ जाएँगी। सब कुछ ठीक ठाक रहा तो दो घंटे के भीतर माँ को वर्षों पुरानी समस्या से निजात मिल जाएगी। जैसे मायरा ने जीसस से उसके ठीक हो जाने की दुआ माँगी थी वैसे ही वो इस क्षण जीसस का ध्यान कर माँ के लिए लम्बी उम्र माँग रहा है। नौ बजे नर्स ने माँ को अनेस्थिसिया का इंजेक्शन दे दिया है। उसके जीजाजी ने आज काम से छुट्टी ले ली है। नौ बजते-बजते वो भी आ गए हैं। सवा नौ बजे डॉक्टर आ गयी हैं और नर्सों ने सर्जरी की तैयारी शुरू कर दी है। ब्लड प्रेशर नॉर्मल है और माँ के चेहरे से डर काफ़ी हद तक गायब है।

ठीक साढ़े नौ बजे डॉक्टर ने माँ को ऑपरेशन थिएटर में ले लिया है। दस बजे के करीब डायना और उसकी बिल्डिंग में रहने वाले परिचित लालमन प्रजापति जी भी सपत्नी नर्सिंग होम में आ गए हैं। सवा दस बजे ऑपरेशन थिएटर का दरवाज़ा खुला है। उसने डरकर डॉक्टर से पूछा है, "जी हो गया?"

"जाओ जाकर खुद ही देख लो, आई विल जस्ट कम," वह डॉक्टर की मुस्कान देखकर समझ गया है कि माँ सुरक्षित है। भीतर जाकर उसने माँ को गले से लगा लिया है। हिमांशु फ़ौरन बेड पर चढ़कर आँसू बहाती नानी के बगल में बैठ गया है। "अब भाई मिठाई आने में देर न हो," लालमन प्रजापति जी के इतना कहते ही कुछ मिनटों पहले तक का

संजीदा माहौल खुशनुमा हो गया है। तब तक डॉक्टर आ गयी हैं और उन्हें छोटे से प्लास्टिक के टब में पड़ी खून लगी संक्रमित बच्चेदानी दिखा रही हैं।

"चौबीस घंटे इनको यहीं रखेंगे, कल ले जा सकते हैं। बारिश तो चली गयी है, लेकिन टाँके पकने का चांस फिर भी है तो महीने भर थोड़ा ध्यान देना होगा। माँजी शौच के समय ज़्यादा ज़ोर मत लगाइगा और सीढ़ी धीरे-धीरे चढ़ियेगा। महीने भर में टाँका सूख जायेगा।" डॉक्टर उन्हें एहतियात बरतने को कह रही हैं।

"मैं हफ़्ते भर माँ को अपने यहाँ रखूँगी, मेरी बिल्डिंग में लिफ़्ट है," ज्योत्स्ना कह रही है।

"गुड, अब जाओ भी मिठाई लेके आओ," डॉक्टर भी हँस दी हैं।

वो फ़ुर्ती से नीचे मिठाई की दुकान की ओर भागा है। वह इतना खुश जीवन में शायद ही कभी हुआ हो। जीवन के इसी क्षण में उसे वर्षों से उसके दिमाग में चल रहे एक प्रश्न का उत्तर मिल गया है। वह अक्सर सोचता था कि उसका जन्म क्यों हुआ है, वह इस दुनिया में क्यों आया है? अब उसे न जाने क्यों लगने लगा है कि शायद उसका जन्म माँ की देखभाल के लिए हुआ है। बुढ़ापे में उनका सहारा बनने के लिए।

हफ़्ते भर के भीतर माँ चलने-फिरने लगी है। हफ़्ते भर ज्योत्स्ना के यहाँ रहने के बाद वो धीरे-धीरे सहारा देकर माँ को तीसरी मंज़िल पर स्थित अपने फ़्लैट में ले आया है। ऑपरेशन को हुए अभी दो हफ़्ते भी नहीं हुए हैं कि माँ ने अपनी कर्मठता से दो कमरे के इस मकान को घर बना दिया है।

घर अब साफ़-सुथरा रहता है। माँ वक़्त पर उसे खाना दे देती है। दोनों साथ मिलकर पुरानी फ़िल्में देखते हैं, बातें करते हैं, पार्क में साथ टहलने जाते हैं। बालकनी पर रखे छोटे से गमले में जैस्मिन का एक सफ़ेद फूल खिल आया है।

28

"जीवन का एक बेहद कठिन निर्णय वह होता है जब हम यह निश्चय नहीं कर पाते कि न होतीं चीज़ों को होने के लिए हमें और प्रयास करना चाहिए या उन्हें छोड़ देना चाहिए।"

जून का महीना है। लॉ फ़र्म में उसका ग्यारहवाँ महीना ख़त्म होने को है। इन ग्यारह महीनों में उसने कानून सीखने के लिए कड़ी मेहनत की है। ग्यारह महीनों से उसने एक भी छुट्टी लिए बिना हर दिन औसतन बारह घंटे काम किया है। पहले की नौकरियों में वो खुद के लिए ठीक-ठाक वक़्त निकाल लेता था। अक्सर दिन का पहला हिस्सा उसका अपना हुआ करता था। कभी-कभार रात को काम से लौटने पर भी पढ़ने-लिखने के लिए थोड़ी ऊर्जा बच जाती थी। जो इस नौकरी में संभव नहीं हो पा रही है।

वह सोच रहा है कि शायद एक साल पूरा कर लेने पर उसकी सैलरी बढ़ कर सात

या आठ हज़ार हो जाएगी। लेकिन सिर्फ़ इतने से पैसों में वो गुज़ारा कैसे करेगा? अगर वो खुद की प्रैक्टिस भी शुरू करे और मोटर एक्सीडेंट के मैटर लेने लगे तो उसे इंश्योरेंस कंपनियों और दलालों के बनाये गंदे दलदल में गहरे उतरना पड़ेगा। वैसे उसके पास खुद की बैठने की जगह भी तो नहीं है। इसलिए इंडिपेंडेंट प्रैक्टिस के बारे में सोचना भी उसे मूर्खतापूर्ण लग रहा है।

खैर जो भी हो फ़िलहाल उसे स्वतंत्रता चाहिए और इस नौकरी से मुक्ति। उसे अपना अधूरा पड़ा नॉवेल पूरा करना है। विनोद मिस्त्री लंदन गए हैं। इसी आवेग में वो ईमेल पर अपना रेसिग्नेशन ड्राफ़्ट करने बैठ गया है।

To Mr.Vinod Mistry Advocate.

Please accept this letter as my official resignation from your esteemed Law Firm.

I am resigning due to some personal reasons.

I truly value my time here at the firm and thank you so much for every opportunity I have gained.

Sincerely yours.

वह कंपनी की ईमेल आईडी पर मेल भेजकर ऑफ़िस से निकल आया है। ऑफ़िस से निकलकर वह घंटों मरीन लाइन्स पर बैठा रहा है। रात दस बजे करीब अपने नौकरी छोड़ने के इस निर्णय के बारे में सोचता-विचारता वीटी स्टेशन की ओर बढ़ रहा है। अगले दिन वह काम पर नहीं गया है और काफ़ी देर से सोकर उठा है। दोपहर के डेढ़ बजे उसे लंदन से विनोद मिस्त्री की कॉल आयी है।

"आई मेड ए रॉन्ग चॉइस। एनीवे, अपना हिसाब कर लो," यह कहते ही फ़ोन कट गया है। उसे नहीं मालूम कि आगे उसके साथ क्या होने वाला है? लेकिन वह इतना ज़रूर जानता है कि उसकी काबिलियत उसे इस शहर में भूखा नहीं मरने देगी।

29

"एक अच्छा लेखक वह है जो अपने सबसे बुरे वक़्त में भी अपने जीवन की सबसे बेहतरीन लाइनें लिख पाता है।"

विवेक के इम्तेहान ख़त्म हो गए हैं। वह अपने नानी-नानी के घर अड्यार चेन्नई चला गया है। एम्बेसी ने तरस खाकर रौशनी को वीज़ा दे दिया है। कुल मिलाकर इस वक़्त उसके पास कोई काम नहीं है। नौकरी छोड़ते ही उसे मिली स्वतंत्रता ने उसके भीतर रचनात्मकता की मंद पड़ती चिंगारी को फिर से हवा दे दी है। वो रात भर बैठकर लिखता रहता है। अक्सर माँ आकर उसकी मेज़ पर चाय रख जाती है और वक़्त बताकर सो जाने

के लिए कहती है। बस थोड़ी देर और कहकर वो वापस लिखने में जुट जाता है। उसने सच ही सुना था कि राइटिंग एक ऑर्गेनिक प्रोसेस है। उसने लिखने के लिए नौकरी छोड़ी थी और अब वह लिख नहीं पा रहा है। कभी-कभी वह एक ही साँस में कई पन्ने लिख जाता है और कभी-कभी एक लाइन भी नहीं। लिखने के इंतज़ार में खाली पन्ने को देखना उसके मन को गहरे अवसाद से भर देता है।

लेखन सुख कम देता है और दुःख अधिक। शायद एक लेखक की पीड़ा उसकी छटपटाहट प्रसव वेदना सहती एक माँ की छटपटाहट से कतई कम नहीं है और उसका नॉवेल तो उसकी गुज़री ज़िंदगी का इकबालिया बयान है। इस नॉवेल को लिखने की इस पीड़ादायक प्रक्रिया में उसे अतीत की उन गलियों से दोबारा गुज़रना पड़ रहा है जिनमें रौशनी कम और अँधेरा ज़्यादा है। सिर्फ़ बचपन की गिनीचुनी स्मृतियों को छोड़कर। खैर जैसे-तैसे उसने अपना नॉवेल पूरा कर लिया है।

अगले दो हफ़्ते उसने प्रूफ़िंग और एडिटिंग में लगा दिए हैं। उसने राजश्री गायतोंडे नाम की महिला को टाइपिंग के लिए भी राज़ी कर लिया है। राजश्री कोर्ट के मैटर टाइप करती है और ऊपर की कमाई के लिए फ़िल्मों और सीरियलों की स्क्रिप्ट भी टाइप करती है। राजश्री ने उससे दो हफ़्ते का समय माँगा है। वह नॉवेल छपवाने के लिए हर दिन अधीर हुआ जा रहा है।

उसे पब्लिशर ढूँढ़ने के लिए दिल्ली जाना है, इसलिए उसने दिल्ली जाने का टिकट कटा लिया है। नॉवेल की एक कॉपी उसने असीम की राय जानने के लिए भेज दी है।

वो माँ को ज्योत्स्ना के घर छोड़कर दो जोड़ी कपड़े और अपनी पांडुलिपि लेकर पंजाब मेल पकड़कर दिल्ली आ गया है। लगभग अट्ठारह घंटे के इस सफ़र में उसने अपनी डेढ़ सौ पेज की नॉवेल दो बार पूरी पढ़ ली है। नॉवेल पढ़कर उसे एक अजीब-सा सुख मिल रहा है।

शनिवार का दिन है। उसके दोस्त एडवर्ड ने उसके लिए छुट्टी ले रखी है। दोनों एक-दूसरे से मिलने के लिए बेताब हैं। वह ग्रेटर कैलाश स्थित मेहरा पेइंग गेस्ट नाम की जगह पर आ गया है। पिछले लगभग एक साल से एडवर्ड यहीं रह रहा है। यहीं पास में उसकी लीगल फ़र्म है। जिसका नाम टाइटस एंड कंपनी है। एडवर्ड उसे लेकर अपने कमरे में आ गया है जिसमें दो बेड, एक पढ़ने की मेज़ और दो अलमारियाँ हैं। वह लगभग साल भर बाद एडवर्ड को देख रहा है। वो बेहद दुबला हो गया है। उसकी आँखों के इर्द-गिर्द हल्के काले गड्ढे पड़ गए हैं। उसकी हालत से साफ़ ज़ाहिर है कि इस नए शहर और इस नए पेशे में बने रहने के लिए उसे कितनी कड़ी मेहनत करनी पड़ रही है। दोनों इधर-उधर की बात कर रहे हैं। एडवर्ड बता रहा है कि लॉ के उनके तमाम बैचमेट भी यहीं दिल्ली में हैं। उनमें से कुछ जुडिशल सर्विसेज़ की तैयारी कर रहे हैं और कुछ ने छोटे-बड़े वकीलों के अंडर प्रैक्टिस शुरू कर दी है। कॉलेज के टॉपर मयंक ने दिल्ली यूनिवर्सिटी के एल.एल.एम. कोर्स में एडमिशन ले लिया है।

''टेबल टेनिस तो छूट ही गयी होगी,'' वह मुस्कुराकर एडवर्ड से पूछ रहा है।

''सुकून से बैठ कर खाना खाने के लिए टेबल नहीं है और तुम टेबल टेनिस की बात

कर रहे हो,'' ये दिल्ली है मेरे दोस्त, हमारा रजवाड़ा नहीं। दोनों देर तक बातें करते रहे हैं। शाम को एडवर्ड ने बियर मँगाई है और चायनीज़ फूड ऑर्डर कर दिया है।

एक-एक बियर पीने के बाद उनकी तलब और बढ़ गयी है और दोनों और बियर लेने निकल पड़े हैं। ठेका बस बंद ही होने वाला है। बियर मिलते ही दोनों ख़ुशी-ख़ुशी वापस लौट आये हैं। हँसी-मज़ाक का दौर एक बार फिर चल पड़ा है। बातें—गुज़रे सुखमय कल की। कॉलेज की, लड़कियों की, टीचरों की, एन्युअल फ़ंक्शन और टेबल टेनिस की। एडवर्ड ने उसे बताया है कि आजकल वो जेसिंटा नाम की एक बेहद सुन्दर लड़की को डेट कर रहा है। जेसिंटा पिछले साल उसे चर्च में मिली थी। जेसिंटा मालवीय नगर में अपने माँ-बाप के साथ रहती है। वो फ़ैशन डिज़ाइनिंग में डिप्लोमा कर रही है।

डेढ़ बजे करीब दोनों सो गए हैं। कल सुबह एडवर्ड को चर्च जाना है। प्रे करने नहीं जेसिंटा से मिलने। उसे भी सुबह उज्ज्वल से मिलने जाना है।

अगले दिन साढ़े आठ बजे उसकी आँख खुली है। एडवर्ड नहा-धोकर तैयार है। वो भी जल्दी-जल्दी फ्रेश हुआ है। उन्होंने नाश्ता बाहर ही किया है। टोस्ट सैंडविच और कॉफ़ी। वहाँ से एडवर्ड पार्लियामेंट स्ट्रीट के नज़दीक स्थित अपनी चर्च के लिए और वो बस पकड़कर मेहरौली के लिए निकल पड़ा है।

उज्ज्वल बेसब्री से उसका इंतज़ार कर रहा है। उज्ज्वल अल्काटेल नाम की एक टेली कम्युनिकेशन कंपनी के नेटवर्क सिग्नलिंग डिपार्टमेंट में काम कर रहा है और किराये के फ़्लैट में अपने ऑफ़िस के साथियों के साथ रह रहा है।

वो प्लास्टिक की कुर्सी पर आराम से बैठ गया है। फ़्लैट की खिड़की से कुतुबमीनार दिख रही है। उज्ज्वल दूध लेने नीचे गया है। बिस्तर के कोने पर सिगरेट का पैकेट पड़ा है। उसने सिगरेट जला ली है। फ्राइंग पैन में चाय उबल रही है। कमरा अस्त-व्यस्त है। उज्ज्वल के आते ही गर्मागर्म चाय पर गर्मागर्म बातों का सिलसिला शुरू हो गया है। बारह बजते-बजते दोनों बाहर निकल आये हैं। उज्ज्वल उसे कुतुबमीनार और छतरपुर का मन्दिर दिखा कर खाना खिलाने माँ वैष्णो पंजाबी होटल में ले आया है। उत्तर भारतीय और पंजाबी खाने में दिल्ली का कोई जवाब नहीं है। दोनों ने जमकर छोले-भठूरे खाये हैं और खाने के बाद लस्सी ने उसकी आत्मा को तृप्त कर दिया है। वहाँ से वो इंडिया गेट की ओर आ गए हैं। इंडिया गेट के आस-पास खासी चहलपहल है। संडे का दिन है सो पूरा इलाका एक पिकनिक स्पॉट-सा लग रहा है। हज़ारों परिवार बाल-बच्चों समेत घूमने आये हैं। शाम होते-होते सारा इलाका रौशनी में नहा गया है। बच्चों के खिलौने, गुब्बारे और आइसक्रीम बेचने वाले हर तरफ़ घूम रहे हैं। सबसे पहले उन्होंने सर झुकाकर अमर जवानों को नमन किया है। फिर वो वहीं घास पर बैठ गए हैं।

दिल्ली में उसकी एक खूबसूरत शाम धीरे-धीरे बीत रही है। आठ बजे करीब दोनों सेंट्रल सेक्रेट्रिएट स्टेशन से मेट्रो पकड़ कर उज्ज्वल के ठिकाने की ओर चल पड़े हैं।

30

"जब मंज़िल की ओर निकला हमारा पहला कदम ही गलत पड़ जाता है तो हम अक्सर डर कर वापस मुड़ जाना चाहते हैं।"

अगले दिन वो दस बजते-बजते दरियागंज आ गया है। उसने सुना है कि दरियागंज किताबों के प्रकाशकों की सबसे बड़ी मंडी है। उसके पास अपनी पाण्डुलिपि की कुल तीन प्रतियाँ हैं। उसने शुरुआत बड़े प्रकाशकों से की है। पहले प्रकाशन के ऑफ़िस में उससे साफ़ कह दिया गया है कि हम सिर्फ़ स्थापित लेखकों को ही छापते हैं। दूसरे ऑफ़िस में उसे घंटों बैठा कर रखा गया है और फिर एक सज्जन उससे मिलने आये हैं। अपनी तारीफ़ बताये बिना वो उससे सवाल पूछने लगे हैं—

"क्या उम्र है तुम्हारी बेटा?"

"जी चौबीस साल।"

"बड़ी कम उम्र में नॉवेल लिख दिया।"

"इसके पहले भी कुछ लिखा है?"

"जी कुछ ख़ास नहीं।"

"कुछ ख़ास नहीं या कुछ नहीं।"

"जी उल्लेख करने लायक कुछ नहीं, ये मेरी पहली कोशिश है।"

"पहले छोटी-मोटी कहानियाँ लिखिए, कुछ शॉर्ट स्टोरी, लेख, निबंध...फिर उन्हें किसी साहित्यिक मासिक वगैरह में छपने के लिए भेजिए। पहले बेस बनाइये। फिर नॉवेल वगैरह भी छप जाएगी। प्रेमचंद भी एक दिन में तो उपन्यास सम्राट नहीं बने थे।"

उसे समझ नहीं आ रहा है कि वह क्या कहे।

"सर एकाध कहानियाँ भेजी थीं मैग्ज़ीनों और अखबारों में, लेकिन कुछ छपा नहीं।"

"छपा नहीं इसका मतलब छपने योग्य नहीं था। अब लोगों की आपसे कोई ज़ाती दुश्मनी तो है नहीं। हर दिन सैकड़ों किताबें छपती हैं और उनमें से अधिकांश किताबखानों और पुस्तकालयों की धूल चाटती हैं, मरता है प्रकाशक, व्यय तो आखिर उस पर ही आता है। हिन्दी पढ़ने वाले अब रह ही कितने गए हैं।"

"जी एक बार अगर आप पढ़ लेते शायद..."

यह सुनते ही सज्जन की वाणी और कटु हो गयी है।

"अगले दो वर्षों तक के प्रकाशन की सामग्री तो हम लोगों ने फ़ाइनल कर दी है! सो हमारे यहाँ तो कोई गुंजाइश नहीं है। और कहीं देख लीजिये।" यह कहकर सज्जन आगे बढ़

गए हैं। ये सज्जन कौन थे यह उसे आख़िर तक पता नहीं चला, लेकिन उनका व्यंग्यात्मक लहज़ा वो जीवन भर याद रखेगा।

उनकी इस बातचीत को सुनकर रिसेप्शन पर बैठी लड़की ने भी मुँह फेर लिया है। उसे किसी अंग्रेज़ी किताब की एक लाइन याद आ गयी है।

''ही वाज़ आउट इवन बिफ़ोर ही वाज़ इन।''

उसके बाद लगभग यही बातें सर्वत्र दोहराई गयी हैं। किसी ने भी उसकी पाण्डुलिपि को हाथ तक नहीं लगाया है। एकाध प्रकाशकों ने कहा है कि जब से चेतन भगत चल गया है, हर लड़के पर लेखक बनने का भूत सवार हो गया है। एकाध प्रकाशकों ने दबी ज़ुबान में पैसों की माँग की है। कुल मिलाकर कहीं बात बनती नहीं नज़र आयी है।

शाम छह बजे तक वो दिल्ली की तंग गलियों में भटकता रहा है। वही गलियाँ जिनके बारे में मशहूर शायर ज़ौक़ ने कहा था, ''कौन जाये ज़ौक़ दिल्ली की गलियाँ छोड़ कर।''

ये गलियाँ उसे मायूस कर रही हैं। उसे लौटने को कह रही हैं। ये गलियाँ जैसे उससे पूछ रही हैं, ''अब भी कुछ सुनना बाकी है, बड़े चले थे राइटर बनने।''

उसने सिगरेट जला ली है और टहलता हुआ वह शीशगंज गुरुद्वारे तक आ गया है। बिना किसी औचित्य के वह गुरुद्वारे के भीतर आ गया है। न तो उसे मत्था टेकना है न ही गुरुद्वारा देखना है। उसे तो बस कुछ पल बैठकर थकान मिटानी है।

वह सोच रहा है। कुछ प्रकाशक अब भी बच गए हैं, टिकट भी परसों का है। क्या कल उसे फिर से कोशिश करनी चाहिए? चीज़ें इतनी आसान नहीं होंगी, यह वह अच्छी तरह जानता था। फिर ख़ामख़ा का यह शोक कैसा? मुंबई में भी तो कुछ प्रकाशक हैं। शायद उन्हें उसकी नॉवेल में कुछ सब्स्टेंस दिख जाये। उसे अधीर नहीं होना चाहिए। चीज़ें होते-होते होती हैं, रातोंरात नहीं।

उसने सुना है कि पॉल ऑस्टर, जे.के. रॉलिंग, स्टीफ़ेन किंग जैसे लेखकों ने भी अपनी पहली कृतियों के लिए रिजेक्शन झेला है।

उस शाम उसने शीशगंज गुरुद्वारे में खुद को भले समझा लिया हो लेकिन उसकी आरंभिक असफलता ने उसकी रचनात्मकता पर प्रश्न चिन्ह ज़रूर लगा दिया है। न जाने क्यों उसे लगने लगा है कि वो उतना अच्छा लिख नहीं पाता, जितना अच्छा सोचता है। कहीं कुछ कमी है, जिसे दूर किये बिना वो एक सफल लेखक नहीं बन पायेगा। अगले एक साल तक वो कुछ भी लिख नहीं पाया है। एक लाइन भी नहीं।

वहाँ से वो ग़ालिब की मज़ार देखने निज़ामुद्दीन बस्ती में आ गया है। ग़ालिब जिनके शे'रों का एक-एक शब्द दर्द का दरिया समेटे है। वो उनकी मज़ार पर नतमस्तक है—

न सताइश की तमन्ना न सिले की परवा,
गर नहीं हैं मिरे अशआर में मानी न सही

दिल्ली में शिकस्त खाकर वह मुंबई लौट आया है। अगले एक साल तक वो कुछ भी नहीं लिख पाया है। एक लाइन भी नहीं।

31

"मुंबई का चरित्र बहरूपिया है, उसकी संस्कृति की तरह।"

दिल्ली में मिली शिकस्त के बाद एक अजीब-सी उदासीनता ने उसे जकड़ लिया है। अगले कई महीने वह मुंबई में बेसबब भटकता रहा है। वह रोज़ घर से निकल जाता है, बिना यह तय किये कि उसे कहाँ जाना है। शायद वह इस शहर को अपने नज़रिये से देखने की कोशिश कर रहा है।

किसी शहर की संस्कृति कैसे बनती और विकसित होती है, यह अपने आप में अध्ययन का विषय है और मुंबई की संस्कृति का तो कहना ही क्या। इसे संस्कृति की जगह उपसंस्कृति कहना ज़्यादा सही होगा। अगर मुंबई से सटे ठाणे की आबादी को मुंबई की आबादी में मिला लिया जाये तो मुंबई न सिर्फ़ भारत का बल्कि दुनिया का सबसे बड़ा शहर बन जाता है। ज़ाहिर-सी बात है कि इतनी बड़ी आबादी, भिन्न-भिन्न संस्कृतियों से आये लोगों के वर्षों साथ रहने से मुंबई की यह अनूठी संस्कृति विकसित हुई है। बाहर से आया हर इंसान इस शहर में न सिर्फ़ अपने प्रान्त बल्कि छोटे कस्बे या ठेठ गाँव की न सिर्फ़ संस्कृति बल्कि अपनी रूढ़ियाँ, वर्जनाएँ और पूर्वाग्रह भी साथ लाया है। मसलन इस शहर की भाषा। यूँ तो मराठी इस शहर की आधिकारिक भाषा है, लेकिन वास्तव में इस शहर की भाषा को मुम्बइया कहना अधिक ठीक होगा। भाषा जो अपनी संस्कृति की ही तरह बेतकल्लुफ़ और ईमानदार है। जो हिन्दी, अंग्रेज़ी, उर्दू, मराठी, गुजराती, कोंकणी और न जाने कितनी ही भाषाओं से मिलकर बनी है। पंगा, लफ़ड़ा, फांदा, वांदा, राड़ा, लोचा, खोखा, पेटी, झकास, बिंदास जैसे न जाने कितने शब्द इस शहर से निकल कर आज देश भर में फैल गए हैं। ये शब्द जो किसी भी भाषा के शब्दकोश में नहीं मिलेंगे। कपड़े-लत्तों और फ़ैशन के क्षेत्र में मुंबई सदा से आगे रही है और जहाँ तक खाने-पीने का प्रश्न है यहाँ उत्तर भारतीय, दक्षिण भारतीय खाने के अलावा बेहतरीन गुजराती, मारवाड़ी, सिंधी, पंजाबी, आगरी, मालवणी, कोंकणी आदि प्रकार का खाना हर जगह उपलब्ध है। लेकिन अपनी तेज़ रफ़्तार के कारण मुंबई चलती है फ़ास्ट फ़ूड पर। मुंबई का अपना फ़ास्ट फ़ूड यानी वड़ा-पाव। देर रात काम से छूटते या तड़के सुबह काम पर भाग कर लोकल पकड़ने वाले लोगों के लिए इससे स्वादिष्ट और जल्दी कुछ हो ही नहीं सकता। कहना गलत न होगा कि मुंबई का ग़रीब और मध्यमवर्ग इसी वड़ा-पाव पर जीता है।

उसने लगभग पूरी मुंबई घूम डाली है। इस शहर की कई जगहें उसकी पसंदीदा जगहों में शुमार हो गयी हैं। ससून डॉक, सेवरी और ट्रॉम्बे के बीच का मैंग्रोव क्षेत्र जहाँ उसे कभी-कभार हंसावर पक्षी देखने को मिल जाते हैं। इसके अलावा उसे कोलाबा का संडे मार्किट, कोलाबा में ही फूलों की दुकान 'द ब्लूम रूम', जहाँगीर आर्ट गैलरी और उसी के करीब ऑडियो-वीडियो सीडी और डीवीडी की बेहद बड़ी-सी दुकान रीद्म हाउस, कमला नेहरू

गार्डन और बांद्रा फ़ोर्ट आदि जगहें बहुत अच्छी लगने लगी हैं। उसे न्यू एम्पायर, स्टर्लिंग, इरोस, लिबर्टी, न्यू एक्सेलसियर आदि थिएटरों में फ़िल्में देखने में मज़ा आने लगा है।

लेकिन इस शहर की उसकी सबसे पसंदीदा जगह है महालक्ष्मी स्थित धोबी घाट। उसने सुना है कि इसी जगह पर कभी ब्रिटिश सैनिकों के कपड़े धोये जाते थे। एक वक़्त था जब मुंबई का न सिर्फ़ धनाढ्य बल्कि मध्यमवर्ग भी इन धोबियों के बिना जीने की कल्पना नहीं कर सकता था। वह अक्सर ऊँचाई से घंटों धोबी घाट को देखता रहता है। बड़े-बड़े सीमेंट के टैंक और उसी से सटे टब जिनमें कपड़े धोने के पहले भिगोये जाते हैं। उसके बाद मेहनतकश धोबी उन कपड़ों को पटक-पटक कर धोते हैं। लेकिन दिनोंदिन यह धंधा मंदा पड़ता जा रहा है। वाशिंग मशीनों ने इन मेहनतकशों की रोटी जो छीन ली है।

32

''इंसान का जितना नुकसान खुद से किये वायदों को तोड़ने से होता है उतना किसी और चीज़ से नहीं।''

पैसों के साथ उसके सम्बन्ध हमेशा अजीब से रहे हैं। पैसों से उसे रत्ती भर भी लगाव नहीं रहा है। वह बस इतना कमा लेना चाहता है कि ठीक-ठाक गुज़ारा चल जाये। और उतने पैसे कमाना भी उसके लिए बड़ा मुश्किल रहा है। वह हमेशा अपनी ज़रूरतों से समझौता करता रहा है। लेकिन माँ के साथ रहने से ठीक-ठाक पैसे कमाना उसकी मजबूरी बन गयी है। वह चाह कर भी प्रैक्टिकल नहीं हो पा रहा है। शायद वह प्रैक्टिकल होना ही नहीं चाहता है।

एडवर्ड एक मैटर के सिलसिले में मुंबई आया है और ओबेरॉय होटल में रुका है। ठहरने, खाने-पीने का खर्च फ़र्म देगी। लेकिन एडवर्ड मुंबई में उसका मेहमान है इसलिए वह ज़िद करके उसे खिलाने-पिलाने ले गया है। एक अच्छी शाम गुज़ारने के लिए उसने हज़ार से ज़्यादा रुपये खर्च कर दिए हैं। एडवर्ड को होटल छोड़ कर वो घर के लिए निकल पड़ा है। लौटते वक्त उसे इतने पैसे खर्च करने से ग्लानि हो रही है। उसने एटीएम से अपना बैंक बैलेंस चेक किया है जिसमें बस कुछ हज़ार रुपये ही बचे हैं। पैसों की कमी उसे एक फिर से पैनिक स्टेट में ले आयी है। चढ़ी हुई बियर का नशा उतरने लगा है। कपड़ों-लत्तों, खाने-पीने का उसे शुरू से कोई शौक नहीं रहा है, उसकी फिज़ूलखर्ची सिर्फ़ किताबों पर होती है। उसने प्रण किया है कि वो कम-से-कम साल भर वो कोई किताब नहीं खरीदेगा। लेकिन उसके प्रण और नियम बड़े कमज़ोर धागे के बने होते हैं जिन्हें वह अक्सर तोड़ देता है। इंसान का जितना नुकसान खुद से किये प्रणों को तोड़ने से होता है उतना किसी और चीज़ से नहीं। बस दो दिन के भीतर ही फ़ाउंटेन फुटपाथ पर बर्ट्रेंड रसल की किताब *हिस्ट्री आफ़ वेस्टर्न फिलॉसफी* देखते ही वो उसे खरीद बैठा है। एक बार फिर से ग्लानि ने उसका गला पकड़ लिया है।

33

"कभी-कभी मौत इतनी क्रूर होती है कि अलविदा कहने का मौका भी नहीं देती है।"

अगले महीने पैसों की तंगी से परेशान होकर उसने एक दूसरी लॉ फ़र्म पकड़ ली है। ड्राफ़्टिंग पर अच्छी पकड़ होने के कारण इस बार जॉब मिलने में उसे ज़्यादा दिक्कत नहीं हुई है। अडवाणी एण्ड कंपनी नाम की फ़र्म में उसकी सैलरी बारह हज़ार रुपये कर दी गयी है। फ़र्म के पास इतने मैटर हैं कि पहले महीने से ही फ़र्म ने उसे निचोड़ना शुरू कर दिया है, किसी दिन भी वह रात दस बजे के पहले ऑफ़िस से नहीं निकल पाता है। घर पहुँचते-पहुँचते रात के साढ़े ग्यारह बज जाते हैं। माँ नींद से उठकर उसका खाना गर्म करती है, अक्सर थकावट के कारण वो बिना कुछ खाये ही सो जाता है। उसकी गिरती हुई सेहत देखकर माँ इन दिनों परेशान रहती है। इस फ़र्म में भी उसे मुखौटा पहन कर एक्टिंग करनी पड़ रही है। वह बनना पड़ रहा है जो वो दरअसल नहीं है। ऑफ़िस से छूट कर उसे ऐसा लगता है जैसे वो जेल से छूट कर निकला हो। इसी फ़र्म में उसकी दोस्ती मनोज यादव से हो गयी है। मनोज बिहार के सासाराम का रहने वाला है। वह मुंबई के सांताक्रूज़ इलाके में अपने दूर के एक रिश्तेदार के यहाँ रहता है। मनोज बेहद ज़िंदादिल है और मेहनती है। कोर्टरूम में जब मनोज उसके साथ होता है तो उसका डर कम हो जाता है। अब अक्सर दोनों साथ बियर पी लेते हैं, चायनीज़ के ठेले पर चायनीज़ खा लेते हैं। मनोज के पिता रेलवे में क्लास फ़ोर्थ एम्प्लॉयी थे जो चार साल पहले रिटायर हो चुके हैं। तीन महीने बाद मनोज की बहन की शादी है और वह शादी के लिए पैसे जोड़ रहा है। अक्सर रात दस बजे के बाद की कोई खाली लोकल पकड़ कर घर जाने वाला मनोज 11 जुलाई 2006 को बुखार होने के कारण करीब साढ़े पांच बजे ही ऑफ़िस से निकल गया और मुंबई ट्रेन धमाकों में मारा गया। चार बजे सुबह सांताक्रूज़ के वी एन देसाई अस्पताल में उसके शव की शिनाख्त हुई और ऑफ़िस को इत्तला किया गया। वह मनोज को कभी भूल नहीं पायेगा। मनोज जो अक्सर कहता था—दोस्त वक्त लगता है लेकिन हो जाता है।

34

"पहला प्यार ही असली प्यार होता है बाकी तो उसकी उतरन होती है।"

सब कुछ ठीक-ठाक ही चल रहा है कि एक रोज़ फ़र्म के एक एम्प्लॉयी ने उसकी झूठी शिकायत कर दी है कि काम अधिक होने के कारण उसने मैटर देने आये कुछ क्लाइंट्स को दूसरी फ़र्मों का रास्ता दिखा कर फ़र्म का नुकसान करा दिया है। उससे इस बारे में सवाल जवाब किया गया है। सफ़ाई माँगी गयी है। अकारण सफ़ाई देना उसके स्वभाव में नहीं रहा है। लिहाज़ा उसने फ़र्म छोड़ने का फ़ैसला कर लिया है। अगले दिन उसने फ़र्म को अपना रेसिग्नेशन दे दिया है।

काम के दबाव के कारण पिछले कई महीनों से वह माँ को बिलकुल वक्त नहीं दे पा रहा था सो फ़र्म छोड़ते ही वह माँ को लेकर हरिद्वार चला आया है। माँ को गंगा स्नान करा कर वो बेहद खुश हुआ है।

उसके बाद उसने बतौर कैजुअल एनाउंसर विविध भारती की विज्ञापन प्रसारण सेवा और ज्ञान वाणी नाम का एक प्राइवेट रेडियो चैनल ज्वाइन कर लिया है। 105.6 मेगा हर्ट्ज़ की फ्रिक्वेंसी पर बजने वाला ज्ञान वाणी रेडियो चैनल इंदिरा गाँधी राष्ट्रीय मुक्त विद्यालय और मानव संसाधन विकास मंत्रालय की मिलीजुली कोशिश है, जिसका इरादा मुख्यत: शिक्षा और उसके अलावा परिवार कल्याण, पर्यावरण, कृषि आदि पर जानकारी उपलब्ध कराना है। ज्ञान वाणी का ब्रॉडकास्टिंग स्टूडियो चर्च गेट स्थित एसएनडीटी वूमेन यूनिवर्सिटी की पहली मंज़िल पर है। दोनों ही रेडियो चैनल काफ़ी बोरिंग हैं। जहाँ पर अधिकांश प्रोग्राम प्रिरेकॉर्डेड होते हैं इसलिए कुछ अपना कहने की गुंजाइश बड़ी कम होती है। कुल मिलाकर उसकी पसंद का एक ही कार्यक्रम है, देर रात प्रसारित होने वाला हिन्दी फ़िल्मी गानों का प्रोग्राम 'बेला के फूल' जिसमें वह थोड़ी-बहुत कम्पेरियिंग कर पाता है और अपनी मर्ज़ी के 4-5 गाने बजा पाता है। कभी-कभार जब वो रेडियो की ड्यूटी कर दोपहर को निकलता है और पास ही स्थित एशियाटिक लाइब्रेरी आ जाता है। शहीद भगत सिंह रोड पर स्थित इस बेहद बड़ी और पुरानी लाइब्रेरी में लाख से भी अधिक किताबें हैं जिनमें लगभग 1500 हज़ार के करीब बेहद दुर्लभ कृतियाँ हैं। किताबों के अलावा लाइब्रेरी के पास पुराने अखबारों, सिक्कों और नक्शों का भी दुर्लभ संकलन है। कुल मिलाकर पढ़ने की तलब रखने वाले और शोध छात्रों के लिए इससे बेहतर जगह कम-से-कम मुंबई में तो नहीं हो सकती है। लाइब्रेरी के भीतर का शांत संजीदा माहौल उसे गहरी आत्मिक शांति और संतोष से भर देता है।

यहीं फ़ाउंटेन नाम के इलाके में वीर रमन रोड पर एक बेहद पतली-सी गली के भीतर गुलज़ार भाई का वाखड़ा है जहाँ पुरानी जीन्स मिलती हैं। इन जीन्स में थोड़ा-बहुत डिफ़ेक्ट होता है जो देखने से बिलकुल पता नहीं चलता। गुलज़ार भाई कहते हैं कि भाई जीन्स जितनी घिसी और फटी हो उतनी जँचती है। मॉडर्न लोग तो साबूत माल को ब्लेड से फाड़ कर पहनते हैं। पान-सिगरेट और चाय के शौकीन गुलज़ार भाई जौनपुर के मछली शहर के रहने वाले एक बेहद हाज़िर जवाब खुशमिज़ाज इंसान हैं। यहाँ आने-जाने से उसकी दुआ सलाम दोस्ती में तब्दील हो गयी है।

गुलज़ार भाई की चटपटी बातों का सिलसिला ख़त्म ही नहीं होता। अक्सर उनकी बातें बचपन और जवानी में किये इश्क पर होती हैं। एक रोज़ गुलज़ार भाई मासूमियत से पूछते हैं, "भाई आपके हिसाब से सच्चा इश्क एक बार ही होता है कि दो-चार मर्तबा हो सकता है।" उसे समझ नहीं आता कि वह क्या कहे। लेकिन जवाब देने के लिए वो कहता है, "गुलज़ार भाई पहली मर्तबा जो इश्क होता है वो मासूम और पाकीज़ा होता है और उसके बाद जब भी वो होता है वह सिर्फ़ एक मजबूरी होता है। जैसे इंसान पहली बीवी के गुज़र जाने के बाद दूसरी शादी करता है, तो प्यार तो वो फिर भी करता है लेकिन उस इश्क में पहले इश्क वाली बात नहीं होती।" गुलज़ार भाई यह सब सुनकर भाव विभोर हो जाते हैं। तुरंत चाय और

सिगरेट ऑर्डर कर दी जाती है। गुलज़ार भाई चौदह साल की उम्र में हुए अपने पहले इश्क की दास्ताँ सुनाने में लग जाते हैं। जिसे सुनकर उसके रोंगटे खड़े हो जाते हैं।

"भाई वो हमारे दूर के एक रिश्तेदार की बेटी थी, फ़ैमिली उसकी अलीगढ़ में रहती थी। हमारे यहाँ शादी में आयी थी। घर के सारे मर्द छत पर सोते थे। एक रोज़ मैंने चाँदनी रात में उसको अपने आँगन में खटिया पर सोते देखा। भाई उतनी हसीन चीज़ मैंने ज़िंदगी में कभी नहीं देखी थी। उस रोज़ अपनी नसों में दौड़ते खून को देखकर पहली बार मुझे लगा कि मैं जवान हो गया हूँ।"

गुलज़ार भाई का वर्णन सुनकर उसे भी उसकी पहली मुहब्बत याद आ जाती है। मुहब्बत की बातों के बाद थोड़ी तिज़ारत होती है।

गुलज़ार भाई के पास जब भी बत्तीस इंच कमर की कोई बढ़िया जीन्स आती है तो वह उसे निकालकर उसके लिए अलग कर लेते हैं और उसके आने पर आग्रह कर उसे दे देते हैं। "भाई बेहतरीन चीज़ है, पहनोगे तो लगेगा कि कुछ पहना है।"...गुलज़ार भाई के इसी आग्रह से उसके पास दर्जन भर से भी अधिक जीन्स हो गयी हैं।

गुलज़ार भाई की तरह ही इस शहर में उसने कई दोस्त बना लिए हैं। जिनमें टैक्सीवाले, दुकानदार, डिब्बेवाले, पुलिसवाले, वॉचमैन,सिक्योरिटी यहाँ तक कि विक्टोरिया टर्मिनस के बेसमेंट में भीख माँगने वाले भिखारी भी शामिल हैं। ऐसा ही एक अँधा बूढ़ा भिखारी पुरुषोत्तम उसके हाथ के स्पर्श मात्र से उसे पहचान लेता है। पुरुषोत्तम जन्म से ही अँधा है और चूनाभट्ठी इलाके में अपने परिवार के साथ रहता है। अक्सर वो साथ चाय पीते हैं और बातचीत करते हैं। फिर वो पुरुषोत्तम को कुर्ला जाने वाली ट्रेन के हैंडीकैप्ड वाले डिब्बे में चढ़ा कर खुद वाशी जाने वाली ट्रेन में चढ़ जाता है।

इन दिनों वह खाली बैठा है। समय का सदुपयोग करने के लिए उसने बिज़नेस मैनेजमेंट के कोर्स में दाखिला ले लिया है।

35

"दिन की आवाज़ें हमें उतना नहीं जोड़तीं जितना रात का सन्नाटा।"

उसके तमाम मिन्नतें करने के बाद भी उसके फ़्लैट ऑनर ने उसे इस फ़्लैट में अगले ग्यारह महीने रहने की मंज़ूरी नहीं दी है। वह तो पाँच सौ रुपये किराया बढ़ाने को भी तैयार था। इस कारण महीना बीतने के पहले ही उसे यह फ़्लैट खाली करना पड़ेगा। हर ग्यारह महीने पर घर की बदली इस शहर में भाड़े पर रहने वाले करोड़ों लोगों की नियति है। शहर की साठ प्रतिशत आबादी झुग्गी-झोपड़ियों में रहती है और मात्र सत्रह प्रतिशत लोगों के पास खुद के घर हैं। बिना एक भी दिन गंवाए उसने यहीं वाशी के आस-पास के सेक्टरों में किराये के फ़्लैट देखने शुरू कर दिए हैं।

तीन दिन की खोजबीन के बाद उसे सेक्टर चौदह की अलकनंदा कोऑपरेटिव हाउसिंग

सोसाइटी में पहले माले पर एक खाली फ़्लैट मिल गया है। फ़्लैट ठीक-ठाक है। सोसाइटी भी साफ़-सुथरी है। उसने तुरंत एडवांस दे दिया है। अब वह निश्‍चिंत है।

रविवार को उसने घर शिफ़्ट किया है। रजनीश और मोहनीश ने उसकी शिफ़्टिंग में बड़ी मदद की है। अगले तीन-चार दिन घर ठीक करने में लग गये हैं। लॉ फ़र्म की जॉब छोड़ने के बाद अगले कई महीनों रेडियो, ट्रांसलेशन और ट्यूशनों पर ही उसकी गुज़र हुई है। कुल मिलाकर उसकी एक ही उपलब्धि है कि प्राइवेट रेडियो चैनल का देर रात का उसका कार्यक्रम 'एक प्यार का नगमा है' जो थोड़े से वक़्त में ही बेहद पॉपुलर हो गया है।

उसने सुना है कि लोग देर रात आने वाले उसके कार्यक्रम का इंतज़ार करते हैं। आवाज़ भले किसी आरजे की हो लेकिन शब्द उसी के होते हैं। रात के सन्नाटे में उसे अपना कुछ अच्छा लिखा सुन कर जो ख़ुशी होती है, उसे शब्दों में बयान नहीं किया जा सकता।

एक रोज़ बांद्रा स्टेशन से ट्रेन लेते वक़्त वह जेंट्स कम्पार्टमेंट में बैठी एक लड़की को कानों में ईयर फ़ोन लगाए अपना प्रोग्राम 'एक प्यार का नगमा है' सुनता पा रहा है।

"तुम्हे पसंद है ये प्रोग्राम?"

"बहुत, इट्स सो टचिंग।"

"यह मैं लिखता हूँ," वह कह रहा है। लड़की को विश्‍वास नहीं हो रहा है।

उसने उस लड़की के सामने अपनी डायरी खोल दी है, जिसमें वही लाइन लिखी है, जो आरजे कह रहा है—

मेरी तरह ही तनहा है ये रात
और इसकी तरह ही तनहा मैं
दोनों तनहा हैं दोनों चुप हैं
कोई बोलता नहीं किसी से कुछ भी
सिर्फ़ एक सन्नाटा बोलता है हमारे बीच
इसी सन्नाटे का एक छोर पकड़े मैं और एक छोर पकड़े रात न जाने कब से बैठे हैं।
दोनों तनहा है दोनों चुप हैं
कोई बोलता नहीं किसी से कुछ भी
सिर्फ़ एक सन्नाटा बोलता है हमारे बीच

36

"बेहतरीन इंसान होना बेहतरीन कलाकार होने की अनिवार्य शर्त है। इसका कोई अपवाद नहीं है।"

एक रोज़ जब वह महालक्ष्मी के फ़ेमस स्टूडियो में एक वॉयस ओवर रिकॉर्ड कर रहा है तभी उसे पता चला है कि बग़ल के स्टूडियो में ग़ज़ल गायक जगजीत सिंह आये

हैं। यह सुनते ही उसका दिल ख़ुशी से भर गया है। ग़ज़लों का मतलब आज भी उसके लिए जगजीत सिंह ही हैं। वह जगजीत सिंह को करीब से देखना चाहता है। उनके पैर छूना चाहता है। बचपन में रेडियो पर उनकी ग़ज़ल, 'झुकी-झुकी सी नज़र बेकरार है कि नहीं' सुनकर उसने अपनी बहन ज्योत्स्ना से पूछा था, *''ये कौन गा रहा है?''*

''जगजीत चित्रा, चित्रा जगजीत की औरत हैं। दोनों साथ-साथ गाते हैं।'' पिछले बीस वर्षों से वो जगजीत सिंह को सुनता आ रहा है। उनकी ग़ज़लें उसे ज़ुबानी याद हैं। वह अक्सर सोचता था कि हिन्दी ग़ज़लें गाने वाले जगजीत अपने एल्बम के नाम अंग्रेज़ी में क्यों रखते थे? जैसे 'ए साउंड अफ़ेयर', 'डिज़ायर', 'मिरेज़', 'द माइलस्टोन' वगैरह। शायद उनकी यूनिक कम्पोज़ीशन की तरह यह भी उनका एक यूनीक स्टाइल था।

वह स्टूडियो के बाहर आकर टहलने लगा है। उसके ज़हन में जगजीत जी की मखमली आवाज़ तरंगित होने लगी है। वह सोच रहा है कि क्या उन्हें ऐसे मिलना अच्छा लगेगा। न जाने वो किस मूड में हों। लेकिन उसने सुना है कि कलाकार कभी अपने चाहने वालों को मायूस नहीं करते हैं और फिर न जाने कब ऐसा मौका मिले। लगभग सवा घंटे बाद जब बाहर की रौशनी अँधेरे में तब्दील होने लगी है तब जगजीत सिंह दो अन्य व्यक्तियों के साथ बाहर निकले हैं। मरून कुरता और सफ़ेद पाजामा पहने, बेहद दुबले। आँखों पर गोल्डन फ्रेम का चश्मा लगाए। उसने झट से उनके पैर छू लिए हैं। ''जी मैं आपका बहुत बड़ा फ़ैन हूँ।'' वह उसकी ओर देखकर मुस्कुरा दिए हैं। ''आपका ऑटोग्राफ़ चाहिए।'' यह कहकर उसने अपनी डायरी उनकी ओर बढ़ा दी है।

आपने तो बहुत बड़े-बड़े शायरों को गाया है। मैंने भी कुछ लिखा है। उसने अपनी डायरी का पहला पन्ना खोल दिया है जहाँ एक के बाद एक कर पचास गज़लें लिखी हैं। पहले पन्ने पर उसकी ग़ज़ल 'प्यार के गीत गुनगुना लेना, अपने दिल में मुझे बसा लेना' लिखी है। जगजीत जी ने उसी ग़ज़ल के नीचे अपने दस्तखत कर दिए हैं।

''आप शायर हैं?'' वह उसकी ओर देख कर मुस्कुरा रहे हैं।

''जी नहीं लेखक,'' वह उनके साथ-साथ चल रहा है।

''शायर, लेख़क एक ही बात है,'' वह कह रहे हैं।

जगजीत उसकी डायरी के पन्ने पलट रहे हैं। शायद शुरुआती ग़ज़लें उन्हें अच्छी नहीं लगी हैं। ''बाकी फिर कभी देख लेंगे,'' यह कहते ही उनकी नज़र उसकी एक ग़ज़ल पर पड़ गयी है। ''ये वाली अच्छी है, गायी जा सकती है। आप अपना नाम, नंबर दे दीजिये।'' उनके साथ चलते आदमी ने उससे कहा है।

उसने फ़ौरन अपना नाम और नंबर उनके साथ चलते आदमी को दे दिया है और मुस्कुराकर उनका अभिवादन किया है। यूँ तो उसे उनकी तरफ़ से कभी कोई फ़ोन नहीं आया, लेकिन सालों बाद वह यह जानकर खुश था कि जगजीत जी नए शायरों की ग़ज़लों का एक एल्बम निकालना चाहते थे। जिसमें नीलेश मिश्रा, शकील आज़मी, अलीम ताहिर

जैसे नए शायरों की ग़ज़लें थीं। जिस एल्बम में शायद उसकी गजल भी शुमार हो सकती थी। वो एल्बम जो न कभी बन पाया न कभी बन पायेगा, क्योंकि ग़ज़लों की दुनिया का चाँद साल 2011 में ब्रेन हेमरेज की बीमारी से चल बसा।

जगजीत जी को पसंद आयी उसकी ग़ज़ल थी—

एक तू ही है मेरा हमनशीं मेरे गम तू मेरा साथ दे
दो पल की होती है हर ख़ुशी मेरे गम तू मेरा साथ दे
मेरे रास्ते में पड़ी हुई वही बदहवास सी ज़िंदगी
वही देवता वही मूरतें वही आईने वही सूरतें
मेरे दर्द को जज़्बात दे मेरे गम तू मेरा साथ दे
मेरे रास्ते में पड़ी हुई वही रोज़मर्रा की शाम है
वही तल्खियाँ वही राहतें वही मायने वही बात है
मुझे दोस्ती का हाथ दे मेरे गम तू मेरा साथ दे
एक तू ही है मेरा हमनशीं मेरे गम तू मेरा साथ दे
दो पल की होती है हर ख़ुशी मेरे गम तू मेरा साथ दे

37

''सिनेमा एक कमाल का धोखा है।''

साहित्य के बाद इन दिनों सिनेमा उसका दूसरा जुनून बनता जा रहा है। सिनेमा का इन्द्रजालिक सम्मोहन उसे बड़ी तेज़ी से अपने वश में करता जा रहा है। फ्रांस के अगस्त और लुइ लुमियर भाइयों की यह खोज सिनेमा बीसवीं सदी का सबसे सशक्त माध्यम बनकर उभरा है। एक ऐसा माध्यम जिसने न सिर्फ़ इंसान का भरपूर मनोरंजन किया है बल्कि भौगोलिक सीमाओं को पार कर इंसान को इंसान से जोड़ा भी है।

उसने फ़िल्म एंड स्क्रीन राइटर्स एसोसिएशन की सदस्यता ले ली है। फ़िल्म राइटर्स एसोसिएशन फ़िल्मों और टीवी से जुड़े लेखकों के हितों की रक्षा करने वाली एक संस्था है। फिर चाहे मामला लेखकों की फ़ीस का हो या उनके क्रेडिट का। यह संस्था लेखकों के लिए एक ढाल बनकर खड़ी है।

वह खुश किस्मत है कि सदस्यता के साथ ही उसे स्क्रीन राइटर्स कॉन्फ्रेंस में भाग लेने का मौका मिला है। इस कॉन्फ्रेंस में उसे उन सभी लेखकों, निर्देशकों को नज़दीक से देखने, सुनने का मौका मिल रहा है जिनका काम उसे बेहद पसंद है। वह बड़ी शिद्दत से अनुराग कश्यप का इंतज़ार कर रहा है। लेकिन अपनी आने वाली फ़िल्म 'देव डी' की एडिटिंग में व्यस्त होने के कारण अनुराग कॉन्फ्रेंस में नहीं आ पाए हैं। वहीं उसकी मुलाकात शिव कुमार नाम के लड़के से हुई है जो राम गोपाल वर्मा का असिस्टेंट है। विशाखापट्टनम से मर्चेंट नेवी की नौकरी छोड़ कर आया शिव कुमार किंग्ज़ सर्किल इलाके में रहता है। वह उसे नवंबर में होने वाले इंटरनेशनल फ़िल्म फ़ेस्टिवल के बारे में बता रहा है। दोनों ने साथ

गोवा जाने का निश्चय किया है।

नवंबर के आखिरी हफ़्ते में वह शिव कुमार के साथ गोवा के इंटरनेशनल फ़िल्म फ़ेस्टिवल में भाग लेने पहुँच गया है। देश-विदेश के फ़िल्मकारों, टेक्नीशियनों, कलाकारों को बेहद करीब से देखने का यह उसका पहला मौका है। वह हर दिन चार से पाँच फ़िल्में देख रहा है। आज सुबह उसने फ्रेंच फ़िल्म 'द बटरफ़्लाई' देखी है।

कीट-पतंगे और तितलियाँ पकड़ने वाले बूढ़े जुलिएन और आठ साल की एक लड़की एल्सा की मित्रता पर आधारित यह फ़िल्म निर्देशक फिलिप मुइल की दिल छू लेने वाली फ़िल्म है। एक रोज़ जब विधुर जुलिएन इज़ाबेल नाम की महज़ थोड़े समय रहने वाली एक खास तितली को पकड़ने के लिए ऐल्प्स पहाड़ पर चल देता है तब ज़िद कर एल्सा भी उसके साथ आ जाती है। फ़िल्म मुख्यत: दो एकदम अलग-सी उम्र के किरदारों की बातचीत, उनके दृष्टिकोण और धीरे-धीरे गहराती उनकी मित्रता को बेहद खूबसूरती से दर्शाती है।

इंटरनेशनल फ़िल्म फ़ेस्टिवल में भाग लेने के कारण न सिर्फ़ उसकी दिलचस्पी विश्व सिनेमा में गहरा गयी है बल्कि उसी विश्व सिनेमा के ज़रिये वो दुनिया के विभिन्न देशों उनकी संस्कृतियों, उनके किरदारों और कहानियों को जान पा रहा है। यह उसके लिए एक अनूठा अनुभव साबित हुआ है। सिनेमा का भी अपना एक व्याकरण है। उसके अलंकार और उपमाएँ हैं। अमेरिका और यूरोपीय देशों की तुलना में तीसरी दुनिया के देशों में सिनेमा का उदय एक बेहद खास घटना है। अमेरिकी और यूरोपीय देशों की महँगी व्यावसायिक फ़िल्मों से अलग इन छोटे देशों ने कम खर्चीली और रोज़मर्रा की कहानियों और आम आदमी के संघर्ष पर आधारित फ़िल्में बनाकर न सिर्फ़ लोगों का दिल जीता है बल्कि विश्व फ़लक पर अपनी एक अलग पहचान भी बनायी है।

ऐसी ही एक फ़िल्म है चीन की 'बीजिंग बाइसिकिल'। इस फ़िल्म की उसकी पसंदीदा लाइन है, "योर इमेज इज़ आवर इमेज।" जो उस कूरियर कंपनी की टैग लाइन है जिसमें गुई काम करता है।

ग़रीब गुई गाँव से बीजिंग आकर एक कूरियर कम्पनी में काम पर लग जाता है। कंपनी उसे डिलीवरी के लिए साइकिल देती है। यह साइकिल ही उसकी नौकरी का आधार है। वहीं दूसरी तरफ़ सत्रह साल का शहरी लड़का जियान जो अपनी प्रेमिका को साइकिल पर बैठा कर घुमाने की तमन्ना रखता है लेकिन अपने पिता के साइकिल न खरीदने के रवैये से परेशान है। जियान का पिता उसकी सौतेली बहन को एक बड़े स्कूल भेजना चाहते हैं। इस कारण वह साइकिल खरीदने के लिए तैयार नहीं हैं। एक रोज़ गुई की बाइसिकिल चोरी हो जाती है जिसे जियान सेकंड हैंड मार्किट से खरीद लेता है। गुई के लिए अपनी खोयी साइकिल ढूँढना जीवन और मृत्यु का प्रश्न बन जाता है। आगे की कहानी बेहद रोचक है।

फ़िल्म युवाओं की मानसिकता के साथ-साथ कई सामाजिक मुद्दों, जैसे युवा अपराध, ग्रामीण और शहरी इलाकों के सामाजिक-आर्थिक विभाजन और परिवर्तन जैसे मुद्दों की पड़ताल करती है। अब वह अंगोला, अल्बानिया, सर्बिया, मंगोलिया और अफ़गानिस्तान

आदि देशों की फ़िल्में भी उतने ही चाव से देखता है जितने चाव से हॉलीवुड की फ़िल्में।

फ़िल्म फ़ेस्टिवल से लौटकर उसने शहर की सबसे बड़ी और समृद्ध मूवी रेंटल लाइब्रेरी की सदस्यता ले ली है। हॉलीवुड की मसाला फ़िल्मों से ऊब कर अब उसने फ्रेंकोइस त्रूफो, तारकोवस्की, फेड्रिक फेलिनी, इंगमार बर्गमन, कोसता गावरास, माइकल पॉवेल, फेडरिको फ़ेलिनी और रोमन पोलन्स्की आदि फ़िल्मकारों की फ़िल्में देखनी शुरू कर दी हैं।

38

''किसी बेकसूर को अकारण मारना दुनिया का सबसे घृणित काम है।''

पहले शिवसेना ने मुंबई की कब्र खोदी और अब महाराष्ट्र नवनिर्माण सेना वही काम कर रही है। 9 मार्च को शिव सेना प्रमुख बाल ठाकरे के भतीजे राज ठाकरे ने शिवसेना छोड़ कर महाराष्ट्र नवनिर्माण सेना नाम की अपनी अलग पार्टी बना ली है। राज ठाकरे की राजनीतिक महत्त्वाकांक्षा गन्दी राजनीति से प्रेरित है। खुद को मराठों का हितैषी बताती इस पार्टी का निशाना मुख्यत: उत्तर भारत से आये श्रमिक और ग़रीब लोग हैं। न सिर्फ़ मुंबई बल्कि आस-पास के कई शहरों में हिंसा और अराजकता का माहौल है। काम-धंधे की तलाश में आये बेचारे ग़रीब लोगों को मारपीट, डरा-धमका कर भगाया जा रहा है। उसने सुना है कि कल्याण में रेलवे की परीक्षा देने आये विद्यार्थियों को भी मारा-पीटा गया है। नासिक और पुणे से बीस हज़ार से भी अधिक मज़दूर डर के कारण पलायन कर गए हैं। मराठी उत्तर भारतीयों पर तीखे तंज़ कर रहे हैं। वह हैरान है कि सत्तारूढ़ कांग्रेस और एनसीपी चुप रह कर तमाशा देख रही हैं। उसने सुना है कि सत्तर के दशक में शिव सेना ने दक्षिण भारतीयों के साथ भी कुछ ऐसा ही किया था। तब नारा था, 'लुंगी भगाओ और पुंगी बजाओ।'

वह चिंतित है और सोच रहा है कि उत्तर भारतीयों के योगदान के बिना क्या यह मुंबई वैसी होती जैसे की आज है? हरगिज़ नहीं। इस शहर की टेक्सटाइल मिलों से लेकर हर क्षेत्र में उत्तर भारतीयों श्रम लगा है। सीधे-सादे उत्तर भारतीयों ने सदा कम कीमत में अपना अधिक श्रम बेचा है। इसी कारण श्रम बाज़ार में न सिर्फ़ उत्तरोत्तर उनकी माँग बनी रही है बल्कि अनेक क्षेत्रों में उनका वर्चस्व भी रहा है। उत्तर भारतीय श्रमजीवियों ने किसी काम को छोटा नहीं समझा और अपनी सादगी भरी जीवनशैली और गाढ़े पसीने की कमाई से न सिर्फ़ अपने गाँवों में बल्कि इस शहर में भी अच्छी-ख़ासी अचल सम्पत्ति बना ली। लेकिन ऐसा इस कारण भी हो पाया क्योंकि मुंबई ने न सिर्फ़ उत्तर भारतीयों बल्कि, पारसी, गुजराती, मारवाड़ी और दक्षिण भारतीयों को अपनाने में कोई भेद नहीं किया।

ऐसी ही कटुता भरे माहौल में वह एक रोज़ अपने पुराने पड़ोसियों से मिलने परेल आया है। शाम के सात बज रहे हैं। नगरपालिका की गाड़ी सड़क पर धंधा करने वालों को भगा कर उनका सामान जप्त कर रही है। महाराष्ट्र नवनिर्माण सेना के गुंडे उत्तर भारतीयों को मारपीट रहे हैं। ऊपर आकर उसे मायूसी हुई है क्योंकि मायरा का फ़्लैट बंद है। शायद माहौल ख़राब होने के कारण आज वह अस्पताल के लिए जल्दी निकल गयी है। कुनाल शादी कर गोरेगाँव

रहने चला गया है। उसने रितु से नहीं बल्कि एक सम्पन्न मारवाड़ी परिवार की इकलौती कन्या से शादी की है। दहेज में उसे एक फ़्लैट और एक बढ़िया गाड़ी मिली है।

कुलकर्णी जी का फ़्लैट हमेशा की तरह खुला है। मिसेज़ कुलकर्णी उसे देखते ही खुश हो गयी हैं।

"आओ-आओ बड़े दिन बाद आये।" वह भीतर आकर बैठ गया है। कुलकर्णी कुछ बेचैन से अपनी खिड़की से नीचे झाँक रहे हैं। "लगता है फिर मारा-मारी हुआ। मुन्सीपाल्टी वालों ने फेरीवालों को अभी भगाया था, गाड़ी जाते ही सब फिर से आकर बैठ गए। दीमक की तरह चाट रहे हैं साले हमारी मुंबई को। न जाने क्या सोच कर चले आते हैं मुंबई।"

वो समझ गया है कि कुलकर्णी का इशारा उत्तर भारतीयों की तरफ़ है।

"कैसे हो?" वह उसकी ओर देख कर पूछ रहे हैं।

"अच्छा हूँ।"

"देखा आंदोलन चल रहा है। एक दिन तुम सब नॉर्थ इंडियंस को मुंबई छोड़ कर जाना पड़ेगा," कुलकर्णी जी के कहने में एक अजीब-सी खीज, एक अजीब-सी खिसियाहट है।

कुलकर्णी जी का यह तंज उसे बर्दाश्त नहीं हुआ है। "इन ग़रीब बेकसूर लोगों को अकारण मारने को आप आंदोलन कहते हैं? मुझे हैरत है कि आप आंदोलन का सही मतलब भी जानते हैं। मेरे दादा-परदादा ने इस देश को आज़ाद कराने के लिए अपना बलिदान दिया है, इसलिए मुझे इस शहर में रहने के लिए किसी राज ठाकरे के प्रमाणपत्र की ज़रूरत नहीं है।"

कुछ देर के लिए सन्नाटा छा गया है। मिसेज़ कुलकर्णी समझ गयी हैं "ओ तुम्हीं कशाला बोलते? माँ कैसी है? बैठो मैं चाय बनाती हूँ।"

आज नहीं फिर कभी, यह कहकर वह बेहद गुस्से में फ़्लैट से निकल आया है। नीचे टोकरी से उठाकर फेंक दिए गए टमाटरों को एक बुढ़िया ने धीरे-धीरे उठाकर फिर से टोकरी में रखना शुरू कर दिया है।

वह भी टमाटर उठा-उठा कर उसकी टोकरी में रख रहा है।

39

"कभी-कभी हम चाह कर भी किसी के लिए कुछ नहीं कर पाते हैं, हमारे वश में कुछ नहीं होता, ऐसे क्षण बड़े पीड़ादायक होते हैं।"

पिछले कई महीनों से वो मुंबई के लोकप्रिय दैनिक *मिड डे* में फ़िल्म 'ब्लैक फ्राइडे' से जुड़ी खबरों को बड़ी गंभीरता से फ़ॉलो कर रहा है। फ़िल्म 93 के मुंबई बम धमाकों पर आधारित है। फ़िल्म के निर्देशक अनुराग कश्यप हैं। उसने फ़िल्म का ट्रेलर देखा है जो रोंगटे खड़े कर देने वाला है। जिस दिन से उसने फ़िल्म का ट्रेलर देखा है वह

यही सोच रहा है कि इतनी सच्ची और ईमानदार फ़िल्म भला कोई कैसे बना सकता है ? क्या अनुराग को फ़िल्म बनाते समय डर नहीं लगा होगा ? क्या इतने संजीदा विषय पर बनी इतनी निर्भीक फ़िल्म को लोग प्रदर्शित होने देंगे ? वो ये बहुप्रतीक्षित फ़िल्म कब देख पायेगा ? उसे सत्य जीवन पर आधारित फ़िल्में अधिक पसंद आती हैं अपितु कि वो फ़िल्में जिनका सच से कोई ताल्लुक नहीं होता। उसने 'गाँधी', दस्यु सुंदरी फूलन देवी के जीवन पर आधारित फ़िल्म 'बेंडिट क्वीन' और 'हे राम' जैसी फ़िल्में दर्जनों बार देखी हैं।

देश के विभाजन के बाद यदि कोई सबसे बड़ी दुखद साम्प्रदायिक घटना घटी है तो वह बाबरी मस्जिद गिरने के बाद हुए दंगे और मुंबई शहर के हौसले पस्त कर देने वाले बम धमाके हैं।

वो धमाके जिनमें 257 निर्दोष लोग मारे गए और 1000 से भी अधिक गंभीर रूप से घायल हुए। ऐसी घटना जिससे समस्त मानवता शर्मसार हुई। घटना के पीछे मुंबई माफ़िया दाऊद इब्राहिम कास्कर का हाथ बताया गया। घटना की जाँच के आदेश दिए गए और मुंबई पुलिस ने गहन छानबीन के बाद नौ हज़ार से अधिक पेजों की चार्जशीट स्पेशल कोर्ट में दायर की, जिसमें 189 अभियुक्तों के नाम थे। जिन पर प्रत्यक्ष या परोक्ष रूप से इस घटना में शामिल होने का आरोप था। इसी बीच *मिड डे* अख़बार के बेहद साहसी पत्रकार हुसैन ज़ैदी ने इन्हीं मुंबई धमाकों पर *ब्लैक फ्राइडे* नाम से अपनी किताब लिखी। जिसे पेंगुइन ने छापा। किताब का आधार मुख्यत: पुलिस द्वारा फ़ाइल चार्जशीट, घटना के साक्ष्य, घटना से जुड़े लोगों के रिकॉर्डेड इकबालिया बयान वकीलों और जजों के इंटरव्यू थे।

अगर सिनेमा और साहित्य समाज का दर्पण हैं तो समस्त देश को अनुराग कश्यप के प्रति कृतज्ञ होना चाहिए, जिन्होंने ऐसी निर्भीक फ़िल्म बनाने का जोखिम उठाया।

मिड डे में हर दिन 'ब्लैक फ्राइडे' के बारे में कुछ–न–कुछ बेहद दिलचस्प लिखा जा रहा है, जिसे पढ़ कर उसकी अधीरता बढ़ती जा रही है। शहर भर में फ़िल्म के पोस्टर लग गए हैं। जिन पर लिखा है 'ए ट्रू स्टोरी ऑफ़ मुंबई ब्लास्ट'। 28 जनवरी को फ़िल्म की रिलीज़ तय है। उसने निश्चय कर लिया है कि वह बांद्रा के ग्लोब्स थिएटर में फ़िल्म के पहले दिन का पहला शो देखेगा। अचानक फ़िल्म की रिलीज़ के ठीक एक रोज़ पहले फ़िल्म बैन कर दी गयी है। उसका डर यकीन में बदल गया है।

मामला सालों से न्यायालय में लंबित है और मामले के मुख्य अभियुक्त मुश्ताक मूसा तरानी ने कोर्ट में इस तर्क पर याचिका दायर की है कि फ़िल्म का प्रदर्शन अदालत के फ़ैसले को प्रभावित कर सकता है।

31 मार्च को मुंबई हाई कोर्ट ने मुश्ताक मूसा तरानी की याचिका पर काफ़ी सोचने–समझने के बाद फ़िल्म की रिलीज़ पर तब तक के लिए बैन लगा दिया है जब तक कि मामले पर आखिरी फ़ैसला न आ जाये।

यह खबर सुनते ही वो तत्क्षण अनुराग कश्यप के पास जाना चाहता है और उन्हें बताना चाहता है कि इस फ़िल्म की रिलीज़ के इस अनपेक्षित इंतज़ार में वह लाखों–करोड़ों

लोगों सहित उनके साथ है। वह अक्षम है लेकिन उनकी ओर से खड़ा है।

अनुराग कश्यप उसके लिए उस जीसस की तरह हो गए हैं जिन्हें सूली पर लटकाने के लिए रोमन शासक अड़ गए थे। प्रश्न यह है कि क्या एक रोज़ सत्य जीतेगा, क्या जीसस मरकर जी उठेंगे? क्या 'ब्लैक फ्राइडे' कभी दिन की रौशनी देख पायेगी या अँधेरे में डूब जाएगी?

40

''टू बी ऑर नॉट टू बी इज़ द क्वेश्चन?''

पूरे डेढ़ महीने की तपस्या के बाद वह अपना नाटक 'मैं' पूरा कर पाया है। 'मैं' एक किरदार का खुद से किया संवाद है, एक ड्रामेटिक मोनोलॉग है। जिसमें टू बी ऑर नॉट टू बी का सवाल है।

नाटक के एकमात्र चरित्र का समाज के दोहरे मापदंडों, समाज की तथाकथित नैतिकताओं, लोगों के मुखौटे लगे चरित्रों से मोह भंग हो गया है। तब एक रोज़ वह भीड़ जुटा कर एक दृश्य खड़ा करता है, जिसे सुनकर समाज न सिर्फ़ स्तब्ध बल्कि अनुत्तरित रह जाता है।

ड्रामा ईश्वर के अस्तित्व, कलयुग में सत्य की अप्रासंगिकता, मानव अस्तित्व पर छा रहे संकट आदि मुद्दों को टटोलता है। ड्रामे का ट्रीटमेंट प्रहसन-सा है। ड्रामे के अंत में किरदार अपने किये, कहे की माफ़ी माँगता है और फिर भीड़ में खो जाता है। नाटक लगभग आधे घंटे का है। सबने उसके नाटक की सराहना की है और उसे और बेहतर बनाने को कहा है। वह चाहता है कि अभिनेता ओमपुरी उसका यह नाटक करें। जिन्होंने काफ़ी समय से स्टेज पर कुछ नहीं किया है।

41

''पैसा भले इंसान को खुश नहीं रख सकता, लेकिन उसका न होना इंसान को दुखी और कमज़ोर ज़रूर कर देता है।''

पिछले तीन-चार दिनों से माँ के दाहिने पैर में कुछ अजीब-सी सूजन हो गयी है। पैर की चमड़ी लाल पड़ती जा रही है। पैर ज़मीन पर रखते ही माँ दर्द से छटपटाने लगती है। माँ का रुआँसा चेहरा देखकर वह फ़ौरन उसे लेकर डॉक्टर अरुण औटि के दवाख़ाने भागा है। दो दर्जन से अधिक मरीज़ों को देखने के बाद रात के करीब साढ़े नौ बजे उनका नंबर आया है।

वह हमेशा मुस्कुराने वाले डॉक्टर औटि के माथे पर चिंता की लकीरें देख रहा है। ''इट्स नॉट ए नॉर्मल स्किन इन्फ़ेक्शन, भीतर वेंस में ब्लड फ़्लो नहीं हो रहा है।''

''गैंग्रीन, तो नहीं है,'' वह पूछ रहा है।

''गैंग्रीन नहीं लेकिन सेल्युलाइटिस हो सकता है। शी नीड्स टू बी एडमिटेड इम्मीडिएटली,'' डॉक्टर माँ को इंजेक्शन दे रहे हैं।

''सेल्युलाइटिस नाम की इस बीमारी का नाम वह जीवन में पहली बार सुन रहा है।''

''तुरंत वोकहार्ड हॉस्पिटल निकल जाओ, मैं बेड के लिए फ़ोन कर देता हूँ, वहाँ डॉक्टर दीपांकर हैं, कल सुबह मैं उन्हें फ़ोन कर दूँगा।''

उसने तुरंत ज्योस्त्ना को फ़ोन किया है और उसके जीजा फ़ौरन अपनी गाड़ी लेकर माँ को लेने आ गए हैं। वो भागे-भागे वोकहार्ड हॉस्पिटल पहुँचे हैं। डॉक्टर औटि के कॉल कर देने भर से उन्हें माँ के लिए बेड मिल गया है। उसे काउंटर पर तुरंत पच्चीस हज़ार रुपये जमा करने को कहा गया है। इस वक़्त उसके पास पाँच हज़ार रुपये भी नहीं हैं। उसके जीजाजी ने अपने क्रेडिट कार्ड से डिपॉज़िट भर दिया है। इंजेक्शन देने से माँ के पैर का दर्द कुछ कम हुआ है लेकिन उसकी माँ के एक ही सवाल बार-बार पूछने से उसे झुँझलाहट हो रही है कि डॉक्टर कहीं मेरा पैर तो नहीं काटेंगे।

नर्स, माँ को आसमानी रंग की ढीली मैक्सी पहनाकर ले आयी है। वार्ड में दाखिल कर उन्हें दवाइयाँ और इंजेक्शन देकर उनका ट्रीटमेंट शुरू कर दिया गया है। जीजाजी घर चले गए हैं। वह हॉस्पिटल की लॉबी में परेशान-सा घूम रहा है। उसे पैसों के इंतज़ाम की चिंता खाये जा रही है। न जाने इलाज में कितना खर्चा आये। यहाँ वह किसी से पैसे माँग भी नहीं सकता। अपनी बहन से तो बिलकुल नहीं।

वह माँ को समझा-बुझा कर घर वापस आ गया है। रात बड़ी मुश्किल से उसे नींद आयी है। हर रोज़ की तरह उसकी आँख देर से खुली है। साढ़े आठ बजने को हैं। कोई चारा न देख कर वह माँ की दो सोने की अँगूठियाँ लेकर जौहरी की दुकान पर आ गया है।

''मुझे तुरंत कुछ रुपये चाहिए, इनके बदले में। बाद में इन्हें ले जाऊँगा,'' उसने दोनों अँगूठियाँ जौहरी के सामने रख दी हैं। जौहरी सोने की शुद्धता और उसकी कीमत की जाँच कर रहा है।

''पैतीस हज़ार दे दूँगा भाया,'' उसने अँगूठियाँ काउंटर से उठा ली हैं।

''सेक्टर आठ में मुझे चालीस मिल रहे थे।''

''रुको-रुको भाया वापस देखता हूँ,'' जौहरी आखिर चालीस हज़ार रुपये देने को तैयार हो गया।

वह ऑटो लेकर हॉस्पिटल की ओर चल पड़ा है। साढ़े दस बजते-बजते डॉक्टर आ गए हैं। बड़े अस्पताल में इलाज महँगा तो है लेकिन सहूलियतें छोटे अस्पतालों से ज़्यादा हैं। उसके आने के पहले ही डायटीशियन ने माँ की उम्र, वज़न और ब्लड प्रेशर की समस्या को देखते हुए डाइट चार्ट बना दिया है। नर्स ने माँ को चाय-बिस्किट और उपमा खिला कर दवाएँ दे दी हैं।

पौने ग्यारह बजे के करीब डॉक्टर दीपांकर दौरे पर आ गए हैं।

डॉक्टर दीपांकर ने माँ के सूजे पैर को देखना शुरू कर दिया है।

डॉक्टर उससे कह रहे हैं, ''इट्स सेल्युलाइटिस। सेल्युलाइटिस इज़ ए कॉमन स्किन इन्फ़ेक्शन। सेल्युलाइटिस नॉर्मली अफ़ेक्ट्स सरफ़ेस ऑफ़ द स्किन बट इट कैन ऑल्सो अफेक्ट अंडरलेइंग टिश्यूज़ ऑफ़ स्किन लाइक इन योर मदर्स केस। कलर डॉप्लर से मालूम पड़ेगा कि...कुछ टेस्ट दे रहा हूँ करा लेना।''

माँ को कब तक अस्पताल में रखेंगे वह डॉक्टर से पूछ रहा है।

''इम्प्रूवमेंट पर डिपेंड करता है, नॉट सूनर देन ए वीक। डोंट वरी इट्स नॉट क्रिटिकल, वी हैव टू रिमूव इन्फ़ेक्शन थ्रू एंटीबायोटिक्स एंड हील द स्किन।'' डॉक्टर चले गए हैं और वह उसी वार्ड में रह रहे दूसरे गुजराती वृद्ध मरीज़ से बात कर रहा है। उन्हें ग्लूकोमिया की शिकायत है। वृद्ध की बूढ़ी थकी आँखों में झाँकने पर उसे उनकी आत्मा में होते कष्ट का एहसास हो रहा है। यहीं रोग, बुढ़ापा और मृत्यु देखकर बुद्ध का संसार से मोह भंग हो गया था। इस पृथ्वी पर जीता हर आदमी इन कष्टों के अधीन है। अजीब है कि तमाम दु:ख और शारीरिक–मानसिक कष्ट झेलने के बाद भी इंसान जीने की इच्छा बचाये रहता है। इस क्षण उसे सालों पहले पढ़ी, 'लाइट ऑफ़ एशिया' की दो लाइनें याद आ रही हैं—

Bent was his back with load of many days
His eyepits red with rust of ancient tears

वह दिन भर माँ के साथ अस्पताल में ही रहता है।

शाम को उसकी बहन और उसके जीजा आकर माँ को देख जाते हैं। डॉक्टर दीपांकर के इलाज से माँ को फ़ायदा हुआ है। सूजन हर दिन कम होती जाती है और चमड़ी का लाल रंग भी अब हल्का पड़ने लगा है।

42

''टाइगर भाई अकेला टाइगर था हमारी कौम में, उसने प्लान बनाया। ये जिहाद था हमारा। अगर ये ब्लास्ट नहीं हुआ होता तो मुसलमानों का जीना मुश्किल हो जाता इस देश में''—फ़िल्म 'ब्लैक फ्राइडे' में ब्लास्ट का आरोपी बादशाह कहता है।

9 फ़रवरी 2007। करीब 20 महीनों के लम्बे इंतज़ार के बाद फ़िल्म 'ब्लैक फ्राइडे' रिलीज़ हो रही है। अब पोस्टर पर 'True story of Bombay bomb blast' की जगह 'The shocking truth behind Bombay bomb blast' लिखा है। सेंसर ने फ़िल्म के कई सीन काट भी दिए हैं। हालाँकि फ़िल्म का अनसेंसर्ड पायरेटेड वर्ज़न अधिकांश लोगों ने देख लिया है फिर भी लोगों का फ़िल्म को बड़े परदे पर देखने का उत्साह कम नहीं हुआ है।

वह कुनाल के साथ फ़िल्म का मैटनी शो देखने बांद्रा के ग्लोबस थिएटर पहुँच गया है। शो हॉउसफ़ुल हो गया है। कुनाल के एक परिचित की मेहरबानी से उन्हें दो टिकट मिल गए हैं। ग्लोबस थिएटर का छोटा-सा कैंपस पूरा भरा है। माहौल संजीदा है। जैसे लोग फ़िल्म देखने नहीं बल्कि एग्ज़ामिनेशन हॉल में घुसने की प्रतीक्षा कर रहे हैं। वह कई फ़िल्मी हस्तियों, फ़िल्म क्रिटिक्स और फ़िल्म जर्नलिस्टों को कैंपस में अपने आस-पास खड़ा पा रहा है। वो थिएटर के भीतर आ गए हैं। फ़िल्म शुरू हो गयी है। थिएटर में चुप्पी है।

फ़िल्म की कहानी धमाकों के तीन दिन पहले से शुरू हुई है। 9 मार्च 1993 को नावपाड़ा पुलिस स्टेशन में गुल मोहम्मद नाम के एक छोटे से अपराधी को इंटेरोगेट किया जा रहा है। गुल मोहम्मद ने शहर के कुछ प्रमुख हिस्सों जैसे झवेरी बाज़ार, वर्ली पासपोर्ट ऑफ़िस, एयर इंडिया बिल्डिंग आदि में बम धमाकों के षड्यंत्र को स्वीकार कर लिया है।

गुल मोहम्मद को मसखरा मान कर और उसके कहे को मज़ाक समझ कर ख़ारिज कर दिया है। ठीक तीन रोज़ बाद शहर में गुल मोहम्मद की बताईं जगहों पर भीषड़ धमाके हुए हैं। आगे की कहानी घटना के पीछे के घिनौने आपराधिक षड्यंत्र और पुलिस छानबीन के साथ आगे बढ़ती है। फ़िल्म की खूबसूरती इसका बेहद ईमानदार दृश्यांकन हैं। चीज़ें वैसे ही दिखती हैं जैसे हुई होंगी। फ़िल्म का छोटा-बड़ा हर कलाकार अपने चरित्र में कुछ यूँ फ़िट है जैसे वह कलाकार नहीं स्वयं चरित्र ही हो। इंडियन ओशन बैंड का संगीत और बैक ग्राउंड स्कोर दिल छू लेने वाला है।

फ़िल्म महात्मा गाँधी के मानवता भरे सन्देश 'An Eye for an Eye makes whole world blind' के साथ ख़त्म होती है। फ़िल्म समापन पर सैकड़ों लोगों के साथ वह भी देर तक खड़ा ताली बजा रहा है।

वह इसी क्षण जाकर अनुराग कश्यप से मिलना चाहता है। उसे उसकी फ़िल्म की सफलता पर बधाई देना चाहता है। उससे बहुत कुछ सीखना चाहता है। उसे अपने बारे में बताना चाहता है। इस क्षण वह नहीं जानता था कि अनुराग कश्यप से एक मुकम्मल मुलाकात के लिए उसे तीन साल इंतज़ार करना पड़ेगा।

43

''उस पीड़ा जैसी कोई पीड़ा नहीं होती जब आप उसे अपनी आँखों के सामने किसी और के साथ जाते हुए देखते हैं, जिसके साथ आप अपना पूरा जीवन गुज़ारना चाहते थे।''

पूरे दो साल बाद वह अपने शहर आया है। वह अपने हिस्से में आये इकलौते कमरे का ताला खोल रहा है। बाकी के कमरे उसके सौतेले बड़े भाई अजय ने किराये पर दे दिए हैं। पहली मंज़िल पर अजय का परिवार रहता है।

दरवाज़ा खोलते ही उसे फ़र्श पर पड़ा शादी का एक इनविटेशन कार्ड मिला है। वह उत्सुकतापूर्वक कार्ड देख रहा है। उसके लॉ के बैचमेट अनिकेत की शादी है। कार्ड शायद कई रोज़ से पड़ा था। शादी आज ही शाम को सिविल लाइन्स के नेपाल क्लब में है। उसकी आँखों के सामने वी एन समेत कई दोस्तों की तस्वीर तैरने लगी है। राजीव, मयंक, कौशल, नीरज, कार्तिक, एडवर्ड, मधु, दीपशिखा। मधु कितना अच्छा गाती थी, फिर चाहे वह फ्रेशर पार्टी हो, फ़ेयरवेल हो या एन्युअल फ़ंक्शन। मधु के गानों के बिना किसी महफ़िल में रंग नहीं जमता था। उसे याद आने लगे हैं नीरज के चुटकुले और कौशल का डांस। मयंक का मंद-मंद मुस्कुराना। राजीव की भर्रायी हुई आवाज़।

उसे याद आने लगा है दोस्ती का वह निःस्वार्थ जज़्बा। दोस्ती निःस्वार्थ और पारदर्शी होती है, प्यार से अलग। कम-से-कम दोस्ती वैसी ही होती है जैसी दिखाई पड़ती है।

उसे यह जानकर ही कितना सुख मिल रहा है कि मित्र मंडली उसे अब भी याद करती है। उसने मन-ही-मन निश्चय कर लिया है कि वो अनिकेत की शादी में ज़रूर जायेगा। इसी बहाने उसे मित्र मंडली से मिलने का मौका मिल जायेगा और उसका दिल भी बहल जायेगा।

शाम के सात बजने वाले हैं। वह दोस्तों से मिलने को अधीर हुआ जा रहा है। पुरानी यादों को फिर से जीने के लिए उसने अलमारी से निकालकर अपना वही पुराना नीला जैकेट पहन लिया है, जिसे वो कॉलेज के दिनों में अक्सर पहना करता था। जैकेट से अजीब-सी महक आ रही है। जैसे यह जैकेट नहीं एक पूरा गुज़रा वक़्त हो जो उससे आकर लिपट गया है। शगुन के लिफ़ाफ़े में पाँच सौ रुपये डाल कर वो सिविल लाइन्स पहुँच गया है। सिविल लाइन्स के इस इलाके से भी उसकी तमाम ख़ूबसूरत यादें जुड़ी हैं। यहीं पास में उसका इंटरमीडिएट कॉलेज था। यहीं पास ही स्थित न्यू एरा बोर्डिंग स्कूल में वो पढ़ाता था। यहीं आरटीओ से सटी चौरसिया जी की पान की छोटी-सी दुकान पर वह रोज़ शाम सिगरेट पीया करता था। इसी दुकान पर वह पहली बार व्योम से मिला था। यहीं पास स्थित यूनिवर्सिटी के सामने के गोविन्द बल्लभ पंत पार्क में वो कितनी बार पंखुड़ी से मिला था। यह वही सिविल लाइन्स है। सिर्फ़ वक़्त बदल गया है।

क्लब में खूब सजावट है। मेहमानों का आगमन जारी है। अनिकेत के पिता ने उसे देखते ही पहचान लिया है। वह आदरवश उनके पैर छू रहा है। वह अपनत्व से उसे गले लगाकर पूछ रहे हैं, ''अरे बेटा कहाँ रहते हो आजकल, कल बारात में नहीं दिखे?''

''जी मुंबई रहता हूँ, आज ही आया। इसलिए शादी में नहीं आ पाया।''

''घर पर सब ठीक है ना?

''जी।''

''कोई बात नहीं, जाओ-जाओ अंदर जाओ।''

वह भीतर जा ही रहा है कि उसे मधु, रश्मि, दीपशिखा और केतकी मिल गयी हैं। कॉलेज के दिनों में वह उनसे बात करने में हिचकता था।

आज भी वही हिचक उसे रोक रही है। इतने में मधु ने मुस्कुराकर उससे पूछ लिया है, ''कॉलेज ख़त्म दोस्ती खत्म, तुम तो पहले से भी ज़्यादा रिज़र्व हो गए हो यार।''

''अरे नहीं, दोस्ती कभी ख़त्म नहीं होती। मुंबई में रहता हूँ। बड़ी मुश्किल से साल में एक बार ही आ पाता हूँ, बाकी तुम लोग कैसी हो?''

''एकदम फ़र्स्ट क्लास, दीपशिखा और केतकी की तो शादी भी हो गयी और तुम्हारी?''

''नहीं अभी तो आज़ाद हूँ। बाय द वे कांग्रेट्स! केतकी तो बहुत मोटी हो गयी है। मैं तो पहचान ही नहीं पाया,'' वह केतकी और दीपशिखा से हाथ मिला कर कह रहा है।

''लड़कियाँ शादी के बाद मोटी तो हो ही जाती हैं।'' यह कहकर दीपशिखा ज़ोर से हँस दी है।

''तुम भीतर जाओ हम लोग आते हैं।'' केतकी कह रही है

''कहाँ चलीं तुम लोग?'' वह पूछ रहा है।

''अरे भाई बाथरूम, ज़रा मेकअप-शेकअप दुरुस्त करके आते हैं, शादी के बाद वैसे ही हमें कोई नहीं देखता,'' सब एक साथ ज़ोर से हँस दिए हैं। इसी बेफ़िक्र हँसी में एक पुराना ख़ूबसूरत वक़्त घुल गया है।

वह भीतर आ गया है। भीतर स्टेज पर अनिकेत और उसकी दुल्हन बैठे हैं। पहली लाइन की कुर्सियों पर खास परिचित और रिश्तेदार बैठे हैं। दूसरी लाइन में अनिकेत के तमाम पुराने दोस्त और उसके लॉ के बैचमेट बैठे हैं। उसे देखते ही मित्र मंडली में थोड़ी हलचल मच गयी है। ''अरे भाई कहाँ रहे? दोस्तों को भूल गए यार, शादी की या नहीं, कितने दिन रहना है, मुंबई में क्या कर रहे हो। किसी हीरो-हीरोइन को देखा क्या,'' वगैरह- वगैरह? मित्रों ने प्रश्नों की झड़ी लगा दी है। वह सबसे हाथ मिलाकर उनके सवालों के जवाब देकर सहज होकर बैठ गया है। बाद में मित्र मंडली अनिकेत को बधाई देने स्टेज पर गयी है। अनिकेत भी उससे मिलकर बेहद खुश हुआ है।

मिलने-जुलने के बाद खाने-पीने का सिलसिला शुरू हो गया है। अचानक उसकी नज़र दूर खड़ी पंखुड़ी पर पड़ गयी है। उसे अपने देखे पर विश्वास नहीं हो रहा है। हाँ वह पंखुड़ी ही है। नीले रंग की शिफॉन साड़ी में वो बेहद ख़ूबसूरत लग रही है। पहनावे से वो विवाहिता लग रही है। उसकी गोद में एक प्यारी-सी बच्ची है। वो बच्ची जो शायद उसकी हो सकती थी। पास खड़ा आदमी शायद उसका पति हो। वह सोच रहा है। अचानक उनकी नज़रें मिल गयी हैं।

इधर उसके दोस्त मधु से ग़ज़ल सुनाने की फ़रमाइश कर रहे हैं। तमाम शोरगुल के बीच मधु ने राणा अकबराबादी की ग़ज़ल गानी शुरू कर दी है। धीरे-धीरे महफ़िल में सन्नाटा छा गया है—

सुनते हैं कि मिल जाती है हर चीज़ दुआ से
एक रोज़ तुम्हें माँग के देखेंगे खुदा से

ग़ज़ल अपने परवान पर है और पंखुड़ी की नज़र उससे तमाम सवाल कर रही है। "तुम मुझे कैसे भूल गए? तुमने मेरी चिट्ठियों का जवाब क्यों नहीं दिया? मेरा कसूर क्या था? तुमने मुझे कभी प्यार किया ही नहीं था।" वह दो घड़ी उसके साथ बैठकर अपने दिल की बात करना चाहता है। वह उससे पूछना चाहता है कि वो कैसी है? लेकिन पंखुड़ी का पति उससे चलने का इशारा कर रहा है। पंखुड़ी जा रही है, वह उसे जाते हुए देख रहा है। मूक, अवाक्-सा। जाते-जाते पंखुड़ी ने कई मर्तबा उसे पलट कर देखा है।

वह क्लब से निकल कर सीधा पंत पार्क की बैंच पर आकर बैठ गया है। यह वही बैंच है जहाँ दर्जनों बार पंखुड़ी उसके पहलू में बैठी थी।

वह रो रहा है।

ठण्ड हर पल बढ़ रही है। वह अपने आँसू पोंछ, भरा दिल लिए घर की ओर चल पड़ा है।

44

"दुनिया से झूठ बोलने के लिए पहले अपने दिल से झूठ बोलना ज़रूरी है। इंसान अपने दिल से जितने झूठ बोलता है, उतने और किसी से नहीं।"

वह वर्सोवा के सिल्वर बीच पर खड़ा है। शाम का सूरज डूब रहा है।

यूँ तो वह पैसों के लिए दो बकवास फ़िल्में लिख चुका है लेकिन उसे क्रेडिट नहीं दिया गया है। उसने खुद भी क्रेडिट के लिए ज़्यादा ज़ोर नहीं दिया है। वह नहीं चाहता है कि उसका नाम फ़्लॉप राइटरों की लिस्ट में जुड़ जाए और उसका कॅरियर शुरू होने के पहले ही खत्म हो जाए। To loose was to win, to win was to loose.

टीवी सीरियलों में रेगुलर इनकम है यह सोचकर उसने टीवी चैनलों के चक्कर लगाने शुरू कर दिए हैं। महीनों की भाग-दौड़ के बाद सोनी चैनल को उसका एक कॉन्सेप्ट पसंद आया है लेकिन कॉन्ट्रैक्ट करने के एक दिन पहले ही उसे बताया गया है कि उसका सीरियल वोमेन सेंट्रिक है और उनके अगले दो धारावाहिक भी वोमेन सेंट्रिक हैं इसलिए वो फ़िलहाल उस पर काम नहीं कर पाएँगे। उसने इसके बाद एक ऐड एजेंसी में अपने दो महीने ख़राब कर लिए हैं। वह फ़िल्म प्रोडक्शन हाउसेस के चक्कर लगा-लगा कर थक गया है। बिना किसी कॉन्टेक्ट के उसे कहीं काम नहीं मिल रहा है। किराया देने की तारीख़ नज़दीक आ रही है। ईश्वर न करे आगे माँ फिर से बीमार पड़ गयी तब वो क्या करेगा? मुंबई में जितने सपने सच होते हैं उससे कहीं ज़्यादा टूटते हैं।

शाम के क्षितिज पर पैसों की समस्या पल-पल गहराती जा रही है। अब खुद को और भ्रम में रखना उसे बहुत भारी पड़ सकता है।

45

"अंततः हम वही बन जाते हैं जैसा होना हम चुनते हैं। मेहनत और भाग्य के बाद बाकी सब कुछ हमारे चुनाव पर ही निर्भर करता है।"

उसका बिज़नेस मैनेजमेंट का कोर्स पूरा हो चुका है। उसने बिना देर किये अपना बायोडाटा नौकरियाँ दिलाने वाली वेबसाइटों पर अपलोड करना शुरू कर दिया है। हफ़्ते भर के भीतर उसे इंटरव्यू की कॉल्स आने लगी हैं। वह पहले इंटरव्यू में असफल हुआ है और खुद का मूल्यांकन कर दूसरे इंटरव्यू के लिए तैयार हो गया है। एक दिसंबर को उसे एक मल्टी नेशनल बैंक की कॉल आयी है। उसे अँधेरी इंटरव्यू के लिए बुलाया गया है। बिज़नेस मैनेजर के साथ हुए पहले राउंड के बाद उसे एक एप्टीट्यूड टेस्ट के लिए भेज दिया गया है। उसे एप्टीट्यूड टेस्ट और क्विज़ देने में शुरू से बड़ा मज़ा आता रहा है। उसने एप्टीट्यूड टेस्ट भी क्लियर कर लिया है। तीन दिन बाद उसे एचआर राउंड के लिए बुलाया गया है। उसकी कम्युनिकेशन स्किल और संतुलित बर्ताव देखकर एचआर ने उसे सलेक्ट कर लिया है। ऑफ़र लैटर हाथ में आते ही वह इतना खुश हुआ है कि अपने आँसू रोकने बाथरूम में चला गया है। दो सौ से भी अधिक साल पुराने और दो सौ से भी अधिक देशों में कारोबार करने वाले इस अमेरिकन बैंक में काम करने का सोच कर वह रोमांचित हुआ जा रहा है। उसे एनआरआई डिपार्टमेंट दिया गया है। जहाँ उसका काम सुदूर देशों में बैठे एनआरआई क्लाइंट्स की बैंकिंग ज़रूरतों को पूरा करना होगा। अगले पंद्रह दिन वो प्रोडक्ट और प्रोसेस ट्रेनिंग के अलावा, एंटी मनी लॉन्ड्रिंग, बिज़नेस एथिक्स, क्लाइंट रिस्क प्रोफ़ाइलिंग आदि दूसरी ट्रेनिंग्स और सर्टीफ़िकेशन्स में व्यस्त रहा है। मल्टी नेशनल की यह चमक-दमक भरी दुनिया उसे बड़ी सभ्य दिखायी दे रही है, कम-से-कम ऊपर से। वह खुश है। उसने माँ को ज्योत्स्ना के साथ पंचगनी घूमने भेज दिया है।

आजकल वो मात्सुओ बाशो की हाइकू पढ़ रहा है। सौंदर्य, चेतना, धर्म और दर्शन की चाशनी में डूबीं मात्र तीन पंक्तियों वाली हाइकू कविताएँ यूँ तो जापान में जन्मी और पलीं लेकिन आज हाइकू जापानी साहित्य की सीमाओं को लाँघकर विश्व साहित्य की निधि बन चुकी है।

Won't you come and see
loneliness? Just one leaf
from the kiri tree.

46

"दिनोंदिन जटिल होता अर्थतंत्र अब मानवीय संबंधों पर भी हावी होने लगा है।"

इस मल्टीनेशनल फ़र्म में उसके डेढ़ साल पूरे होने को हैं। यहाँ उसने कई दोस्त बना लिए हैं। अब उसे भी हर वीकेंड पर आउटिंग, पार्टियाँ, डेटिंग आदि का चस्का लग गया है। उसका लिखना–पढ़ना भी काफ़ी कम हो गया है। लेकिन धीरे–धीरे वो इन चीज़ों से ऊबने लगा है। शायद फ़िज़ूलखर्ची, समय की बर्बादी और व्यर्थ का दिखावा उसके स्वभाव में ही नहीं है। अचानक मंदी ने दरवाज़े पर दस्तक देनी शुरू कर दी है। सितम्बर आते–आते अमेरिकी अर्थव्यवस्था बुरी तरह लड़खड़ाने लगी है। अमेरिका के टॉप इन्वेस्टमेंट बैंक लेहमन ब्रदर्स के अलावा अमेरिकन इंटरनेशनल ग्रुप और मेरिल लिंच जैसी कम्पनियाँ बंद हो गयीं। वह रोज़ अखबार में अमेरिका से शुरू होकर दुनिया के दूसरे देशों में फैलती मंदी के बारे में पढ़ रहा है।

एक वक़्त पर जनरल मोटर्स का एक मज़दूर जो काम सत्ताइस रुपये में करता था, वही काम आज चेन्नई में बैठा मज़दूर सिर्फ़ पाँच रुपये में करने लगा है। जनरल मोटर्स की ही तर्ज़ पर सैकड़ों कंपनियों ने अपने प्रोसेस ऐसे देशों को आउटसोर्स करने शुरू कर दिए जिनमें सस्ता श्रम बहुतायत में मौजूद है। ऐसा करने में अमेरिकन कम्पनियाँ सर्वाधिक आगे रहीं, जिसके चलते अमेरिकी श्रमिकों की कमाई बेहद कम हो गयी। जिसके कारण वो अपने मकानों का कर्ज़ चुकाने में पिछड़ने लगे। फिर बैंकों ने उनकी प्रॉपर्टी का अधिग्रहण करना शुरू कर दिया। लेकिन जब इन्हीं बैंकों ने अधिग्रहीत प्रॉपर्टी को बाज़ार में बेचने की कोशिश की तो खरीदार सामने नहीं आये।

इस कारण प्रॉपर्टी मार्किट टूट गया। जिस प्रॉपर्टी को खरीदने के लिए बैंक ने पाँच लाख डॉलर दे रखा था, उसी को सिर्फ़ दो लाख डॉलर में बेचना पड़ा। वैसे इस मंदी के और भी कई कारण बताये जा रहे हैं।

भारत भी मंदी से जूझ रहा है। माइक्रोसॉफ़्ट, गूगल, आईबीएम जैसी कंपनियों ने दस हज़ार से अधिक एम्प्लॉयीज़ को निकाल दिया है। आई.टी. सेक्टर की हालत खराब है। दर्जनों बड़ी कम्पनियों ने अपने एम्प्लॉयीज़ को निकालना शुरू कर दिया है। टॉप मैनेजमेंट पर कॉस्ट कटिंग के लिए ज़बरदस्त दबाव है। उसके अपने बैंक ने दो दर्जन से अधिक लोगों को निकाल दिया है। करोड़ों प्राइवेट नौकरीपेशा लोगों की तरह वह भी अपने भविष्य को लेकर असुरक्षित है।

ऐसे ही माहौल में एक रोज़ वो अपने दोस्त विन्सेंट राज से मिलने मीरा रोड आया है। दो महीने पहले विन्सेंट ने फ़ोन कर उससे पाँच हज़ार रुपये माँगे थे, ''ब्रदर हैविंग फ़िनांशियल प्रॉब्लम, आई लॉस्ट माय जॉब। प्लीज़ गिव मी फ़ाइव थाउज़ेंड अर्जेण्टली, आई विल श्योरली रिटर्न।''

कॉग्निजेंट सोलूशन्स नाम की आई.टी. कंपनी में काम करने वाला विन्सेंट उस रोज़ फ़ोन पर बेहद परेशान लग रहा था। उसने फ़ौरन अपने एकाउंट से रुपये ट्रांसफ़र कर विन्सेंट को मैसेज भेज दिया था। उसके बाद विन्सेंट की खबर नहीं आयी। मीरा रोड के पूनम सागर इलाके की अस्मिता उपहार बिल्डिंग में आने पर वह पा रहा है कि विन्सेंट के फ़्लैट का ताला

बंद है। दरवाज़े पर आईसीआईसीआई बैंक का नोटिस चिपका है। आगे उसके पड़ोसी ने जो बताया है उसे सुनकर वह गहरे सदमे में डूब गया है।

सब उसे प्यार से विन्सी कहते थे। विन्सेंट से उसकी दोस्ती सुजीत के ज़रिये हुई थी। चार साल पहले सुजीत और विन्सेंट अंधेरी के महाकाली इलाके में साथ रहते थे। वह अक्सर उनके घर पार्टी करने जाया करता था। विन्सेंट केरल के कन्नूर ज़िले का रहने वाला था, जो मुंबई में तीन साल से रह रहा था।

सब कुछ कितनी जल्दी में हुआ था। विन्सी और उसी कम्पनी में काम करने वाली आँचल कौर में पहली नज़र का प्यार हो गया था। फिर एक रोज़ विन्सी ने आँचल को कंपनी की एनुअल पार्टी में प्रोपोज़ कर दिया था। छह महीनों की डेटिंग के बाद विन्सी और आँचल ने अपने माँ-बाप को रुस्वा कर शादी कर डाली थी। कोर्ट मैरिज। आँचल के माँ-बाप ने बेटी से सारे नाते तोड़ लिए थे। विन्सी के माँ-बाप भी कुछ खुश नहीं थे लेकिन अनमने मन से वो उनकी शादी में शरीक हुए थे। वो भी उनकी शादी में गया था। शादी के बाद विन्सी और आँचल अपना हनीमून मनाने मालदीव्स गए थे। शादी के छह महीने बाद ही आँचल के पिता समाज के ताने सुनते-सुनते चल बसे थे। विन्सी आँचल को लेकर उसके गाँव गया था, जहाँ उसके भाई रूपेश ने उन्हें घर में घुसने तक नहीं दिया। तब आँचल ने फिर कभी गाँव न लौटने का प्रण लिया था।

देखते-देखते उनकी शादी को एक साल हो गया था।

मुंबई की चकाचौंध भरी ज़िन्दगी और अपने दूसरे मित्रों और सहकर्मियों को देख कर विन्सेंट और आँचल ने लोन पर घर और एक शानदार गाड़ी ले ली। चार महीने पहले जब आँचल प्रेग्नेंट हो गयी तब विन्सी ने उसे नौकरी छोड़ कर घर पर ही रहने को कहा। इसी बीच जॉब कट के चलते विन्सी को उसकी कंपनी ने निकाल दिया गया।

नौकरी से हाथ धोने के बाद उसे होम लोन और क्रेडिट कार्ड कंपनियों के फ़ोन आने शुरू हो गए। पैसे न होने के कारण विन्सी डिप्रेशन में चला गया। विन्सी और आँचल के बीच रोज़ के झगड़े शुरू हो गए। कभी एक-दूसरे की तारीफ़ करते न थकने वालों को अचानक एक-दूसरे के अंदर तमाम बुराइयाँ दिखने लगीं। उन्हें शादी करने के अपने निर्णय पर पछतावा होने लगा।

एक रोज़ इसी मानसिक अवस्था में विन्सी ने गुस्से में आकर आँचल पर हाथ उठा दिया।

सुबह विन्सी को अपने किये पर पछतावा हुआ और उसने आँचल से माफ़ी माँगी लेकिन आँचल चिल्लाती रही—हाउ डेयर यू हिट मी विन्सी, माय फ़ादर नैवर रेज़्ड हैंड ऑन मी, हाउ डेयर यू हिट मी विन्सी? पड़ोसियों ने भी आँचल को समझाने की बहुत कोशिश की लेकिन आँचल अपनी ज़िद पर अड़ी रही। कभी-कभी लोग रिश्ते छोड़ देते हैं लेकिन ज़िद नहीं। उसी रोज़ आँचल अपना बच्चा गिराकर अपने गाँव आनंदपुर साहिब चली गयी। हमेशा के लिए।

मंदी ने एक रिश्ता खा डाला।

इसी थीम पर उसने आगे जाकर एक कहानी 'रेसेशन' लिखी थी जो दिनोंदिन जटिल होती जाती अर्थव्यवस्था, मंदी, अंतरजातीय शादियों और महानगरों में बढ़ रहे दबाव पर आधारित थी।

47

"छोटी बड़ी चाहे जैसी भी हो दुनिया में अपने घर से खूबसूरत जगह कोई नहीं होती है।"

इस साल उसका ऑफ़िस अँधेरी से गोरेगाँव के एक बड़े से नॉलेज पार्क में शिफ़्ट हो गया है। एक वर्ल्ड क्लास प्रीमाईस में। इस नॉलेज पार्क में अर्नेस्ट एण्ड यंग, बार्क्लेज़ बैंक, डच बैंक और ओरेकल जैसी दर्जनों बड़ी कंपनियों के ऑफ़िस हैं। इस बेहद बड़ी-सी जगह पर किसी वक़्त नायलॉन के धागे बनाने वाली निरलान नाम की एक बड़ी-सी मिल हुआ करती थी। जिसे आज इस हरे-भरे नॉलेज पार्क की शक्ल दे दी गयी है। लगभग दो लाख वर्ग फ़ीट में फैले इस नॉलेज पार्क में खूब हरियाली है। पार्क के बीचोंबीच पानी का एक फव्वारा और एक कृत्रिम जलाशय भी है। पार्क के पिछले हिस्से में सफ़ेद संगमरमर का एक बेहद सुन्दर मन्दिर है। उसके इस कॉर्पोरेट पार्क में कूलिंग टॉवर कैफ़े और स्टार बक्स के अलावा दो बड़ी कैंटीन भी हैं। यहाँ काम करते उसे बड़ा गर्व महसूस होता है। शाम को कभी-कभार वो इसी कृत्रिम जलाशय के पास बनी बैंच पर बैठ कर यहाँ काम करने वाले लड़के-लड़कियों को देखता है। कभी-कभार वह अपनी डेस्क पर बैठा हेलमेट लगाए, रस्सी से खुद को बाँधे सैकड़ों फुट की ऊँचाई से लटकते काँच की नौ मंज़िला बिल्डिंग साफ़ करते मज़दूरों को देखता है। कितना जोखिम भरा काम है यह, लेकिन इंसान पेट के लिए क्या-क्या नहीं करता।

मुंबई में पिछले आठ सालों में उसे सात घर बदलने पड़े तब कहीं जाकर उसे खुद की छत नसीब हुई है। उसने लोन लेकर एक छोटा-सा फ़्लैट और एक सेकंड हैंड कार ले ली है। वह मास्टर भोंसले के साथ रोज़ सुबह गाड़ी चलाना सीखने जाता है। मास्टर भोंसले उसे बताते हैं कि गाड़ी चलाने का सबसे पहला नियम यह है कि मान लो सड़क पर जो गाड़ियाँ चल रही हैं उन्हें पागल चला रहे हैं। ऐसे में तुम जितनी सतर्कता बरतोगे उतनी ही सतर्कता से तुम्हें गाड़ी चलानी है। हफ़्ते भर में ही उसने गाड़ी चलानी सीख ली है।

कार ले लेने से अब उसे माँ के साथ कहीं आने-जाने में दिक्कत नहीं होती है। घर से बस थोड़ी दूर पर समंदर है। इलाका खूब हरा-भरा है। उसने अपने इस छोटे से घर को सजाने में कोई कसर नहीं छोड़ी है। बेंत के फ़र्नीचर, डीवीडी और किताबें रखने के लिए काँच की दो बड़ी अलमारियाँ, मॉर्डर्न आर्ट पेंटिंग्स और कश्मीरी कालीन से सजा उसका घर देखते ही बनता है। उसकी पर्सनल लाइब्रेरी में आज एक हज़ार से अधिक किताबें हैं। विश्व की बेहतरीन फ़िल्मों की डीवीडी का उसका कलेक्शन देखकर उसके दोस्त जल जाते

हैं। पिछले हफ़्ते ही वह ब्रास का एक खूबसूरत टेबल लैंप लेकर आया है। जिसकी मद्धिम पीली रौशनी में वह देर रात तक पढ़ता रहता है। इन दिनों उस पर ट्रान्स म्यूज़िक सुनने और वेस्टर्न फ़िलॉसफ़ी पढ़ने का भूत सवार हुआ है ।

48

''जो इंसान वक़्त से पहले जवान हो जाता है वह वक़्त से पहले बूढ़ा भी हो जाता है।''

वह जाड़ों में फिर अपने शहर आया है। धीरे-धीरे उसका शहर आना एक औपचारिकता बनता जा रहा है। दरअसल ये शहर वो शहर रहा ही नहीं जो उसका हुआ करता था। जहाँ उसका बचपन बीता। जहाँ उसने कई अच्छे मौसम काटे। जहाँ उसने अपने धड़कते दिल में पहली बार जवानी की जुम्बिश महसूस की। जहाँ उसने जीवन जीना और परिस्थितियों से लड़ना सीखा। जहाँ उसने ज़िन्दगी के बड़े सबक सीखे। इसी बेगानेपन में गुज़रे वक़्त को ढूँढता वह असीम के घर आ गया है। पिछले साल असीम के पिता गुज़र गए। अल्पायु में ही माँ को खो चुका असीम पिता के मरने से अनाथ हो गया।

साठ वॉट के पीले बल्ब की रौशनी और सिगरेट के धुएँ से भरे कमरे में उसे असीम की शक्ल धुँधली दिखाई दे रही है। दोनों काफ़ी देर तक चुप बैठे हैं। शायद असीम के पास कहने को कुछ नहीं है। न प्रेमिका, न पत्नी, न बच्चे, न ही जीवन की कोई उपलब्ध्‍ि। उसे याद आता है कि आठवीं कक्षा में ही असीम को हल्की दाढ़ी और मूँछ निकल आयी थी। असीम छोटी-सी उम्र में ही सयाना हो गया था। शायद वक़्त से पहले ही जवान हो जाने के कारण वो वक़्त से पहले बूढ़ा हो गया है। सर और दाढ़ी के आधे से भी अधिक पके बाल, मुरझाया चेहरा और सूनी आँखें लिए आज असीम उसे कुछ ज़्यादा ही बूढ़ा लग रहा है जिसकी शारीरिक शक्ति क्षीण पड़ चुकी है।

''आते वक़्त बहुत भीड़भाड़ मिली, गाड़ियाँ काफ़ी ज़्यादा हो गयी हैं शहर में। सुना है मॉल और मल्टीप्लेक्स भी खुल गया है,'' वह कह रहा है।

''जब से गाड़ियाँ फ़ाइनेंस होने लगी हैं हर कोई गाड़ी खरीद ले रहा है, अब तो साले ग्वाले भी फटफटी पर दूध बाँटने जाते हैं। माधोपुर बाँध भी काफ़ी बदल गया है। हरियाली ख़त्म हो गयी है, तालाब सूख गया है। बाँध के आस-पास घर बन गए हैं। सुकून से बैठने की एक जगह नहीं बची है इस शहर में।'' असीम के स्वर में अँधाधुँध होते शहरीकरण से एक गहरी चिंता झलक रही है।

''आगे का क्या सोचा है, शादी, गृहस्थी, परिवार। तुम्हें कोई देखने वाला चाहिए दादा,'' वह असीम से कह रहा है।

''मुझे लगता है कि इन चीज़ों के लिए देर हो गयी है। और सच कहूँ तो अकेलापन मुझे अच्छा लगने लगा है,'' असीम ने फिर सिगरेट जला ली है।

"सिगरेट भी नहीं छोड़ी?"

"सिगरेट मेरी माशूका है, छोड़ते दुःख होता है, चलने दो जैसे चल रहा है—

पाल ले एक रोग नादाँ ज़िंदगी के वास्ते
सिर्फ़ सेहत के सहारे ज़िंदगी चलती नहीं"

असीम फ़िराक का मशहूर शे'र कहकर हँस रहा है। लेकिन उसकी हँसी फीकी है। उसकी ज़िंदगी की तरह बेस्वाद।

"मेरी छोड़ो तुम सुनाओ। कैसी चल रही है बैंक की नौकरी?"

तब तक असीम का नौकर शंकर आ गया। असीम, "पहले भइया को चाय पिलाओ फिर खाने का इंतज़ाम करो।"

"दूध ख़तम है," शंकर कह रहा है।

"तो बिना दूध की पिला दो यार, वैसे असली चाय तो बिना दूध की ही होती है, अंग्रेज़ों वाली, जाओ-जाओ भाई जल्दी करो।"

उसने पर्स से पैसे निकालकर जैसे ही शंकर को देने चाहे हैं, असीम ने उसका हाथ रोक लिया है।

"न-न माना कि मुंबई में कमा रहे हो लेकिन क्या शंकर, तुम भइया से पैसे लोगे?" असीम के इतना भर कहने से शंकर खीझ कर नीचे चला गया है।

"दादा घर आखिर मेरा भी तो है, जो मैंने दे दिए तो आखिर इसमें हर्ज़ क्या है?"

"सवाल पैसे का नहीं है, दरअसल तुम मुझे समझ ही नहीं पाए," असीम का मूड ख़राब हो चुका है।

शायद शंकर को दूध के लिए पैसे देना असीम को बहुत बुरा लगा है। गलती हो चुकी है। शंकर ने चाय लाकर रख दी है। कमरे में एक बार फिर सन्नाटा छा गया है।

"बुरा मान गए दादा," वह असीम के बेहद नज़दीक आकर बैठ गया है।

"अरे नहीं," असीम बात का विषय बदलने के लिए कह रहा है। "तुमने फ़िराक़ का वो शे'र पढ़ा है—

दिल को शोलों से करती है सैराब
ज़िंदगी आग भी है पानी भी
ज़िन्दगी आग भी है पानी भी

"कम्बख्त पहली लाइन ही याद नहीं आ रही है।" असीम ने कई मर्तबा वही लाइनें दुहरायी हैं। एक वक़्त था जब सैकड़ों ग़ज़लें, नज़्में, शे'र असीम को जुबानी याद रहते थे। शायद अब उसकी याद्दाश्त भी उसका साथ नहीं दे रही है।

रात भी, नींद भी, कहानी भी,
हाय क्या चीज़ है जवानी भी।

वह असीम को फ़िराक की मशहूर ग़ज़ल का मतला सुना रहा है।

" 'हाय क्या चीज़ है जवानी भी,' फ़िराक़ साहब ने मार डाला ये शे'र लिखकर—

तेरे आने की क्या उम्मीद मगर
कैसे कह दूँ कि तेरा इंतज़ार नहीं"

"कभी-कभी सोचता हूँ कि कौशिकी कहाँ होगी? उसकी बेटी कितनी बड़ी हो गयी होगी? क्या वो मुझे देखे तो पहचान लेगी?" असीम अपने खोये प्यार को याद कर रहा है। उसके पास इन बातों का कोई जवाब नहीं है।

वो खाना खाने नीचे आ गए हैं। वह पच्चीस से भी अधिक सालों से इस घर में खाना खा रहा है। आज पहली बार उसे खाना फीका लग रहा है, सरसों के तेल में तली पूरियाँ और आलू की बेस्वाद सब्ज़ी, न खीर, न चटनी। वह जानता है कि असीम बेहद अभाव में जी रहा है। लेकिन वह दुनिया के उन चंद लोगों में से है जो अपनी दिक्कतें किसी के साथ नहीं बाँटते। वह जानता है कि अगर कभी असीम के पास रोटी का एक टुकड़ा बच गया तो शायद वह उसे खुद न खाकर उसे खिला दे। लेकिन मुफ़लिसी अच्छे-अच्छे को तोड़ देती है। एक दौर था जब इसी घर में उसने अपनी ज़िंदगी की सबसे स्वादिष्ट मिठाइयाँ, मेवे और व्यंजन खाये थे। वह असीम के भविष्य को लेकर बेहद चिंतित हो गया है।

"कभी-कभी लगता है कि पिछले जन्म में मैं कोई बौद्ध भिक्षु था। कहीं एक सफ़र अधूरा है जो मैं कई जन्मों से पूरा नहीं कर पा रहा हूँ। कभी-कभी बर्फ़ देखने का मन होता है। कोई ख़ूबसूरत पहाड़ी गाँव। तुम चलोगे मेरे साथ वहाँ?" असीम बहकी-बहकी सी बातें कर रहा है।

"उस गाँव का कुछ नाम-वाम भी है?" वो हँस कर पूछ रहा है।

"उस गाँव का कोई नाम नहीं है लेकिन वहाँ के लोग बड़े भले हैं, उस गाँव में न बिजली है, न सड़क, न कोई पाठशाला, न अस्पताल। सब बस यूँ ही पैदा होते और मर जाते हैं," असीम की शक्ल उसे एक भोले बच्चे-सी लग रही है। असीम के मुँह से ऐसी विचित्र बातें सुनना उसके लिए कोई नयी बात नहीं है। असीम शुरू से एक डे ड्रीमर और नाईट थिंकर रहा है।

"मुझे लद्दाख देखना है, हवाई जहाज़ में बैठना है, प्लान करो।" असीम कह रहा है।

"हवाई जहाज़ से क्या बाय रोड चलेंगे, आप फटफटी चलाना मैं पीछे बैठ जाऊँगा।" उसका बचपना देख कर असीम मुस्कुरा दिया है।

खाना खाकर दोनों पैदल चलते हुए शहर के आउटर में बने स्टेशन की ओर चल पड़े हैं। उसे याद आ रहा है कि जब यह स्टेशन बन रहा था तब वे यहीं घंटों बैठकर एक-दूसरे

से बात किया करते थे। असीम ने सिगरेट जला ली है। वो ट्रेनों का आना-जाना देख रहे हैं। मुंबई जाने वाली ट्रेन उसकी आँखों के सामने से गुज़र रही है। कल वो इसी ट्रेन से मुंबई से चला जायेगा।

49

"ज़िंदगी के अहम फ़ैसले भावुकता और आवेश में नहीं लेने चाहिए।"

वक़्त कितनी तेज़ी से गुज़रा है। पिछले कई सालों से वह एक साथ दो दिशाओं में चलने की कोशिश कर रहा है। अपनी रचनात्मक ज़िंदगी और दिनोंदिन नीरस होती अपनी इस नौकरी में संतुलन बनाते-बनाते उसने अपने भीतर के राइटर को खो दिया है। वह एक दिशा में जितना आगे निकलता जा रहा है, दूसरी दिशा में उतना ही पिछड़ता जा रहा है। ऑफ़िस से बाहर निकलते ही उसकी पहचान ख़त्म हो जाती है। मुंबई आने से पहले उसने खुद से एक वादा किया था कि वह एक बड़ा लेखक बनेगा। एक वादा जो वो हर दिन भूलता जा रहा है।

अगले महीने दिसम्बर में इस कंपनी में उसका आठवाँ साल ख़त्म हो रहा है। वह मल्टीनेशनल की इस बनावटी दुनिया से ऊब गया है। झूठी यारियाँ, मक्कारियाँ, गलाकाट प्रतिस्पर्धा। कॉर्पोरेट की यह दुनिया जो बाहर से बेहद सभ्य दिखती है अंदर से कितनी गन्दी और खोखली है, यह वह जान गया है। पिछले तीन सालों से उसका प्रमोशन ड्यू है। लेकिन इस बार भी असिस्टेंट मैनेजर की पोस्ट के लिए उसे न कह दिया गया है। पिछली बार की तरह इस बार भी उसे वही वजह दी गयी है कि वह ग्रेड एग्ज़ाम क्लियर नहीं कर पाया इसलिए उसे प्रमोट नहीं किया जा रहा है। लगातार दूसरी बार विफल होने के बाद उसे इस ग्रेड एग्ज़ाम की पूरी प्रक्रिया ही अविश्वसनीय लगने लगी है। यह घटिया सिस्टम कुछ यूँ है कि पहले पूरे साल की परफ़ॉरमेंस और आपके रिपोर्टिंग मैनेजर के फ़ीडबैक और रेकमेंडेशन पर आपको प्रमोशन के लिए नॉमिनेट किया जाता है। फिर आपको एक ऐसे टेस्ट में बैठाया जाता है जिसका स्तर मैनेजमेंट एप्टीट्यूड टेस्ट की तरह होता है। यह टेस्ट एक थर्ड पार्टी कंडक्ट करती है। जिसका रिज़ल्ट सीधा हायर मैनेजमेंट के साथ शेयर किया जाता है। नए साल की शुरुआत में हायर मैनेजमेंट प्रमोट हुए लोगों की लिस्ट ह्यूमन रिसोर्स डिपार्टमेंट के साथ शेयर करता है। ह्यूमन रिसोर्स डिपार्टमेंट बाद में फ़ाइनल लिस्ट आपके यूनिट मैनेजर के साथ शेयर करता है। और फिर कहा जाता है, "सी यू हैव टू ट्रस्ट द सिस्टम, डु यू थिंक देयर इज़ एनी बायस अगेंस्ट यू। वर्क हार्ड एण्ड लुक फ़ॉरवर्ड।"

यूनिट हैड के खास रवि को प्रमोशन देकर बैंगलोर भेज दिया गया है। वह बेहद अपसेट है।

कल उसकी कलीग निकिता का जन्मदिन था। आज पूरी यूनिट उसका जन्मदिन सेलिब्रेट करने वाली है। कैफ़ेटेरिया को सजाया गया है। सबने कंट्रीब्यूट करके निकिता के लिए बर्थडे प्रेज़ेंट मँगवाया है। एक ख़ूबसूरत पर्स, डिज़ाइनर कुर्ता और चॉकलेट का एक डिब्बा।

निकिता ने आज रोज़ से अधिक मेकअप किया है। न जाने क्यों उसे उसके उभार भी रोज़ से बड़े लग रहे हैं। कैफ़ेटेरिया पूरा भरा है। पहले यूनिट हैड ने उसे क्लाइंट एक्सीलेंस का अवार्ड दिया है। फिर निकिता ने केक काटा है। फिर एक-दूसरे को केक खिलाने और प्यार से मुँह पर लगाने की रस्म शुरू हो गयी है। वह इस बनावटी माहौल से उकता कर अपनी डेस्क पर वापस आ गया है। इस क्षण वो बेहद गुस्से में है।

उसने प्रिंटर के पास पड़ा कागज़ उठा लिया है और अपनी डेस्क पर आकर अपना रेसिग्नेशन लिखने बैठ गया है—

To Dear Unit Manager,

After a careful consideration I have decided to move outside the organization for a better prospect.

This was not an easy decision to make. I truly appreciate all your support during the course of my employment.

I truly value the learning's and rich experience I gained over last eight years.

Please accept this as my formal resignation.

Yours

सभी अपनी डेस्कों पर लौटने लगे हैं। यूएस प्रोसेस के लिए काम करने वाला नाईट शिफ़्ट स्टाफ़ भी आना शुरू हो गया है। यूनिट मैनेजर राहुल अपना सिस्टम बंद कर रहा है। साढ़े सात बज चुके हैं। वह कुछ ही पलों में निकलने वाला है। वह अपना रेसिग्नेशन हाथ में लिए मैनेजर के केबिन की ओर चल पड़ा है। निकिता ने ज़ोर से चिल्लाना शुरू कर दिया है, "यू.एस शिफ़्ट गाइस गो एंड ग्रैब योर केक्स इन पैंट्री। आई एम लीविंग फ़ॉर द डे।"

हर डेस्क से बाय-बाय निकिता, हैप्पी बर्थडे निकिता, टेक केयर निकिता, एन्जॉय निकिता जैसी आवाज़ें आने लगी हैं। इसी शोरगुल में अचानक उसे जॉन सर की कही बात याद आ गयी है। "जो लोग ज़िंदगी के अहम फ़ैसले भावुकता और आवेश में लेते हैं वो हमेशा पछताते हैं।"

उसने कुछ सोचकर रेसिग्नेशन शर्ट की जेब में डाल दिया है लेकिन तब तक वह खुद को मैनेजर के सामने खड़ा पा रहा है।

"आई एम लीविंग, एनीथिंग अर्जेंट?" वह जानता है नीचे ऑफ़िस से थोड़ी दूर खड़ी निकिता उसका इंतज़ार कर रही है। प्रमोशन का कर्ज़ चुकाने के लिए।

"नथिंग अर्जेंट जस्ट वुड नीड लीव फ़ॉर टू डेज़।"

"वाए व्हाट हैपेंड?"

''गोइंग शिरडी विद मदर,'' उसके मुँह से निकल गया है।

''ओके प्रसाद लेके आना,'' कहकर मैनेजर निकल गया है। उसने रेसिग्नेशन अपनी डेस्क की दराज़ में डाल दिया है।

50

''शादी उस पब्लिक टॉयलेट की तरह है जिसके बाहर खड़े लोग भीतर जाने को उतने ही व्याकुल होते हैं जितने कि भीतर बैठे लोग बाहर आने को। वैसे जो भी हो लेकिन पब्लिक टॉयलेट की उपयोगिता को नज़रअंदाज़ नहीं किया जा सकता।''

हर दिन बूढ़ी होती माँ अब दिन-रात उसकी शादी की रट लगाए रहती है। उसके सारे दोस्त शादी करके अपनी घर-गृहस्थी में मसरूफ़ हो चुके हैं। अधिकांश को तो बाल-बच्चे भी हो गए हैं। एक वही है जो अब तक इस दुर्घटना से बचा है। वैसे शादी को लेकर उसके मन में कोई उत्साह नहीं है। न जाने क्यूँ? शायद इसलिए कि वह अपनी बहन साहित्या की शादी नहीं कर पाया। या शायद इसलिए भी कि तकदीर ने पंखुड़ी को उससे छीन लिया। लेकिन उसने अपनी ज़िंदगी के अधिकांश काम बिना मन के किये हैं सो वह शादी भी कर लेगा। कुछ नहीं तो माँ की खुशी के लिए ही सही।

उज्ज्वल भी उसकी शादी के लिए खासा परेशान है। उसके मना करने के बावजूद उज्ज्वल ने दो मैट्रिमोनियल साइट्स पर उसका प्रोफ़ाइल बनाकर तीन महीने की मेम्बरशिप फ़ीस भर दी है।

शादी के लिए लड़कियों की प्रोफ़ाइल देखना उसे जितना बोरिंग काम लगता है उज्ज्वल को उतना ही इंट्रेस्टिंग।

उज्ज्वल खाली वक्त में उसके लिए लड़कियाँ ढूँढता रहता है। दोनों देर रात जग कर लड़कियों की प्रोफ़ाइल डिसकस करते हैं। यार ये वाली बड़ी अच्छी है, ये कितनी स्वीट है, ये तो भाई मॉडल लग रही है। उज्ज्वल की बकवास सुनते-सुनते वह सो जाता है।

उसे एक दर्जन से भी ज़्यादा लड़कियों के माता-पिता के फ़ोन आ चुके हैं। दो-चार लड़कियों से तो वह मिल भी चुका है लेकिन कहीं बात बनती नज़र नहीं आती। तीन महीनों की मेम्बरशिप जल्द ही खत्म होने वाली है।

उज्ज्वल अपनी कंपनी के काम से पंद्रह दिन के लिए अमेरिका चला गया है। वह भी लड़कियाँ देखने की इस पूरी प्रक्रिया से उकता गया है। उसने फ़ैसला वक्त और नियति पर छोड़ दिया है।

मुंबई में बारिश शुरू हो गयी है। वह शनिवार को लॉन्ग ड्राइव के लिए लोनावला आ गया है।

लोनावला पहुँचते ही ज़ोर की बारिश शुरू हो गयी है कि रास्ता दिखना भी मुश्किल हो रहा है। ऐसा सुहाना मौसम उसे मुंबई जाने नहीं दे रहा है। उसने माँ को फ़ोन करके बता दिया है कि वह रात घर नहीं आ रहा है।

हमेशा की तरह वह शामियाना लॉज पहुँच गया है जहाँ वह पिछले पांच वर्षों से ठहरता आ रहा है। लॉज के केयर टेकर गोविन्द ने हमेशा की तरह उसके पीने के लिए उसकी पसंदीदा रेड वाइन और खाने का इंतज़ाम कर दिया है। वह देर रात तक पीता रहा है और बारिश का संगीत सुनता रहा है। काश इस घड़ी असीम उसके साथ होता तो वो उससे ढेर सारी बातें करता।

सुबह उसकी आँख देर से खुली है। गोविन्द नाश्ते के लिए उसका इंतज़ार कर रहा है। गोविन्द ने उसकी पसंद के नाश्ते का इंतज़ाम किया है, स्पेनिश ऑमलेट, बटाटा वड़ा, लहसुन धनिये की चटनी और कॉफ़ी। खा पीकर वह मुंबई के लिए निकल गया है।

51

"हम सबका जीवन आसक्ति से आरम्भ होकर एक विरक्ति पर ही तो ख़त्म होता है और अंतत: जब सब ख़त्म ही हो जाता है तब कब, क्यों, कहाँ और कैसे क्या मायने रखते हैं?"

दिसंबर में वह अपने शहर आया है। उसकी मौसी के लड़के की शादी है। उसकी माँ की चचेरी बहन। मौसी जो उसकी माँ के लिए अपनी सगी बहन से भी बढ़ कर हैं। जिन्होंने हर दु:ख में उसके परिवार का साथ दिया है। जिन्होंने उसकी बहनों का कन्यादान किया है। शादी वाले घर में काफ़ी भीड़भाड़ है। सारे रिश्तेदार जमा हैं। तीन दिन बाद शादी है। वह माँ को मौसी के पास छोड़कर सबसे मिलजुलकर बाहर आ गया है।

सुबह के नौ बजने वाले हैं, शायद असीम सोकर उठ गया हो। यह सोचकर वह असीम के घर की ओर बढ़ा जा रहा है। उसे असीम से मिले एक साल से ऊपर हो गया है। इधर उसकी कोई चिट्ठी भी न आयी। वह भी अपने कामों में उलझा रहा। सच ही कहा गया है कि जो एक बार छूट जाता है वह छूटता ही चला जाता है। यही सब सोचता हुआ वह असीम के घर की ओर बढ़ रहा है। न जाने क्यों उसके दिल में किसी अनहोनी का डर बैठता जा रहा है। ऐसा उसे पहले तो कभी नहीं लगा। वह असीम के घर पहुँच चुका है। नीचे दुकान बंद है और उसके बगल से ऊपर जाने वाली सीढ़ी धूल से पटी है। ऊपर का दरवाज़ा भी बंद है। 'असीम कहाँ गया होगा, शायद कलकत्ता!' वह सोच रहा है वह उन्हीं सीढ़ियों से वापस उतर आया है। वह सड़क के उस पार की स्टेशनरी की दुकान पर बैठे लड़के से असीम के बारे में पूछ रहा है।

"वो तो मर गए एक्सीडेंट में, दो महीने होने को आए। आप तो बहुत वक़्त बाद आए हैं।" लड़का झाड़ू उठाकर अपनी दुकान झाड़ने में लग गया है। उसका सर घूम गया है और उसे अपने सुने पर विश्वास नहीं हो रहा है। "उनका नौकर शंकर?"

''अब भाई जब मालिक ही न रहा तो नौकर क्या करेगा? कई महीनों की तनख्वाह भी न दी थी बेचारे को, जाइये उसी से पूछिए।''

वह रिक्शा पकड़कर फ़ौरन साहबगंज गल्ला मंडी की ओर चल पड़ा है। जहाँ शंकर रहता है। शंकर का घर ढूँढने में उसे खासी दिक्कत हुई है। शायद पंद्रह साल पहले वह असीम के साथ शंकर को कुछ रुपये देने आया था। बुखार के कारण शंकर कई रोज़ काम पर नहीं आ पाया था। आखिर उसे घर मिल गया है। शंकर की औरत ने उसे तुरंत पहचान लिया है।

''नमस्ते, शंकर कहाँ है?''

''नमस्ते गल्ले की गाड़ी आयी है ना बाबू, वहीं बोरी उतरवाने गए हैं। बस यहीं से पान-सात गल्ली छोड़ कर गिरधर सेठ मसाले वाले के यहाँ काम करते हैं।'' यह सुनते ही वह तेज़ कदमों से उस ओर चल पड़ा है। गली के मुहाने पर एक ट्रक खड़ा है। जिसमें से कुछ मज़दूर सामान उतार रहे हैं। शंकर वहीं खड़ा ट्रक से उतरती बोरियाँ गिन रहा है। उसे देखते ही शंकर रो पड़ा है। वह अपने कंधे पर रखे मैले अँगोछे से आँखें पोंछते हुए कह रहा है, ''आपके दादा तो गुज़र गए।''

''कब शंकर बताओ मुझे?'' वह शंकर की आँखों में देख रहा है।

''दो महीने से ऊपर हो गए भइया। अब क्या कहें दिमाग अपनी जगह पर न था। अजीब-अजीब बात करते थे। अकेले साइकिल लेकर दूर-दूर तक चले जाते थे। एक रोज़ देर रात बाईपास से लौट रहे थे कि एक ट्रकवाले ने उड़ा दिया।'' वह नाली के ऊपर बने चबूतरे पर ही बैठ गया है। उसके दिमाग ने काम करना बंद कर दिया है। ''बहुत खून बह गया था, अस्पताल ले जाते-जाते खत्म हो गए।''

''मुझे चलना है उस जगह पर, शंकर मुझे ले चलोगे?'' वह शंकर से कह रहा है।

''धंधे का वखत है भइया। अभी तो सेठ जाने नहीं देंगे, शाम को मिलिए 7 बजे बाईपास चौराहे पर।'' शंकर अपनी आँखें पोंछते हुए कह रहा है।

वह साढ़े छह बजते-बजते बाईपास चौराहे पर पहुँच गया है। शाम का अँधेरा घिरने लगा है। उड़ती धूल-मिट्टी और बड़ी गाड़ियों से निकलने वाले धुएँ के बीच सड़क के उस पार से उसे शंकर आता दिख रहा है।

वह शंकर के पीछे-पीछे चलकर उस जगह पर आ गया है जहाँ असीम का एक्सीडेंट हुआ था। ट्रक अब भी वहीं खड़ा है।

''यही जगह है भइया। यही मनहूस ट्रक था। अब पता नहीं गलती दादा की थी या ट्रकवाले की। उस वक़्त यहाँ कोई नहीं था। रपट तो हम लिखा दिए थे, लेकिन परिवार का कोई हो तो करे भी कोर्ट-कचहरी।''

शंकर आगे उसे बता रहा है, ''काम किरिया के लिए कलकत्ते से कुछ रिश्तेदार और दादा के चाची-चाचा आये थे लेकिन बड़ी जल्दी में थे, बोले कि कोर्ट-कचहरी करके

अब क्या मिलेगा?''

उसे ट्रक के बम्पर के एक कोने में खून का एक धब्बा-सा दिख रहा है या शायद यह उसका भ्रम मात्र है।

असीम का उसे बिना बताये इस दुनिया से चला जाना बिलकुल अच्छा नहीं लगा है। उसका दिल अब भी ये मानने को तैयार नहीं है कि असीम मर चुका है। असीम बचपन से उसका सब कुछ था उसका बाप, भाई, दोस्त, मेंटर। उसने दुनिया हमेशा असीम के नज़रिये से ही देखी है। असीम को उसने बचपन से न कभी शिकायत करते देखा न अपने ग़म की नुमाइश करते। 15 वर्ष की उम्र में जनता केश कर्तनालय की उसकी पहली नौकरी असीम की ही लगवाई हुई थी। जब पहली बार दो सौ रुपये कमा कर वह असीम के पास गया था तब असीम ने उसे गले से लगाकर उसकी आँखों से बहते आँसू पोंछते हुए कहा था, ''ऊपरवाला तुम्हें बरकत दे, पैसे सोच-समझ कर खर्च करना।'' असीम जिसने खुद न कभी पैसे नाप-तोल कर खर्च किये, न ही ज़िन्दगी नाप-तोल कर जी।

दूसरों की ख़ुशी में खुश और दूसरों के दुःख में दुखी होना असीम का स्वभाव था।

सबका तो गिरेबाँ सी डाला खुद अपना गिरेबाँ भूल गए।

''दादा यूँ देर रात घूमना ठीक नहीं है, वक़्त पर घर क्यों नहीं जाते हो तुम? तुम्हारी ये देर से घर जाने वाली आदत मुझे भी लग गयी है। तुम मुझे बिगाड़ रहे हो,'' वह असीम से अक्सर कहा करता था।

''घर पर कौन मेरा इंतज़ार कर रहा है? ना माँ, न बहन, न बीवी।'' इस क्षण उसके दिमाग में असीम की कहीं तमाम बातें चल रही हैं।

औरतें हमेशा असीम की परिधि से बाहर रहीं। चार बरस की उम्र में असीम ने अपनी माँ को खो दिया था। कौशिकी से हुए एक तरफ़ा प्यार में विफल असीम आजीवन सच्चे प्रेम से वंचित रहा। इस बड़ी-सी दुनिया में एक अकेले अभागे असीम को जाने से रोकने वाला था भी कौन? वह भी तो नहीं था।

खैर जो भी हो, इस क्षण वह यह सोचकर खुश है कि माचिस की डिबिया, सिगरेट का पैकेट और खाने की थाली लिए स्वर्ग में बैठी असीम की माँ का बरसों का इंतज़ार आखिरकार अब पूरा हो गया होगा। बेटा हमेशा के लिए माँ के पास जो चला गया था।

इति

''आरम्भ में ही उसका अंत छुपा होता है और अंत में सदैव एक आरम्भ।''

कभी-कभी पागलपन अच्छा लगता है। एक बेहद बुरे से मौसम में असीम के ख्वाबों का गाँव ढूँढता वह लद्दाख आ गया है। इस वक्त वह चिलिंग गाँव में है। कल रात तेज बर्फ़बारी हुई है। बेहद मोटी ऊनी रज़ाई ओढ़ने के बावजूद उसके हाथ-पाँव

सुन्न पड़े हुए हैं। इस घड़ी अपने जीवन के दूसरे भाग के अंत के बेहद करीब पहुँच कर वह सोच रहा है कि आगे न जाने कौन–सा नया किरदार उसकी कहानी में जुड़ जाये और कौन–सा किरदार उसकी कहानी के पन्नों को छोड़कर हमेशा के लिए अलविदा हो जाये।

सच ही कहते हैं कि एक रोज़ जब सब कुछ ख़त्म हो जाता है, जब स्मृतियों की झील भी सूख जाती है तब आखिरकार एक कहानी ही तो बच जाती है। इंसान की नेकनामी और बदनामी की कहानी और जिस्मानी मौत के बावजूद हम उन कहानियों में ज़िंदा रहते हैं।

❑❑❑